吉祥纹莲花楼

上册 故人归

藤萍 著

浙江文艺出版社
Zhejiang Literature & Art Publishing House

章节	标题	页码
第十章	绣花人皮	343
第十一章	龙王棺	371
第十二章	食狩村	415
第十三章	饕餮衔首金簪	463
第十四章	悬猪记	489
第十五章	纸生极乐塔	529
第十六章	血染少师剑	635
第十七章	东海之约	687
番外	扬州慢	709

目录

第一章　碧窗有鬼杀人　001

第二章　一品坟　033

第三章　石榴裙杀人有四　093

第四章　经声佛火　125

第五章　有断臂鬼　151

第六章　名医会　179

第七章　观音垂泪　213

第八章　窀窆　283

第九章　女宅　317

第一章

碧窗有鬼杀人

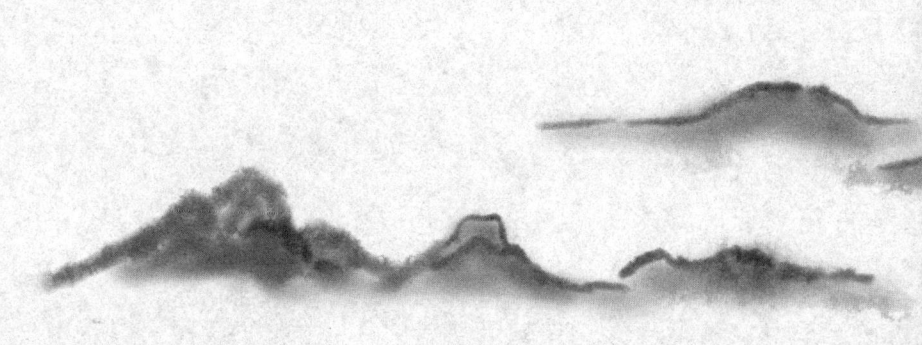

常州城，小棉客栈。

六月十七日，三更。

鹤行镖行的总镖头程云鹤保着十六箱红货上路已有两天，一路上虽然平安，却紧张疲惫，本已睡了，不知道为什么又突然醒了。

黑漆漆的房间一片寂静。

窗外……有歌声。

一阵阵缥缈的声音传来，像什么人在唱歌，似乎唱得十分认真，那声调却很奇怪，就像是断舌在发声。

他睁开眼睛，看向正对着他床榻的窗子。

一片漆黑之中，那扇窗上悠悠飘着些碧绿色的点状影子，忽远忽近。

窗外，歌声远远传来，那是生人无法听懂的凄婉的歌……

他有近四十年的习武经历，耳目虽然不是江湖中最好的，却也绝不弱，但他没有听到任何"人"的声音。

风沙沙穿过未关紧的窗缝，他瞪着那碧影飘忽的窗户，平生第一次想到了一个字——"鬼"！

〖一 吉祥纹莲花楼〗

青天白日，朗朗乾坤。

屏山镇是一个不怎么起眼的小地方，没有奇珍异宝，更算不上人杰地灵，和江湖上绝大多数地方一样，当地百姓有些无趣，地里的庄稼有些瘦小，河水有些脏，可作为饭后谈资的事有些少——是太少了，所以一旦有一件，大家就要津津乐道很久，何况最近发生的是件怪事。

事情是这样的：六月十八这天，屏山镇百姓一大早便开门扫街，却突然发现熟悉的大街上多了一栋两层木楼出来。这木楼可不一般，里面可以住人，并且宽敞。整栋楼是木质结构，雕镂着精细华丽的莲花和祥云花纹。

一番围观议论后，眼尖的人终于认出——这栋楼并不与地面相连！原来这栋楼是被人用车拉来，运到屏山镇大街上，放在那里的。百姓啧啧称奇，却都不明白大半夜拉这么一栋木楼放在街上有什么用，莫非是给屏山镇当土地庙用的？说来土地庙年久失修，香火断了好多年……

各种议论还在发酵。三天后，有个在镖行做赶镖的偶然回家，一见之下大吃一惊，当场狂呼了一句："吉祥纹莲花楼！"然后他连家也不回了，掉头狂奔而去，一路狂叫："吉祥纹莲花楼！"

于是，这楼又被当成了鬼楼，因为看了它的人会发疯。

直到七天之后，那赶镖的突然带了整个镖行回到屏山镇，人们才知道，原来这栋楼并不是什么鬼楼。

它非但不是鬼楼，还是栋福气楼，是大大的福气楼。

"吉祥纹莲花楼"是一间医馆。

它的主人姓李，叫莲花。

李莲花是个什么样的人？其实这在江湖上是个谜。师承来历不详，武功高低不详，年龄大小不详，连长相美丑都不详，此人出现在江湖已有六年，一共只做了两件事，这两件事让"吉祥纹莲花楼"成了江湖中最令人好奇的传说。

李莲花做的第一件事，是把与人决斗重伤而死，且已入土多日的武林文状元"皓首穷经"施文绝医活过来。第二件事，是把坠崖而死，全身骨骼尽断，也已经入土多日的"铁箫大侠"贺兰铁医活过来。

单凭这两件事，已经使李莲花成为江湖中人最想结交的人物，何况他还有一栋可随时带着走的古怪房子，这更使李莲花成为传说中的传说。

鹤行镖行的总镖头带领着全镖行上下策马匆匆赶到屏山镇，沐浴焚香三天之后，终于战战兢兢地对那栋楠木雕成的楼递出了拜帖：鹤行镖行程云鹤有要事拜见。

拜帖是从窗缝里投进去的。

全镖行上下四五十人跟随程云鹤等着，仿佛楼里是阎罗王在判刑。

很快，那栋仿佛里面根本没有人住的静悄悄的木楼发出了"咯吱咯吱"一阵轻响。鹤行镖行的几十人屏住呼吸，连旁观的路人都憋足了气，瞪大眼睛等着看楼里究竟出来什么鬼怪。

木门倏忽开了，门里"嘭"的一声冒出一大股灰尘，吹了程云鹤一头一脸。门里的人"哎呀"一声，十分歉然地说："整理什物，不知门外有客，惭愧、惭愧。"

鹤行镖行一众人等顶着满头灰尘木屑，愕然看着打开大门的人，他拿着扫帚，扫帚上正卡着那张鲜红拜帖。他看起来很年轻，最多不过二十七八，如果不是穿着一身打了许多补丁的灰衣，可能更显年轻，肤色白皙，容貌文雅，但也并非俊美无双，令人过目不忘。他正右手握着扫帚，左手拎着簸箕，满脸歉意地看着门外四五十人的阵势。

程云鹤重重地咳嗽了一声，抱拳行礼："在下'鹤行万里'程云鹤，拜见吉祥楼李先生，还请阁下代为通报，就说程某有要事请教李先生。"

灰衣年轻人"啊"了一声："通报？"

程云鹤沉声道："还请李莲花李先生相见，在下有要事商谈。"

灰衣年轻人放下扫帚，道："我就是李莲花。"

程云鹤陡然睁大眼睛，张开嘴巴。下一秒，他便闭上嘴，重重地咳嗽了一声："久仰李先生大名……"下一句他不知如何开口，事情的原委他已仔细写入拜帖，那拜帖却卡在李莲花的扫帚之上。

李莲花道："惭愧、惭愧……舍下满地杂物……"他抬手请程云鹤楼里坐。

吉祥纹莲花楼里果然遍地杂物，钉锤锯斧有之，抹布扫帚有之，木屑灰尘四处皆是，还有几个箱子里面放置的不知什么东西，前厅只有一桌一椅，都是竹子搭成，不值二十个铜板。程云鹤心里重重疑惑，但"吉祥纹莲花楼"何等名声，这灰衣人坐在楼中，要他怀疑此人是假，他不敢，只得恭恭敬敬坐在李莲花对面，把在半月之前所遇到的可怖之事原原本本说了一遍。

那夜三更，小棉客栈。

程云鹤夜里惊醒，发现窗户上有碧影飘忽，窗外有诡异歌声，他堪堪想到了一个"鬼"字，但随即哑然失笑，他行走江湖二十余年，从不信世上有鬼。此时，隔壁大弟子的房间发出一声惨叫，程云鹤大吃一惊，随即赶去。他的大弟子崔剑轲也是看到碧窗鬼影，于是起身查看货物，他打开封漆完好的木箱，却发现货物踪影全无，运货时看见的那些金银珠宝不翼而飞，这还不足以让干镖行十多年的崔剑轲惨叫出声，让他发出如此惊骇绝伦惨叫的是——木箱里非但没了红货，里面还压了一块粗糙的石头，四壁居然布满血指印。

那些血指印，就像一个人被封在箱中，急于爬出而不得其门留下的，而箱里明明什么都没有。半夜三更,碧窗鬼影犹在身边,尚有怪声阵阵,突然看见木箱中布满血指印,纵然是行走江湖十多年的崔剑轲也是当场惨叫出声。

程云鹤惊怒交加,命令弟子们打开十六大箱。十六箱中有十箱的的确确装满珠宝玉石,件件都是人间珍品,但还有六箱则令人大吃一惊——一个木箱中布满血指印,三个木箱装满死人神龛,剩下两个木箱里,一个只放着块凹凸不平的石头,另一个木箱里则赫然躺着一具尸体。

是一个容貌娇艳美丽的白衣少女,她的表情惊恐万状。

见到这具尸体之后,程云鹤和崔剑轲的表情比她更惊恐——这位白衣女子江湖上人人认得,她是武林中玉城城主之女——"秋霜切玉剑"玉秋霜。

玉城城主玉穆蓝称霸西南山域,垄断昆仑玉矿,贵为武林第一富豪,他宠爱女儿之名天下皆知,这玉秋霜怎么会死在名不见经传的鹤行镖行所保的红货箱中?

小棉客栈一阵哗然,不消片刻,数十人闯入崔剑轲的房间,都是大吃一惊,脸色惨白。

程云鹤此时才知道,原来玉秋霜当夜也在小棉客栈落脚,她身边随侍的五六十位玉城剑士惊觉碧窗鬼影时,和玉秋霜同房的挚友云娇突然发现玉秋霜不见踪影,大家四下寻找,竟发现她死在程云鹤的红货箱中!

这就是半个月以来闹得沸沸扬扬的"碧窗有鬼杀人"一事,玉穆蓝心伤爱女无故而死,大怒之下,逼杀当夜跟随玉秋霜左右的全部剑士,并发出追杀令,要杀鹤行镖行满门。程云鹤走投无路,正要带着家中大小解散镖局,各自逃亡,却突然听到吉祥楼的消息。

李莲花能让死人复活——程云鹤突然想到:如果李莲花能把玉秋霜医活,岂不是什么事都没有了?医活死人,若在半月之前,程云鹤万万不会相信,但事到如今,只能死马当活马医,既然天幸让他遇到了李莲花,何不尽力一试?如果传说是真,岂非万事大吉?

但一直到他说完"碧窗有鬼杀人"一事,也没有听到李莲花有什么惊人见解,只是听他"啊"了一声,点了点头。

喝完茶后,程云鹤只好走了。他实在想不出什么理由,在满是杂物的空楼和李莲花满脸"温和的茫然"的表情下再待下去。

程云鹤走了。

吉祥纹莲花楼二楼传来幽幽的一句:"五年了,你还是很有名嘛。"

李莲花坐在椅上喝茶,道:"啊……"也不知他在"啊"些什么。

"其实我一直想不通。"二楼上的人慢慢走了下来，这人瘦骨嶙峋，脸色苍白，如果胖上二十斤或许是个翩翩美少年，当前看来只像个饿殍，偏偏这"饿殍"还穿着一身华丽白衣，挂着只有浊世佳公子才喜欢的长穗玉佩，腰挂一柄外形风雅的长剑，"世上怎会有人相信死而复活这种事？都已经五年了，大家还没忘记你那两件糗事。"

"因为他们没有你聪明。"李莲花微微一笑，站起来活动了一下筋骨，拿起扫帚继续扫地。

"你能不能不扫地？"楼上下来的"饿殍"突然瞪大眼睛，"我堂堂方大公子在你面前，你居然还扫得下去？你知不知道刚才程云鹤如果知道我在里面，他一定会跪下来求我叫玉老头不要杀他满门？本公子这样英俊潇洒又身份显赫的人站在你面前，你居然一直都在扫地？"

"不能。"李莲花说，"这栋楼我很久没有修理打扫了，很脏，下雨天会漏水。"

白衣"饿殍"瞪着他，突然叹了口气："你这家伙既不会打架，也不会治病，既不种田，也不打劫，这么多年，究竟是怎么混得有名有望的，我实在想不明白。"

这位白衣"饿殍"是武林中方氏一家的大公子"多愁公子"方多病，他与李莲花已相识六年，李莲花的成名史他一清二楚——

施文绝和人决斗，身受重伤，施展龟息大法闭气疗伤，当地村民把他当死人埋了，李莲花把他挖出来后，施文绝自然就活了过来；

至于贺兰铁，那小子讨老婆未遂，上演了一出跳崖大戏，装死把自己埋在地里。李莲花偶然路过，把他挖了出来。

世人都好奇李莲花究竟如何让死人复生，而方多病只想知道：他究竟如何得知哪里的地下有活人可挖？

"我早些时候还是有些银子的。"李莲花仔细扫了前厅，收起了簸箕，"只要盘算得好，还可以过日子。"

方多病翻白眼："你还有多少银子？"

"五十两。"李莲花微笑，"对我来说，可以用一辈子。"

方多病"呸"了一声："居然有你这种一辈子只打算花五十两的败类，简直是江湖之耻。程云鹤要知道你是这种人，我看他还会不会上门求你！哼，求一个不懂半点医术，小气得连客栈都住不起，只能背着房子到处跑的'神医'去治死人，亏他想得出来。"眼珠子转了两转，方多病上上下下看了李莲花几眼，"不过，你这小子究竟会不会替他去治死人，我还真看不出来。"

李莲花坐在椅上,手指仍在仔细地摆弄咯吱作响的竹桌榫头,闻言微笑:"为何不去?反正我既不会种田,也不会卖菜,又不缺银子,如果没有些事做,人生岂不是很无聊?"

"玉老头一旦发现你是个冒牌大夫,要杀你满门的时候,本公子是万万不会救你的。"方多病幽幽地说,"你去吧,本公子不送。"

然后,李莲花在吉祥纹莲花楼里整整收拾打理了三天,也不知在他那小包裹里装了什么,然后仔仔细细地写了一封长信,把吉祥纹莲花楼暂时托付给"皓首穷经"施文绝看管以后,终于上路了。

他要去玉城,看玉秋霜的尸体。

二 玉城之内

李莲花是以"要医活玉秋霜"的名义,堂堂正正走进昆仑山玉城城内的。

玉城建在荒凉贫瘠的高山之上,内贮奇珍异宝,武林中能完完整整走进玉城的人不过十个。其中第十个是李莲花,第九个是宗政明珠。李莲花是声称要医活玉秋霜的绝世神医,而宗政明珠的来头比他还大——他是玉秋霜的未婚夫婿,当朝丞相的孙子,还是朝廷五品的官儿,是少女们梦寐以求的那种看起来温文尔雅、诗剑双绝的翩翩浊世佳公子。

宗政明珠比李莲花早来半个多月,玉秋霜出事的第二天他就到了玉城。

玉穆蓝在爱女尸体返家之后发狂,逼迫五六十位剑士按门规自尽,又纵火焚烧玉城宫殿,至今神志不清。

"如何?"那位锦衣玉食、高雅矜贵的白衣公子此刻正站在李莲花身后,微微有些紧张地看着他。

李莲花弯腰,看着停尸在冰棺里的玉秋霜,半个时辰过去了,他居然没动过一下。

闻言,李莲花"啊"了一声,宗政明珠全然不知他在"啊"些什么:"李先生?"

"她是玉秋霜?"李莲花问。

宗政明珠一怔:"玉城主纵火焚烧玉城之时,不幸波及秋霜……"

原来那冰棺之中存放的,是一具被烧得面目全非、狰狞可怖的尸体,正因并未完全烧干,所以才越发可怕。就算是大罗金仙,要把这样的"死人"复活,只怕无知百姓都是不信的,何况李莲花并非金仙。但他是神医,宗政明珠希望他至少能看出些许端倪。

"她真是玉秋霜？"李莲花又问。

宗政明珠点了点头，虽然尸体变得极其可怕，但玉秋霜的许多特征仍依稀可见。

李莲花从随身的蓝色碎花小包裹里翻出一把小刀，小心翼翼地往玉秋霜腹部划去。

宗政明珠吃了一惊，探手一挡："李先生？"

李莲花持刀的右手被宗政明珠挡住，左手手指顺手一划，玉秋霜的腹部应指翻开——他十指留着修剪整齐的指甲，玉秋霜的尸体又已腐败，要划开口子并不困难。

宗政明珠收回右手，心头一震：好流畅的……突然看见李莲花用小刀从玉秋霜腹部挑起一块东西，他问："这是什么？"

李莲花回答："血块。"

那是一块已经凝结了很久的瘀血血块。宗政明珠心头一震："血块？"有些常识的人都能理解：腹内有血，证明内腑有伤。

"李先生的意思是？"

李莲花微微一笑："这鬼杀人的方法奇怪得很，他不吸光玉姑娘的血，或是剥了她的脸去做画皮，却震断了她的肠子，导致她腹内出血而死，外表却看不出来。"

宗政明珠眉头一蹙："那就是说，秋霜并非为鬼所杀，而是被人所害？"

李莲花答非所问："我只知道她死了太久，又遭火焚，已经无法活过来了。"他的语气从容平静，似乎他自己真有本事能让死人复活，而唯一的缺憾是玉秋霜死得太久了而已。

宗政明珠抖了抖他白绸金线的衣袖："我想不明白，即使秋霜是为人所杀，何以会被人震断肠子？各门各家掌法拳法，绝无一招重手攻人胸腹以下五寸之处，这不合情理。"

李莲花"啊"了一声。

宗政明珠又是一怔，他仍然不知李莲花在"啊"些什么，顿了顿，他转了话题："最近玉城夜间总会出现一些离奇之事……"

李莲花喃喃地说："我怕鬼……"

宗政明珠心里奇怪得很：这人敢用手指去剖开腐尸的肚子，却说怕鬼？他一边思忖，一边说道："那么李先生今夜与我同房而睡便是。"

李莲花欣然同意，满脸惭色："惭愧、惭愧。"

当日，李莲花与玉家上下吃了顿晚饭。玉家除了玉穆蓝之外，玉家夫人玉红烛让李莲花稍微吃了一惊：这位夫人丧女疯夫，却仍然处事得当，有条不紊，其精明强干之处远胜玉家其他男子，并且年近四旬，仍旧雪肤花容，美艳至极。原来昆仑山玉家这一代唯有玉红烛一个独生女儿，为传香火，落魄书生蒲穆蓝在二十年前入赘玉家，改姓为玉。他虽然以城主之名名扬天下，城内事务却是玉红烛操持管理，倒是一位难得的女中豪杰。听说李莲花来医治她女儿，玉红烛分明不信，却也不说破，只任李莲花自己折腾去。

夜里。

玉城客房。

宗政明珠和李莲花同在一间客房，李莲花睡床上，宗政明珠有另一张床可睡，他却睡不着。他从不曾和别人同房而睡，即使有了未婚妻，也未曾一亲芳泽，何况现在他房里那人不是貌美如花的玉秋霜，而是个看似平庸、行事却让人觉得奇怪的男人。

在宗政明珠眼里，李莲花做事专心致志，有些书卷呆气，似乎不大懂人情世故。但如果他真是个不懂人情世故的书呆子，又怎么会懂得倚仗名气在玉城来去自如？要说他心机深沉，宗政明珠却又想不出李莲花上玉城，装傻要治玉秋霜对自己有什么好处。玉秋霜是被人震断肠子出血而死，外表丝毫无伤，李莲花又是怎么看出来的？种种疑惑，让宗政明珠根本睡不着。

突然，他瞳孔放大——门外似乎有了些异常的响动。

他还未打定主意开门查看，突然注意到对面窗子上出现了许多碧绿色的点状影子，忽远忽近，紧接着，一阵腔调奇异的歌声，从遥远的庭院中传了过来。

那是一种听了让人毛骨悚然的声音，听起来是个女人，拖着奇怪的音调，十分认真地唱着一首缠绵的歌。像断舌之人唱出来的情歌，虽然悲伤，却已不是生人能听懂的曲调……

这就是秋霜死的当日，众人看见的碧窗鬼影！宗政明珠在漆黑的房间里，看着窗上诡异的影子，刹那间禁不住毛骨悚然，他深吸一口气，凝神静听了一阵，没有听到任何"人"的声音。他陡然从床上坐了起来，很快掠了出去，伸手抬起窗扇。

窗外月明星稀，空气微凉，什么都没有。

"在窗户上。"

宗政明珠全身一震，他没被碧窗鬼影吓到，却被李莲花吓出一身冷汗，闻言顺手拉下窗扇。

李莲花点亮了蜡烛，下床慢慢地走过来。烛光照在鬼影飘忽的窗户上，那些诡异的碧绿色影子竟然全部不见了，似乎畏惧烛光。

　　李莲花右手食指伸出去，以修长的指甲在窗纸上用力一划，只听"嗦"的一声，窗纸应指破裂，却并不透光，反而有些东西从纸缝里爬了出来。

　　宗政明珠苦笑：这窗户上贴了两层窗纸，中间缝隙被人放入拔去翅膀的萤火虫，一到夜间，萤火虫便在窗缝间一闪一闪发光，在漆黑一团的房里看来就如鬼影忽远忽近，而白天和有烛光的时候，因为日光和烛光强，就看不到萤火。

　　"原来碧窗鬼影竟是些虫子。"他看着李莲花，忍不住问，"先生是怎么知道窗上的秘密的？"

　　李莲花微微一笑："我怕鬼，你只在听有没有人声，我却在听有没有不是人的声音。"

　　宗政明珠已不知该信他好还是不信他好，唯有苦笑。

　　李莲花摇了摇那扇窗户："你闻到迷香的味道没有？这些虫子被药迷昏，直到三更才会醒来。外面的窗纸上开着缝隙，一旦萤火虫醒来找到出路，'鬼'就消失了。"

　　宗政明珠点了点头："果然秋霜之死大有内情，碧窗鬼影果是有人装神弄鬼。"

　　正在说话之时，那唱着可怖情歌的声音突然以凄厉的腔调惨叫了一声，随即无声无息。

　　宗政明珠吓了一跳，俊美白皙的脸上顿时煞白："碧窗鬼影怎会出现在玉城？今夜究竟是……"

　　李莲花"啊"了一声，这一次宗政明珠听懂了他"啊"的意思。只听李莲花说："因为有人不信有鬼，所以'鬼'就出来了。"随即他打了个呵欠，"我很困了，睡吧。"

　　宗政明珠不愿相信李莲花看破碧窗鬼影的秘密之后，结论居然是"他很困了"，还招呼自己"睡吧"。呆了半晌，李莲花已经回到床上继续安睡，他却睡不着，只能坐在床上对着那破了条缝的窗户怔怔地出神，脑子里一团混乱。

　　秋霜是被人所杀，那尸体怎会突然出现在程云鹤的红货箱里？碧窗鬼影是谁做的手脚？今天晚上又是谁在装神弄鬼？是因为李莲花的到来，让那个"它"不放心了吗？种种谜题在他脑海中汇聚成团，丰神俊朗的白衣公子在月色明朗的黑夜里脸色惨白如死，双目之中流露着迷茫与恐惧之色，如果让倾心于他的痴心少女见了定要失望得很。而他身后床上的另一个人却舒舒服服地在睡觉，非但没有流一滴汗，似乎还睡得快活得很，半点忧愁都没有。

【三 浇花】

第二天，宗政明珠从迷茫中清醒过来，发现李莲花已经不在床上了。

李莲花拿着个葫芦瓢，在门外的花园里浇花，浇得很仔细，时不时摸摸花草柔嫩的枝叶，似乎心情很愉快。

花园里还站着三个人，他们带着异样的表情看着李莲花浇花，一个是玉红烛，一个是玉秋霜的好友云娇，另一个是玉家的管家周福。玉红烛满脸煞气，云娇泪水盈盈，周福则满脸不安。

宗政明珠起身洗了把脸，走出去才了解到，李莲花已把玉秋霜的死因告诉了玉红烛，玉红烛怒不可遏，她的亲生女儿被人所杀，凶手竟还装神弄鬼欺蒙于她，她声称：不将凶手千刀万剐，她不是玉红烛！云娇满脸惊恐，似乎非常激动。周福将信将疑，而李莲花斯斯文文地说完为何玉秋霜"似乎并非被鬼所杀"之后，十分认真地问周福葫芦瓢在哪里，而后他便打起精神兴致勃勃地浇花去了。

宗政明珠的目光越过玉府花廊半人高的白玉栏杆，看向花丛里李莲花从容的背影，呆了半晌，叹了口气，他想了一个晚上才勉强把事情的疑点理了出来——

碧窗有鬼杀人一事，难以解释的地方共有七处：一，凶手为何让玉秋霜"断肠"而死？二，玉秋霜何以死在程云鹤货箱之中？三，碧窗鬼影是何人所为？四，那窗外的鬼歌是怎么一回事？五，"鬼"是如何从小棉客栈到玉城的？六，凶手为何要杀玉秋霜这样一个娇柔少女？七，他为什么要装神弄鬼？

这七个疑问，宗政明珠只能答出两个，而他期待能回答更多的人现在却在浇花。

他越发迷茫，此时，李莲花突然持着葫芦瓢转过身来微微一笑。

"太阳起了，玉城主也该起了吧？"李莲花看着玉红烛，文绉绉地说，"李莲花不才，虽然治不好玉姑娘，如能为玉城主尽三分薄力，也不枉我来此一遭。玉夫人可信得过我吗？"

他这么问，即使是一万个不愿让他去，一时也难以拒绝，何况李莲花要给玉穆蓝看病，玉红烛求之不得，顿时连连点头。

云娇拭了拭眼泪，低声道："那么，我回房休息了。"

李莲花温言道："云姑娘请便。"

玉红烛领着他前往玉穆蓝的房间，一路上颇见玉城的奢华富贵，走廊屋宇之上明珠碧玉灼灼生辉，真是人间难以想象的豪华。李莲花脸带微笑，对着那些金银珠宝着实张望了几眼，绕了几个圈，便到了城主卧房。

玉穆蓝坐在房内，整个人呆若木鸡，双眼发直，无论别人说些什么问些什么，他都没有反应。

玉红烛说："自从那夜城中起火之后，他就一直是这副模样，茶饭不思，也不睡觉，无论谁和他说话，他都像没听见一样。"她隐下一句话没说——来看过的大夫都说玉穆蓝撞鬼中邪了，还有个大夫竟在给玉穆蓝把脉时突然疯了。

李莲花对着玉穆蓝的眼睛看了一阵，从他的蓝色包裹中摸出一根银针，缓缓对着玉穆蓝的眼睛刺去。

玉红烛一怔，她从未见过有大夫这般治病。宗政明珠跟在身边，经过碧窗一事，他已知李莲花绝非糊涂之辈，只是对他的言谈举止难以理解。两人相顾茫然，李莲花的银针已经缓缓刺到玉穆蓝右眼之前，他居然不止住，虽然缓慢，但也并不减慢速度，继续往玉穆蓝眼球刺去。宗政明珠和玉红烛忍了又忍，终于没有出手阻止。

就在那银针只差毫厘就要刺入玉穆蓝眼球之时，李莲花停了下来，把银针移了一个位置，仍然对着玉穆蓝的眼睛。玉穆蓝眼睛连眨也不眨一下，竟是真的痴了。

"玉城主看来病得很重。"李莲花轻轻叹了一声。

像宗政明珠这般与他仅是泛泛之交的人，万万想不出这人不懂半点医术，听他一叹，宗政明珠和玉红烛都是眉头深蹙。

"玉夫人的花园里种有医治疯疾的奇药，不知在下可否采上一些，用以治疗玉城主的顽症？"李莲花平静从容地问。

玉红烛点了点头："先生随意。"她心里有些奇怪：花园里的花草都是她亲手所植，不过是茉莉、牡丹、玉兰等平常花卉，哪里有什么"奇药"？莫非这些花卉另有药性而她并不知情？

李莲花迈出房门，突然爬上白玉栏杆，登高四下望了望，又从栏杆上爬了下来，慢吞吞地往不远处的房屋走去。那房屋墙角生着一撮青草，李莲花走过去折了两叶。

宗政明珠越看越奇，忍不住开口道："李先生，那是断肠草……内有剧毒……"

李莲花眉头一跳："不妨事的。"他把那含有剧毒的断肠草放入怀里，对着那房屋瞧了两眼，问："这是谁的房间？"

玉红烛道："是一间空屋。"

李莲花点了点头，绕到牡丹花丛，对着盛放的牡丹瞧了一阵，突然从牡丹花丛底下拔起一株形状奇特的杂草。

玉红烛和宗政明珠面面相觑，只见李莲花专心致志地在花园里来来回回，共拔起了六种形状奇特的杂草。这六种杂草，宗政明珠认识的有三种，断肠草含有剧毒，另两种含有小毒，其他三种他不认得。

李莲花收起杂草的同时，轻轻地"啊"了一声，宗政明珠一听他"啊"了一声本能地开始心惊肉跳："怎么？"

在花园外通往另一条花廊的地上，留着一个清晰的湿脚印——李莲花早晨在花园里浇花，把整个庭园都给泼湿了，刚才大家在玉穆蓝房里的时候，不知是谁从花园里经过，留了一个脚印在地上。脚印只有一个，似乎那人只往花廊上踏了一步。

李莲花突然从地上拾起一块石头，在脚印边做了个记号，站起身来理了理衣服。

宗政明珠惊讶地看着那个脚印，随即抬起头来看那花廊的方向："谁……"

玉红烛突然冷冷地说："是云娇！"

李莲花奇怪地看着玉红烛："怎么见得？"

玉红烛冷笑一声："自从霜儿死后，她留在玉城不走，人前说是和霜儿姐妹情深，呸！她……哼！她是跟着明珠来的，我已经不止一次见到她在城里鬼鬼祟祟，偷看明珠。"

李莲花又"啊"了一声，摇了摇头。

宗政明珠脸现尴尬之色："伯母，我没有……"

玉红烛打断他："我知道，否则我早把你赶出去了。"

宗政明珠越发困窘，李莲花微微一笑，对玉秋霜、云娇和宗政明珠之间的情爱纠葛并不置评："宗政公子，你能帮我一件事吗？"

"什么事？"宗政明珠问。

李莲花对他招了招手，轻声在他耳边说了几句，宗政明珠奇道："你怎么知道？"

李莲花微笑："猜的……"随即他又轻声说了几句。

玉红烛凝神细听，李莲花的内力不佳，不能把声音凝练恰当送入宗政明珠耳中，她以天听之术听到了"火……你去……玉穆蓝是……真相……"几个字，心中大为疑惑，难道此人在玉城转了两转，浇了浇花，用银针比了比玉穆蓝的眼睛，他就知道整件事的答案？

"李先生，"她从未如此在意一个人的答复，"难道你已明白我玉城发生的诸多惨事之真相？"

李莲花"啊"了一声，这一次玉红烛听出了他"啊"那一声的韵味——那是李莲花在想些什么，心不在焉发出来的习惯性的气息。果然，他转头看向玉红烛，茫然地问："惭愧、惭愧，方才夫人问我什么？"

李莲花究竟要宗政明珠帮什么忙？玉红烛还没来得及猜测，李莲花把怀里的六种杂草递到她手里:"烦劳夫人把这六味药草切成小段,以清水浸泡,半日之后,不需煎煮,连草服下。"他极认真,"保管玉城主服下立刻见效。"

玉红烛接过那些"药草",她本以为她把这个迂书生看得很透彻,但多看李莲花一眼,她就觉得多一分看不透。到李莲花把这六种杂草交到她手上的时候,她已和宗政明珠一样,完全看不穿这个人言谈举止的真正用意。

李莲花完全是个谜团,从头到脚都是。

四 深夜鬼谈

深夜。

玉秋霜房间,玉城剑士守护在门口。

宗政明珠已经下山去做李莲花要他做的事了。烛火荧荧中,李莲花对着冰棺中玉秋霜的尸体。本来玉红烛要来的,但发生了些小事需要她处理,如今只有他一个人点着蜡烛,看着那具半焦半腐的年轻躯体。

"唉……"李莲花持着烛火看了很久,叹了口气,摇了摇头。将一个十七八岁年轻貌美的女子弄成这般模样,即使他见过许多比这可怕得多的尸体,也觉得这凶手可恨得很。

李莲花用他蓝色包裹里的小刀轻轻拨开玉秋霜腹上的伤口,昨天他从里面挑出了血块,看见了被震断的肠子,今夜不知又想从中看到什么。

窗外漆黑一片,今夜云浓,无星无月,李莲花百无聊赖地拨弄着玉秋霜的尸体,铁质小刀在她身上各处轻轻敲击——对于对医术一窍不通的李莲花来说,除了剖开人肚子瞧瞧里面有没有什么不该有的东西,他既不会验伤,更不会验尸。小刀敲着敲着,在冰冻得硬实的躯体上不断轻轻发出令人毛骨悚然的声音,李莲花却面带微笑,似乎觉得敲得很有趣。

门外剑士静静地站着,突然起了一阵轻微的骚动——就在这漆黑一片中,他们又听到了那种断舌的歌声。

声音从庭院的大树后传来,但那里并没有人影。歌只唱了两句,随即停了。玉城剑士面面相觑,各自一声清喝抄到树后,庭院中空无一人。两名剑士跃过围墙,往两个方向搜寻。

李莲花持烛微笑,玉城剑士训练有素,果然名不虚传。

此时四面无人，黑夜寂静。

"真是个适合鬼出来吃人的晚上……"他喃喃地念了一句，打了个哈欠，"我还是回房间躲躲，有点恐怖。"

突然背后吹来一阵凉风，一个披头散发的高大影子骤然出现在门口，宛若并没有头，头的位置上是一撮乱发。

那阵凉风吹得李莲花衣袂飘动，他喃喃念着"恐怖得很"，小心地把那把小刀收进包裹，竟不回头，慢慢地从后门走掉了。

他没看见站在门口的鬼。

那站在前门的长发鬼僵在门口。有那么一瞬它似乎气得全身发抖，顿了一顿，随即它轻悄地跟在李莲花身后，无声无息地进了宗政明珠住的客房。

李莲花回了房，蜡烛点起来，门窗关好，想了想，还把门窗都锁了起来，好像真的很怕鬼。门窗全都锁死之后，他舒了一口气，放心地吹灭蜡烛，爬上床去，用被子把自己严严实实地罩住，准备睡觉。

过了半个时辰，长发鬼幽然从屋梁上飘下——它早在李莲花进门的同时就跟进来掠上了屋梁，李莲花慢吞吞地点蜡烛、关窗、锁门，给了它许多时间在屋梁上藏好。它无声无息走到李莲花床边，提起一小截闪烁着寒光的东西，接着缓缓地沉下手肘。

"云姑娘。"被子里突然冒出了人声，听起来心平气和，没有半分吓人的意思，却使那长发鬼全身一颤，"宗政公子今夜不在。"

长发无头鬼倒退两步，手肘一沉，那一小截寒光闪烁的东西猛地朝床上插去。"咚"的一声插入床板后，它收肘回拔，屋里寒光一闪——那寒光闪烁的，竟是连鞘的一支匕首！匕首外鞘卡在床上，"唰"的一声，拔刃出鞘，反手切向李莲花颈项！这一拔一切，动作凌厉敏捷，绝非庸手。

李莲花仍然蒙在被子里，长发鬼手中匕首寒刃堪堪带风划向颈项，突然被子鼓起一块，有个不轻不重的力道在持匕首的手腕处一敲，"咚"的一声，匕首脱手而出，斜飞三尺，钉在门板之上。

"啊！"长发鬼大吃一惊，脱口惊呼。这一惊呼，已显出了女子声气。

"云姑娘……"李莲花的声音透过被子，似乎显得有些无奈，"斯文一点。"不知为何，他就是不从被窝里钻出来，只躲在里面说话，"宗政公子今夜不在，我有件事和云姑娘商量。"

长发鬼低下了头，突然轻悄地转身，快步往门口走去，正想推开房门逃走，却赫然发现房门已锁——而宗政明珠所住的客房,的确是里外都可以用金锁锁住,定要钥匙才能打开的。它蓦然回身,拔出门上的匕首,目光有些惊恐地看着李莲花,床上那一团貌似可笑的凸起,在它眼里可怖非常——今夜竟是鬼掉进了人的陷阱之中。

只听李莲花柔声道:"今夜云姑娘想必打扮得不合心意,我就不看你了。"

长发鬼一怔,浑身似在颤抖,突然扯下乱发,脱下外衣。"你……可以把被子拉下来了。"她冷冷地说,眉宇间未脱惊恐,声音有些发颤。

李莲花缓缓地把被子拉了下来。在他拉下被子的一瞬间,云娇突然有一种错觉。那是一张温和的脸,并不让人感到恐惧,她的错觉在于,她仿佛在哪里见过这张脸,所以不会害怕。在看到李莲花的瞬间,她全身都放松了,背靠着门板,深吸一口气,眼泪滑过脸颊,滴落下来。

房里一阵安静,云娇突然颤声说:"不是我……"

李莲花微微一笑:"我知道。"

她全身都软了,顺着门板缓缓坐倒在地:"你……怎么可能知道……"

"玉姑娘被人震断肠子,骨骼却未碎,该是被人以劈空掌力击中小腹所致。云姑娘武功不弱,但并不擅内力。"李莲花微笑着,像是在愉快地谈天。

"杀死玉秋霜的凶手当然不是你,但是……"他顿了一顿,缓缓地说,"玉秋霜是怎么死的,想必云姑娘很清楚。"

云娇脸色苍白,一言不发,只听李莲花微笑道:"我想和云姑娘商量的事,就是姑娘能不能告诉我,她究竟是怎么死的?"

云娇摇头,缓慢又坚定。

李莲花慢慢地说:"云姑娘……这很重要。"

"我只不过今夜穿了件男人的衣服,你从哪里看出我知道的?霜儿她……她本就是被鬼所杀,死在小棉客栈……与我何干?"云娇胸口起伏,态度突然强硬起来,方才被李莲花一声"云姑娘"惊扰的情绪渐渐平复,"没有人杀人……从来就没有人杀人……我更没有杀人……"

"是吗?"李莲花叹了口气,"从程云鹤告诉我碧窗有鬼杀人一事,我就知道云姑娘脱不了干系。昨日在这里看到鬼影,听到鬼歌,更加证实了这件事。"

"胡说八道!"云娇脸色苍白,"你只不过听了夫人胡说,她一向不喜欢我……"

李莲花看着她,叹了第二口气:"云姑娘,你忘了?从小棉客栈到玉城,程云鹤逃亡江湖,玉城主下令追杀至鸡犬不留,当夜在客栈的剑士又被玉城主逼杀殆尽，唯一'可以'活下来的人，只有你一个。"他缓缓抬起视线，看着云娇的眼睛，"碧窗鬼影，从小棉客栈到玉城客房都曾出现，在这两个地方都待过的人，只有你一个。"

"那又如何？"云娇死死咬着嘴唇，"是鬼……鬼的话，也可以的。我没有杀她。"

他看着她，展颜微笑，似乎很能容忍她这种挣扎抵抗："是鬼的话，不会骗人。"

她的脸色瞬间死白："骗……人……"

"碧窗有鬼杀人一事，最离奇的不过是玉秋霜的尸体突然出现在程云鹤货箱中。"李莲花温言说，"鹤行镖行虽然不是高手云集，却凭信用扬名江湖，颇受敬重。程云鹤是不会骗人的，他说货箱没有人碰过，那就是没有人碰过。在装满贵重珠宝、从来没别人碰过的箱中突然出现玉秋霜的尸体，这听起来是件无法解释的事，但其实很简单。"他对着云娇微笑，"只要想通一点，就知道玉秋霜是怎么进货箱的。"

"什么？"云娇在脸色变得死白之后，刚才强硬的气势渐渐软了。

"程云鹤是老实人，并不表示人人都是老实人。"李莲花保持着平静而愉快的微笑，"程云鹤是不会骗人的，云姑娘却是会骗人的，只要想通这一点，其实这件事并不奇怪。"

她默默听着，李莲花继续说道："鹤行镖行的人并不知道当夜玉秋霜在小棉客栈，他们看到她的时候她已经死了，是吗？"

云娇僵硬了一瞬，点了点头。

"当夜在场的玉城剑士护送玉秋霜回玉城之后，也全都死了，是吗？"李莲花又问。

云娇又点了点头。

"其实程云鹤并不了解玉秋霜当夜的情况。玉城剑士以训练有素闻名，玉秋霜突然死去，他们不会对旁人讲述当晚的情况。根据玉秋霜的尸体在半月之内就被送回昆仑山计算，他们一定是日夜兼程立刻赶回……可惜的是，他们一回城就因为玉城主发狂一事而全部死去。"李莲花缓缓地说，"那么，据江湖上传说，程云鹤知悉当夜玉秋霜究竟是死是活、在还是不在，这一切其实都是由她的闺中密友——云姑娘你说的。证人也只有你一人。"他看着云娇的眼睛，"如果云姑娘在说谎呢？那天晚上，玉秋霜究竟如何，有谁知道？"

云娇不答，好像整个人已经痴了。

"如果你在说谎，事情便显而易见——玉秋霜一开始就在程云鹤的货箱内。"

李莲花一字一字地说，语气温和，并不激烈，"既然箱子没有被换过，也没有人碰过那箱子，箱子就是原来的箱子，只不过在那天晚上发现了尸体而已，整件事便一点都不奇怪了。"

"我要是没有骗人呢？"她低声问。

"那就是世上真的有鬼。"他回答，"我怕鬼，所以我不信。"

"她……也不可能在程云鹤的货箱里，她根本不认识他……"云娇无力地说。

"她不过是被托给程云鹤的十六箱货物中的一箱。"李莲花说，"镖主本是来自玉城，玉秋霜人在箱里毫不稀奇。"

"你怎么知道镖主来自玉城？"她脱口失声问，脸上露出了极其惊骇的表情。她想不明白，其他的事可以用推论和猜测解释，但这件事怎么可能凭空猜出？

她这一声尖叫，无疑确定了镖主来自玉城。李莲花一笑："昆仑山出产白玉，山上的石头多是砾石，中间夹带玉石矿脉。玉城建在玉矿之上、冰川之旁，城内的石头更与别处不同。用来压箱底的石头和玉城主花园里的石头一模一样，十六箱货物中十箱装满了金银珠玉，若不是玉城托镖，难道是皇帝托镖不成？"

"那……"她咬住了嘴唇，失色的唇在颤抖。

"玉城富可敌国，或许是太富可敌国了些。"李莲花温柔地看着她，"十箱珠宝即使对于高官富豪来说，也实在是太多。我不知道托镖之人是谁，但那不重要。重要的是……这批红货来自玉城，玉城不可能不知。玉秋霜之事你说了谎，还有和你一起出现的碧窗鬼影——那些萤火虫，云姑娘，那不是鬼，鬼不必假扮鬼火——和鬼自己。"

她低头看自己穿的一身黑衣和掷在地上的一蓬乱发，眼泪突然又一滴滴掉了下来。

"玉秋霜不是你杀的，你在替谁遮掩，为谁装神弄鬼？"李莲花微笑着说，"其实只要明白玉秋霜并不一定死在小棉客栈，就很容易弄明白你在为谁遮掩，但是我希望云姑娘不要因此决意顶罪。"

云娇缓缓低头："你既然这么聪明，什么事都能看破，你去抓住凶手就好。"

李莲花摇了摇头："自玉秋霜死后，所有装神弄鬼的事都是云姑娘在做，不是吗？包括今夜杀李莲花，都是云姑娘亲自来——你保护的人并没有打算和你一起涉险，你明白吗？"

李莲花的眼神和语气都很温和，那是一种非常内敛的和气，他并没有咄咄逼人的意思。云娇怔怔地看着他，她一直觉得此情境下的李莲花很眼熟，仿佛在哪里见过，但是怎么可能见过他呢？又或者只是听闻过非常相似的侃侃而谈，以至于她一直没有感受到太深的恐惧？

"你……我好像在哪里见过你……"她喃喃地说，"你明白吗？你明白吗……我当然明白……可是我……可是我……"

"你愿意替他死？"李莲花问。

她泪珠莹然："我不知道，也许是。"

李莲花凝视着她，看了好一阵子，喃喃地道："玉城财宝，果然害人不浅。我很困。"他突然把被子拉上来盖住头脸，"夜深了，姑娘也该回去了。"

云娇愕然。他把她锁在房里说了半天，看破她装神弄鬼，此时不把她擒住交给玉红烛，却下逐客令？顿了一顿，她竟然不是惊恐、放松，而是尴尬："门……锁了。"

李莲花的声音从被子下传来："啊……锁了，但是没关啊。"

没关？她愕然看着锁死的大门——果然金锁锁得整整齐齐，门缝间上中下三条门闩都没插上，锁的另一头根本没扣在门板上，只是虚掩而已。一时间她不知该惊该怒，还是该哭该笑，怔怔地推开门，行尸走肉般走了出去。

【 五 一代神医 】

距离"见鬼"之夜已经过去了七八天，鬼影鬼歌也不再出现。云娇当晚虽然走出了宗政明珠那间客房，但很快被玉城剑士发现她穿着古怪，神情恍惚，形迹可疑，当晚就被玉红烛关了起来。云娇在玉红烛严刑拷打之下仍是什么都没说，这让李莲花遗憾得很。

玉穆蓝服用李莲花那六味杂草汤已有八天，病情未见好转，仍旧是呆若木鸡，对身边人事茫然无知。玉红烛在李莲花拔杂草时隐约猜到这并不真是什么"奇药"，但李莲花既然说要玉穆蓝服下，她仍旧每日浸泡完端一碗给玉穆蓝喝。

这六味杂草汤究竟有什么"奇效"？不只是玉红烛，玉城内大家都疑惑得很。但就在第九天，玉穆蓝的疯病突然好了。

第九日早晨，玉穆蓝的房门开了。那位昨日还目光呆滞的病人，今天早上开门出来，身着紫衣，精神饱满，神采焕发。果然和病时不同，玉穆蓝此时看来修伟颀长，浑然是一位风度翩翩的中年书生，眼若寒星，鼻若悬胆。

他对发狂之后发生的一切茫然不知，既不知道他纵火焚烧玉城，也不知道他竟下令要护送小姐回城的五六十位剑士全部自尽。听到消息之后，玉穆蓝大恸，在死者坟前潸然泪下，悔恨不已。玉红烛心下叹息，不敢让他看见玉秋霜死状可怖的尸体，只劝他精心休养，照顾自己。而李莲花赶来为玉穆蓝查看病情之后，却只是喃喃自语为何药物到第九日才生效，真是怪哉，不可思议！

早饭之后。

"夫人抓住云娇之后，当真没有查出究竟是何人指使她在玉城内装神弄鬼？"玉穆蓝听说了云娇被擒的经过之后，奇怪地问，"难道城内种种古怪离奇之事，都是云娇一人在暗中作怪？她和霜儿是好友至交，怎么可能做下这等事？"

"她和霜儿一样痴恋明珠，霜儿若不死，她怎可能得到明珠的心？"玉红烛冷冷地道，"霜儿之死，定然就是这个贱人搞的鬼！杀了我的女儿，居然还胆敢装神弄鬼，到我玉城作怪！好大的胆子！"

"她杀了霜儿？"玉穆蓝失声问。

"她半夜三更到李先生房里装神弄鬼，出来的时候被剑士所擒，哪里还有假？"玉红烛冷笑，"我万万没有想到，这个小贱人竟然敢在玉家犯下这种滔天大罪。若不将她像霜儿一般火焚而死，我不配当这个娘！"

玉穆蓝目中露出怨恨之色："夫人，不如今日午时，我们便处置了她，为霜儿报仇雪恨！"

玉红烛点了点头："我正是这个意思。她并未受人指使，装神弄鬼全是她一人所为，那天晚上还想谋害李先生，幸好被李先生挡下赶了出去。"

二人认定云娇是杀死玉秋霜的凶手无疑，就在说话之间，门口有白影一晃，一名白衣剑士禀报："城主、夫人，属下有要事相报。"

"什么事？"玉红烛微有愠色。

"宗政公子回来了。"白衣剑士道。

"宗政公子回来了也是要事？"玉穆蓝愠怒。宗政明珠自从和玉秋霜有了婚约之后常常住在玉城，在城中已不算客人，"宗政公子回来了"算什么要事？竟要打搅他们夫妻谈话。

"不，城主、夫人，宗政公子被人用枷锁锁住，被'捕青天'押进来了！"白衣剑士素来冷漠的语调中充满了惊骇，"还有'花青天'也来了！"

玉红烛和玉穆蓝俱是全身一震，面面相觑，脸上流露出极度惊愕之色："怎会……"

当今朝廷之中，有两位朝臣，位属大理寺，代圣上巡查天下刑案，一位是号称

"捕青天"的卜承海，另一位是号称"花青天"的花如雪。这两人抓过十一位皇亲国戚，杀了九人，流放两人，是朝野中人十分忌惮的角色。这两个人竟然押着宗政明珠进了玉城，这还不是让朝野、江湖震惊的大事？

玉红烛和玉穆蓝双双拍桌腾身而起，身形皆是矫如飞燕，直扑玉城大殿之中。

玉城大殿仍旧金碧辉煌，宗政明珠被人点了穴道，脸色惨白地站在殿中。他身后站着两人，一人高大，另一人瘦小。两人都穿着官袍，一人只嫌官袍太小，另一人只嫌官袍太大，衣冠都不甚整齐，有些滑稽可笑。但正是如此，更能让人一眼认出，这两人正是"捕花二青天"——卜承海和花如雪。

见到玉红烛和玉穆蓝双双落地，又矮又瘦、皮肤黝黑、长着三角眼和老鼠鼻的花如雪冷冷地问："可是你们二人报称此人杀人？"

玉红烛和玉穆蓝再次愕然。玉红烛心里惊骇非常："这位公子乃是当朝宗政丞相之孙，两位大人是不是抓错人了？"

玉穆蓝却是大叫一声："明珠！难道是你杀了霜儿？！"

花如雪皱了皱眉，卜承海也是一怔，他从怀里抖出一张字条："难道不是你们夫妇报称此人杀害玉秋霜，要我等捉拿归案？此事究竟是真是假，到底是怎么回事？"

"不，这当然不是我夫妇的意思，"玉红烛道，"他是我家霜儿未婚夫婿，怎么可能杀害霜儿？这到底是谁胡说八道，实在是可恶至极……"

玉穆蓝却厉声道："定是这小子勾结云娇杀害我霜儿，我还当云娇一介女流，武功不高，怎可能害死霜儿，原来她还和明珠同谋，定是明珠指使……"

花如雪和卜承海相视一眼，心生诧异。他们两人巡查天下已久，这宗政明珠干巴巴地拿着一封信找上他们暂住的平雁楼。二人打开信一看，只写了一句："速拿信使，此人为杀害玉秋霜之凶手，欲解全案，请上玉城。"两人考虑良久，仍是把人擒下，带上玉城。不料一进玉城，城主夫妇一人称宗政明珠绝非杀人凶手，另一人一口咬定他与旁人勾结杀害玉秋霜。这案情离奇至极，碧窗有鬼杀人一事卜承海和花如雪略有耳闻，但事情如此诡谲多变，也甚是出乎他们意料。

"你是何人？"卜承海瞪着殿中一个坐着喝茶的年轻人——这个人一直在倒茶叶、洗茶杯、泡茶，如今正端端正正地坐在那边很惬意地喝茶，竟然悠闲得很。

"我？"坐在殿里喝茶的人当然是李莲花，"闲人……"

玉红烛突然尖叫一声，玉穆蓝和她成亲多年，从未听过她这样不要命地尖叫："李莲花！是你——原来是你！你……你……这——妖怪！"

李莲花"啊"了一声,看向玉红烛,脸上满是歉意:"让夫人失望了,惭愧、惭愧。"

玉红烛恶狠狠地瞪着他,那美艳的眼瞳之中混合着惊恐和绝望:"你……"她突然飞身而起,一掌往李莲花头上劈去,掌势凌厉,竟是要把他立毙掌下!

她一掌未至,李莲花手里的茶杯已被掌风"啪啦"扫落,茶水泼了一身,他站起来转身就逃。玉红烛这一掌把他坐的椅子劈得爆裂粉碎,但她脸色惨白,有些事已然无法掩饰。

花如雪已经鬼魅般站到她背后,用两根手指夹着她的脖子,阴恻恻地道:"夫人,敢在钦差面前杀人,你好大的胆子。"

身边的卜承海也冷冷地问李莲花:"是你写的信?"

李莲花逃到门口,发现安全之后转过身来微笑道:"是我。"

被点住穴道的宗政明珠脸色惨白,全身都在瑟瑟发抖。

李莲花歉然地看着他,似乎真的觉得很对不起他——宗政明珠对他推心置腹,自己却似乎把他给卖了。

"宗政明珠是玉秋霜未婚夫婿,为何你说他杀害未婚妻子?"花如雪问。

李莲花慢慢从门口走了回来,坐到了被玉红烛劈碎的那张椅子旁边的太师椅上,舒舒服服地叹了口气,露出李莲花特有的微笑——似乎温和平静,却怎么看都隐隐透露着一点点"未免太过愉快"的感觉。

"因为玉城主不会劈空掌。"李莲花缓缓说道。

花如雪和卜承海都是眉头一皱。玉穆蓝脸上露出尴尬之色,却是松了口气,脸上的表情很诡异,不知他是希望李莲花往下说,还是不希望李莲花往下说。

"劳烦城主下令,把云姑娘放出来吧,你最清楚她是无辜的。"随即李莲花喃喃地道,"然后我就说故事给你们听……"

【 六 奇怪的凶案 】

"其实一开始程总镖头把这件事告诉我,我只知道这个故事太像有鬼,以至于是'太像有人在装鬼'了。"李莲花微笑着说,"而这个故事,鹤行镖行、玉秋霜、玉城剑士、云娇……到最后能活下来的人只有云娇一个。所以,她和玉秋霜之死一定有些关系。一开始我没想到她装鬼,也没想过她杀人,只是她可能有些地方和别人不同，比如她应该知道些什么，而大家都不知道。"

被从玉城牢房里放出来的云娇默然，过了一会儿，她缓缓点了点头。

"等到我上了玉城以后，发现了第二件很奇怪的事。"李莲花说，"宗政公子告诉我，他是在玉秋霜死后第二天上的玉城。可是很奇怪，一则，从袁州到昆仑山，即使是玉城剑士有日行八百里的骏马，也得走半个多月，他怎么可能在得到消息之后'第二天'就到了昆仑山？"李莲花微微一笑，"除非他本来就在山上，或者他在玉城附近。二则，听到未婚妻遇害的消息，他竟从未到小棉客栈查看过，直接就上了昆仑，虽然说是担心未来岳父母，但也有些不合情理。"

"你岂非也没有去小棉客栈查看过？"花如雪阴森森地道，"你也很可疑。"

李莲花回答："我既然发现云娇的处境和别人不同，自然就会想到她可能在说谎。如果云娇口中关于玉秋霜当晚的情况全都不予考虑的话，"他微笑着说，"那么很容易得出结论——玉秋霜本来就在货箱里。"

卜承海点了点头，过了一会儿，花如雪也点了点头。

"既然玉秋霜很可能本来就在货箱里，那她就不是在小棉客栈死的。"李莲花叹了口气，"如此，我去小棉客栈干什么？"

卜承海又点了点头，花如雪跟他一起点了点头。

"所以宗政明珠有些可疑。"李莲花继续说，"但我又怎么知道他不去小棉客栈是不是和我一样的理由？但还有一个人，比他更可疑。"

"谁？"

李莲花一笑，看了玉穆蓝一眼："玉城主。"

卜承海和花如雪都是一怔："玉穆蓝？"

"玉秋霜的尸身带回之后，是玉穆蓝放火焚烧的，以至于难以辨认。"李莲花缓缓地道，"难道不是毁尸灭迹吗？何况他装疯装了大半个月，实在让人难以理解。"

"那为什么这个人是凶手？"花如雪指着宗政明珠的鼻子，"你又怎么知道玉穆蓝在装疯而不是真的疯？"

"因为我又突然发现，玉穆蓝绝对不可能杀死玉秋霜。"李莲花叹气，"我差点就以为玉穆蓝是凶手了，但当我和玉家夫妇一起吃饭的时候了解到，原来玉穆蓝原姓蒲，而不姓玉。"

"那很重要吗？"卜承海问。

"很重要。蒲穆蓝原是一位不会武功的落魄书生，到二十几岁才入赘玉家练武功。"李莲花说，"他没有从小练就的根基，不可能练成上乘武功，习武之人都很清楚。玉秋霜是被人震断肠子，腹内出血而死，所以要以劈空掌力凌空震死玉秋霜，他是做不到的。"

"有道理。"花如雪点了点头。

"但是他在装疯。"李莲花瞪眼说，"我几乎以为他真的疯了，所以我用银针去刺他的眼睛。"

"用银针去刺他的眼睛？"花如雪奇道，"干什么？"

"就算是一条小虫，你用银针去刺它的眼睛，它也是会避开的，那是动物的自然反应。"李莲花说，"何况玉穆蓝只是疯了，不是瞎了。但是我刺他的眼睛，他一点反应也没有，证明他在装疯。"

玉穆蓝一怔，脸上的表情似喜似悲，似哭似笑。

"但我还是怀疑他说不定得了一种不怕瞎眼的疯病，所以我给他喝了一种药汤。"李莲花微笑，"一种妙不可言的药汤，喝了几天以后，我就知道——玉穆蓝的的确确在装疯。"

"什么药汤如此好使？"花如雪开始对这个年轻人感兴趣。

"一大堆我不认识的杂草泡成的水。"李莲花回答，"如果喝下去，十有八九会腹泻或者呕吐、中毒什么的。"他笑得很文雅，一副很值得信任的模样，"没有疯的人是不会把它喝下去的，没有喝下去就会把它泼掉，而泼掉以后，那些清水泡过的草籽很快会发芽。在玉穆蓝和玉红烛房间的窗外，最近就长着这么一撮六种杂草幼苗混在一起的草丛，有趣得很。"

玉穆蓝露出极其惊讶的神色，李莲花很是和气地看了他一眼，继续说："玉穆蓝一旦是在装疯，就证明玉秋霜之死和他脱不了干系，即使人不是他杀的，但是他一定藏着亏心事。但就在我想不通宗政明珠和玉穆蓝究竟谁更可疑的时候，我又发现，玉夫人也很奇怪。"他微笑地看了玉红烛一眼，"玉夫人几次三番引导我怀疑凶手便是云娇，而女儿死后，她似乎不怎么悲伤，最奇怪的是她为什么不把玉秋霜埋了，而要把她放在冰棺里？况且，以她的精明强干，居然会相信鬼魅杀人一说，我实在难以理解。玉穆蓝装疯，难道他真能在同床共枕二十多年的妻子面前不露破绽地装这么久？尤其以银针刺眼之后，我不信玉夫人看不出他在装疯。玉夫人似乎也有些可疑。"

卜承海颔首："有道理。"

"云娇和玉穆蓝都和真相有关，玉夫人和宗政明珠也都可疑，我必须绕回头想玉秋霜是怎么死的。"李莲花缓缓地说，"她是被劈空掌力震死的，尸体却被装入货箱，托镖出走。既然云娇在托镖路上遇到了程云鹤一行，那么她定然和托镖有关。碧窗鬼影在客栈和玉城都出现了，除了云娇，别人不可能在这两个地方都制造鬼影，所以她知道运走尸体的全部过程。"

顿了顿，他继续说："小棉客栈发生的事，完全是凶手找'鬼'替罪的一场闹剧，指挥这一幕的是云娇，可是她为什么要装神弄鬼？"李莲花微微一笑，"还有玉穆蓝为什么要纵火焚尸，又杀死全部剑士？他们没有杀人，却做了掩盖罪行的事，我猜测……他们是以为自己杀人了。"

"以为？"花如雪大吃一惊，"以为自己杀人？有这种事？"

"我发现玉秋霜是被掌力震死的时候，云娇很惊讶。"李莲花说，"玉城里练成劈空掌力能震死玉秋霜的人很多，但是为何有人要她死？我实在想不出来她死了对谁有好处。没有好处的事，怎会有人去做？砸烂一个花瓶对谁都没有好处，但这种事似乎常常有人在做，那就是不小心的时候。"

花如雪笑了出来："你是说——玉秋霜之死纯属误杀？"

"玉秋霜只在城内活动，剑士练功之处修在城外，没有召唤他们不会进入城内。丫鬟仆人们武功都不高，既然别无旁人，那么能误杀玉秋霜的，不过是常在玉家来往的几个人而已，"李莲花微笑，"宗政公子、玉夫人、玉穆蓝、云娇。既然玉穆蓝和云娇都没有劈空掌的修为，那么凶手只可能是宗政公子和玉夫人之一，或者他们两个都是。"他的视线停留在玉红烛身上，"但这个时候，就会发现事情很奇怪。"

花如雪和卜承海嘿嘿一笑，他们都是老江湖了，一听便知是哪里不对。

果然，李莲花接着说："这四个人的组合很奇怪，玉穆蓝和玉夫人竟然是分开的，玉穆蓝和云娇是一组，玉夫人和宗政明珠是一组。玉穆蓝和云娇相互协作，而玉夫人掩护宗政明珠，为什么？"

话说到这个份儿上，玉穆蓝和玉红烛两人的脸色苍白，云娇的脸色更苍白，苍白得近乎临死一般，宗政明珠脸上突然有泪流了下来。

李莲花无奈地看向这四人，叹了口气："我记得刚到玉城，第一次为玉穆蓝看病的时候，有人曾经在门外的花园里窥探，还在走廊上留下了一个脚印，玉夫人说那是云娇，是吗？"

云娇像木偶一般僵立了很久，最终点了点头，她脸上也有泪流了下来。

"那证明你很关心玉穆蓝。"李莲花柔声说。

云娇闭起眼睛，又点了点头。

"你甚至愿意为这件事死,为这件事杀人。即使人不是他杀的,他却难以解释为什么他要运走尸体。"李莲花温柔地说,他对着女子说话都极其温柔文雅,"你爱他?"

玉红烛和宗政明珠都是一怔,露出极其错愕惊讶的表情。只见云娇的眼泪又掉了下来,她再次点了点头。

李莲花的视线转到宗政明珠脸上,笑了笑:"玉大小姐行走江湖,相识的朋友果然都是人中龙凤,宗政公子英俊潇洒、风度翩翩,云姑娘温柔贤惠、体贴细心,只可惜……是太优秀了些吧……玉城主正当盛年,玉夫人美艳无双,只怕比年方十八的小姑娘胜过许多。"

宗政明珠脸色惨白,李莲花顿了顿,继续道:"想通了这层关系,就能明白玉秋霜为什么会死。玉秋霜的致命伤是小腹中掌,她为何会小腹中掌?这位置对于劈空掌而言未免太低了。纵观玉城楼宇,只有城主卧房之外,有一圈白玉栏杆围起的花廊,往左连接一栋空屋,往右连接玉秋霜的房间……"

他缓缓地说,语气慢慢透露出一丝诡异:"如果有人爬上栏杆,她就能从右边窗户看见房里的情景,而这时房里的人发现她在窥探,这么一挥手劈出一掌,正好打中她的小腹。她受伤跌倒之后,可能因为受惊过度,跑错方向,逃到了那间空房里头……她真是个运气不好的姑娘,逃进了那间空屋以后,看到了另一件万万想不到的事。而她被震断肠子,腹内出血,或许就在指责和哭诉之间,倒地死去。所以,才有人以为她是自己杀的吧?以上说法并无证据,尽是我一派妄想,不过——"

他语气温和地问宗政明珠:"记得我托你帮我做事时问过你什么吗?我问你,'能劈碎五丈以外的沙包吧?'你很惊讶地问我,'你怎么知道?'从城主卧房到那白玉栏杆的距离,恰好五丈,而如果是玉夫人动手,"他瞄了一眼身边被劈烂的楠木太师椅,"只怕连她的骨头也劈碎了。"

故事说完了,玉城大殿中一片寂静。

过了一会儿,"啪、啪、啪"三声,花如雪拍了三下手。

宗政明珠张了好几下口,卜承海拍开他哑穴,只听他开口沙哑道:"我不是有意杀她,虽然……虽然……你说得不错,但宗政明珠对玉秋霜如何,天地可鉴,那天只是……错手……"

"李……你不能怪他的,我明白……"云娇突然惨然开口,"穆蓝和夫人成婚二十九年,他们……他们之间并不相爱啊!只是为了秋霜,二十多年都强颜欢笑,在女儿面前假扮恩爱夫妻，就算玉城富可敌国，可是他们过的日子或许还不如贫穷百姓。穆蓝他……是很可怜的……夫人也……夫人也……她想找个看重她的男人，有什么……错……"她脸颊上泪痕纵横，"错的是我们都骗了秋霜，怕她受不了，结果我们四个人……联手……把她弄成了那样。我不怕死，要抵命就杀我吧，我不怕死，和穆蓝无关。"

"云娇。"宗政明珠没有想到她会说出这样一番话，全身颤抖，"人是我杀的，她……她爬到栏杆上去采花，看到我和红烛在房里，我想也没想……想也没想就劈了她一掌，可是我发誓，那时我不知道那个人是她！她从栏杆上摔下去，跑到空房子里去了。我和红烛穿好衣服出去找她的时候，她已经不见了。然后再看到她，他们竟然说她死在袁州，尸体被运回来了。我……我真的以为有鬼，李先生调查她为何会死在袁州，我比谁都想知道真相……"

"她跑进屋里来的时候，我和穆蓝在一起。"云娇幽幽地道，"她冲进来的样子像疯了一样，指着我和穆蓝说了很多很多，我……我都不知道怎么回答。突然她摔倒在地死了。我和穆蓝一直以为是我们把她气死的。秋霜先天柔弱，小时就有气促之症，她死在我和穆蓝面前，我们很害怕。穆蓝虽然富有，可是一切都是夫人给的，如果夫人知道他害死了秋霜，还背着她和我在一起，绝不可能原谅他。所以我们必须想个办法，处理秋霜的尸体。我和穆蓝完全不知道她和明珠的事，她一直误会我和明珠……也不知道我和穆蓝在一起。"

她秋水般的眼睛看着李莲花，继续道："李先生真的很可怕，每件事都好像亲眼看见一样。我戴了面具，立刻下山去找了一家镖行，穆蓝把她藏进了空箱子里，然后把他这么多年在玉城私藏的钱财和秋霜一起托镖运走了，对外只说是贩卖玉石。但现在是夏天，尸体在箱子里不能放太久，所以我在小棉客栈追上程云鹤，还装神弄鬼，果然吓得他打开箱子查验。程云鹤老实得很，一点也不懂得怀疑别人。这事顺顺利利全都推在了鬼头上。我和穆蓝想，只要是鬼杀的，便不必追查凶手，这件事也就此完结了。"她轻声说完，擦干眼泪，默默无语。

"我和明珠找不到秋霜，江湖上开始传言闹鬼。"玉红烛终于开口了，"李先生，你之所以能顺利进入玉城，就是因为当时我和明珠害怕得很。"

她语气冷冷的，音调苍凉："你是江湖有名的大夫。果然你一来，不负我望，立刻看出秋霜是死于内家掌法，绝非鬼魅作祟，这让我放心不少。"

李莲花闻言微笑："夫人生怕明珠杀人被人发现，又误会云娇常来玉城是为了明珠，所以下了杀心，几次暗示我，云娇就是凶手，可惜李莲花愚钝，一直没有领会夫人的意思。"

他说他没有领会，却一点惭愧的意思都没有。

"你深藏不露，是我有眼无珠。"玉红烛淡然说。

"杀死秋霜的是明珠。"玉穆蓝已经全然放松，哈哈笑了起来，"李先生果然聪明，没有冤枉好人，我和云娇本就是无辜的，哈哈哈哈……"

正在他言笑之际，花如雪冷冷地道："你装疯卖傻，逼杀手下剑士五六十人，难道他们就不是人，只有你女儿才是人？"

玉穆蓝的笑声陡然凝住。

云娇闭着的眼睛一直没有睁开，此时眼睫毛在颤抖，她已说不出话来。

卜承海森然道："我等本就不是为了玉秋霜一事前来玉城。五十余年来，江湖之中逼迫门人自杀之事早已绝迹，我等不过想认识认识逼迫五六十位门下弟子自杀的玉城主，究竟是一位何等了不得的人物。"

花如雪紧接上一句："你是装疯，不是真疯，那五六十条人命，少不得要你担当了。"

玉穆蓝脸色变得惊恐至极："不、不不不……不是这样的，我……我没有杀人，他们全都是自杀的……"

"我早就知道你会有这么一天，穆蓝，你自私狂妄，自从踏进玉家大门，就从不拿别人性命当回事，心胸狭窄，卑鄙无耻，却又装得道貌岸然。"玉红烛冷冰冰地道，看了云娇一眼："当年我和你一样，被他翩翩风度、潇洒的外表所骗。我还知道回头，你却是冥顽不灵，和蒲穆蓝一样死不足惜。"

云娇无助又惨淡地看着李莲花，在他揭穿玉穆蓝装疯的时候，她就知道事情已经无法挽回，她和玉穆蓝想象中的那些梦幻般的将来，都已成泡影。

李莲花看着她的眼神充满歉意，但是云娇清楚得很——他给了她很多次悔过和抵罪的机会，是她不珍惜。

"明珠，是我害了你。"玉红烛看向宗政明珠，她深吸一口气，"我若没有引诱你，如今你和秋霜都会好好的，过着羡煞神仙的日子。她是个好孩子，只是我不是个好娘亲。"

宗政明珠点了点头，再点了点头，什么都说不出来。

玉红烛闭上眼睛，玉秋霜从小无忧无虑地长大，从不知爹娘貌合神离，她有多快乐，自己就有多恨她——若不是为了秋霜，她绝不会和蒲穆蓝过这大半辈子，青春韶华如流水，就这么消磨过去。而如果今生不曾遇见宗政明珠，她又何尝算是美丽过呢？虽然那是——罪孽。

【 七 女 规 】

等李莲花从玉城回来，江湖上对李莲花又有了新的传说——传说他用药如神，一碗药汤就让得了失心疯的玉穆蓝神志清醒，最终揭露了"落日明珠袍"宗政明珠杀妻和玉氏夫妻各自偷情的奇案。

宗政明珠被"捕花二青天"捉拿归案，这两人行事很守规矩——宗政明珠是官，所以他被关进刑部大牢；而玉穆蓝和云娇这些江湖中人，则被交给"佛彼白石"。

"佛彼白石"是一个十年前就存在的组织。它本是十年前四顾门对抗邪教金鸳盟时内设的刑堂，而后金鸳盟土崩瓦解，四顾门门主李相夷与金鸳盟盟主笛飞声海上一战后双双失踪，四顾门也随之解散。十年前铲除金鸳盟的少年侠士都已步入中年，归隐的渐渐声名湮没，而未归隐的已纷纷娶妻生子，开宗立派。显赫一时的四顾门只有刑堂留了下来，出于当年对四顾门的敬仰，十年来它成为江湖刑堂，为各门各派叛徒逆子评审功过，施以刑罚。"佛彼白石"一共四人：汉佛、彼丘、白鹅、石水。这四人曾是李相夷的左右手，经过十年岁月，早已成为这一代江湖弟子心向往之的当世大侠。倒是当年和笛飞声在海船上两败俱伤、一起失踪的李相夷已渐渐被人遗忘，反倒不如"佛彼白石"如今声名显赫。

玉穆蓝和云娇一入"佛彼白石"，定能得到最公正的评判。

李莲花提着他那个蓝色印花的小小包裹，慢吞吞地走在回屏山镇的小路上。

大老远他就看到一个人，正摇头晃脑地对着他那栋莲花楼在吟诗："心交别我西京去，愁满春魂不易醒。从此无人访穷病，马蹄车辙草青青。"突然那个人转过头，看见李莲花回来了，大惊失色，"骗子回来了！"

"你还没死吗？"李莲花看着这个人，微微叹了口气。

这个书呆子就是"皓首穷经"施文绝，第一个被他从地下挖出来的大活人。施文绝和方多病相反，方多病瘦骨嶙峋，貌若饿殍，却自诩为病弱贵公子，施文绝明明是一介文弱书生，却在太阳下晒出一张黑如包公的脸，以示他并非"白面书生"。

"你还没有疯，我怎么会死呢？"施文绝学着他叹了口气，歪着头看他，"我听说了李莲花抓鬼的故事，突然替你觉得伤心得很。"

李莲花微微一笑："啊？"

"你这人虽然是个骗子，还是个穷鬼，不会治病，打架的本事也差劲得很，但是至少并不是个笨蛋。"施文绝说，"如果几年以后你突然变成疯子，我会很不习惯的。"

李莲花也叹了口气："我也觉得自己过得蛮不错，如果那天来了，你记得替我掉两滴眼泪，我也会伤心得很。"

两个人面面相觑，同时叹了口气，然后忍不住一起笑了起来，随后便走进了吉祥纹莲花楼。

李莲花的手少阴心经、手厥阴心包经、足阳明胃经曾受重创，此三经对大脑影响甚多，三经受损会导致智力下降，出现幻觉，最终疯癫，并且无药可治。此事只有施文绝一人知道，私底下他为李莲花叹了不少气，这人的的确确是个骗子，那张笑脸底下不知藏了多少他根本搞不清楚的狡猾心思。一天天等自己变傻变疯的滋味，他实在想象不出来。

而显然李莲花的日子却过得很舒服，这让他佩服得很。

"你带了什么东西回来？"进了吉祥楼，施文绝突然发现李莲花的布包里多了一个活的东西，"这是什么？老鼠？"

李莲花小心翼翼地从布包里掏出一只鹦鹉："鸟。"

"鹦鹉？！还是一只母的。"施文绝瞪了他一眼，"哪家小姐送你的定情信物？"

"这是云娇养的。"李莲花愉快地笑着，"它会唱歌，你想不想听？"

"唱歌？"施文绝饶有兴趣地看着那只羽毛鲜黄、形态爱娇的鹦鹉，"唱两句来听听。"

李莲花摸了摸它的头，没过多久那只鹦鹉张口了。

"哎呀我的妈呀，这是什么鬼在叫？长得这么可爱，怎么会发出这么恐怖的声音？女妖一样的……"听到犹如断舌鬼哭的声音从那只娇小玲珑、神态害羞的鹦鹉嘴里发出来，施文绝吓得当场跳了起来，摸着胸口余悸未消，"这是什么鬼东西？"

"它只不过舌头被人剪了一截，我给它起了个名字，叫作'女规'。"李莲花温柔地摸了摸那鹦鹉的喙，喃喃地说，"方多病想必会喜欢它的声音……"

"不行！这东西万万不能让他看见！"施文绝大吃一惊，"你要是把这东西送他，我保管他天天晚上带着它到处吓人，吓完了方氏吓武当，吓完了峨眉吓少林，你不要祸害江湖……"

"那我就送给你吧……"

"啊？不要！我不要晚上做噩梦……"

"很可爱的，也很好养，一个钱的大饼够它吃十天，很便宜。"李莲花很认真地推荐。

"李莲花！你现在就疯了不成？我——不——要——"

吉祥纹莲花楼

"青天白日，平白无故，你把这凶宅拉到这里来干什么？"

肖紫衿一怔："我……"

"你把这破楼拉来，他也不会认得你的。"方多病冷冷地道。

肖紫衿勉强道："我看屋中尚有一条狗。"

方多病一呆，废墟中陡然蹿出一条土狗出来，数年不见，那"千年狐精"看来把自己照顾得不错，依然和当年初见一般模样。

"他不会认你的，也不会认这只狗。"方多病喃喃地道，"我已试过，你当放过他，让他安生，也让自己安生……"

肖紫衿不答，亦或是无话可说。

三位大侠话不投机，怒目相向，而肖紫衿买来的青牛却不管这三人剑拔弩张，依然拖着那支离破碎的木楼向着沙滩缓步而去。

施文绝骤然惊醒："喂喂喂！快回来！等一下，那里有瓜！有瓜……"

沙滩上是李莲花的菜地，虽然不知道他到底种了些啥，但万万不可让青牛毁去。三人不约而同扑向其中一头青牛，独门武功纷纷出手，只求当即拦下那几只重达千斤的牛。

正在这掌影纷飞，身法独绝的时刻，有人"啊"了一声。

三人骤然僵住，一人手拉一头青牛，缓缓回过头来。

……

半日之后，三人使出了压箱底的功法将那崩塌的木楼和瓦房清理干净。肖紫衿满头大汗，便是十几年前和李相夷联手杀敌之时也没有这般累过。方多病身上有伤，施文绝存心陷害，于是这清理的重活都是肖门主一力承担，也是武功高强了。

搬开一块砖石的碎片，肖紫衿从地上捡起了一个本子，翻了翻，那本子叫做《苦鸳鸯命丧状元池》，里面没几个字全是画。扫开瓦砾，这"苦鸳鸯"旁边还有一叠十分眼熟的玩意儿，不是《白虎坡寻宝三英雄》，就是《何仙姑喜嫁花和尚》，也不知是什么鬼东西。肖紫衿心知这都是方多病买来的，说是李莲花喜欢看，但……但他当年喜欢看，你现在买来，他还看吗？

肖紫衿想起吉祥纹莲花楼里那本张剑仙……什么白兔精的话本，又想起许多……许多年前，

吉祥纹莲花楼

全新收录完整番外

壹·我闻山外梅花落
贰·及时行乐
叁·中秋小剧场

藤萍 著

iQIYI 爱奇艺

!이시네 줄묻주

劫去罢姻缘歌

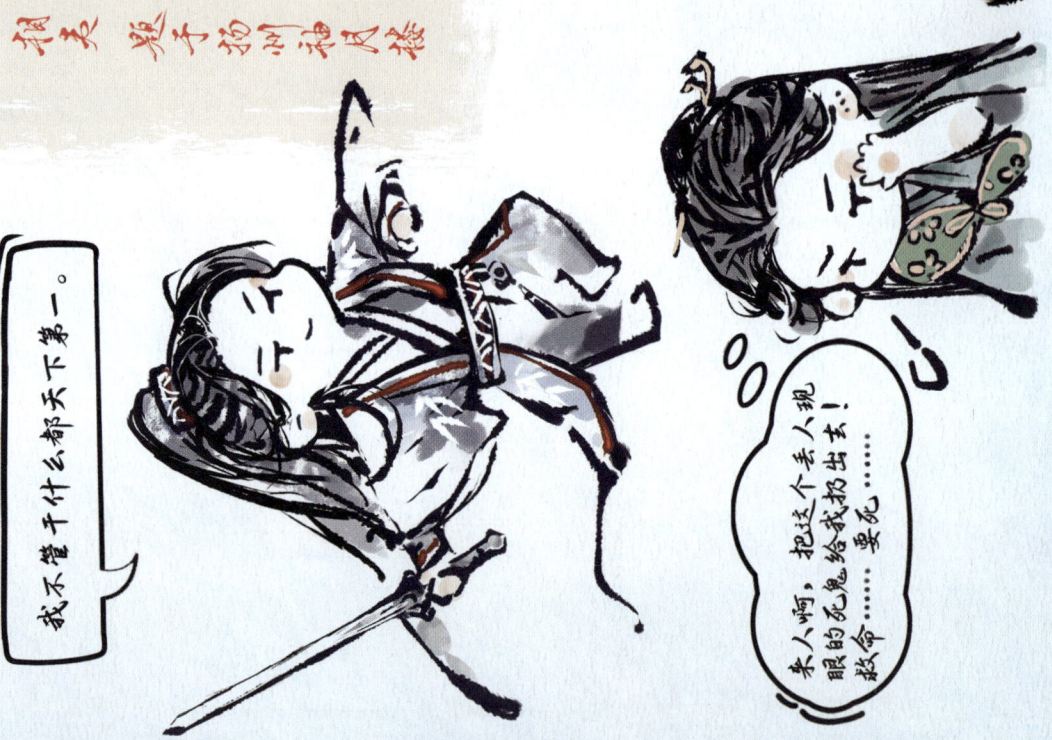

玉春戏花不给开，冻露消香怨宵来。
一夜诗浯好潇洒，我将灵魂做仙去。
天上五星三千里，其他有客能反剑。
青鸾白鹤扶摇上，飞腾漫空飞渡海。
踏乐伦游男女外，艳丽面貌野娑。
我醉不解！绿月，我曾见过一里琴，
我以了外一男婆，笑岁五谁人。
我因还度见人间，人间秀花艳荡，
春水饶花流水裳，松五达春赞影弦。
此递一去不可回，沧海桑波太雪起，
每件冰事遭悖上，日日胭脂复减减。
娥约眉小细容，纤香妆精庄花前。
轻更露要扬花，渡海向春去风月，
念未垂珠末要年，待未忘改末未死，
愉世大惟多情，终门稳稳选不又。
孤鸿过戴寒赋外，梦醒向放去易余，
我里人间不进寒。剑挑羽三分星。

丙戌 艾子在此神月鎏

> 糟糕，太长。只记得前面的句子，后面到底写了什么……

> 绝代谪仙……

> ……？

> 我不管千什么都天下第一。

> 来人啊，把这个丢人魂眼的死鬼给我扔出去！救命……要死……

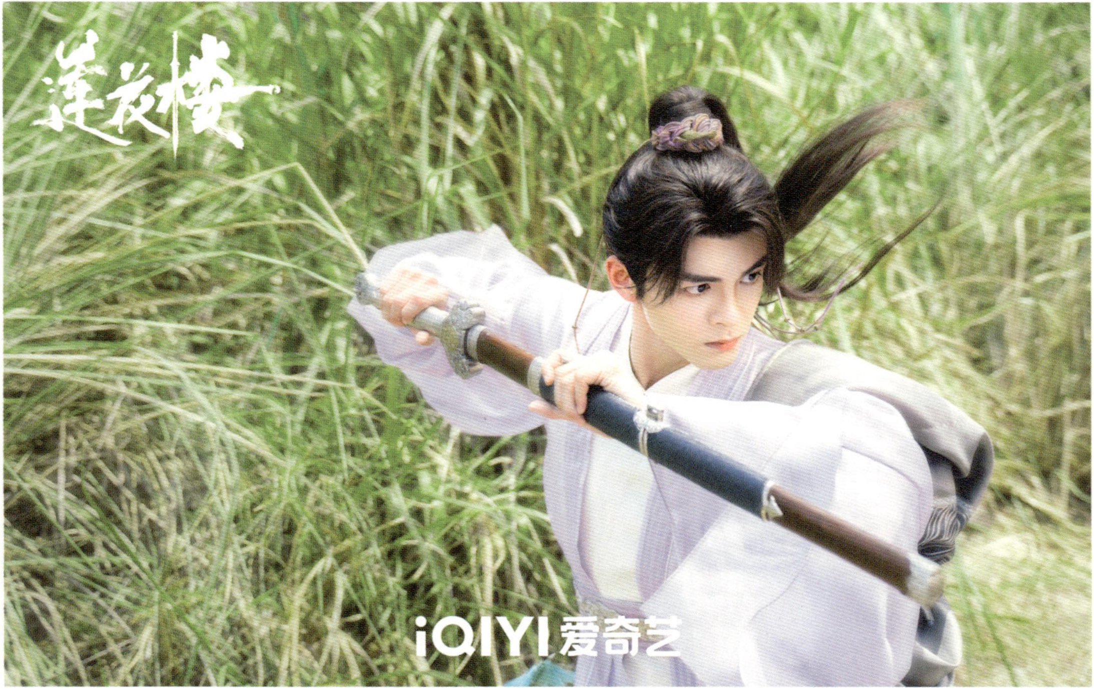
莲花楼
iQIYI爱奇艺

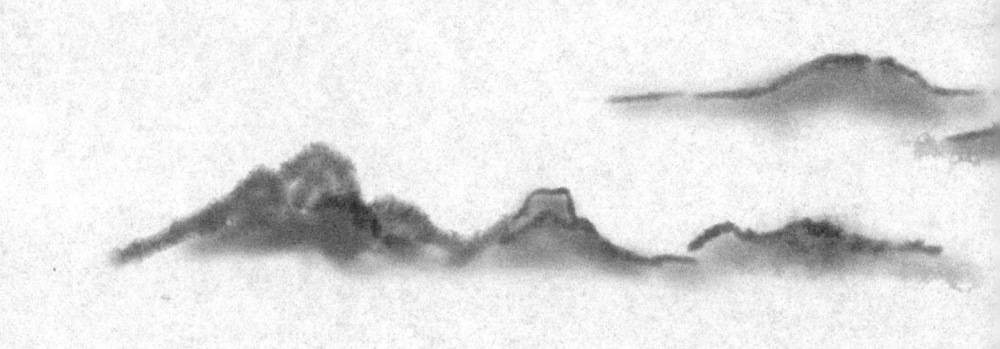

第二章 一品坟

风霜冬雪，松木峥嵘。

这里是前朝熙成皇帝的陵寝，方圆五十里的山头被修整成了圆形的宝顶，种上整齐的松木，宝顶下建有规模宏大的宫殿，史称熙陵，当地人多称"一品坟"。

前朝熙成皇帝一生平庸，在位期间未有什么功绩，但也未曾出过什么大错，驾崩数百年来熙陵寂寂无闻，连书生墨客也极少想到这里悲风怀古。

当朝皇帝在五十里熙陵留了寥寥百人的军队替熙成守灵，显然并没有什么诚意，而驻熙陵的士兵又多以爱喝酒闹事闻名。毕竟，守着一个绝对不会从坟墓里爬起来的死人，实在是无聊得很。

张青茅摇摇晃晃地踩着下了四天的积雪，提着两个酒壶，从熙陵地上宫走了出来。大冬天冷得紧，他划拳输了要去打酒，顺便买几斤卤牛肉回来消寒。虽然外面风大雪大，但想到过会儿就能舒舒服服地喝酒吃肉，他还是打起精神腆着肚子，往熙陵外二十里地的屏山镇走去。

这一天是腊月初一，雪已经下了四天，积雪一直到张青茅的膝盖，他走了一阵便咒骂起来，突然绊到石头一跤摔倒，他更是止不住地对在熙陵地上宫避寒的同僚的娘亲们一阵痛骂，好像他正是被这许多人踢下去的一般。等他咒骂到心怀舒畅，爬起身来时，突然看到积雪里露出一只脚。

那是一只有点像萝卜又有点像树干的脚，张青茅之所以认出那是一只"脚"，是因为它还穿着裤子和鞋子。那只"脚"上裹着质地良好的黑色锦缎，在被张青茅扑了个坑的雪地里分外明显，脚上的鞋子薄底软面，上面绣着一个没有脸的人头，只有头发和脖子，煞是古怪。

张青茅在变成酒桶之前也在江湖上混过几年，看见那鞋子，他呆了半天，半晌大叫一声："杀手无颜！"

从雪地里露出来的那只犹如萝卜的"脚"的主人，叫作慕容无颜，名列江湖异人榜第二十八名,杀手,年岁不详,胡人,他做过的最轰动的一件事,是刺杀少林寺方丈未成,从少林寺全身而退,并且没有人看清他的真面目。

一 佛彼白石

"佛彼白石"的落脚地,在清源山后的一片沼泽旁边,此处有座很小的庭院名叫"百川",取意"海纳百川,有容乃大"。"百川"之内有四五处房屋,青砖乌瓦,积雪盈寸。

一位年约四旬的青袍人负手眺望庭院,他窗户所对的那一面,院中空空如也,只有一角青砖,上面积满了白雪,留着不知是什么鸟雀停留过的细微痕迹。青袍人浓眉峻目,身材高大,在窗前站着,便似顶天立地一般。

他是"佛彼白石"之首,姓纪,名汉佛。

"听说最近一品坟出了件大事。"纪汉佛身后有人说,"慕容无颜和吴广都死在那里。我查过一品坟的历年纪事,三十年来,在那里失踪的共计十一人,其中七人都有一身不错的武功。"

"但以慕容无颜为最高。"纪汉佛冷冷地道,"此人武功不在你我之下。"

在纪汉佛身后说话的那人穿着一身肥厚的棉衣,圆脸肥唇,体重至少有二百斤,身材却不高,圆圆的就像只肥鹅,正是"白鹅"白江鹅。

"这次和慕容无颜一起出现在一品坟雪地松林里的,还有'铁骨金刚'吴广的尸骸,两人都一样上身骨瘦如柴,下身浮肿,全身并无伤痕。"

"嗯。"纪汉佛淡淡应了一声,"彼丘派出人手调查此事,应当不久便有消息。"

"彼丘这小子自从门主去后,算来也有快十年不出门了。"白江鹅嘻嘻一笑,他穿着大棉袄,却拿着把蒲扇,扇了扇风,"就像你自废右手,人都死了,你们拿自己过不去有什么好处?"

"你想得通,何必在你房里摆东海海岛地形,又悄悄遣人去找?"纪汉佛淡淡地说。

白江鹅哼了一声,转了话题:"彼丘死不出门,他手下那些弟子笨蛋居多,我刚好有件事要去云南,你和老四手头上也还有事,一品坟的事又是大事,你打算怎么办?"

"一品坟的事彼丘已经托给方氏。"纪汉佛眼中掠过一丝几不可见的光彩,"他人虽然不出门,但是做事仍旧很妥当。"

白江鹑被肥肉挤在一起的小眼睛闪了闪:"交给方多病?"

纪汉佛颔首。

"目的?"白江鹑的小眼睛又精又亮。

纪汉佛沉吟了一会儿,缓缓地道:"李莲花。"

白江鹑"啪"的一声把蒲扇拍在了桌上:"李莲花,年岁不详、出身不详、样貌不详,六年前初入江湖,为江湖第一神医,有吉祥纹莲花楼一座,制作精巧,可以牛马拖拉行走。他医术如神,曾使施文绝和贺兰铁死而复生,最近和'捕花二青天'合作查明碧窗有鬼杀人一事,不知其人在案中起何等作用。""白鹅"白江鹑负责"佛彼白石"里的人脉琐事,江湖中人只要有名号,他多半都知道一点,若是名人,他更是如数家珍。

纪汉佛道:"此人和门主并不相关,只是那莲花楼……"

他顿了顿,沉声道:"你可还记得,当年你我攻入金鸳盟腹地,在笛飞声寝宫之前,曾有一处佛堂?"

白江鹑点了点头:"我还记得我们冲进去的时候,那佛堂的香火尚未燃尽,可笛飞声却不见了。"

"那佛堂上的雕花是笛飞声手下'金象大师'所刻,金象来自天竺,精擅佛法、雕刻,那佛堂的雕花建造深得彼丘钦佩。"纪汉佛道,"莲花楼上的纹路和那栋佛堂如出一辙。"

"你和彼丘怀疑李莲花是金鸳盟弟子?"白江鹑细细地思考,"如是这样,此人值得一试。"

"如果莲花楼真是金鸳盟之物,那么李莲花必定和笛飞声有关。"纪汉佛淡淡地道,"他和门主双双失踪,他若未死,门主也应无恙才是。"

白江鹑没有回答,良久,才从肥硕的鼻孔里长长地喷出两道气:"彼丘让谁去熙陵?"

"葛潘。"

葛潘是彼丘手下最得力的弟子,记账和算账的本领可算是"百川"之中最出色的一个,他年二十有五,李相夷失踪后不久他便被彼丘收为弟子,进入"佛彼白石"刚好满十年。葛潘平生最遗憾的事,就是没有亲眼见过李相夷。四顾门门主李相夷以相貌俊美著称,一手"相夷太剑"名震江湖,为人冷傲孤僻、智慧绝伦。他十七岁成立四顾门，十八岁名扬天下，四顾门内人才济济，他竟能令纪汉佛、白江鹢等人俯首听令，对他敬若神明，究竟是什么样的人物，凭此就可以想象一二。葛潘常常感慨他生得晚，未曾亲眼见过李相夷的风采。

这一趟和方氏合作前往一品坟，葛潘对自己的任务感到有些兴奋。这十年以来，他已很少因为任务心起波澜，但这一次去试探李莲花究竟是否是金鸳盟的人，却真的令他有些兴奋。他快马加鞭，午后就到了方多病信上说的地点：晓月客栈。

骏马疾若流星，从山道上掠过。

在转过弯道的时候，突然有些水洒在了山道旁的积雪上，葛潘似乎绊到了什么，那匹马踉跄了一下，继续往前奔行。

【 二 路在何方 】

方多病烦恼地坐在客栈里看李莲花，这个人抱着晓月客栈老板娘的儿子，在屋里走来走去已经很久了。他一停下来，那小子就用一种狼嚎般的声音哭。

"这是你儿子？"

"不是。"李莲花抱着那长得并不怎么可爱的小子，轻轻拍着他的头。

"不是你儿子你干吗要哄他？"方多病简直要被李莲花气疯了，"我坐在这里已经有一个时辰那么久了，本公子事务繁忙，日理万机，千里迢迢来这种小地方找你，你竟然在我面前哄了一个时辰别人的儿子？"

"翠花出门去了。"李莲花指指门外，"她买酱油，儿子没人照顾。"

"这世上还有更多寡妇的儿子没人照顾呢，你不如——娶回家算了。"方多病瞪眼，狠狠一拳砸在桌上，"我告诉你，'佛彼白石'托本公子做件事，事关'铁骨金刚'吴广和'杀手无颜'慕容无颜，你若不和本公子去调查凶手，本公子立刻杀了你。"

"你去不去？不去本公子立刻杀了你！"他开始威胁李莲花。

"吴广也会死？"李莲花吓了一跳，"慕容无颜也会死？"

"连李相夷和笛飞声都会死，这两个人算什么？"方多病不耐烦地看着他怀里的孩子，拍桌子吼道，"你到底要抱别人的儿子抱到什么时候？"

"咯吱"一声，门开了又关上，门外传来一个年轻人尴尬的声音："在下葛潘，'佛彼白石'门下弟子。"

显然,他开门时听到方多病一声怒吼,也吓了一跳,手一抖把门又关上了。

方多病立刻整了整衣服,他今天没带那柄被他起名叫作"尔雅"的长剑,便露出一张温文尔雅的笑脸:"请进,在下方多病。"

葛潘推门而入,他身着一袭绸质青衫,足蹬薄底快靴,比起他这个年纪的年轻人,微笑得更加和气一些。

"葛潘见过方公子、李先生。"他抱拳对方多病和李莲花施一礼,在看到李莲花怀抱婴儿时显然怔了一下,很快回过神来,只作不见。

"一品坟情况如何?"方多病双手搭着椅子扶手,"彼丘传信与我时,只说吴广和慕容无颜死在一品坟,其余细节说等你到了之后细谈,究竟是怎么回事?"

葛潘在方多病桌前再拱了拱手:"师父得到的消息也不确切,根据鹅师叔所获情况,两人上身瘦瘪、下身浮肿,并无伤痕。尸体在离一品坟地上宫十里左右的杉树林里,两人相隔十五丈,模样十分古怪。发现尸体的人叫张青茅,本是少林弟子。慕容无颜死在熙陵这事,虽然和守陵军没有什么关系,但在江湖之中却是大事。鹅师叔查过资料,这不是在熙陵发生的第一起,三十年来,已有十一人在熙陵失踪,其中不乏好手。"

"熙陵就在后面。"方多病从鼻子里哼了一声,"上去看看就知道了,只是还要等一等……"

葛潘奇道:"等什么?"

方多病又哼了一声:"等老板娘回来。"

"等老板娘……回来?"葛潘轻咳一声,无法理解。

方多病怒气冲冲地瞪着李莲花,李莲花满脸歉然地看着他:"我不知道翠花去买酱油也要买这么久的。"

彼丘将一品坟之事托付给方氏,方氏对"佛彼白石"之托十分重视,已再三告诫方多病行事务必谨慎,此事一定要查明。而方多病非要拖上李莲花一起行事,他自诩是聪明人,自然知道什么样的人在什么时候最管用。

葛潘上下打量一番这位半晌之后终于开口的江湖神医,只觉得有人能把老板娘买酱油看得比调查慕容无颜之死更为重要,倒也少见。

他们又等了半个时辰,仍没有等到晓月客栈的老板娘孙翠花,最后,李莲花只得把孩子托给隔壁怡红院的老鸨。

回到客栈后,其他两人已等得满心焦躁,三个人很快往熙陵行去。

三人登上熙陵时天色已晚,四周人迹罕至,这里是皇家禁地,驻兵不过百人,平常百姓也很少踏入熙陵地界。熙陵附近全是杉树，几乎没有野兽出没，是块整齐干净的死地。三个人的脚印在雪地里蜿蜒成线，清晰异常，在这样的雪地里，只要没有大雪，天气没有转暖，几天之内的足迹也必清晰如新。

前面不远的树林中有些火光，三人尚未靠近，林中已有人大声喊话，说是朝廷驻军，要闲人速速离开。

葛潘称是"佛彼白石"弟子，随后，林中有几人手持火把出来，自称是少林、武当门下弟子，已等候"佛彼白石"多时。

林中手持火把的共有五人，其中肥胖的便是张青茅，其余四人中，有两人既是少林俗家弟子，又是孪生兄弟，也姓张，叫张庆虎、张庆狮。两人相貌极其相似，只是张庆虎脸颊有一颗黑痣，张庆狮却没有；张庆虎擅使少林十八棍，张庆狮精通罗汉拳。另两人是武当弟子，一个叫杨秋岳，一个叫古风辛。几人守着慕容无颜和吴广的尸身已有数日，毕竟是江湖出身，深知这两个死人与众不同，这事一个不好，只怕这两人的亲戚朋友、族人师门统统被赶上山来，那时这百人驻军有个屁用？还不是只有引颈就戮的份儿？

三个姓张的同门师兄弟看守慕容无颜的尸体，杨秋岳和古风辛看守吴广的尸体，眼见等到了人，几人都面现喜色。

方多病看了那两具尸体两眼，这两人生前虽然不是胖子，至少也很壮实，现在却成了上身干瘪下身浮肿的古怪模样，不由得叹了口气："这是怎么搞的？中毒还是中邪？"

葛潘利索地翻看了一下吴广的尸体："奇怪，这两人竟是饿死的。"

"饿死的？"方多病大吃一惊，他看得出身边那位"神医"也吓了一跳，"怎么可能？这两个人都不穷，怎么会饿死？"

"在潮湿的地方饿死的人，就是这副模样。"葛潘说，"李先生应该很清楚。我本来还当他们受毒物所伤，以至于干瘪和浮肿，现在看来断然是饿死的。"他抬头恭敬地看着李莲花，"不知在下浅见，可是有错？"

李莲花一怔，微微一笑："不错。"

方多病在旁边嘿嘿一笑，不置可否。

"奇怪，在这空旷之地，两位绝代高手竟然会饿死，看来他们绝非是在这里死的。"葛潘非常困惑，四下张望，走到树林边缘眺望熙陵，"除非有人将他们困在没有食水的地方，难道竟是……"

方多病接口道："熙陵？"

葛潘点了点头："方圆五十里内，除了熙陵，只怕并无其他地方能吸引这两位高手。"

李莲花插了句话："那他们是如何到了这里？"

方多病和葛潘都是一怔，熙陵距离这里仍有十里之遥，虽然尸体附近脚印繁多，却都是步履沉重的守陵军留下的，绝不是慕容无颜和吴广留下的。

方多病脑子转得快："难道他们出来的脚印被张青茅他们踩没了？"

李莲花似乎没有听到方多病的疑问，却抬头呆呆看着身旁的一棵杉木。

方多病顺着他的目光看去，脑筋一转，突然恍然大悟："我明白了！这两个人既然不是在这里死的，当然不会有脚印，他们之所以会被丢在这里，是出路的缘故。"

葛潘奇道："出路的缘故？什么道理？"

方多病指着那棵杉木："你看。"

葛潘凝目望去，那棵巨杉的枝干之间有一块积雪凹了一大块，留着一个清晰的印迹。

葛潘问道："落足点？"

方多病点头："这棵杉树在慕容无颜和吴广尸体之间，他们相隔十五丈，这棵树正是中点，慕容无颜便在此树外八丈处。"

葛潘四下一看，顿时醒悟："原来如此，这个山头杉树虽多，却不连贯，难怪这两人相隔十五丈。方公子目光如炬，葛潘十分佩服。"

方多病后颈顿时冒出许多汗，干笑一声，瞪了李莲花一眼，李莲花听得连连点头。

原来熙陵山头长满杉木，但是杉木林并不连贯相接，不仅一片杉木林本身有空余之地，就连从山头到山腰之间也还有一段断带。慕容无颜和吴广的尸体正处在上面一片杉木林的空地和下面一片杉木林之间的断带之中。若有高手想凭借杉木，不着痕迹地从熙陵山头下去，势必要跨越近二十丈的雪地，而即使是绝代高手，也不可能一掠二十丈。若是在其他山头，只用拾起石头垫脚，便可从容离去，偏偏熙陵是皇陵，整座山经过精细的人工修整，山头铺满大小一致的卵石，此刻也都在积雪之下，若是挖出一块来垫脚，反而暴露行迹。而此时若是身边恰好有两具尸体……只怕便有人夹带尸体自杉木树梢而行，将两具尸体掷在雪地之中，当作借力之物，越过二十丈雪地，自山腰树林离去，不在雪地上留下任何痕迹。单看此人丢掷尸体浑然不当一回事，便知绝非寻常人物，却不知为何他宁可丢下两具势必引起轩然大波的尸体，也不愿留下脚印？

方多病喃喃自语:"难道这人不是害死慕容无颜和吴广的凶手?如果是凶手,怎么可能做出这种事,我知道了!"他眼睛一亮,"这人的脚肯定有毛病,他平日一定自卑得很,所以无论如何不肯在雪地里留下脚印。"

方大公子得意扬扬地说完他的妙论,却发现李莲花目不转睛地看着那树上留下的落足痕迹,而葛潘正不住翻看慕容无颜的尸体,似乎并没有人听见他的高论。

张青茅对这三人敬若神明,在一旁静静听着,张庆虎却开口道:"我等守卫熙陵已有年头,明楼和宝城里住满了人,就算有人被关在熙陵宫里,也不可能直到饿死也没被发现。"

张庆狮不擅说话,点了点头,目光却一直看着葛潘。方多病和张庆狮目光一对,隐隐觉得似乎哪里有异样,一时却想不出来。

"如果是在地下宫呢?"杨秋岳冷冷地问,"你不要忘了,虽然熙成皇帝遗诏入葬从简,但这里既然是皇陵,说不定地下真的有什么宝物,值得慕容无颜和吴广来这里寻宝。这里也有不少传说,什么'观音垂泪'的灵药,什么传位玉玺,各种各样皇陵该有的传说都有。"此人相貌斯文,说起话来透着一股阴气,方多病一看就很不喜欢。

"但是我们在熙陵三年有余,从来没有发现地下宫的入口。"古风辛道,"如果真的有人找到地下宫的入口,又从里面带了尸体出来,那入口岂不是很大?到底会在哪里?"

"根据史书所载,皇陵入口,一般都在明楼的某个角落。"葛潘道,"不如我们进熙陵分头寻找?"

李莲花看了他一眼,葛潘轻咳一声:"李先生可有其他看法?"

李莲花"啊"了一声,脸上浮起几分尴尬之色:"我怕鬼。"

葛潘再度愕然,方多病忍不住哈哈大笑:"绝代神医,夜里居然怕鬼,哈哈哈哈,哈哈哈哈……"

葛潘叹了口气:"既然先生怕鬼,那么我们明日早晨再寻。"

【三 第三个死人】

当晚,李莲花、方多病和葛潘便留在熙陵。

张青茅在百人军中是个不大不小的头目,于是招待三位住在他房间两侧,方多病和李莲花住在他右侧,葛潘住在左侧。张青茅的对门便是张家兄弟,方多病和李莲花的对门是杨秋岳,而葛潘的对门是古风辛。

这明楼、宝城本不该住人,若是前朝派兵驻扎,必是住在陵外的巡山铺,但百人驻军贪图方便,便住在明楼之中。天寒地冻,他们也不巡山,整日在熙陵中饮酒赌钱,输的人就出去买酒买肉,倒十分逍遥。

积雪盈城,星月暗淡。这一夜方多病几乎睡不着觉,除了张青茅的鼾声,四下寂静得出奇,窗外的雪光透过左边房间的窗户,再映到右边房内,映得人全身都不舒服,而李莲花却睡得安安稳稳。

不知为何,这一夜方多病心里总是隐隐地不安,这种感觉在看到张庆狮的时候就有,可是他分明不认识这个人,为什么会有这种不安?

一夜无眠,到快天明的时候,他突然听到有人快步冲进张青茅的房间,惊慌失措地道:"张统领,张庆狮……张庆狮被人杀了,他的头不见了,有谁……有谁看到张庆狮的头……"

来报张庆狮被杀的人是杨秋岳。

方多病从床上一跃而起,李莲花也从床上坐了起来,两人面面相觑:张庆狮死了?

张庆狮死得十分古怪。张青茅穿好衣服来到张庆虎和张庆狮兄弟房里,只见张庆狮穿着便衣坐在床头,头颅已经不见了,鲜血浸透了半件便衣。天气寒冷,鲜血都结成了冰,牢牢地冻在张庆狮身上,色泽鲜艳。干净的白粉墙壁之前坐着一具无头血尸,着实触目惊心。

据张庆虎言,他昨夜在杨秋岳房里赌钱,一大清早回来发现弟弟竟然死了。

方多病和李莲花已在张庆狮房里多时。张庆狮除了脑袋被砍,身上并无伤痕。满脸茫然的李莲花仍是看着张庆狮发呆,而方多病满脸烦躁,显然这件事出乎他意料——为何有人要杀张庆狮?他和慕容无颜、吴广饿死一事,又有什么关系?

"奇怪,为何有人要杀害张庆狮?"葛潘喃喃自语,"莫非他和慕容无颜、吴广一事有关?"

方多病点头:"他很可能知道地下宫的入口。"

葛潘奇道:"如果他确实知道什么的话,为何不说?"

方多病道:"如果那两个人是他引入地宫害死的,他当然不会说。"

葛潘皱眉:"那他为何死了?证明和此事有关的不止他一人,正因为今日我们要搜查地宫入口,有人便夜里将他杀了灭口。"

方多病叹了口气:"那说明凶手肯定就在这附近,说不定就在守陵军和我们三个人中间。"

"外面没有脚印。"李莲花插了一句。

葛潘一凛:"那说明昨夜没有别人进来……"

"不,"李莲花呆呆地说,"那只能说明,还有个人也可能杀张庆狮,就是从陵恩门月台越过树林,把两具尸体丢在树林里下山去的那个人……"

他一句话没说完,方多病和葛潘都是一震,异口同声问:"陵恩门月台?"

李莲花怔怔地道:"是啊,陵恩门后是琉璃影壁,琉璃影壁之后就是明楼,明楼里一直住着人。陵恩门侧是厨房,平日有人走动的都在这一段地方,所以这段地方都有扫雪,不会有脚印。那个……厨房夜里是没有人的,月台外面有杉树林,其他地方都没有……"

方多病"啪"的一掌拍在他肩上,赞道:"好家伙,有道理!看来地宫的入口,就在陵恩门附近!"

李莲花仍是充满困惑地摇头:"不对啊,如果是从地宫里带尸体出来的人杀了张庆狮,他怎么知道我们今天早上要找地宫入口,然后在夜里就把张庆狮杀了?"

方多病一怔:"那就是说——"

葛潘脱口而出:"杀死张庆狮的凶手就在昨夜小树林里听到我们今日要寻找地宫入口的几个人中间!"

闻言,杨秋岳和张庆虎的脸色都有些青白。昨夜在小树林里的人不过八个:张庆虎兄弟、杨秋岳、古风辛和张青茅,以及李莲花、方多病、葛潘。剩下的七人有一个是凶手,那究竟是谁?又为什么要割去张庆狮的头颅?

一切的谜团,都必须等进入熙陵地宫才能有头绪,这沉寂了数百年的皇家陵寝,究竟隐藏着什么隐秘,能令两位绝代高手在坟中饿死,又使一位守陵兵在深夜里失去了头颅?

张青茅当即召集昨夜在树林中守尸体的几人,跟随李莲花三人往陵恩门月台走去。

七人跨过几道气势恢宏的石柱和石门,熙陵的陵恩门里供着两个雕刻精美、祥云缭绕的石刻图,为九龙盘云和一条坐龙,都是守灵之物。七人开始着手寻找地宫的入口,对前朝皇帝并没有什么敬意的众人手持刀剑,在各处浮雕之上敲敲打打,叮咚之声不绝于耳。

"莲花。"方多病把李莲花扯到一边,悄悄地道,"告诉我谁比较可疑,我就牢牢地盯着他。"

李莲花微笑道："啊……我也不知道……"

一句话还没说完，方多病斜眼看他："你那只鹦鹉好像还在我家？"

李莲花滞了一下，皱起眉头："难道你突然喜欢吃鹦鹉肉？"

方多病狞笑："如果你不知道的话，说不定我就会突然很喜欢。"

李莲花叹了口气："堂堂方大公子，居然绑票小小一只鹦鹉，实在是丢脸得很……"他压低了声音，唇边泛起一丝笑意，"你有没有发现，张庆狮的房间里，除了他身上，其他地方都没有血？"

方多病想了想："嗯，那又怎么样？难道你要说他不是在那里死的？"

李莲花道："你注意到他身上的血迹了吗？那是一层层浸透下来的，并不是喷涌出来的，墙上干干净净，没有半点痕迹。"

方多病皱眉："你想说什么？"

李莲花道："我想说他是先死了，才被人砍了头，不是因为砍头死的。"

方多病一怔："杀人灭口只要人死了就好，何必杀了人又砍头？"

李莲花微微一笑："杀人可以说是为了灭口，但砍头不是……总之，反正如果他是活着被人砍的头，他坐在床上，床后的白墙不可能没有丝毫痕迹。你我都很清楚，刀剑砍了人，伤口如果立刻出血，血液多少会附在兵器上，当用力斩落的时候使出的力气越大、速度越快，血沿着施力的方向溅出去就越清晰。他房里没有半点痕迹，只能说凶手是在他血液快要凝固的时候才砍的头，所以刀剑分开皮肉的时候，伤口并不立刻流血。"

方多病奇道："你怎么知道他一定是在房里被砍的？说不定他是在外面被砍的头。"

李莲花叹了口气："他如果是在外面，身上的血迹就不是这样的，这些血是他的头被砍了以后不久才慢慢冒出来的。事发以后他一直没有被人动过，所以才会一层一层浸透衣服，却不是很快流成一道一道，也没有溅得到处都是。"

方多病仍在反驳："他仍然可能在外面死……"

李莲花又叹了口气，好像有些无奈："我只说他是先死了，才被人在房里砍了头。我几时说他一定是死在房里了？你不要胡搅蛮缠。"

方多病哼了一声："就算他是先死了才给人砍的头，那又如何？"

"那就说明，张庆狮被人杀了两次，要么凶手是同一个人，杀人的目的就是为了砍头；要么就是除了死人和凶手，另有一个砍头的人。"李莲花慢慢地说，"有趣的事不是杀人，而是砍头。"

方多病一怔："砍头？"

李莲花微笑："头是一种很奇怪的东西，会泄露很多秘密，不管是活的时候还是死的时候，都一样。"

方多病无比诧异："啊？什么意思？"

李莲花在他耳边悄悄道："比如，砍了头你就不知死的究竟是谁。"

方多病被他突如其来的这声低语吓了一跳："哇——"一抬头，猛地撞上李莲花的头。

寻觅入口的人们猛然回头，李莲花满脸歉意，方多病用力地揍了他一拳："路在那边，不要撞我。"

李莲花唯唯诺诺，满脸无辜。

葛潘一直都很注意方多病和李莲花，此刻忍不住问："两位在说什么？找到地宫入口了吗？"

李莲花道："小方说他找到了。"

方多病又吓了一跳："啊？"

李莲花怔怔地看着他，困惑地问："你不是说在琉璃影壁后面吗？"

方多病用力抓了抓头发："哦……"

李莲花继续怔怔地道："是你说大凡皇陵，地宫隧道都在陵墓中心线上，入口有很多都在琉璃影壁后面。"

方多病连连点头："没错，正是本公子说的。"

葛潘顿时大步向陵恩门外琉璃影壁走去。

熙陵的琉璃影壁上绘的图案稍微有些异样，一般琉璃影壁上绘的都是龙凤图案，以神兽护生守灵，而熙成皇陵的琉璃影壁上画的是极其繁复的图案，经大家辨认许久，认出是两尾长着龙头和翅膀的鲤鱼，正绕着莲花嬉戏。这是鲤鱼化龙图，按道理这种图案决计不会出现在皇家饰物中，此刻却居然绘在了一位在位三十多年的皇帝的陵墓上，这的确是件很奇怪的事。

葛潘抚摩了一阵那琉璃影壁，以剑尖轻轻敲击，四处毫无异样："这里虽然有些奇怪，但是入口在何处呢？"

"一品坟的入口，肯定不是挖出来的。"张青茅突然说，"我在这里三年多，琉璃影壁这里人来人往，绝对没有人在这里挖过什么，也没有看到挖出来的土堆。"

方多病眼睛一亮："那就是有机关了？"

葛潘喃喃自语："有机关……但这里每一块砖后面都是实心的，入口究竟在哪里？"他四下看了很久，又道："这里也没有什么可以拉扯扳动的突出的东西，机关究竟藏在何处？前人巧思，实在令后人敬畏。"

方多病斜了李莲花一眼，这人既然说找到了，总不会骗他吧？不过这人骗人本是家常便饭，不骗才奇怪，哎呀不对，他说是本公子找到了，他要是没找到，岂不是很没面子？方多病正在悻悻然之际，突然膝盖一麻，不知有个什么东西在他膝盖之侧血海穴撞了一下，他"扑通"一声趴在地上，大家都吃了一惊："方公子？"

方多病趴在地上，下巴贴着地板往前看去，突然看到了一种奇怪的现象。

正是太阳初升，光线很充足，他看到从自己鼻尖以下到琉璃影壁下方为止，这块地面上所有的沙子，都是个头大的卡在前边，靠近自己这一边的缝隙边缘几乎没有沙子，靠近影壁的那一边缝隙边缘多半都积着沙子，而在影壁地下散落着一些极小的碎石和粉尘。他往后爬了一步，地上仍是这样，再往后爬了一步，一直后退到陵恩门的后房门槛下，他才看到毫无规则的小沙子："张统领，这里的雪是几天扫一次？"

"只要没有下雪，这里就不大打扫，本就少有人来。"张青茅道，"反正这地方本就是给鬼住的，又不是给人住的。"

方多病拍拍灰尘，从地上爬了起来："那就是说最近都没有扫过？"

"没有，雪是大半个月前下的，一直都不化，也有大半个月没有扫了。"

"那么——"方多病从鼻子里哼了一声，"入口就在这里了。"

"啊，在哪里？"李莲花惊讶地看着他，而方多病很想用一大块布团把那张嘴塞住。

他的血海穴被李莲花弹过来的不知何物撞得麻得要命，却又不得不咳嗽一声，解释道："这地上的沙石都往琉璃影壁那个方向滚，如果不是扫地的人故意把沙石都扫到琉璃影壁下面去，那就是这整块地面曾经竖了起来或者被抬了起来，否则地面上的沙石不会往同一个方向滑落。有谁能把这块地板拉起来？我猜下面就是地宫入口。"

葛潘连连点头："有道理，不过这地面如此沉重，要如何将它拉起来？"

方多病顿时语塞，他顿了顿，有些恼羞成怒："武功练到家的人自然可以用手去拉。"

葛潘皱起眉头："那至少也要有天生神力，还是练的外家功夫，'铁骨金刚'

吴广想必做得到，你我却都做不到。"

张青茅突然说："说起力气，张家兄弟是少林横练功夫出身，双手可提千斤重物，不知能否派上用场？"

葛潘和方多病都觉意外，看不出张庆虎个子不高不矮，人不胖不瘦，一张苦脸，却居然是天生神力。

张庆虎点了点头，从身上摸了一把铁钩出来，钩住陵恩门台阶与地面的一条细细石缝，陡然吐气开声，"哈"一声大叫，那地面咯吱作响，冒起一股烟尘。

那铁钩随即被双手巨力扭曲得不成样子，葛潘及时将自己长剑剑鞘递过去，方多病将袖中短棍递出，两人的兵器双双卡在张庆虎钩起的那条石缝中，大家纷纷动手，把自己的兵器抵在缝隙上，齐心协力，张庆虎丢去铁钩，换了方多病的短棍，一声狂喊，猛力一撬，双手拼力上举："开！"

那地面突然无声无息向上抬起约三尺高，粉尘沙石四下滚落，大多掉入底下黑暗的洞口，也有部分滚落到琉璃影壁之下。在地面抬起之时，杨秋岳、古风辛、张庆虎三人似乎都受到入口处的暗器袭击，纷纷跃开相避，落地之后，入口已经完全开启，再无暗器射出。

大家的兵器都在石板的重力下压得不成样子，只有方多病的短棍还完好如新。

张庆虎恭恭敬敬地把短棍还给方多病："好兵器。"

方多病笑嘻嘻地收入袖里，往那洞口一探头，咋舌："好大一个洞。"

那入口上方盖的石板足有一尺来厚，方圆五丈左右，决计不止千斤，大家对张庆虎的臂力凛然生畏，少林弟子，果然有独到之处。

【 四　熙陵地宫 】

七人围绕着那黑漆漆的入口看了一阵，底下微微有风吹来，却是暖的，也并没有尘封多年的气味。

葛潘兴奋地道："看来底下另有通风口，熙陵果然藏有隐秘。"

一般皇陵唯恐封闭不全，怎会留有通风口？大家都有些奇怪，张青茅叫人带了些火把过来，守住洞口，葛潘手持火把当先一跃，对着那漆黑的入口跳了下去。

火光就在底下不远处亮了起来，那洞底离上边并不远，约莫落差只有两丈，其余六人一一下到通道里，那石板若非天生神力也扳它不动，倒不怕有人悄悄扣上。

七人手持火把，通道四壁被火焰照亮，大家都甚觉惊奇：那是一条雕琢十分精细，以石板砌成的通道，四壁上刻满了文字，并非汉字，线条纤细优美。在通道顶上还绘有西天诸佛、菩萨、罗汉，的确是有些陵墓的样子。

但如果熙陵只是熙成皇帝及其妃子安息之地，为何留下一条隧道与外相通？慕容无颜和吴广真是死在这地下陵墓之中？为何他们能轻易找到入口？大家沿着那刻满文字的通道往前走，各自胡思乱想着，一路上竟寂静无声。

"莲花，"在寂静了好一会儿以后，方多病问，"这墙上写的什么？怎么没完没了的？"

"这墙上写的梵文，在说一个故事。"李莲花"啊"了一声，有点心不在焉，"在说儿子的故事。"

"儿子的故事？"方多病奇道，"什么儿子的故事？"

隧道里静悄悄的，大家对着前路不明的隧道，越发紧张多疑，何况身边还潜伏着杀害张庆狮的凶手，大家不知不觉都集中注意力去听两人的谈话，以免自己越发浮躁。

只听李莲花心不在焉地道："这是《妙法莲华经》第五卷《如来寿量品》里，如来说的一个故事，叫作'医子喻'。如来说有一个神医，医术很高明，他生了许多儿子。有一天这位神医有事出门远游，他的儿子们在家里误服了毒药，都非常痛苦。神医回来以后，看见儿子们很痛苦，立刻配了灵药给儿子们吃。平时孝顺他的儿子相信这是灵药，平时不孝顺他的儿子却怀疑是毒药。相信是灵药的儿子吃下以后便没事，不相信的儿子却始终不肯吃，宁愿在床上痛苦呻吟，只当父亲要害死他们。这位神医并没有责怪不孝的儿子，他留下信说我年纪也大了，差不多要死了，我的灵药都放在家里，你们如果需要可以拿去吃。然后神医就去了远方，托人带信回来说他已经死了。那些害怕父亲要毒死他们的儿子想到父亲已死，怀念父亲的慈爱，又想到他不会知道究竟是谁去拿药，药应该不会是假的，便领了灵药来吃，身体就好了。然后神医归来，不孝的儿子们大彻大悟，发现原来自己有多么愚蠢。"

李莲花漫不经心地说："如来问弟子，这位神医有没有犯虚妄罪？众弟子说没有。"

方多病听得昏昏欲睡："熙成皇帝把这种故事当作宝贝一样刻在墙上，果然是老糊涂。"

葛潘突然插口："修筑皇陵是历朝大事，他把故事刻在这里定然有用意，只是我们一时无法参悟。"

话正说到这里，众人转过一个弯道，隧道的尽头出现了一面对扣的石门。

火光映照之下，众人清晰地看到那石门由一种白色石头雕成，上面刻着海浪，两条蟠龙在大浪中争夺一朵未开的莲花。石门双扇，中缝在莲花之上，左右各是一条龙。

葛潘暗忖：据史书记载，凡是陵墓石门，必有自来石或是石球顶在门后，以使大门"能出不能进"，这石门门缝严密得塞不进一根头发，要打开此门，只怕非三五个如张庆虎那般气力的莽汉不可。

正在他思量之际，张青茅双手一推，那扇石门竟然无声无息地向后滑动——开了。

众人为之一愕，葛潘往里掷进一支火把，里面仍是一段隧道，石门之后果然另有巨大石球，只是早已被人震碎大半，倾塌在一旁。

众人鱼贯而入，经过那堆碎石时都不禁有些心惊：第一个开门之人不知是以何等方法打开石门，又是如何震碎这半人高巨石的？如果当真是以内力传入，用隔山打牛之法隔着石门震碎石球，那人的武功之高委实无法想象。

石门之后的隧道渐渐往下倾斜，石壁之上依然刻着文字，隔不多远石壁上就留有空槽和孔洞，有些微风从孔洞吹入，这里的空气反而比前面好。

又未走多远，前面再度出现一扇石门，这门上绘着面貌狰狞的鬼怪，门前也堆着一堆碎石，大家满腹疑惑，越过这道石门，没走出十丈，前面又一道石门。

这一道石门却是黄金镶嵌，以金银丝镂成了一尊观音，观音慈眉善目，坐莲持柳，让人见了顿生祥和之感。张青茅用力去推，却再也推不开，换张庆虎去推，也是推之不开，仅是微微晃动。

葛潘仰头张望了一下："看来慕容无颜和吴广，便是葬身此处。"

张青茅顿时毛骨悚然："何以见得？"

葛潘高举火把，在墙边一照，石墙原本刻满梵文，此处却多了许多兵器砍凿的痕迹，地上也有很多凿痕，一柄扭曲得不成样子的长剑遗落在地上，剑尖沿着墙角硬生生插入石缝之间。

"只怕他们进来的时候这里的门本是打开的，等他们聚在这扇门前商量开门之法时，有人在身后关上了那扇鬼门。隧道往下倾斜，如果两扇大门本是开着的，门边顶着那石球，门关上的时候球就会滑过来顶在门后，就算吴广和慕容无颜有天大的本事也出不去。"

张青茅认真看了看身后那扇绘有鬼怪的石门，一股寒意自背脊升起，只听方多病接了一句："其实也不需怎么用力，只要把门稍微推动一下，那石球就会自己把门压上，而且这石球相当大，它压着两扇石门下滑，那种力道只怕无人能挡，如果还在黑暗之中，要及时找到空隙逃生绝不容易。"

"这里有张羊皮。"李莲花从地上拾起一物，"羊皮上有地图，地图上有……"他困惑地看着那张图，"观音？"他指指面前的石门，"指的是这幅观音图像吗？"

方多病凑过去一看："我这里也捡到一张，画的和你这张差不多。"

杨秋岳也拾起一物："这里还有一张……啊……"他手里的火光突然照到观音门底下，羊皮覆盖着一具已经变得漆黑的骸骨，"这里有个死人！"

众人的目光齐齐聚在门下，大家各自高举火把四处细看，才发觉地上其实散落着许多骨头，大多数都被敲碎了，散落于泥泞之中，以至于一开始众人并未注意，大部分的头骨都给拆散得七零八落，难以合并。而地上散落的羊皮"地图"并非只有一张两张，居然有十一张之多。看着这细碎的满地骸骨，方多病突然打了个冷战："这些骨头难道是……是因为……"

李莲花从地上拿起一枚碎骨细看，轻轻叹了口气："没错，这骨头里面还有兵器划过的痕迹，这些人……是被人当作食物生吃了，骨头才会被弄成这般模样。想必多年以前，这群人和咱们一样进入陵墓，却被人关了起来，相互斗殴，强者以弱者为食，但最后也不免落得一死。"他说这话的时候微带怜悯，众人却听得毛骨悚然，各自牢牢握住兵器。

"这些地图指示了地宫的入口，只不过熙陵之中究竟有什么异宝，值得人甘冒奇险，定要闯入熙成皇帝的陵墓？"李莲花喃喃地道。

葛潘目光炯炯盯着那观音金门："不打开此门，不能说明真相。"

"说到熙成皇帝，"听了吃人惨事之后已经在瑟瑟发抖的张青茅颤声道，"我听说这墓里有一件宝物，是一瓶西南藩国进贡的药丸，那玩意儿能治百病，而且还能提高练武人的功力，我听说……听说熙成把百粒那样的药丸炼成了一粒，叫作'观音垂泪'。"

方多病和李莲花面面相觑，看来这满地尸骨，都是为了"观音垂泪"而来，果然稀世珍宝往往害人不浅，东西还不知道有没有，就已葬送了十一条人命。

"慕容无颜和吴广显然都是收到羊皮，受到诱惑而来。"杨秋岳道，"这些人都收到一模一样的羊皮，都一起饿死在这扇门前，十一张羊皮地图背后，定有主谋。"

方多病虽然不喜欢杨秋岳，此话却是有理，他接口道："近三十年来，有十一人失踪，这里有十一张羊皮，看来真的都死在这里。如果背后另有主谋，这主谋也已经谋划将近三十年了。"

葛潘点了点头："三十年的图谋，自是大事。"

方多病又道："还有一件事我觉得很奇怪，我们进来得很顺利……"

众人都有同感，张庆虎突然沉声道："开道！"

方多病连连点头，大力拍在张庆虎肩上："没错，本公子正是觉得，这幕后主谋必是经过精心策划，挑选他认为合适的开道人才，将他们引入地宫。这地道里的机关暗器，什么陷阱毒药，都给地上这些家伙收拾去了，我们才进来得如此容易。只是最后这道观音门始终无法攻破，即使是力大无穷的'铁骨金刚'吴广和在少林寺全身而退的'杀手无颜'，在断了后路的情况下竟然也无法打开这道门逃生。"

"定要打开观音门，否则无法揭开其中的秘密。"葛潘轻叹一声。

李莲花的目光却在众人脸上转来转去，方多病皱起眉头："你想说什么？"

李莲花轻咳了一声，怔怔地道："我在想……在打开门之前，是不是先说清楚，那个……杀死张庆虎的凶手……"

刹那之间，隧道里鸦雀无声，众人以极度惊奇和错愕的目光看着他，方多病只当自己听错了："什么……什么什么？你说什么？杀死张庆虎的凶手？"

李莲花歉然地看着张庆虎："那个……虽然你砍了他的头，在脸上贴了颗痣，但是半路上掉了……"

众人的视线顿时齐齐集中在"张庆虎"脸上。"张庆虎"本能地伸手一摸，他在撬起石板时已经满身大汗，这地下又潮湿温暖，方才还推了石门，脸颊流汗未干，被李莲花这么慢吞吞一说，心下甚是紧张，用力过猛，竟把那颗黑痣从脸上抹了下来。

众人"哎呀"一声，这人竟然是"被杀"的张庆狮，而不是张庆虎。

方多病心里暗骂李莲花又骗得人晕头转向，嘴里却一本正经地道："你究竟是张庆狮，还是张庆虎？"

"庆狮，你……你没死？死的是庆虎？哎呀我糊涂了……"张青茅惊愕至极，"你们兄弟到底是怎么回事？庆虎怎么被杀了？你干吗假冒庆虎？"他陡然双目大睁，"难道是你杀了庆虎？"

李莲花小心翼翼地看着张庆狮，嘴角撇了撇，又小心翼翼地看了杨秋岳一眼。

"其实……"杨秋岳口齿一动,仿佛想说什么。此时,突然起了微风,张青茅发出一声惨叫,众人大吃一惊,眼前六支火把陡然同时熄灭,耳边只闻"噼啪""咕咚"一连串肢体相撞和扑跌之声,随即陷入一片死寂。

方多病在黑暗中大喝一声:"哪里逃!"

随即有人往外奔逃,很快远去。

一团火光从上面徐徐亮起,李莲花不知何时已经躲到隧道顶上,拿着火折子,小心翼翼地往下看。

方多病脸色一变,他刚才在黑暗中与人交手三招,招式繁复,简直想不通凶手如何身外化身,竟一掌劈死了张庆狮!

"我没想到他如此辣手,庆狮他还是……"葛潘叹息,只见方才还活生生的张庆狮,转眼之间已经头骨碎裂,一声不吭当场毙命,歪坐在一边,因为头骨碎裂牵动肌肉,嘴边似乎还流露出一丝诡异的笑意。在这潮湿可怖、漆黑一片、满地人骨的陵墓之中,越发令人毛骨悚然。躲在头顶的李莲花脸色有些白。

方多病看着张庆狮的死状:"好厉害的一掌。"

那边葛潘已经奔过去扶起张青茅,张青茅被一枚飞镖射中手臂,伤了条筋,并无性命之忧,只是他呆呆看着张庆狮的尸体,魂不守舍,双目之中流露出极度恐惧之色。

逃走的人是古风辛,张庆狮死了,张青茅受伤,只余下杨秋岳满脸青白,双手紧握拳头站在一旁。

葛潘淡淡地道:"事情已经很清楚,杀死张氏兄弟的人,不是古风辛,便是你。"

杨秋岳蓦然抬头,一双眼睛死死地盯着葛潘,却不说一个字。

只听葛潘缓缓地道:"而二人之中,你的嫌疑最大。古风辛不是傻子,他一逃,便是自认凶手,真正的凶手既然敢诱慕容无颜和吴广入伏,敢杀张氏兄弟二人,绝非寻常之辈,岂会如此愚蠢……"

杨秋岳退了一步,看了方多病一眼。方多病已然糊涂了,听葛潘之言,显然很有道理,他看看杨秋岳,再看看张青茅,眉头紧皱。

葛潘冷冷地看着杨秋岳:"而你,让我试一下便知你有没有杀张氏兄弟的功力。"

他一掌拍向杨秋岳胸口,杨秋岳横臂招架,葛潘立掌切他脉门,杨秋岳逼于无奈,一指点出,指风破空,方多病脸色微变。

葛潘陡然收手,道:"原来是武当白木道长高徒,难怪……"

武当白木道长以快剑、指法和掌功闻名江湖,杨秋岳这一指确是白木看家本领

"苍狗指"。

杨秋岳深吸一口气,冷冷地道:"我不知道是谁杀了张庆狮,也不知道是谁杀了张庆虎,总之,此事与我全然无关。"

方多病叹了口气:"武当白木的弟子,为什么大老远地跑到熙陵来看坟墓?真的是很奇怪。"

杨秋岳闭嘴不答,这人阴气沉沉,虽然脸色青白至极,却仍不愿多说。

"那么……"李莲花在头顶上小心翼翼地问,"凶手已经抓到了?"

葛潘恭敬地对李莲花和方多病抱拳:"应当不错。"

方多病瞟了李莲花一眼,嘴里随声附和:"啊啊,'佛彼白石'的弟子果然名不虚传,料事如神,本公子十分钦佩。"心里却在大骂:死莲花,你知道死的不是张庆狮,张庆狮扮成张庆虎定有苦衷,原来是有人非杀他不可。你明知如此,居然还当场拆穿,这下人多死了一个,凶手也不知道是谁,你高兴了?杨秋岳一定是心怀鬼胎,古风辛莫名其妙地跑掉了,本公子又怎么知道张青茅没有嫌疑?

他心里正自咒骂,李莲花却在上面摸索了一下观音门门顶上方的石壁:"这里好像裂了一条缝……"

他本是依靠墙上那些被砍凿的凹痕爬上去的,双手一摸那石壁,身子一晃,差点掉下来,只得手足并用慢慢爬下来。

"那上面有……"他一句话没说完,葛潘陡然欺到杨秋岳面前,一拍肩封了他的穴道:"方公子,凶手交给你了。"

随即葛潘借力纵身而上,伸手一扳,一块大石板"轰隆"一声掉了下来,陷入地下人骨泥泞之中,足足有两尺五寸厚,难怪连张庆狮也推它不动。那石门的确坚固无比,但不知是经过了百年岁月,石质风化,还是饱受武林中人敲打震动,石门虽然无损,却在门顶石壁上裂了一条三尺来长的极细缝隙,若不是李莲花逃到上面去点着火折子细看,倒也看不出来。

观音门顶上露出了一个三尺左右的黑洞,里头一片漆黑,就如一只地狱鬼眼,阴森森地往人间张望。

方多病倒抽一口凉气,饶是他一向自负胆大,时常妄为,想到死于脚底的遍地人骨,却是不敢钻入。

葛潘脸现喜色,点亮火折子,一头向黑洞内钻了进去。

李莲花手足并用慢吞吞地爬了上去,跟随其后,颤声问:"葛潘,里面有什么?"

葛潘答道:"我还没看……"突觉后腰略有微风,本能地回肘要撞,却陡然想起自己半身在观音门内,他一回肘,"砰"的一声撞在石壁上,全手麻痹,而后腰腰阳关穴一麻,已是动弹不得,就此挂在观音门那黑黝黝的洞穴之中。

方多病目瞪口呆,点了葛潘穴道的人自然是在他身后动作笨拙的李莲花。

杨秋岳和张青茅都是"啊"的一声叫了出来,李莲花又慢吞吞地从墙上爬了下来,整理衣服。

张青茅张大了嘴巴,指着挂在门上的葛潘:"啊……他……那个……你……"

杨秋岳失声道:"你怎么知道是他?"

李莲花抬头看了葛潘一眼,微微一笑:"因为他不是葛潘。"

此言一出,众人一怔,方多病皱眉道:"他不是葛潘?你原来就认识'佛彼白石'的那个葛潘吗?"

李莲花摇头:"素不相识。"

随即他又道:"我只不过知道'佛彼白石'穷得很,连彼丘都穿不起绸衫,何况彼丘的弟子?"

方多病恍然:"哦,也有道理,这人身上这身衣服至少十两银子,和本公子的只差了那么四十两。"

李莲花道:"不过让我确定他不是葛潘的,还有三件事。第一,他很文雅。"

方多病奇道:"他很文雅也有错?"

李莲花忍笑道:"你不知道李相夷那人,眼睛长在头顶上,平生最不屑繁文缛节,他的门下,从来没有教养,决计不会见了人一口一个'公子',还行礼作揖的。"

方多病哼了一声:"这倒是,'佛彼白石'和我家老子说话,从来没半句客套。"

张青茅听得一愣一愣的,暗忖:四顾门的脾性,李莲花似乎很熟,却不知道这位神医何时与四顾门有旧?

只听李莲花继续道:"第二,他对皇陵颇有研究,知道史书所载,地宫入口多半在明楼之中。据我所知,彼丘本人深中孔孟之毒,读书万卷,正因为他读书成痴,惹得李相夷厌烦,让他立下誓言,他门下弟子,决计不许读书。所以彼丘门下,多半都是不识字的;纵是识字,也不太可能通读史书经典。"

方多病大笑:"这位李大侠有趣得很,不过你是怎么知道四顾门这许多内幕的?"

李莲花微微一笑,继续道:"第三,方才张庆狮被杀之时……"他说到张庆狮之死,语调慢慢变得沉重起来,"六支火把同时熄灭,那很清楚,能够同时熄灭六支火把的人,就是手里没有火把的人。"

杨秋岳被点中穴道,四肢麻痹,头颈还能动弹,情不自禁点了点头。

张青茅"啊"了一声:"我明白了!"

六支火把同时被暗器击中,同时熄灭,如果打灭火把之人手里也握着一支火把,那么他自己那支火把熄灭的时间必定和其他五支略有不同,并且手持火把发射暗器,很容易被人发现。当时手里没有火把的,只有在探路时把火把丢掉的"葛潘"。既然打灭火把的是"葛潘",那么趁着黑暗一掌劈死张庆狮的人必是"葛潘",既然杀死张庆狮的人是"葛潘",那么杀害张庆虎的人是谁已是昭然若揭。

"杀死张庆虎的人,是'葛潘'。"李莲花慢慢地说,"要开启熙陵地宫入口,必须有能举千斤的臂力,若要引诱多人入地宫,那幕后主使必要有一位门夫。我猜……张家兄弟必有一人是最近几年专管开门的人。张庆虎擅使铁棍,只需对铁棍稍加整理,便能作为撬棍。张庆狮擅长罗汉拳,假冒张庆虎时以铁钩开门,铁钩尖细不堪重负,若无方多病的短棍相助,他说不定还开不了门,如果真是他和'葛潘'勾结,岂非要用去十来把铁钩开门?所以我猜测是张庆虎。但是张庆狮既然和他是同胞同住,不可能无所察觉,所以当'葛潘'和我们到达熙陵的时候,张庆狮脸色怪异,或者是他认出了'葛潘'就是时常和张庆虎接触的人——如果真是如此,'葛潘'当然要杀张庆狮以灭口。而张家兄弟本是孪生,或者'葛潘'在黑夜之中,一时不察,杀错了人——张庆狮一发现哥哥被杀,只怕立刻想到'葛潘'要杀人灭口,所以砍去张庆虎的头颅,以免大家认出死人并非自己,而后在脸上点痣,假冒张庆虎。"他顿了一顿,"而砍去张庆虎头颅的人,是杨秋岳。"

方多病大吃一惊:"杨秋岳?"

张青茅张着一张大嘴,已经全然不知该说什么好。

杨秋岳却点了点头:"不错……可是你怎知……"

李莲花微微一笑:"那断颈一剑十分见功力,料想张庆狮使不出来。张庆狮既然说夜里在你房里赌钱,显然你和他是串通的,少林弟子不擅剑术,武当弟子却精通剑法。"

杨秋岳又点了点头:"可是你怎知张庆虎是'葛潘'所杀?"

李莲花道:"那很简单。张庆虎显然是在毫无戒备下死的,而明楼里大家的房间顺序,左边是你、张家兄弟、古风辛,右边是我和方多病、张青茅、'葛潘'。那晚雪光亮得很,从左往右映,如果有人经过过道,走入张家兄弟的房间行凶,一定会有影子映在右边的房间。我们八人都是练武之人,纵然武功有高有低,但怎么可能毫无所觉?所以凶手并没有走到张家兄弟的房间里去。"

张青茅软瘫在地,喃喃地道:"我什么也没看见……"

李莲花微微一笑："没有走入张家兄弟的房间，却能杀人，而且很可能是杀错了，我想只有一种办法——"

　　方多病脑筋一转，失声道："暗器！"

　　杨秋岳也脱口道："原来如此！"

　　"不错。"李莲花颔首，"是以什么细小暗器，自房门口射入，很可能是射入脑中，使张庆虎当场毙命，因此连动也没有动过一下。而后张庆虎的头被砍了，于是身上无伤。"

　　方多病喃喃地道："你对着无头尸看了几眼就看出这许多门道。就算张庆虎是被暗器所杀，那和'葛潘'有什么关系啊！他以飞镖射伤张统领，打熄六支火把，果然是暗器好手，不对啊，这些都是后来的事，你却一早知道他是凶手？"

　　李莲花叹了口气："要用暗器杀人，必须有角度，所以住在张家兄弟两侧的两人便不是凶手，杨秋岳和古风辛都无法不走到门口而将暗器射入门内。只有住在右侧的人，才可能从张家兄弟打开的门窗中射入暗器，杀人于无形。我自己和方多病当然没有杀人，张统领若是凶手，何必请来'佛彼白石'调查？何况'葛潘'本就不是葛潘，所以他是凶手。"

　　顿了顿，他慢慢地道："只是我没有想到他竟然铤而走险，发现张庆狮未死就再度动手，而且嫁祸杨秋岳，咄咄逼人。"

　　方多病怒道："你一早料定他是凶手，我问你的时候你为何不说？"

　　李莲花歉然道："我怕告诉了你，你眼睛一瞪，他就跑了。"

　　方多病恶狠狠瞪了他一眼："本公子如此没有城府？"

　　李莲花心不在焉地应了一声："嗯……"

　　方多病越发大怒。

　　杨秋岳长长呼出一口气："我和庆狮虽然猜测是'葛潘'所杀，却不敢定论。"

　　李莲花上上下下看了杨秋岳几眼，小心翼翼地问："现在杨……少侠……可以告诉我们，为什么你宁受不白之冤，也不敢说明真相？"

　　方多病心里补了一句：还有贵为武当白木老道的徒弟，有着那么高的江湖地位，却跑到这里当看死人的士兵，到底是为了什么？不会也是为了什么熙陵地宫里的宝贝吧？

　　"我一直在寻访失踪多年的黄七师叔的下落。"杨秋岳道，"十一年前，他在熙陵附近失踪，我寻查到此，冒充一名守陵军，探询熙陵之秘。"

　　方多病"哎呀"一声："黄七老道竟是失踪的十一人之一？啊啊，听说此老精通奇门八卦，说不定因此被诱来这里，哎呀，难道他也被人吃了？"

杨秋岳脸上略有愠怒之色，但他为人阴沉，并不发作，只淡淡地道："我在熙陵三年，遍观熙陵碑刻，阅读前朝史典，发现了一些线索。"

"可是和熙成皇帝之死有关？"李莲花问。

杨秋岳点了点头："熙陵似陵非陵，貌似皇陵，却设有'回'字重门，明楼之中设有房屋，而且饲养过远远超过驻陵士兵人数的马匹。从碑刻和史书来看，熙成是暴毙身亡，其子当即登基，登基未久突然失踪，以至于朝政紊乱，国力大衰。"

方多病插嘴："我只知道熙成皇帝的儿子芳玑帝长得歪眉斜眼难看至极。"

杨秋岳道："芳玑帝身有残疾，相貌丑陋，登基后很少上朝，唯恐朝臣暗自讥笑。但是他并非天生丑陋，根据史书记载，芳玑帝出生之时并无缺陷，他自小聪明伶俐，于国事政务上颇有见地，深受熙成宠爱。有起居录记载，他少年时'风度潇洒'，'磊磊然众人之上'。他是在十七岁那年某一日突然得了面部抽搐之症，以至于口角歪斜，相貌变得极其丑陋。而也是从熙成三十五年，也就是芳玑帝十七岁那年开始，熙成皇帝屡遭刺客袭击，有一次甚至受了重伤。曾有人大胆进言是芳玑派人行刺，熙成震怒，竟令将芳玑推出斩首。熙成有十一个儿子，却唯宠芳玑帝一人。"

顿了顿，他继续道："芳玑帝十七岁到二十七岁，十年间熙成赐给他封号、数不尽的宝物，甚至佳丽，奇怪的是，芳玑对熙成颇为不敬，据史载曾有辱骂之事，熙成也不追究。在熙成暴毙之后，芳玑帝登基虽说并无遗旨，但谁也没有异议，人人皆知皇位非芳玑莫属。"

"果然有古怪。"方多病喃喃地道，"这儿子和老子的事很别扭……"

杨秋岳的视线转到李莲花身上："李先生乃当世神医，可否为我证实一事？"

李莲花"啊"了一声："什么事？"

杨秋岳沉吟了一下问："这口角歪斜、面部抽搐之症，是否也可能是因为中毒或者受伤？"

李莲花为之瞠目，方多病心底大笑这位假神医遇上了硬钉子，还未笑完便听到李莲花文质彬彬地回答："当然。"

这个回答听得他呛了一声，这骗子只说"当然"，却没说是"当然可能"，还是"当然不可能"。

杨秋岳浑然不觉李莲花在耍滑头，继续道："如果芳玑帝貌丑确是因为中毒或者受伤，那么，是谁下的毒手？"

方多病一怔："难道你想说是他老子害了他？"

杨秋岳摇了摇头："我不知道。"

随即他抬头看向挂在门上的"葛潘"："熙成帝与芳玑帝的秘密，那十一人的死亡之谜，一切的答案，都在这扇观音门内。"

李莲花却慢慢地道："杨少侠，我问你为何宁愿蒙受不白之冤，也不敢与'葛潘'辩驳，你还没有答我。"

杨秋岳脸色突然又变得青白："我……"

"'葛潘'敢当众嫁祸于你，你却不敢辩驳，说明什么呢……"李莲花喃喃地道，"你是白木高徒，甘心潜伏驻陵军中三年，当真只是为了寻访黄七老道的下落？何况寻访师叔下落并非坏事，若不是被'葛潘'逼出'苍狗指'，你根本不愿承认是白木弟子。你热衷熙陵之秘，精读前朝秘史，都可说是你爱好古怪，但是有一件事不能用爱好古怪解释。"

他突然抬起头盯着杨秋岳，目光稳定得出奇，透出绝对的信心，和他平时所表露的样子完全不同，只听他一字一字地问："方才我说张庆虎是被暗器所杀，你说'原来如此'，可是张庆虎的头是你砍的，你怎会不知他是被暗器所杀？"

刹那之间，杨秋岳的脸色惨白异常。

方多病看着杨秋岳，瞠目结舌。只听李莲花缓缓地说下去："你砍了张庆虎的头，究竟是为了帮张庆狮隐瞒身份，还是为了替'葛潘'毁尸灭迹？只要尸体没有头，谁也不知他是怎么死的，不是吗？"

杨秋岳默然。

"你没有告诉'葛潘'张庆狮未死，而是助张庆狮假扮张庆虎，是不是为了留下对付'葛潘'的棋子？而'葛潘'之所以嫁祸于你，是不是因为他发现张庆狮未死，而对你非常不满？"李莲花慢慢地说，"'葛潘'究竟有你什么把柄，让武当白木的弟子缚手缚脚，尽做一些鬼鬼祟祟之事？"

杨秋岳长吸了一口气，静默不答，就此闭嘴。他被李莲花问得无法回答，竟宁愿默认，不愿解释。

"白木道长的高徒，即使和'葛潘'合作，也不至于泯灭良心，我信你并未杀人。"李莲花缓缓地说，随即伸手推拿，解了"葛潘"所点的穴道。

他说了上百句杨秋岳都没有回答，说了这一句，杨秋岳却浑身一阵颤抖："我……"

方多病叹了口气："你有苦衷就说，难道我和死莲花还会害你不成？"他拍了拍胸脯，"有我方氏给你撑腰，你怕什么？"

"我早已不是武当弟子。"杨秋岳抑制住波动的情绪,淡淡地道,"三年之前,便被师父逐出师门,如何敢妄称白木门下?"

方多病"啊"了一声:"你的武功不错,白木为什么把你赶出来?"

杨秋岳别过头去:"我盗取武当金剑,当了五万两银子。"

方多病奇道:"五万两银子?用来干什么?"

杨秋岳沉默了好一会儿,简单地道:"赌钱。"

方多病和李莲花面面相觑,不想杨秋岳武功不弱、相貌斯文,居然沉迷赌博,以至于被逐出师门。

杨秋岳又道:"我知道自己改不了赌性,也不望见容于师门,但金剑却是要还的。被当掉的金剑被金铺熔为首饰,已经无法要回,要还武当金剑,只有寻访黄七师叔的下落。"

武当金剑是上代武当掌门兵器,乃是一对短剑,现任掌门白鹤道长存有一把,被杨秋岳盗走,另一把在失踪的黄七手中。

杨秋岳又道:"我在熙陵三年,曾经两入地宫……"

李莲花和方多病都"啊"了一声,只听他继续说:"……都无法破此门而入,虽然寻访金剑和黄七师叔下落不成,我却在这里娶了个老婆。"

方多病一怔,忍不住笑了起来:"恭喜恭喜。"

杨秋岳仍然没有半点高兴的模样:"我老婆姓孙,叫翠花。"

方多病还没笑完,差点咬到舌头:"晓月客栈老板娘?她不是个寡妇吗?"

杨秋岳阴沉沉地道:"我们没有拜过天地,不过她终归是我老婆,她失踪了。"

方多病在心里道:原来你是她姘夫。

李莲花叹了口气,喃喃地道:"所以我觉得老板娘去买酱油大半天不回来,这比'杀手无颜'的死有趣,你们却偏偏不信。"

方多病哼了一声:"放屁!你要是真有那么聪明,为什么不一开始就抓住'葛潘'?"

李莲花苦笑。

杨秋岳道:"他抓了我那老婆,答应我如果进入地宫,不但归还我武当金剑,还给我十万两银子。"

方多病从鼻子里哼了一声:"有这种好事,换了我也答应,怪不得你默不作声和他合作。"

杨秋岳淡淡地道:"抓了我老婆的人说要给我十万两银子,这种好事我是不信,但不管银子是真是假,老婆总是自己的。"

方多病心下一乐:此人虽说阴沉可厌,兼有赌博恶习,倒是重情重义。

"这扇门里不知藏着什么东西,不打开来看看,只怕以后都睡不着了。"李莲花愁眉苦脸地叹气。

方多病忍不住好笑:"我看是有人三十年以前就睡不着了。里面不管有什么宝贝,如果你找到了,不要忘记分我一半。"

李莲花微笑道:"当然,当然。"

四人随即商量了一下,把"葛潘"从门上拽了下来,方多病卖弄手法,以十七八种点穴法在他身上封了十七八处穴道。张青茅眼见满地人骨早已没了进门的勇气,连声说他要出去召集人手清查此地,方多病先送他回明楼,再返回地宫,古风辛却被吓破了胆,逃得无影无踪,不知上何处去了。

【 五 观音垂泪 】

等方多病返回地宫的时候,李莲花已把地上的人骨收拾好,挖个浅坑埋了,这人喜欢打扫的毛病到坟里也改不了。

杨秋岳往门顶上的那道裂缝里掷了几支火把进去,门后的光线逐渐明亮,里头空气并未封闭,似乎便是真正的陵寝。

"莲花,你进去。"方多病推了李莲花一把,李莲花往前跟跄了一下,大惊失色:"方大公子武功高强,学富五车,才高八斗,当然是方大公子先进去,何况以你那'顾长'的身材,爬裂缝再合适不过。"

"本公子抓了你从那洞里丢进去。"方多病大怒,他一向自诩病弱贵公子,李莲花却说他瘦得像根竹竿。

杨秋岳却已默不作声地爬上两三丈高的门顶,钻进了缝隙里,李莲花和方多病顿时不再推诿,只听杨秋岳在门后静默半晌,淡淡地道:"里面奇怪得很。"

方多病一把抓住李莲花,他身子瘦削,手劲却大,像抓小鸡一样把李莲花提了起来。他钻过缝隙,顺手就把李莲花如抹布般拖了进来,定睛一看,在地上几支火把的微光之下,眼前的情景顿时让他瞠目结舌。

那岂是"奇怪得很"四字所能形容的,在方多病心里,那是稀奇古怪、匪夷所思、莫名其妙、乱七八糟、妖魔鬼怪……

观音门远远不止两尺五寸厚，而足足有五尺二三，越往下越厚，竟似圆的一般。这"门"其实根本不是个门，是原本就牢牢生在地下的一块巨石，熙成帝让人在巨石上镂刻观音之像，凿作门面，却是个永远都打不开的门。当年修陵人在巨石顶上的土层里挖了条通道，进入巨石后继续修建陵墓，陵墓建好之后，工匠用石板封起入口，和通道顶上所有石板一模一样，看起来严丝合缝，毫无破绽。但这堵住入口的石头毕竟和其他石板不同，之后没有泥土，乃是空的，数百年之后那风化的石缝偶然给李莲花看了出来。

而观音门后，是一间宫殿模样的房间。

让方多病目瞪口呆的是这宫殿里既没有棺材，也没有陪葬的金银珠宝，却有桌椅板凳床铺，甚至地上还滚着一个酒壶、两个酒杯。

李莲花喃喃地道："果然奇怪得很，皇帝的陵墓里没有棺材，却有死人，死人居然要喝酒……"

那宫殿里垂缦委地，有一张象牙雕红木大床，墙上悬挂江南织锦山水图，图上有人书"大好河山"，下落款"大琅主人"。图下一张紫檀方桌，桌边两把紫檀椅子，上边刻有龙纹。地上丢着一个扁式马形银酒壶，两个素银杯，房间的角落放着焚香茶几，茶几之旁有琴台，琴台上却搁着一把金刀刀鞘。东西虽然不多，却样样极其精致，显然都是皇家之物。熙陵最深处居然是这副模样，实在是怪哉，但怪的不是房间布置成这般模样，而是房间里还有两具骷髅。

一具骷髅张大嘴巴，仰身靠在紫檀椅上，身披黄袍，一把金刀跌在地上。显然他本在喝酒，突然有人用金刀一刀将他刺死。另一具骷髅钻在观音门后一个洞穴之中。观音门上的斑斑血迹至今仍可辨认，他双手握着一把短剑，已在门下掘了一个深深的洞穴，全身都已在土中。只是这观音门巨石体积庞大，石质坚硬非常，他只能沿着巨石往下挖掘，却凿不穿石头，而那巨石不知深入土层几许，想要挖出一条通道出去，几乎是不可能的事。

"原来想要开门的不只是外面的人，里面的人也想开门。"方多病叹了口气，"这两个人是谁？"

杨秋岳道："这两个人穿的都是皇袍。"

方多病苦笑："莫非这两个死人就是熙成帝和芳玑帝？这对老子儿子在搞什么鬼？"

李莲花幽幽地道："这情形清楚得很，当然是后死的人杀了先死的人。你看那椅子上的骷髅，牙齿都掉得差不多了，应该就是老子，儿子杀了老子以后，在地上挖了个坑把自己埋了。"

这话一出，连杨秋岳都险些笑了出来，方多病"呸"了一声："这两个人都是皇帝，怎么会造个坟把自己关在里面？尤其是这儿子，都身登大宝权倾天下了，居然跑到这里来挖坑，是什么道理？"

"这道理我虽然不知道，"李莲花微微一笑，"他却是肯定知道一些的。"

他所说的"他"，指的便是"葛潘"。

方多病解开"葛潘"哑穴："小子，你处心积虑假冒葛潘，潜入熙陵地宫，图的是什么？"

"葛潘"的目光冷冷地落在李莲花脸上，李莲花满脸歉然，看在他眼中更是分外刺眼，可恨至极。"李莲花好大名气，第三流的武功、第九流的胆量，我本该觉得有些奇怪。"他淡淡地道，"可惜你的确太像小丑了些。"

方多病忍不住笑："他本就是个小丑。"

李莲花道："惭愧、惭愧。不过关于这对老子儿子的事，还是要请教的。"

"葛潘"冷笑一声："你自负聪明，料事如神，何必问我？"之后闭起嘴巴，任凭方多病不断喝问，就是一言不发。

杨秋岳在陵墓中四下敲打，这个"房间"比寻常房间大得多，不过皇宫他没见过，不知皇帝住的房子是不是本就如此空旷，在那牙雕红木大床之后还有另一个房间，里头置一座屏风，另有一个琴台，一具"连珠飞瀑"放置在琴台之上。

李莲花踏进红床之后的房间，看向屏风之后，一个东西陡然映入眼帘。他顿了顿："方多病，这里有个有趣的东西。"

方多病再度封住"葛潘"的哑穴，兴冲冲地进来。"什么——啊！"他被吓了一跳，屏风之后，赫然又是一具骷髅。

"这是个女子的房间。"杨秋岳道，"看这骷髅身穿绫罗绸缎，说不定是熙成帝或者芳玑帝的嫔妃。"那屏风后的骷髅和前面房间的骷髅不同，穿着一身雪白绸缎衣裙，历经数百年而丝毫无损，头上发髻挽得整整齐齐，不戴首饰，头微微歪在一边。人已化为骷髅，但余下的那副白骨却依然给人一种妍媚娇柔、仪态万状的感觉，不知生前是怎样的倾国绝色。

方多病目不转睛地看着那骷髅："她美得很，居然死了几百年还是美得很。"

李莲花轻轻扯了一下那白色衣裙，那衣裙贴身而着，即使血肉已经化尽，却仍然包裹着骨骼，难以轻易解开。回头细看这只有一琴一屏风的房间，房间之后已然没有出路，这里就是熙陵最深的地方，四壁都是厚达数丈的泥土岩石，谁能知庄严堂皇的熙陵之下，隐藏得最深的秘密，居然是个女子的房间。

在她的门外，年轻的皇帝杀死了自己的父亲。

这位女子究竟是谁？

"噔"的一声轻响，杨秋岳和方多病吓了一跳，是李莲花拨动了那具"连珠飞瀑"的琴弦，随后又拨了一下。

方多病被他吓了两次，怒道："李莲花，你干什么？鬼吼鬼叫的难听死了！"

杨秋岳"咦"了一声："这琴上写了字。"

李莲花正在细细端详琴身上的墨迹："淫漫则不能励精……"笔力苍劲，最后一笔拖得老长，直延续到琴腹，显然是书写之人写到最后把笔摔了出去。这具瑶琴本是古物，琴身漆黑光亮，染了墨迹不易看出。

三人在房间里转了几圈，没有再看见什么新鲜东西，便回到前厅。

"葛潘"的目光死死盯着匍匐在地的那具尸体，方多病念头一转，一把把钻在土里的那具骷髅拉了出来。

那骷髅骨骼已经散去，凭了他那一身千疮百孔的皇袍，才勉强"拉"了出来，方多病把那"一袋"零散的"东西"倒了满地。一阵噼啪掉落之声响起，尘土飞扬，三人看见除了骨骼之外，地上尚有印鉴一个、玉瓶一个、琴谱一本，以及金银观音各一小座。那对观音的神态和门上所镂极其相似，观音面容端正秀丽，衣着线条流畅柔和，虽然多有破损，却是罕见的珍品，相比而言，门上的观音虽雕琢精细，却少了一股端正慈悲之气，显是工匠模仿此二尊观音而镂。

方多病拾起那个印鉴，翻转一看："这真的是玉玺，我虽然没见过皇帝的印，但这块玉却是极品好玉。"

杨秋岳道："看这模样，熙成帝是被芳玑帝所杀，但是史书记载，他是暴毙之后，按照朝仪隆重下葬的，怎会背后中刀死于此地？"

李莲花微微一笑："熙陵建成这种古怪模样，我想本来这里当真要建皇陵，但后来不知出于什么原因，却被改成了一处秘宫。熙成帝将自己的陵墓改建为秘宫，怎能无所图谋？"

方多病瞪眼："什么图谋？"

杨秋岳也淡淡地道："势必与芳玑帝有重大关系。"

"你们真的没有明白？"李莲花叹了口气，"熙成在地宫入口刻了那篇啰啰唆唆、洋洋洒洒的《医子喻》，那故事主要在说什么呢？它在说老子为了儿子好，就算诈死也不算骗人，不是吗？"

方多病和杨秋岳情不自禁"啊"了一声:"熙成诈死?"

李莲花指指后面那个女子的房间:"那具瑶琴上写'淫漫则不能励精',琉璃影壁画着鲤鱼化龙……"

方多病恍然大悟:"啊!那是诸葛亮《诫子篇》的一句话。《医子喻》《诫子篇》,看来熙成老子对他儿子寄望很深,皇帝老儿也望子成龙。"

杨秋岳微现诧异之色:"芳玑帝做了什么,居然让熙成决定诈死?"

李莲花轻咳一声,慢吞吞地道:"我猜……芳玑帝迷上了里面房间的那个……女人。"

方多病哼了一声:"那女人是谁?"

"她可能是熙成帝的嫔妃。"李莲花道,"而芳玑帝迷上了他老子的小老婆,所以让他老子痛心疾首。"

方多病又哼了一声:"你怎么知道她不是芳玑的女人?"

李莲花缩了缩脖子:"这里是熙陵……熙成皇帝在自己的坟里诈死,和他在一起的怎会是芳玑的妃子?而且……而且……"

杨秋岳忍不住脱口问:"而且什么?"

"而且这个女人……"李莲花慢吞吞地道,"在熙成和芳玑死之前,她已经死了很久了。"

方多病越听越稀奇:"你是说——"他指着那具骷髅,"你说这个女人——在熙成还活着的时候,就已经死在这里,死了很久了?"

李莲花点头。

杨秋岳不得其解,茫然摇头,浑然觉得不可思议。

李莲花叹了口气:"她与外面熙成和芳玑的骷髅完全不同,你们没有发现吗?她的衣着不乱、发髻整齐,比熙成和芳玑的骷髅要干净得多。"

方多病点头:"那又如何?"

李莲花又叹了口气,似乎对方多病冥顽不灵失望得很。"皇帝穿的衣服,材质肯定是最好的,为何熙成和芳玑的皇袍破破烂烂,千疮百孔,头发散乱,骷髅也难看得很?不一定是因为这个女人长得美,所以骨骼也特别美。"顿了顿,他慢慢地道,"有一种可能啊……那是因为熙成和芳玑的肉身在这里腐烂,衣服被蛆虫啃食,以至于千疮百孔,而她的衣裳没有受到蛆虫骚扰……"

方多病皱眉问:"你想说她美得连虫子都舍不得吃她?那她的肉到哪里去了?"

李莲花看方多病的目光越发失望:"说到这里你还不明白?我想说她很可能一

开始就是个骷髅，她早就死了，只不过被摆在那里，衣服和头发是她化为骷髅以后别人给她穿上戴上的。她既然早就是个骷髅，当然不会有蛆虫吃她，所以她的衣服比熙成和芳玑干净得多，骨头也漂亮得多。"

杨秋岳瞠目结舌，呆了半晌："这也太荒谬了。"

李莲花指指那具瑶琴："这琴声难听得很，若是有人弹过，怎会没有调弦？真是爱琴之人，绝不会在琴面上写字，所以琴必定不是给熙成的。何况她头上那发髻是个假发，她若不是个秃子或者尼姑，为何会戴有假发？她原来的头发呢？还有那身衣服——"他再度拉扯了一下那骷髅的白衣，"这衣服分明是按照这具骷髅的尺寸量身而做，活人再瘦弱纤细，也绝不可能化为骷髅之后，衣服还穿得如此合身。"

方多病毛骨悚然："你说——熙成皇帝在自己的坟里诈死……还供着……一具女骷髅……他莫非疯了？"

杨秋岳轻轻提起那女骷髅的头顶发髻，那乌发果然是以人发盘结，底下钩了个发箍，戴在头上的，也因为是假发，所以挽得很结实，并不散乱。

"她是被握碎颈骨而死的。"方多病细细端详那具骷髅，突然道。

李莲花点了点头："一个女人死后有人替她裁制衣裳、盘结假发、处理骨骼，居然还被熙成带进了熙陵秘宫之中。无论是不是嫔妃，她也定是熙成心爱之人。"

方多病和杨秋岳都点了点头。

李莲花继续道："那么她会被谁握碎颈骨而死？谁敢？为何前朝史书从来未提此事？"

杨秋岳缓缓地道："只因为她是被熙成所杀！"

李莲花微微一笑，微笑得很文雅："我猜……这女人必定美得让人无法想象。熙成帝纳她为妃，芳玑帝长大之后，迷恋上父皇的妃子，难以自拔。一开始熙成想必愤怒得很，芳玑帝之所以突然貌丑，说不定真是熙成帝下手所致。但自从芳玑变丑之后，做老子的却突然后悔了。他一直宠爱芳玑，芳玑聪明好学，是他寄望有大成就的儿子。这个儿子突然迷恋女人，荒废功业，令他十分痛惜。他迁怒爱妃，认为红颜祸水，于是掐死了他心爱的女人。芳玑就此深恨熙成，要杀他为情人报仇。而老子愧对儿子，思念爱妃，又担惊受怕，日子过得痛苦得很，所以……"

"所以他皇帝也做得不快活，带着这个骷髅跑到自己的坟墓里装死，把皇位让给儿子做。结果儿子无心做皇帝，还是跑到坟里杀了他。"方多病接口。

李莲花微笑道:"嗯……说不定老子本是希望儿子做了皇帝之后,能体会他的苦心,了解老子杀死红颜祸水是为了他好,就像《医子喻》里面那个神医,儿子终于体谅他的心意。可惜这位儿子一点也没被感化,熙成想必伤心失望得很。"

杨秋岳沉声道:"不对!如果真是如此,芳玑帝大可以从容离去,却为何被关在此地,以至于死在这里?"

李莲花指了指上面那个通道:"这通道口很高,没有武学根基很难上得去,上得去也下不来,何况地宫入口的机关如此沉重,若非外家横练高手,无法打开。所以在熙成帝诈死、芳玑帝杀父这件事里,至少有一位高手辅助,这里却没有见到第四个人的尸体。通道口被封,必然和第四个人有关。纵然熙成和芳玑父子纠缠于孽情恩怨,无心国事,但不代表前朝朝局之中,就没有人觊觎皇位。熙成有十一子,芳玑不过是其中之一而已。"

杨秋岳动容:"那就是说,有人从头到尾都知道熙成帝诈死,也知道芳玑帝和熙成的恩怨,只是一直隐匿在旁,等到最好的机会,便收买芳玑帝随身侍卫,下手封死观音门,害死芳玑,造成失踪假象,然后……"

方多病这次抢到了话:"然后两个皇帝都没了,自然由第三个人继承皇位。"

李莲花微笑道:"芳玑帝失踪两个月之后,代理朝政的宗亲王继位,不巧,这位皇子正是修筑熙陵的总管事。这墓道里有众多机关,古怪的倒石球门,还有这无法开启的观音门,让人进得来出不去的种种设计,都是出自宗亲王之手。"

话说到此处,杨秋岳和方多病都长长地嘘出一口气。地上的"葛潘"脸上微现骇然之色。李莲花对他一笑,"葛潘"脸色白了白,竟是有些怕他。

方多病瞟了眼地上零散的东西,嫌恶地道:"我们还是快走,以免外面有人把通道口一堵,这里的死人从三个变成七个。"

李莲花连连点头:"甚是,甚是。"

"葛潘"却突然流露出满脸焦急,双眼瞪着地上那一堆七零八落的"东西",发出"呵呵"之声。

杨秋岳举起手掌,淡淡地道:"你告诉我我那老婆的下落,我就让你说话。"

李莲花又连连点头,像是对忘了询问孙翠花的下落抱歉得很。

"葛潘"立刻点头,竟毫不犹豫,杨秋岳手起拍落,"葛潘"深吸了口气:"玉玺、玉玺……好不容易进到此地,要带走玉玺……"

方多病故意气他:"这块玉虽然是好玉,本公子家里却也不少,你要是喜欢,本公子可以送你几块。这个晦气得很,不要也罢。"

"葛潘"怒极，却是无可奈何，狠狠地道："我是芳玑帝第五代孙，这块玉玺乃是我朝之宝……"

李莲花微微一笑："奇怪，宗亲王把芳玑帝害死在这里，怎会没有拿走玉玺？"

"葛潘"道："那时我先祖把玉玺放在身上，宗亲王并不知情。后来……因为侍卫笛长岫出走江湖，他再也打不开这地宫之门。直到三十年前，我爷爷从家传笔记中得知先祖的隐秘，才知道它的下落。只是宗亲王所修地宫机关复杂，四处陷阱，我爷爷和我父都死在通道之中……"

方多病心里一跳——如果还有两人死在通道之中，以那些人骨来算，失踪的十一人中可能有人从熙陵逃生！

只听"葛潘"继续道："而引诱而来的各路高手也都死在墓中，自我父死后，十几年来我对玉玺之事已经绝望，却突然得知慕容无颜和吴广的尸体竟出现在雪地上，那是绝对不可能的事！除非——除非——"

他咬牙道："除非有人进入熙陵深处而能全身而退！这两人死在观音门前，被石球门封闭在内，若无人启动机关，绝不可能打开。我实在想不出有谁能震碎数千斤重的石球，打开鬼门将两人的尸体带了出去丢在雪地里。如果真有人能震碎那石球，那么他说不定能打开观音门，所以才……"

"所以才假冒葛潘，可惜那震碎石球的人却没有找到。"方多病惋惜地道，"其实只需打开观音门的天花板就能进去，结果大家都想开门，门却是永远都打不开的。"

李莲花喃喃地道："有一个人，说不定真能……"他突然大声问："张青茅说一品坟里有'观音垂泪'，乃是稀世灵药，是吗？"

方多病和杨秋岳都被他吓了一跳，不知为何他突然如此激动。

"葛潘"点了点头："那是熙成帝打伤芳玑，为了恢复芳玑的容貌，特地找名医配制的，就在那寒玉瓶中。"

李莲花一把拾起玉瓶，打开瓶塞。方多病和杨秋岳一起探头过来——瓶内空空如也，并没有"观音垂泪"的影子。

李莲花没有丝毫意外之色，顿了顿，轻叹了一声："他果然没死。"

"谁？"方多病诧异地问。

李莲花摇了摇头："这里头已经有人进来过了，拿走了'观音垂泪'。那门上的石板，不是偶然裂开，而是被人硬生生用掌力震松的，因为已经被人打开过一次，我才能看出有裂缝。"

方多病和杨秋岳骇然失色:"究竟是谁,居然有如此功力?"

李莲花淡淡一笑,仍是摇了摇头。

地上的"葛潘"却大声叫了起来:"笛飞声!金鸳盟盟主笛飞声!除了笛飞声'悲风白杨'之外,还有谁能有这等功力?即使是四顾门门主李相夷,也绝不可能有震裂千斤巨石的内力修为!"

方多病嗤之以鼻:"哼,胡说八道,谁不知道笛飞声早就和李相夷同归于尽了,人都死了十年了。"

"葛潘"为之一滞:"但是他说不定有传人,何况笛飞声和当年芳玑帝侍卫笛长峋都姓笛,如果他们是同宗,笛飞声自然知道观音门的入口在哪里。"

李莲花却在发呆,喃喃地道:"去者日以疏,生者日已亲。出郭门直视,但见丘与坟。古墓犁为田,松柏摧为薪。白杨多悲风,萧萧愁杀人……在这里重见'悲风白杨',倒是应景。"

方多病奇怪地看着他:"你认识笛飞声?"

李莲花"啊"了一声,漫不经心地答:"不大认识。"

方多病皱起眉头,不知"不大认识"到底是算认识还是不认识。

此时,杨秋岳已经问出孙翠花被"葛潘"关在熙陵宝顶山下朴锄镇一处民房之中。

四人从观音门上通道鱼贯而出。

六 雪地疑云

几人出了熙陵,张青茅领着几十个守陵兵正心惊胆战地等在外面。得知陵内情形,张青茅大喜,叫人快快找个师爷,把在熙陵发现的东西写个书信,往上头报去——发现了前朝陵寝的秘密,也算大不小的功劳一件。

李莲花、方多病和杨秋岳带着"葛潘"下山去找孙翠花。

熙陵之内留有十一张羊皮地图,但死者究竟是几人却算不清楚,其中并没有黄七道长的武当金剑。

地上的积雪足有尺许,皎洁光亮,杉树枝干葱茏,山头的空气分外清新,三人不约而同地深呼吸了几下,展开轻功身法往镇中掠去。

三人尚未到达朴锄镇,半途中突然停了下来——在两片杉树林之间,有两个人站在雪地之中。

一个是古风辛,另一个人竟是孙翠花!

"你——"方多病恍然,他还当古风辛与此事毫无关系,原来他和"葛潘"也早有勾结。说来"葛潘"既然和杨秋岳合作,又怎会放弃古风辛?此人也是武当弟子,只是武功高低和为人如何他却看不出来。

李莲花并不觉得奇怪——在熙陵地宫入口开启的时候,他以石子试探杨秋岳、古风辛、张庆虎和张青茅四人的武功,除了张青茅毫无所觉之外,其他三人都避过了小石子,可见三人武功耳力都不弱。

古风辛挟持孙翠花,杨秋岳只是脸色沉了沉,竟不惊诧。他虽然不知古风辛也被"葛潘"收买,但此人虽号称武当弟子,武当门下却并无此人,杨秋岳心里早在怀疑。

"葛潘"嘿嘿一声冷笑,对方多病道:"方公子,你放了我,我就让师弟把孙翠花还给杨秋岳,怎么样?"

方多病想也不想,很干脆地回答:"那又不是我老婆,不干!"

李莲花微笑得很和气:"这位古……大侠……武功高强,刚才在地道里和方公子过了几招,方公子十分佩服。"

方多病一怔,暗道:六支火把熄灭的时候和我动手的人不是"葛潘",怪不得"葛潘"能一掌劈死张庆狮,原来不是本公子武功不行。他心里一乐,又一凛,刚才交手三招,他和此人未分胜负,古风辛的武功不仅是"不弱",而是高明得很。幸好李莲花莫名其妙制住了"葛潘",否则这师兄弟俩联手齐上,他和李莲花非逃之夭夭不可。

古风辛手中一把兵刃架在孙翠花颈上,阴恻恻地道:"你们放了玉玑,我就放了她。我数到三,你们不放,我就砍了她。"

他那兵刃却是一把马刀,显然并非真是武当弟子。

杨秋岳叫道:"翠花,孩子呢?"

孙翠花被古风辛以马刀抵住咽喉,无法说话,只能以眼睛猛瞪李莲花。

李莲花柔声道:"孩子我已托在了安全的地方,两位不必着急。"

方多病在心里暗笑:托给了怡红院老鸨,不过你生的是儿子,倒也不必害怕。

此时古风辛马刀一挥,倏然转到了孙翠花后颈:"你们不放玉玑,我砍了这女人的头!"

他大刀一挥,势道凌厉,却是真砍。

方多病眼见事急,一脚把玉玑踢了过去,叫道:"还你!"

古风辛一刀转向，唰地以刀背斩在玉玑背上，竟以刀背之力解穴。

"玉玑，怎么样？"

那玉玑受他一刀，仍旧跌倒在地。方多病以十七八种点穴法在他身上点了十七八处穴道，却不是那么容易能解得开的。

玉玑咬牙道："你给我杀了李莲花！夺回玉玺！我朝玉玺在他身上！"

李莲花吓了一跳，连忙躲在方多病身后："玉玺给你。"

他把玉玺塞进方多病衣袋里。

方多病飞快地从怀里掏出来，再塞回李莲花怀里："不必客气。"

李莲花连连摇手："不不，这是你找到的东西，当然是你的。"

方多病笑得奸诈："我们不是说好了找到宝贝一人一半？这玉玺好歹也算宝贝，当然是一人一半，我那一半就送给你了，真的不必客气。"

李莲花还没来得及说什么，古风辛一脚踢在孙翠花肩上，孙翠花往前摔倒，杨秋岳急步往前接住她，就在这一刹那，放开手脚的古风辛已一刀砍到李莲花头顶。

这一刀"太白何苍苍"来势汹汹，方多病挥出袖中短棍，替李莲花挡了一刀。

杨秋岳抱起孙翠花转身就逃，他的轻功不弱，刹那间在雪地里只剩下一个黑点。

方多病在心里破口大骂此人无情无义，一回头，不但杨秋岳逃之夭夭，连李莲花都掉头就跑，只不过他跑得比较慢，仍在七八丈外。

"李莲花！"方多病气得七窍生烟，"你居然弃友而逃……"

一句话没说完，古风辛马刀当头直劈，方多病只得闭嘴，和古风辛缠斗在一起，一时只听马刀与短棍交接之声不绝于耳。

方多病心中大怒，李莲花一溜烟奔进杉树林躲了起来，此时，玉玑从地上一跃而起，他的武功不在方多病之下，加之古风辛一刀之力已为他解开数处大穴，一口气运气直冲，十七八处穴道豁然贯通。他一跃而起之后，一声不响地一掌往方多病后心按去。

方多病心里叫苦连天，侧身急闪，左手"空江明月"把玉玑那一按引开。

古风辛大喝一声，马刀翻手倒撩，刀刃自下而上猛抽，竟是要把方多病自裆下剖为两半！

方多病大吃一惊，纵身而起。

古风辛一撩未中，翻腕横砍。这两刀绝非武当剑法，刚强狠辣。

方多病人在半空正自下落，他要是落得快些，就是拦头一刀，落得慢些，就是拦腰一刀，不得已短棍斜伸，硬接古风辛马刀横砍，人在半空吃亏至极，只听当的一声巨响，方多病半身麻痹，斜扑出去丈许，勉强站定，变色叫道："'断头刀'风辞！"

"古风辛"嘿的一声冷笑："方公子好眼力。"

方多病深吸一口气，心头却仍是怦怦直跳。"断头刀"风辞乃是江湖有数的刀法大家，在他出道以前就已成名多年，怎会是"葛潘"的"师弟"？他虽然家学渊博、年少有成，却万万不是"断头刀"的对手。这人杀人如麻，仇家遍地，几年前突然销声匿迹，江湖中人都以为他被仇家所杀，却居然潜伏熙陵，做了一名守陵兵。

风辞一刀震伤方多病，玉玑随即奔入林中找李莲花，那玉玺在李莲花与方多病之间转来转去，到底最后在谁身上他也不清楚。

方多病惊怒交加，李莲花虽然弃他而逃，但本来他就对李莲花没什么真正期待，此人胆小如鼠贪生怕死，武功又不高，掉头就跑实属正常，但是玉玑入林一追，李莲花非死不可。他被风辞震伤半身经脉，能握住手中短棍已是勉强，是万万救不了李莲花的。

风辞缓步走近，马刀上映着的雪光闪烁，直照到方多病双目之间，他倒抽一口凉气，从来没有一天觉得雪光有这么难看。

突然，树林中玉玑一声惊呼："谁——"

接着"啪啦"一声，有人扑到林中。

方多病和风辞都是一怔，僵持半晌，林中再无其他声音，风辞略一犹豫，见方多病已无还手之力，一个倒跃，进了杉树林。

方多病见他离开，松了口气，东张西望，四下白雪皑皑，不知要往何处逃跑才妙。

正当方多病打算向西逃去的时候，树林里，风辞陡然大喝一声："谁？你——"

接着，杉树轰然倒下一棵，积雪飞扬，雪尘震起了半人来高，方多病眼睁睁看着风辞那把马刀砍断杉树飞了出来，"当"的一声，插入他身侧两丈开外处，直没至柄！

此后再无其他声息。

雪地寂静，树影都定若磐石。

方多病觉得自己呆了至少有两炷香时间，直到树林里面的一个雪团突然动了两下，一个人从雪堆里爬了出来，叫了一声："方多病？"

他反应过来，定睛一看，那从雪堆里爬出来的人是李莲花，看情形他进了树林就找了堆雪，把自己埋了起来躲在里面。

方多病叹了口气，迈着他麻痹未消的腿，心惊胆战地走到树林里一探头。只见杉树林里玉玑和风辞姿势僵硬，一个以蓦然回首的姿势站着，另一个扑倒在雪地里，在倒地的瞬间飞刀出手，砍断了一棵杉树。

李莲花小心翼翼地从他藏身的雪堆里走了过来，一步一个脚印，在玉玑和风辞身边却没有脚印，是谁在刹那之间制服了这两个人？

"这是怎么回事？"方多病一个头快要变成两个大，"你看到是谁了吗？"

李莲花连连摇头："我什么也没看见。"

方多病大步上前，再次点了地上两人十七八处穴道。

李莲花道："帮手来了。"

方多病也已听到有人靠近的声音，他抬起头来，只见一群人快步往这边赶来，领头之人正是杨秋岳。原来这人并不是完全只顾逃命，方多病一个念头没转完，"哎呀"一声，他失声道："你是——"

跟在杨秋岳身后的一人，布衣草履，骨骼宽大，模样忠厚老实，那左腮上一个圆形胎记让人一眼认出，此人正是"佛彼白石"门下武功最高的门徒，入门前已是赫赫有名的"忠义侠"霍平川。

霍平川拱手道："在下霍平川，我等几人在途中发现了葛师弟的尸体，一路追查，才知有人假冒葛潘来到此地。本门疏忽，导致葛师弟惨死，两位遇险，实是惭愧。"

霍平川说话诚恳徐和，方多病心里大为舒畅，叫道："那两个人已经抓住，霍大侠施展一手四顾门绝学，拆了这两个浑蛋的筋脉如何？"

霍平川眉头一皱："'拆筋断骨手'过于狠辣，不可滥用，你擒住了'断头刀'风辞和'碧玉书生'王玉玑？"言下甚是奇怪。

方多病干笑一声，指了指林中僵直的两人，心中却是暗叫侥幸：原来假冒葛潘的是"碧玉书生"，这人出了名的阴毒狠辣，武功也不弱，以他方大公子的本事是万万抓不住的，如果没有人暗中相助，只怕他和李莲花早就死了三五回了。

霍平川看着杉树林里被制服的两人，越看越是惊骇。王玉玑是在有所警觉转身之际，有人自背后点中他的穴道，但既然王玉玑察觉身后有动静，已转过身来，那人又怎会点中他背心？而风辞分明是已看到人，迫不得已飞刀出手，他驱刀一击何等刚猛，居然落空砍中杉树，这人的武功身法，实在可惊可怖！

方多病忍不住拍开王玉玑的哑穴："到底是谁？你看见了吗？"

王玉玑仍旧满脸骇然："我……我什么也没看见。"

霍平川解开风辞的哑穴:"竟有人能迫使'断头刀'飞刀出手,后点中他后心'肾俞',你可看见究竟是何人?"

风辞脸色铁青,"嘿"了一声:"婆娑步!婆娑步!"

霍平川和方多病都发出"啊"的一声,充满惊诧。"婆娑步"是四顾门门主李相夷独步江湖的一项绝技,为各类迷踪步法之首,蹈空蹑虚、踏雪无痕,虽然不宜长途奔走,但在单打独斗中却是一等一厉害。只是李相夷已死了十年了,怎会在这杉树林中出现"婆娑步"?

霍平川失声问道:"你可看见了人?"他入门也晚,李相夷早已失踪,此时乍闻"婆娑步",心头大震:难道门主失踪十年,其实未死?如果确是如此,那真是四顾门一件最大的幸事。

风辞却冷冷地道:"既然是'婆娑步',我怎可能看到人?不过你也不必做梦,李相夷早就死了,刚才那人绝不是李相夷。"

方多病忍不住问:"为什么?"

风辞阴森森地道:"以李相夷的身法内力,施展'婆娑步'岂会让人发觉?刚才若真是李相夷点中我后心'肾俞',以他将'扬州慢'练至十层的真力,我那一刀绝发不出去。"

霍平川一凛,风辞在重穴被点之后仍有余力发出驱刀一击,证明点穴之人内力虚乏,以至于劲道难以侵入气血交汇处,虽然令风辞全身麻痹,却不能阻止他真力运行。若不是自己来得快,只消再过一会儿,他必能解开穴道,恢复元气。但若点穴之人不是李相夷,那会是谁?难道门主生前留下了传人?

方多病斜眼看着李莲花:"你刚才躲在雪里?"

李莲花有些汗颜:"嗯。"

方多病指着地上两人:"你真没看到是谁撂倒了他们两个?"

李莲花"啊"了一声:"我看到了一些白白的影子,不知道是人还是下雪还是别的什么。"

方多病白了他一眼:"不中用。"

李莲花连连点头:"惭愧、惭愧。"他从怀里拿出玉玺,递给霍平川,"这个东西带在身上危险得很,不如霍大侠做个见证,我们毁了它如何?"

霍平川甚是赞同。王玉玑叫了起来:"你们可知有那玉玺就能号令'鱼龙牛马帮',那是——"

方多病一掌拍落让他住嘴,笑道:"我管你'鱼龙牛马帮'还是'牛头马面会',

本公子说毁就毁,来来来,霍大哥一掌劈了它。"

霍平川合掌一握,那玉玺应掌而碎,化为簌簌粉末。

王玉玑脸色陡然变白,委顿在地。

霍平川虽然握碎玉玺,心下却不觉轻松。鱼龙牛马帮是近两年合并黄河、长江水道数十家帮、寨、会、门而成的一个大帮,人数与丐帮不相上下。帮内鱼龙混杂,良莠不齐,乃是近来江湖中最为混乱、最易生事的帮派,如果帮中首领是前朝遗老,存着什么复辟之心,要以这玉玺为信物,那江湖势必大乱。此事非同小可,绝非握碎一个玉玺就能解决的,"佛彼白石"必要有所准备才是。

方多病却没有霍平川谨慎的心思,只对他握碎玉玺的掌力啧啧称奇。

李莲花叹了口气:"现在是什么时候?我饿了。"

几人抬头一看,原来已是午时过后,自早晨进入地宫直到现在,犹如过了数日。方多病一迭声催促回晓月客栈吃饭,一行人和张青茅告别,带着王玉玑和风辞回朴锄镇去。

【 七 武当金剑 】

朴锄镇虽然并不怎么繁华,不过寥寥数百人家,但至少开有酒店,这对几个刚从坟墓里爬出来的人来说如登仙境。

霍平川派遣"佛彼白石"弟子先将王玉玑和风辞快马送回清源山,了却一件大事。而后在朴锄镇"逢见仙"酒店,孙翠花请客,她那张并不怎么美貌的脸上喜滋滋的,眼神在杨秋岳脸上一飘一飘的,对这个夫君显然是满意到了极点。

方多病和李莲花拿起筷子埋头就吃,唯有霍平川比较客气,和杨秋岳一搭一搭地侃着有关黄七道长的下落。

"黄七师叔的确到了朴锄镇,但熙陵之中没有武当金剑,也许黄七师叔已从一品坟中逃生。"杨秋岳淡淡地道。即使老婆在旁边乱抛媚眼,他也并不怎么领风情,这人只好赌,不好女色,不过,或者是孙翠花也并没有什么"色"的缘故。

霍平川点头:"黄七道长得武当上代掌门赠予武当金剑,武功才智、道学修为都是贵派上上之选,何况他失踪之时正当盛年,从一品坟中逃生,在情理之中。"

方多病吃了一只鸡腿,突然抬起头来,看了李莲花很久。

李莲花正在夹菜,眉头微蹙:"什么事?"

方多病道:"我有一件事想不通。"

李莲花皱眉问:"什么事?"

方多病道:"奇怪,其实本公子的武功也不是很差,刚才杉树林离我就那么一点远,除了你们三个人,为什么我就没听到第四个人的声音?我既没看到人进去,也没看到人出来。"

李莲花眉头皱得更深:"你是什么意思?"

方多病怪叫道:"我的意思是说,刚才用什么'婆娑步'撂倒那两个人的,不会就是你吧?你李莲花的话是万万不能信的。你说黑的,十有八九是白的;你的武功是三脚猫,但说不定是装的;你说没看见,说不定其实就是你自己。"

李莲花呛了一口,咳嗽起来:"我如果会'婆娑步',一开始知道王玉玑是凶手就抓住他了,何必等到现在?"

方多病想了想:"也有那么一点点道理……"

几人各自闲聊着,有个绿衣女子袅袅婷婷地走了进来,在孙翠花映照之下,她肤色白皙,双眉淡扫,是位清秀纤柔的美人。

孙翠花瞟了她一眼,笑吟吟地道:"如姑娘给客人打酒?"

那绿衣女子眉心一颦,却颇有愁容,微微一笑,点了点头。

方多病悄悄地问:"她是谁?"

杨秋岳答道:"她是怡红院的小如。"

"看起来不像。"方多病啧啧称奇,这女人是个妓女,浑身上下却没一点风尘味,倒是难得。

杨秋岳对女色丝毫不感兴趣,倒是孙翠花悄悄地答:"人家运气好,被个男人养着,供得像个小姐似的。那男人在镇东头买了个院子,把丫头养在里面,自己从来不露面。"

方多病大笑:"养女人也不是什么丢脸的事,光明正大,何必——"

他还没说完,孙翠花"呸"了一声:"就是因为有你们这样的男人,才会有像她那样的女人,不要脸!"

正在胡扯之间,李莲花突然低低地"啊"了一声:"武当金剑!"

同桌几人一愕,霍平川低声问道:"哪里?"

李莲花筷子一端抬起,轻轻指着那绿衣女子的腰际。

众人看去,只见她腰间有一块木雕,刻作剑形,不过两三寸长,以青色绳结系在腰上,随步履轻轻摇晃。

杨秋岳全身一震，那剑形木雕虽然简陋，剑身却刻有"真武"二字，的确是武当金剑的模样。

霍平川道："听说黄七道长是在熙陵附近失踪的，难道这女子见过武当金剑？"说话间，小如已打好了两斤酒，莲步姗姗地出了门。

杨秋岳作势欲起，李莲花筷子轻轻一伸，压在杨秋岳腕上。

方多病起身跟在小如身后，也出了店门。

霍平川微微一笑，他接到彼丘飞鸽传书：一则追查葛潘被害一事，二则留意"吉祥纹莲花楼"李莲花此人。一开始看不出这位名震江湖的神医有何过人之处，胆子也太小了些，但此时筷子一压，他便知李莲花心思细密，并非鲁莽无能之辈——方多病乃是生人，衣着华丽，由他跟踪小如，别人只当纨绔子弟起了好色之心，比杨秋岳尾随更不易惹人怀疑。

方多病跟着那绿衣小如穿过整个朴锄镇。小如踏着摇摇摆摆的碎步，从镇西走到镇东足足走了半个时辰，方多病若不是看在她长得清秀可人的分上，早已不耐而去，好不容易走到镇东，只见她推开一户人家的大门，走进去，带上了门。

方多病正要趁人不备掠上屋顶看看，突然门又开了，小如从里面出来，手里已没了那两斤酒。他大觉诧异，原来她来回走一个时辰路，就是为了来送酒？这屋里住的什么人？正想翻墙进去，不料路人却多了起来，青天白日他不敢公然乱闯民宅，便在那户人家四周转了两圈，那门又开了，从里头又走出来一个女子。

那女子一身红衣，眼圈红肿，似乎刚刚哭过，一路拭泪，一路离去，她衣裳凌乱，颈上布满吻痕的模样，不用说也知道刚刚里面发生了什么。

方多病奇怪至极——方才小如还往里面送酒，难道这屋的主人不止小如一个女人？正转到庭院后门处，突然，他嗅到了一股古怪的香味，大吃一惊：这是江湖中最为人不齿的下三滥东西，是催情迷香！这屋里的勾当昭然若揭。

方多病顿时大怒，撩起衣裳，一脚踢开后门，冲了进去："谁在这里强……"一句话说到第六个字已说不下去，门内一股掌风迎面，尚未劈中门面，那掌风已迫得他气息逆转，一个字都说不出来。

方多病挥掌相抵，心里骇然——这小小朴锄镇藏龙卧虎，这么一间民宅里，居然也有如此高手！

一念刚刚转完，手掌与屋内人掌风相触，陡然胸口大震，血气沸腾，耳边嗡嗡作响，眼前天旋地转，他往后跌倒，之后便什么都不知道了。

"方氏"的少爷——"多愁公子"方多病竟连人也未看清楚，就伤在对方一掌之下,那屋里人究竟是谁?有如此武功,居然使用迷香奸淫女子,到底是什么人物?

方多病被一掌震昏,屋里人半晌没有动静,过了片刻,有人从屋里披衣出来,把他提了起来,"扑通"一声掷进了庭院水井之中。

"逢见仙"酒店里,几人几乎把店里酒菜都吃了一遍,等了两个时辰,太阳都下山了,午饭都吃成了晚饭,方多病还没回来。终于,霍平川浓眉深皱:"方多病莫非出事了?"

杨秋岳沉吟道:"难道镇上另有什么陷阱能困得住方公子?"

李莲花苦笑:"难道他突然和如姑娘私奔了?"

孙翠花啐了一口:"他大概跟踪去小如男人的房子了,我知道大概在哪里,这就去吧,方公子莫是遇险了。"

几人结账出门,孙翠花带着三人到了方才小如进去的那户人家门口。此时天色已变为深蓝,星星开始闪烁,那户人家大门紧闭,里头没有丝毫声息。

霍平川整了整衣裳,抬起门环敲了几下,沉声道:"在下有事请教,敢问主人在家否?"

屋里没有半点回音,就像里面根本没有住人,但萦绕屋中未散的淡淡迷香味,已使霍平川大抵猜到这是个什么地方。

杨秋岳冷冷地道:"做贼心虚!"

李莲花点了点头,眉头皱了起来,这一次和在一品坟中不同,那时他在暗敌人在明,而今天晚上完全是敌人在暗,大家在明,他们这四个人占不了丝毫便宜。

"翠花,你先回去接孩子。"李莲花柔声道。

孙翠花嫣然一笑,挥手快步而去。这女人虽然并不貌美,却干脆得很。

三个男人在渐渐深沉的夜色中凝视这间毫不起眼的民宅,寂静的庭院、空旷的屋宇、飘浮的迷香,这民宅之中,究竟隐藏着什么秘密?和武当金剑有关,还是和怡红院妓女有关?方多病当真陷在其中了吗?

霍平川掌上使劲,轻轻震断门闩,推开大门。放眼望去,门内花木齐整,青石地板干净清洁,院中天井以碎石铺成一个"寿"字,其后屋宇门窗紧闭,并无出奇之处。

杨秋岳阴恻恻地问:"这里头有人吗?"他问得虽然不响,却运了真力,遍传民宅,这里头如是有人,绝不可能听不见。

霍平川大步当前,推开房门,门内被褥凌乱,果然已经人去楼空,床边香炉仍冒着白烟,那迷香便是从香炉中来。

"这屋子住了恐怕也有十几年了吧？"李莲花轻轻推了一下窗棂，这窗棂和他那莲花楼一样，如果不修，恐怕再过半年就会"哐当"一声掉下来，"主人好像……有点拮据。"那床边的酒菜也很简单，在朴锄镇东有一家有名的酒坊，他却差遣小如到"逢见仙"去买，可见连一斤酒相差两个铜钱，他也是要计较的。

霍平川微微一笑："既然主人拮据，就算离去，也不会走太远，终是会回来的。"

李莲花眉头紧皱，喃喃地道："不过朴锄镇不过数百人家一条街道，他会去哪里……而且他还带着女人……糟糕、糟糕，只怕去的不是怡红院，就是晓月客栈！"

杨秋岳顿时变了脸色——孙翠花岂非也正要去这两个地方？一点地面，他纵身而起，掠上屋顶往怡红院方向奔去。

霍平川疾快地道："李先生暂且回'逢见仙'，此地危险。"

接着他也掠上屋顶，随杨秋岳而去。

李莲花仰首看两人离去，轻轻叹了一声，那一刻他的目光有些萧索。他转过身来，望着人去楼空的庭院。庭院中有几丛劣品牡丹，在这个时节只余几枝枯茎，其上白雪苍苍，并未有什么好看之处，他在院中静立许久，往侧踏了一步，转身离去。缓步走出了十余步，李莲花停了下来，背对花丛，淡淡地问："谁？"

"你的耳力，"方才牡丹花丛中并没有人，现在却有一个人负手站在那里，似乎已经站了很久，语调没有什么感情，既不像遇见了朋友，也不像见到了敌人，"犹胜从前。"

"是你落足的时候，重了一点。"李莲花微微一笑，"即使服用了'观音垂泪'，'明月沉西海'的伤，也不是一天两天能好得了的吧……无怪你不肯在雪地上留下足迹，笛飞声'日促'身法，便是贩夫走卒也认得……"

牡丹花丛中那人静默了一会儿："即使变成了这副模样，李相夷毕竟是李相夷。"他的语气没有什么变化，但从语意而言，是真心赞叹。

李莲花扑哧一笑："过奖、过奖，笛飞声也毕竟是笛飞声。我以为'明月沉西海'之伤天下无药可治，怎知世上有'观音垂泪'？人算不如天算，这是句老话，不信的人一定会吃亏。"

那牡丹花丛里青袍布履的人似乎有些淡淡的诧异："这么多年，你的性子倒是变了许多。"

李莲花微笑："你的性子倒是一点也没变。"

笛飞声不答，过了一会儿，他淡淡地道："'明月沉西海'之伤，三个月后定能痊愈。而你却不可能回到从前。"

"有些事……"李莲花幽幽地道,"当年岂知如今,如今又岂知以后,不到死的时候,谁又知道是好是坏?从前那样不错,现在这样也不错。"

"你能稳住伤势,至今不疯不死,'扬州慢'心法果然有独到之处,不过至多十三年。"笛飞声凝视着他的背影,缓缓地道,"以你所学,至多得十三年平安,如今已过十年,还有三年。你若擅用真力,施展武功,三年之期势必缩短。"

李莲花微微一笑,没有回答。

笛飞声突然从牡丹花丛中笔直拔身而起,落进了井里,随着一声"哗啦"水响,他从井中提起一个湿淋淋的人。"两年十个月之后,东海之滨。"说着把那湿淋淋的人掷了过来,他扬手掷人,随一挥之势拔身后纵,轻飘飘出了围墙,没了身影。

李莲花接过那人,那湿淋淋软绵绵、昏迷不醒的人竟然是方多病。他轻轻地让方多病平躺到地上,点了他胸口几处穴道。

以笛飞声的为人,自不可能以迷香奸淫女子。他掷回方大公子,那便是以方多病之命为约,两年十个月之后,东海之滨,当年一战,势在必行!

他再度幽幽叹了口气,自从受笛飞声掌伤之后,他容颜憔悴不复俊美,一身武功废去十之八九,李相夷此人早已不复存在,但为什么大家就是不能接受李莲花,定要寻找李相夷?说李相夷早已死了,大家偏偏不信;明明李相夷站在大家面前,却没有人认出他来。这真是奇怪的事。难道真是他变得太多?

他徐徐盘坐,双指点在方多病颈后风池穴,渡入真力替他疗伤。

十年光阴,无论是心境、体质还是容貌,都变了,从前目空一切的理由,如今看来,荒谬绝伦。

"扬州慢"心法极难修炼有成,一旦有成,便能运用自如,这也是李莲花在笛飞声全力一掌之下未死的原因。以"扬州慢"心法来疗伤最是合适,不过一炷香时间,方多病气血已通,伤势已经无碍,"啊"的一声,他睁开了眼睛:"莲花?"

李莲花连连点头:"你怎么被扔进了井里?"

方多病摸了摸自己的脑袋:"我被扔进了井里?"他摸到一手水湿,顿时大怒,"那该死的竟然把我丢进井里?喀喀……"他胸口伤势未愈,一激动立刻疼痛起来。

李莲花皱眉:"你若不是如此瘦削,也不至于伤得……"

方多病又大怒:"本公子斯文清秀,乃是众多江湖侠女的梦中情人,你根本不懂得本公子的丰神!喀喀……你又怎么知道我在井里?"

李莲花道:"我口渴了到井边去打水,一眼就看到一个大头鬼。"

方多病直到这时才想起受伤前发生了什么事,他倒抽一口凉气,失声道:"武当派的内力,那人是武当高手!"

李莲花半点医术不懂,否则早已验出方多病是被武当派心法震伤胸口,此时闻言一怔:"又是武当?"

方多病从地上爬了起来,一迭声地叫:"当然是武当心法,难道本公子连武当心法都认不出来?那人哪里去了?他的武功不在武当掌门之下,说不定还在白木之上!"

现任武当掌门是白木道人的师弟紫霞道长,武当派武功当下是白木第一,而还在白木之上的人……

李莲花失声道:"黄七?!"

方多病连声咳嗽:"很可能是,我们快去……救人……"

武当派上代掌门最钟爱信赖的弟子黄七道长,居然在朴锄镇隐居十几年,并且嫖宿妓女迷奸女子,李莲花这下真是眉头紧蹙:"糟糕,如果真让杨秋岳和黄七见了面,只怕黄七老道真的会……"

"杀人灭口!"方多病按着自己胸口伤处,赌咒发誓,"咯咯……那老道……真是疯了……"

孙翠花赶回怡红院去接儿子,在离院子不远的地方看见了小如。她一人踟蹰而行,脚步放得极慢,恍恍惚惚,似乎在想着心事。

"如姑娘,"孙翠花在后招呼,"怎么从镇东回来了?"

小如一怔,驻足等孙翠花赶了上来,才低声道:"嗯。"

孙翠花奇怪地看了她几眼,扑哧一笑:"怎么?他没有要你陪过夜?"

小如白皙的脸上微微一红,眼神却颇现凄楚之色。

孙翠花本是想问她腰间木剑之事,既然搭上了话,她索性直问:"如姑娘,你这腰上挂的木剑是在哪儿刻的?别致得很,我也想要一个。"

小如又是微微一怔:"这是我自己……"

孙翠花抢话:"自己刻的?怎么会想刻一把剑?其实我觉得刻如意倒更好看些。"

小如默然,过了一会儿,快走到怡红院门口了,她方才轻轻地道:"他……本来有这样一把剑,不过因为养着我,所以把剑卖了。"

孙翠花愕然,如此说来,那个嫖妓的男人岂不就是……只听小如低声道:"虽然他不只对我一个人好,不过我……我心里还是感激。"说完她缓步走入怡红院,转进了右边的一条卵石小路。

孙翠花见她如此,张大的嘴巴半天合不上——那喜好女色的嫖客让小如动了真情也就罢了,他竟很可能是自家相公多年没找到的师叔,那才是让她惊讶的事。

便在这时,杨秋岳和霍平川已大步赶到,见她呆呆站在怡红院门口,齐声问:"你没事吧?"

孙翠花一怔,刚想说没事,儿子还没接到,突然后心一凉一痛,她低头一看,不可置信地看着一根很眼熟的东西从自己胸前冒了出来。

那是一根筷子,滴着血。

"翠花!"杨秋岳脸色大变,失声大叫,直奔过来。

孙翠花一把牢牢抓着他,脑子里仍没弄清是怎么一回事,只道:"小如说……她的嫖客……有武当金剑……"

杨秋岳脸色惨白,连点她胸口穴道:"翠花,不要再说了。"

孙翠花困惑地看着从自己胸口冒出来的筷子:"儿子……还在里……面……"

杨秋岳终于情绪失控,凄厉地大叫一声:"不要再说了!"

孙翠花轻轻"啐"了一声:"是谁……乱丢筷子……"说着缓缓软倒,气息慢慢有些紊乱,她闭上了眼睛。

杨秋岳牢牢抱着妻子,双眼狂乱迷茫地看着从怡红院里大步走出来的人:"黄七师叔……为什么……"

从怡红院里走出来的中年男子白面微髯,年轻时必是个美男子,他左手拿着个酒杯,右手的筷子只余下一只,另一只到了孙翠花胸膛里。

看了杨秋岳一眼,中年男子道:"原来是杨师侄,失敬、失敬。"言下对以筷子射伤孙翠花一事浑不在意,就似他刚才不过踩死了一只蚂蚁。

霍平川方才不料他一出手便要杀人,未及阻拦,以致孙翠花重伤,心下后悔不已,此时上前三步,抱拳道:"在下霍平川,忝为'佛彼白石'门下弟子,前辈可是武当派失踪多年的黄七道长?"

黄七道:"我俗家姓陈,名西康。"

霍平川沉声道:"那么陈前辈为何重伤这位无辜女子?她既非江湖中人,又不会丝毫武功,以陈前辈的身份、武功,何以对一个弱女子下如此重手?"

黄七淡淡地道:"她竟敢在我面前向我的女人套话,你们说是不是罪该万死?"

杨秋岳只觉不可思议,缓缓摇头,惨淡地问:"黄七师叔,武当金剑的下落……呢……"

黄七仰天大笑:"哈哈哈哈,武当金剑?剑重五斤七两,又是古物,卖给了江西语剑斋老板，足足抵三万两银子！真是好东西！"

霍平川眉头一皱，这人只怕是早已疯了。

杨秋岳手抱妻子，只觉浑身血液一阵一阵地发凉，猛然间忆起当年师父得知自己好赌，盗窃武当金剑时说出"逐出师门"四字的情景，这世道，难道是报应？

黄七一筷子重伤孙翠花，怡红院前院的客人纷纷尖叫，自后门逃走，此时连老鸨都已不见，黄七一字一字冷冷地道："杨师侄，掌门要你来清理门户是吗？还叫上了'佛彼白石'的手下，不过紫霞师弟大概糊涂了，派你这种三脚货色，是要给他师兄祭剑不成？"剩余的那只筷子在他指间转动，不知何时便会弹出，他虽然隐居多年，功夫却日益精进，没有半点搁下。

霍平川眼见形势不妙，一掌拦在杨秋岳面前："陈前辈，请随我回'佛彼白石'百川院一趟，失礼了。"

黄七衣袖微摆，"砰"的一声，他那衣袖摇摆起来居然有如火药爆破一般，发出噼啪声响。杨秋岳叫道："'武当五重劲'！霍兄小心！"

霍平川自然知晓"武当五重劲"的厉害，据说此功自太极演化而来，太极劲只有一重，圆转如意，而"武当五重劲"却有五重真力如太极般圆转，各股真力方向、强弱不同，即使是功力相当之人也难以抵抗。

就在杨秋岳叫出"武当五重劲"之时，黄七第一重劲已经缠住了霍平川的手掌。两人袖手相交，霍平川虽然入"佛彼白石"只有八年，自身修为却不弱，黄七连运三重劲都无法引开他的手掌，一声冷笑，第四重劲突然往奄奄一息的孙翠花胸口弹去。

霍平川和杨秋岳同时惊觉，双双大喝一声，联手接下黄七右袖一击，但在这时，一支不知什么东西凌空激射，直打霍平川胸口"膻中""气海"，却是黄七刚才握在手中的筷子。

霍平川手肘往内一压，"啪"的一声，将筷子夹在了肘窝，却听身边杨秋岳一声闷哼，黄七的第五重劲笔直撞在他胸口，伤得不轻。

"武当五重劲"奥妙在以袖风激荡，无形无迹，黄七的"武当五重劲"已练到炉火纯青，江湖上难寻敌手。霍平川虽有一身武功，却难以招架。

杨秋岳抱着妻子踉跄出去数步，放下孙翠花，他拔剑出鞘，一剑往黄七额头刺去。

他是武当门下，虽未曾练过"武当五重劲"，但对这门内功心法却是相当熟悉，这一剑疾刺黄七眉心攒竹穴，正是破解太极劲的捷径。太极拳讲究以眼观手，以眼带手，眼手神韵一致，剑刺眉心，视线受阻，太极圆融协调之势失调，眼手一分，"武当五重劲"威力便减。

但正当他一剑刺去之际,黄七眼中陡然滑过一丝冷笑,杨秋岳心里一动:不妙!但他剑势已发,却是撤不回来了。霍平川本要上前夹击,但杨秋岳剑取"攒竹",他不明其意,便站在一边掠阵,并没有看到黄七那一抹冷笑。

便在此时,遥遥有人道:"放火烧房子真过瘾,尤其是烧别人的破房子,真是过瘾啊过瘾。"

另一人叹了口气:"你也忒缺德了些……"

这两人似乎只在闲聊,却说得快得很。黄七脸色乍变,杨秋岳猛然剑刃急转,一剑往他右手砍去。黄七双手劲力本来蕴势待发,分了心神,反而被杨秋岳夺去先机,他大袖一挥,竟以双手去抓杨秋岳的剑刃。

杨秋岳思及妻子生死未卜,阴沉沉的脸上没什么表情,一剑加劲往黄七手腕砍去。

黄七双手十指与杨秋岳剑刃相触之时,突然扭曲弹动,一时间只听指甲与剑刃交鸣之声铿锵不断。杨秋岳全身大震,直欲脱手放剑,那剑柄被黄七内力倒侵而入,竟然牢牢吸附在他手上。

那指甲和剑刃的敲击之声传入人耳中,霍平川首先感觉双耳刺痛,恶心欲呕,他屏住呼吸,一指"一意孤行"点向黄七背后脾俞穴。

杨秋岳手中剑被黄七连敲数十下,待到黄七狞笑放手,他已双眼翻白,一剑往霍平川胸口刺来。黄七这怪异至极的弹剑之术,竟似一门操纵心神的邪术。

方才胡说八道的两人自是方多病和李莲花,两人堪堪赶到,猛见杨秋岳竟和霍平川动起手来,都是一怔。

黄七衣袖一甩正欲脱身而去,方多病大喝一声,袖中短棍挥出一招"公庭万舞",短棍发出一片啸声,往黄七肩头敲去。

李莲花掉头就逃,远远躲进怡红院里。方多病心中又在大怒:他伤势未愈,这死莲花居然又弃友而逃!这个该死的……一句咒骂还没想完,黄七一记叩指弹在他短棍之上。

霍平川变色大叫:"小心他施展迷惑人心的邪术!"

方多病的短棍被叩,发出的却是一连七响。方多病只觉胸口伤处犹如被连撞七下,剧痛非常,脸色大变。黄七却在一怔之后忍不住狂笑:原来方多病那支短棍是一支结构精巧的短笛,他弹指一叩,震动机簧,那短笛发出声响,令黄七的"法引"之术威力陡增数倍!

旁边霍平川也大受笛声影响,竟被杨秋岳抢得先机,孙翠花躺在地上生死不明,怡红院外形势岌岌可危。

突然之间，怡红院里仓皇走出一名女子，方多病手忙脚乱之中斜眼一看，那女子满脸胭脂，唇红如血，却不认识。只见她先奔向孙翠花，跪在地上双手颤抖地打开一张白纸，从纸包里拿出一个小瓶，给孙翠花服下。顿了顿，她颤抖着声音看着白纸开始念："'四神聪''印堂''翳明''十宣'……'四神聪''印堂''翳明''十宣'……"

方多病不假思索，一笛往黄七头顶"四神聪"点去。

那女子大吃一惊，满脸惊惶："不对不对，不是你……不是你……"她指着霍平川，念道，"'四神聪''印堂''翳明''十宣'……"

方多病哭笑不得，不知是谁指使这个妓女出来的，这锦囊之计实在并不怎么高明。

霍平川一指点在杨秋岳百会穴侧"四神聪"之一。杨秋岳眼神转动，行动顿时大缓。

方多病眼见"锦囊"有效，连忙问道："那我呢？"手下仍旧短笛飞舞，招架黄七的招式已经渐渐散乱，胸口越发疼痛，只盼那"锦囊"里也有一条给他的妙计才是。

那女子却摇了摇头，茫然举起白纸念道："梅小宝已经被我救走；张小如知道你奸淫幼女，在后院跳井；何寡妇得知你原来有三个女人，到官府击鼓去了……哈哈哈……陈西康你好色如命，就要恶母满……满……"她念得惊慌失措、颠三倒四，居然还有字不认得，"恶母满血……"

方多病忍不住哈哈大笑。

黄七先是一怔，越听越是愤怒，听到最后一句应是"恶贯满盈"，他一手向这位女子颈项抓来："无知娼妓，也敢愚弄于我——"他心神一乱，那"法引"之术便施展不出。

方多病精神一振，短笛一招"明河翻雪"，泛起一片笛影，扫向黄七背后。

黄七哼了一声，左袖后拂，右手便去抓那女子的颈项。

霍平川此时刚刚连点杨秋岳"四神聪""印堂""翳明""十宣"等十六处穴位，见状正欲上前相救，那女子手一抬，护住自己的颈项，霍平川心念一动：这女子的动作倒也敏捷……

"啪"的一声，黄七的右手已然连那女子的双手一起抓住，压在了她颈项之上！霍平川心下大奇——此时黄七眼中流露出的竟不是得意之色，而是无法言喻的惊恐骇然——"噗"的一声，方多病的短笛扎扎实实击在他背心，黄七一口血喷了出来，喷得那女子满头满身，委顿于地。

方多病收回兵器，古怪地看着那被黄七一把抓住的"女子"，半晌瞪眼叹了口气：“我早该想到刚才那情形，怎么会有女人敢从里面跑出来念锦囊妙计？果然是你这个举世无双骗人骗鬼的大骗子！”

霍平川足足凝视了那"女子"一炷香时间，才长长叹了口气："李先生聪明机敏……果然名不虚传……"

那"女子"双手十指微妙地扣在黄七右手"商阳""二间""三间""合谷""阳溪""偏历""温溜""下廉""上廉""手三里"十个穴位上，这十穴受阻，黄七右手麻痹，自不能伤他分毫。"她"本是跪在地上，黄七扑来之时，"她"倾身后移，变侧卧在地，足尖微跷，踢中黄七"阴陵泉"，而后膝盖一顶，撞他小腹丹田，再加上方多病背后一笛，如此一来饶是黄七一身惊人武功，一念轻敌之间，也已动弹不得。

这满脸胭脂、怪模怪样的"女子"，正是一溜烟逃进怡红院的李莲花，他慢吞吞地举袖擦掉脸上的胭脂和血迹，仍是满脸惊恐、心存余悸的模样："我……我……"

方多病一屁股坐在地上，大口喘气："你个头！你这手点穴功夫……呼呼……了不起得很……哪里学来的？"

他和李莲花认识六年了，还是第一次看他出手制敌，虽然说刚才这一次成功全然是因为黄七掉以轻心，但是十指扣十穴、一踢、一撞，这一连串动作行云流水得几乎让人察觉不出，那绝非侥幸——绝不可能是侥幸！

李莲花极认真地道："这是'彩凤羽'，是一位破庙老人教我的……"

方多病懒洋洋地挥挥衣袖，全然不信："我要是信你，我就是猪。说不定是你跳崖以后挂在树上，树下山洞里一位绝代高人教的哩。"

李莲花满脸尴尬："真的……"

方多病翻白眼："你小子这手'拔鸡毛'的功夫还不错，可惜内力太差，如果不是本公子背后来这么一下，你是万万抓不住他的。"

李莲花连连点头："正是、正是。"

霍平川以"佛彼白石"特有的锁链将黄七锁了起来。

杨秋岳"啊"了一声，这才恢复了神志，他抱起气息全无的孙翠花，脸色惨白至极，眼望李莲花。

李莲花叹了口气，柔声道："她已服下停止血气的药，一两日内犹如死人，你若不想她死，在她醒过来之前找个好大夫治疗她的伤口。"

方多病扑哧一笑，差点呛了气，正想嘲笑这位不会医术的神医，却见他突然走到黄七面前："陈前辈。"

黄七被霍平川以锁链锁住，他对李莲花恨之入骨，见他过来"呸"了一声，只是冷笑。

李莲花在黄七面前坐了下来，平视这位武当首徒的眼睛："前辈在十几年前得到了熙陵藏宝地图，进入熙陵地宫，而后自地宫中生还，自此便留在朴锄镇。当年前辈在地宫之中经历了什么？"

黄七冷冷地看着他："黄口小儿，又知道些什么？要杀便杀，多说无益。"

李莲花微微一笑："可是和迷香、女子有关？"

黄七眉心一跳，李莲花很和气地慢慢道："十几年前，前辈正当盛年，武功人品都为人称道，突然性情大变，留在此偏僻小镇以女色为乐，势必要有些理由。以前辈的相貌武功，即使是喜爱女人，似乎也不必以迷香为饵。如小如姑娘那般真心爱你的女子也有不少，当年熙陵之中，你是否……"他叹了口气，"你是否……"

你是不是遇到了一个满身迷香、美丽妖娆的女人？李莲花没有说完，方多病替他在心里补足：害得你道行丧尽，从武当首徒变成了衣冠禽兽！

霍平川亦是仔细在听，也在自行思索。

黄七盯着李莲花，突然大笑起来："哈哈哈哈，你当真想知道？"

李莲花尚未点头，方多病已经替他点了十下。

"年轻人，你想知道我告诉你也无妨，的确有一个女人……熙陵地宫之内机关遍布，兼布奇门八卦之阵，我进去打开鬼门之后，观音门前站着一个女人，她脚下都是被她吃剩的男人们的尸体，残肢断臂，血肉模糊……"黄七嘴边仍然噙着一丝冷笑。

"她吃人？"方多病只觉鸡皮疙瘩自背后冒了出来。

黄七仰天大笑："她被关在鬼门之后，不吃人，难道等别人吃她？她正在吃人，可是我却觉得她出奇地美——不，她本就出奇地美，美得让我相信那些男人都是心甘情愿为她而死，心甘情愿沦为她的食物。我把她救了出来，关在这镇中民宅之内，天天看她，只要每天看她两眼，就算被她活生生吃了，我也甘愿。"

李莲花和方多病面面相觑，不约而同地想到观音门后那具死了数百年依然娇柔妍媚的白骨，如若那白骨复生，大概就是如此媚惑众生的绝色。

霍平川目光微微一亮，似乎黄七说及的这名女子让他想到了什么。

只听黄七继续说下去："我当她是仙子，她却整天想着要从这里逃出去。她逼我再下地宫，逼我去打开观音门，她想要前朝皇帝的玉玺和宝物，可是我不会去的，如果得到了那些东西，她绝对要从这里出去，所以有一天夜里我……"

他双眼突然发出奇光,发出一种怪异而又得意的刺耳笑声,"我用了药,得到了她……"

他哈哈大笑。李莲花和方多病几人却都皱起了眉头。霍平川脱口问道:"那个女子后来呢?"

"她?"黄七顿时不笑了,恶狠狠地道,"她还是逃了出去,就算我用铁链把她锁在房间里,她还是逃了出去。像她那样的女人,只要有男人看见她,都会为她死……"

方多病张大嘴巴:"这女人根本是个女妖!她现在还活着吗?"

黄七冷冷地道:"她当然还活着。"

李莲花皱眉问:"这位女……侠……叫什么名字?"

黄七嘲笑道:"江湖中人,竟还有人不知道她的名字?"

霍平川终于沉声问道:"前辈说的女子,可是姓角?"

"'虞美人'角丽谯,听说近来弄了个什么牛马羊的帮派,还当上了帮主。"黄七大笑,"你们真该见她一面。年轻人,我真想看看你们看见她第一眼的表情,哈哈哈哈……"

方多病失声道:"鱼龙牛马帮?"

霍平川点了点头:"看来熙陵之事,绝非擒住王玉玑和风辞二人就能了结,那颗不见踪影的'观音垂泪',杉树林里不知何人的'婆娑步',当年从地宫生还的角丽谯,虽不知和前朝熙成帝、芳玑帝二帝之事有何关系,但并不简单。"

李莲花点了点头,喃喃地道:"坏事、坏事。"

"二位,"霍平川沉吟了一下,对李莲花和方多病拱手,"事情紧急,头绪万千,在下愚钝,熙陵之事要尽快报于大院主和二院主知晓,我这就带人回去了。"

方多病连连挥手:"不送不送,你快点把人带走,本公子虽然喜欢美人,平生却最讨厌淫贼。"

李莲花看方多病点头,他也跟着点点头,方多病挥挥手,他也挥挥手,漫不经心地不知在想些什么。

霍平川深深看了他一眼,抱拳道别,抓住黄七肩头,大步往镇外行去。

看着霍平川走出去很远,杨秋岳二话不说抱着老婆直奔镇上大夫家。

李莲花"啊"了一声,醒悟过来:"大家都走了?"

方多病斜眼:"你留恋?"

李莲花摇摇头,方多病哼了一声:"那你在想什么?"

李莲花微微一笑："我在想，那位角丽谯角大姑娘，果然是美得很。"

方多病一怔："你见过？"

李莲花幽幽地道："嗯……"

方多病仰天狂笑："李莲花说的话，我要是信，我就是猪！"

【 八 医术通神 】

十数日后。

清源山百川院。

纪汉佛接到了有关熙陵一品坟最后结果的消息：王玉玑、风辞假冒葛潘与守陵兵，妄图借方多病与李莲花之力，找到埋藏在熙陵之中的前朝玉玺。此二人在被带回百川院的路上被人劫走，十余名"佛彼白石"弟子死伤；玉玺毁于霍平川之手，熙陵地宫隐秘已上报朝廷；霍平川押着黄七回到院里，正自给彼丘讲述一品坟之事；朴锄镇上杨秋岳之妻孙翠花因伤后操劳，引发高热而亡；方多病伤，李莲花安然无恙。

葛潘在去熙陵的路上被人暗算而死，霍平川去的时候一品坟之谜已经揭开，李莲花在此事之中究竟作用如何，依然模糊。但劫走王玉玑和风辞的人是谁，纪汉佛却心里清楚得很。

莲花楼和笛飞声的关系仍旧不明，但引人关注的已不是这些。

百川院西面有一栋独立的小房，四面窗子开得很高，窗台摆了些花草，和其他三处房屋毫无修饰的模样有些不同。

霍平川换了一身干净的衣服，恭恭敬敬地抬起门环敲了几下："霍平川。"

屋里响起合上书页的声息，有人温言道："进来吧。"

霍平川推门而入，门内立着一个小小的屏风，百川院虽然清贫简易，这屏风却漆黑光亮，上绘百鸟朝凤图，边角皆有破损，应是多年之物，但仍旧可见当年的精致奢华。绕过屏风，屋内书籍堆积如山，桌椅板凳上都是书册，堆放得凌乱至极，却都抹拭得十分干净。

书堆之中坐着一人，见霍平川进来，抬起了头："听说见到了'婆娑步'？"

霍平川点了点头，在一摞书上坐了下来，仔细讲述他在熙陵的所见所闻。屋中人听得细致，偶尔插言询问一二，霍平川也一一回答。这人姓云，名彼丘，乃当年四顾门中李相夷身边第一军师。

听完霍平川的讲述,他长长嘘了口气,微笑得很是温暖:"江湖代有才人出,看来李莲花此人并不仅是神医而已……能生擒黄七道长,实是件了不得的大事。"

云彼丘当年跟随李相夷之时年仅二十三岁,号称"美诸葛",如今十年过去,已是年过三十的人了。他本人布衣草履,两鬓微有白发,虽然气质徐和温厚,却似比真实年龄看来更为憔悴。

"弟子关心的,是取走'观音垂泪'之人和杉树林中出手救人的人究竟……"霍平川沉吟了一下,"究竟是否为同一个人?"

云彼丘道:"杉树林中施展'婆娑步'之人若有震碎千斤巨石的功力,便不会封不了风辞的气脉,应该不是一人。"

霍平川叹了一声:"短短数日之间,在熙陵弹丸之地,居然出现了两位高手。"

云彼丘微微一笑,转了话题:"黄七当真说他在熙陵遇到了角丽谯?"

霍平川点头:"传闻此女色能惑众。"

云彼丘的脸色有些苍白,轻轻咳了两声:"喀喀……当年和门主在金鸳盟大殿上见过一面,她的确……的确……"他顿了一顿,不知想到了什么,住口不言。

霍平川关心问道:"二院主的寒证好些了吗?"

云彼丘淡淡一笑,笑中颇有自嘲之意:"不妨事的。熙陵此事非同小可,今日我修书两封,你替我寄给武当紫霞掌门和鱼龙牛马帮帮主角丽谯。"

霍平川称是。

云彼丘缓缓地道:"与其敲击试探,不如请两位到百川院一坐,究竟武当杨秋岳、黄七,'碧玉书生'王玑玑,'断头刀'风辞,以及鱼龙牛马帮与熙陵有何关系,一问便知。"

霍平川凛然:"二院主说得是,'佛彼白石'中人不必转弯抹角,应直言相问才是。"

云彼丘一笑:"四顾门门下不必拘礼,你虽天性如此,但附和之言仍是越少越好。"

霍平川只想称是,却又不能称是,满脸尴尬。

"那位李莲花李神医,平川觉得如何?"云彼丘问。

霍平川沉吟道:"平川实是有些……摸不着头脑,有时似是聪慧绝伦,有时又似是十分糊涂。武功似乎极差,却又似乎时常能克敌制胜。恕平川愚钝,判断不出此人深浅。"

云彼丘眼神微微一亮:"他可使用兵器?"

霍平川摇头:"不曾看见。"

云彼丘一皱眉,李莲花与他之前设想的不符,连他也猜不透:"这倒是有些奇……你看不出他武功门派?"

霍平川反复思虑良久:"似乎并没有什么门派,只是认穴奇准,但内力却差劲得很。"

云彼丘点了点头:"他既然号称医术通神,认穴奇准也在情理之中。"

此时,在方氏客房里,被当年"美诸葛"判定为"医术通神"的李莲花正在聚精会神地给人把脉,脸上带着文雅从容的微笑,似乎对来人的病情十分有把握。

方多病坐在他身边给煎药的炭炉扇火,悻悻然地看着他的小姨——"武林第三美人"何晓凤,正娇滴滴地让李莲花把脉。

这位比他妈小十岁的小姨一听说"吉祥纹莲花楼"的主人到了,突然就得了一种说晕就晕的怪病,晕倒在李莲花怀里,此刻她正用水汪汪的眼睛瞟着李莲花的脸。方多病还看得出她目光中有一丝遗憾之色——这位传说中的神医虽说长得还可以,却没有她想象中风流倜傥、俊美无双。

"何……夫人……何姑娘的病情……"李莲花温和地看着何晓凤,"没有什么大碍,只要服下一服药物就好。"

方多病连连点头,越发用力地扇着那火炉。他其实不明白,一向自负精明的小姨竟然没有发觉把脉都还没把完就在煎药这种医术的奇异之处,她一心一意打量着那位神医,盘算着不知什么念头。看着火炉上那些黑乎乎的药汁,他又忍不住想起前不久他刚问过李莲花的一个问题。

"死莲花,你怎么知道中了黄七的邪术,要点'四神聪''印堂''翳明''十宣'来解?"

"啊……"李莲花那时漫不经心地答,"我好像见过有人那么治疯子。"

方多病目瞪口呆。

李莲花很认真地看着他,诚恳地道:"我真的好像看到有人是那么治疯……"

他还没说完,方多病抱着脑袋一声呻吟:"我永远不要再听你说一个字,永远不再信你说的半句话!"

继续瞪着眼前逐渐变焦的药汁,他在心里祈祷小姨把这些药喝进肚子里,在两个月后就能起床,并记住晕倒在李莲花怀里是件多么危险的事。

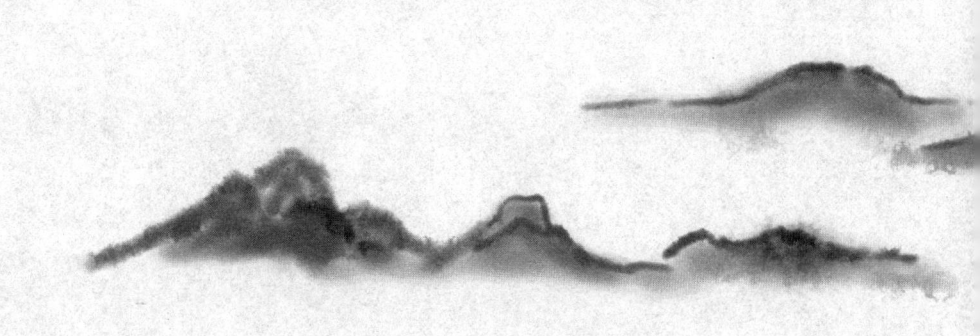

第三章 石榴裙杀人有四

一品坟事件之后，李莲花在方多病家里住了两天，后来因为想念他的莲花楼就告辞离去。

他离开之后，方多病的小姨何晓凤上吐下泻了三个月，却不敢对人说她是吃了李莲花开的药吃坏了肚子。

然而等方氏的方大公子交代完一品坟之事，优哉游哉地回到屏山镇去找李莲花的时候，突然看到一片青山——那是因为他的视野突然间开阔了许多——那地方本来有栋房子，现在不见了。

待了有那么一会儿，屏山镇的人们看到一位骨瘦如柴的白衣公子指着一片空地，暴跳如雷地大骂："该死的李莲花，又背着乌龟壳跑了！"

路人皆以同情和好奇的目光看着他，那栋木房子的主人前几天刚刚雇了两头牛把房子拉走了，镇里好些好心人还帮了他的忙。

问他为什么要搬走，那房子的主人说因为有个要找他报恩的人硬要把家产给他，他受不起，不得不连夜搬走，只是滴水之恩，万万不可要人涌泉相报——这很是让镇上的读书人唏嘘了一把，这般高风亮节，世上已很少见了。

方多病指着吉祥纹莲花楼搬走后的那块空地骂了一炷香时间，仰天长叹：这只背着乌龟壳的死莲花，除非他自己高兴，要找到他难若登天，他已习惯了。

一 嫁衣不祥

薛玉镇是个热闹的地方，从这儿过去十里就是采莲庄。说起薛玉镇，附近百里之内未必人尽皆知，但说起采莲庄，却是无人不知无人不晓——附近有一处名胜，山峦清秀，池水如蓝，有四条溪流灌入此池，终年气候温暖，莲花盛开，并且此处莲花颜色奇异，花瓣淡青色，清雅秀丽，为文人雅士所青睐，时常有达官贵人来此采莲，故名"采莲池"。

约莫五十年前，有人以重金买下采莲池方圆十里之地，修建起一座庄园，把"采莲池"纳入自家庄园，自名"采莲庄"。现任庄主姓郭，名大福，名字虽然俗了点，他却自诩是个雅客。

郭大福以经营药材为业，生财有道，衣食无忧，他近来最烦恼的事就是他儿子郭祸。郭祸字兮之，寓意为"祸兮福所倚"，是个吉利的名字。他三岁会背《诗经》，五岁能读《论语》，是郭大福心头的一块宝。在郭祸十一岁那年，郭大福送郭祸上百川院学武，拜在"佛彼白石"四人中最为风雅的一人——"美诸葛"云彼丘门下，只盼他能读书学艺，向他师父好好学学，即使日后不能成为一代侠客，也能做个不俗之人。但月前郭祸艺成回家，却让郭大福烦恼不已——除了舞刀弄枪，喊喊杀杀，这孩子居然把小时候识的字忘得一干二净，看着"蓬莱"念"莲莱"，听着"孔子"自称"郭子"，只气得郭大福差点用厨房里那口"锅子"狠狠砸向郭祸的头。郭大福的儿子不学无术，委实家门不幸，让祖宗蒙羞。

也就是因为如此，郭大福早早给郭祸娶了房知书达理的媳妇，好好教导他这个不肖子，只盼家门熏陶，能令郭祸有所改进。他以数万两银子下聘，迎娶薛玉镇最有名的才女顾惜之入门。结果这位才女体弱多病，未等到能入门就一命呜呼，令郭大福几万两银子打了水漂。不得已求其次，郭祸最终娶了薛玉镇最有名的青楼名妓蒲苏苏。这位蒲苏苏虽然出身青楼，却既是青倌，又大有诗名，何况既然是名妓，自是比才女美貌许多，于是郭祸也乐呵呵地迎了这位新娘过门。不料不到一月，蒲苏苏竟在莲花池中溺水而死——一月之内，与郭祸相关的两个女子接连死于非命，薛玉镇的人们不免议论纷纷起来，克妻杀妻之说街巷流传，让郭大福烦恼至极，而采莲池发生命案，来此的达官贵人大大减少，这更让郭大福恼上加恼。

五月中旬，正是青莲盛开的时节，采莲庄却冷清得很，完全不见昔日热闹的景象。

郭祸丧妻之后多在练剑，把后院郭大福精心栽种的银杏斩去了不少，重金购买的寿山石打裂了几块，正自沾沾自喜练武有成。

郭大福这几日只对着冷清的院子和账本长吁短叹，他幼时丧母、少年丧妻，如今又不明不白死了儿媳妇，莫非他年轻时贩过的那一次假药报应在了妻儿身上？那也不对啊，郭大福苦苦思索，若是报应，怎会连他那没有记忆的亲娘都报应了？他老娘死的时候，他还在吃奶，尚未贩过假药哩。

"老爷，"丫鬟秀凤端着杯热茶过来，"庄外有位公子说要看莲池，本是不让他进来的,但最近来的人少,老爷您说……"

郭大福听到她说"本是不让他进来的"就知敲门的多半是个穷鬼,想了想不耐地挥挥手:"啊……进来吧进来吧,自从苏苏死在里面,还没人下过水,去去晦气也好。"

"这里是……哪里啊?"郭大福脚边的莲花池里突然哗啦冒出一个人头来,那人茫然四顾,"爬上来的台阶在哪里?有人在吗?"

秀凤"啊"地尖叫一声,杯中热茶失手跌落,水里的人"哗啦"一声急忙缩进池中。

郭大福这才看清莲叶莲花底下是一个人,一个男人,不禁一迭声叫唤家丁:"来人啊!有贼!有水贼啊!"

"水贼?"莲花池里的人越发茫然,东张西望了一会儿,突然醒悟,"我?"

秀凤惊魂未定地连连点头,突然认出他是谁:"老爷,这就是刚才在庄外敲门的李公子。"

郭大福将信将疑地看着浑身湿淋淋的那人:"你是谁?怎么会在水里?"

莲花池里的人尴尬地咳嗽了一声:"庄外那座木桥有点滑……"

秀凤和郭大福一怔,原来此人摔进庄外溪流,被溪水冲入了莲花池中,倒也不是水贼。

"你是来看莲花的?"

水池里的那人连连点头:"其实是……因为我那房子的木板少了一块……"

他还没说完,郭大福面现喜色:"你可会作诗?"

水池中人"啊"了一声:"作诗?"

郭大福上下看了他一阵,这被水冲进来的年轻人一副穷困读书人模样:"这样好了,我这采莲庄非贵人雅客不得进,你若是会作诗,替我写几首莲花诗,我便让你在庄里住上三天如何?"

水池中人满脸迷茫:"莲花诗古人写的就有很多啊……"

郭大福满脸堆笑:"是、是,但那写的都不是今年的青莲,不是吗?"

水池中人迟钝僵硬的脑筋转了两转之后恍然大悟:原来命案以后采莲庄名声大损,郭大福冀望传出几首莲花诗,换回采莲庄的雅名。

"这个……那个……我……"水池中人吞吞吐吐,犹豫了好一会儿,终于下定决心,"我会作诗吧。"

郭大福连连拱手:"来人啊,给李公子更衣,请李公子上座。"

水池里湿漉漉的年轻人"会作诗"之后俨然身价百倍,"水贼"摇身变成了"公子"，李公子在水里温文尔雅地拱了拱手，好像他千真万确就是七步成诗的神童一般。

这位掉进水里的水贼，正是刚刚搬到薛玉镇的李莲花。他那吉祥纹莲花楼在被牛拖拉的时候掉了块木板，虽有补救之木材，却苦无花纹，不得已之下李莲花打算亲自补刻，于是四处寻找莲花为样板。这日到了采莲庄，他一不小心摔进水里，冒头出来就成了会作诗的李公子，倒也是他摔进水里之前万万没有想到的。

"李公子这边请。"秀风领着李莲花往采莲庄客房走去，"客房都备有干净的新衣，李公子可随便挑选。"

李莲花正在点头，突然脚下一绊，"哎呀"一声往前摔倒，秀风及时将他扶住："庄里的门槛有些高，小心些。"

李莲花低头一看，果然采莲庄的门槛都比寻常人家高了那么一寸，不习惯的人很容易被绊倒："惭愧、惭愧。"

很快秀风引他住进了一间宽敞高雅的客房，开窗便可看见五里莲花池，风景清幽怡人，房内悬挂书画，窗下有书桌一张，笔墨纸砚齐备，以供房客挥洒诗兴。

秀风退下之后，李莲花打开衣箱，里头的衣裳无不符合方多病的喜好，皆是绸质儒衫，偶尔小绣云纹，十分精致风雅。他想了想，从里头挑了一件最精致的白衣穿上，对镜照了照，欣然看见一个才子模样的人映在镜中，连他自己也满意得很。

李莲花起身环视这雅房，墙上裱糊的字画龙飞凤舞，写"人面莲花相映红""莲花依旧笑春风"、甚至于"千树万树莲花开"这等绝妙好词的贵人比比皆是，落款都是某某知县、某某庄主、某某主人。李莲花着实欣赏了一番，转目往窗外望去，青莲时节，窗外莲叶青青飘摇不定，淡青色小莲隐匿叶下，煞是清白可爱，比之红莲青叶别有一番风味。

突然，这般静谧幽雅的莲池中升起了一股黑烟，李莲花探头张望窗外，只见一位着褐色衣裳的老妇划着小船在莲池里缓缓穿梭，嘴里念念有词，船头上摆放着一个炉子，里头一沓冥纸烧得正旺。烧完了冥纸，老妇坐在舟中对着满池青莲长吁短叹，突然碎碎地咒骂起来。她骂的都是俚语，李莲花听不懂，他翻过窗户，在池边与那老妇打了招呼，便很顺利地登上船，和她攀谈起来。

这位老妇姓姜，是郭大福的奶娘，在郭家已待了四十多年，她正在给蒲苏苏烧纸钱。李莲花从昨天酱油的价钱开始和她聊起来，可能是很久没有人和她一起咒骂酱料铺老板短斤少两，姜婆子比较喜欢这个新来的读书人，李莲花也很快知道了郭家一些鸡毛蒜皮的小事。

郭大福的祖父是个苗人，给郭家祖母当了上门女婿，很早就在薛玉镇住了下来。

郭家从郭大福的祖父开始做的就是药材生意，一直都红红火火，但不知是什么原因一直人丁单薄，并且从郭大福的父亲一辈开始，郭家连续三个媳妇都死得古古怪怪，和这池莲花脱不了关系。郭大福的祖父生了两个儿子：郭大福的父亲郭乾和郭大福的叔叔郭坤。郭乾和父亲一样精明能干，把药材生意经营得井井有条，郭坤一出生便是痴呆，一直由哥哥供养，一家平平常常，并无什么出奇之处。郭乾娶了媳妇之后，举家搬到了采莲池，建起了采莲庄，庄子建好不过一月，郭乾的妻子许氏坠池而死，留下出生未及一月的郭大福。郭乾对夫人之死伤心欲绝，遣散仆人，闭门谢客十余年，只留下少数几个奴仆。郭大福长大之后娶妻王氏，婚后一年，王氏又坠池而死，留下郭祸一子。如今郭祸新过门的妻子蒲苏苏再次坠池而死，姜婆子越发怀疑郭家中了邪，要不就是招惹了什么水鬼。

"郭夫人死的时候，是婆婆先发现的？"李莲花小心翼翼地问，眼神中充满好奇。

姜婆子顿时挺直了脖子："苏苏就淹死在你房间窗口下面。"

李莲花大吃一惊："我房间窗口下面？"

姜婆子点头："那间客房五十三年前是老爷的新房，但是因为老夫人淹死在那窗口下的水池里，所以大老爷都不住那里，搬去了西厅，房间改为客房。"

李莲花毛骨悚然："那……那那就是说……郭家三位夫人都是淹死在……我房间窗口下面的水池里？"

姜婆子叹了口气："那里的水也不过半人来高，婆子我始终想不通怎么能淹死人。要说有鬼，这些年在客房里住过的大人也不下二三十位，却从来没出过什么事。要说是别的什么，老夫人的死和夫人的死，那可相差了二十几年，夫人和少夫人的死又差了二十几年，她们三个可都不认识，一个是秀才家的姑娘，一个是渔家的女儿，苏苏还是个青倌，八竿子打不到一块去。"

李莲花也跟着叹了口气："所以婆婆您在这里烧点冥纸作法超度？"

姜婆子的嗓门大了些："三位夫人都是好人，性子也都体恤下人，若是真有什么水鬼妖魂，婆子拼了命也要让它下地狱去！"

李莲花满脸敬佩，顿了顿，站起身来："婆婆，三位夫人都是淹死在莲花池中，那郭大老爷又是怎么过身的？"

"老爷？大老爷被儿媳妇的死吓坏了，一个月后大老爷就过身了。"姜婆子一怔，喃喃地说，"定是想起了大夫人，大老爷真是可怜得很。"

李莲花又跟着叹了口气："……真是可怜得很。"

那日晚间，郭大福遣了秀凤过来问候李公子住得可好，李莲花连忙拿出写好的

"诗"，秀凤满意地收下，说老爷请李公子偏厅吃饭。

李莲花作揖称谢，随着秀凤走向采莲庄的西边。

郭大福先接过李莲花作的"诗"，抖开一看，大为满意，连声请上座。

李莲花满脸惭色，别别扭扭地坐了上座。这偏厅窗户甚大，四面洞开，窗外也是莲池，凉风徐徐，十分幽雅，李莲花眼观满桌佳肴，鼻嗅莲香阵阵，除却郭大福高声诵读他作的"诗"大煞风景之外，此地此时称得上美景良辰，令人如痴如醉。

"郭门青翠满塘纱，十里簪玉伴人家。煞是一门林下士，瓜田菊酒看灯花。"郭大福摇头晃脑地读罢李莲花的"诗"，十分赞赏，"李公子文气高绝，郭某十分佩服，他日必当高中，状元之才啊。"

两人文绉绉地举杯，开始夹菜。

"听说苏苏过世了？"李莲花咬着鸡爪问。

郭大福一怔，心里不免有些不悦，这位李公子一开口就问他最不想提的事。

"家门不幸，她出了意外。"

李莲花仍然咬着鸡爪，含含糊糊地道："几年前进京赶考，和苏苏有过一面之缘……"

郭大福又是一怔，只听李莲花继续道："此番回来，她已嫁给了郭公子，正为她从良欢喜，不料出了这等事。"他似是甚为幽怨地轻轻叹了一声，"能告诉我她死时的模样吗？可还……美吗？"

郭大福心下顿时有些释怀：原来这位李公子倒也不全是为了采莲池而来，蒲苏苏美名远扬，有过这等心思的年轻人不在少数，现在人也死了，他倒是有些同情起李莲花来。

"苏苏是穿着嫁衣死的，那孩子生的时候极美，死的时候也像个新娘子，美得很。"他却不知，李莲花那番话若让方多病听了一定笑到肚子痛，打赌李莲花根本不认识蒲苏苏。

"穿着嫁衣？"李莲花奇道，"她过门已有十数日，为何还穿着嫁衣？"

郭大福脸上泛起几丝得意之色，咳嗽了一声："郭某祖父乃是苗人，从苗疆带来一套苗人嫁衣，那衣服悬挂金银饰品，织锦图案，价值千金。几位大人几次向我索要，有人出十万两银子向我求购，我都不给不卖，那是家传至宝。当年我那发妻，一旦有空就会把它从衣箱里拿出来穿着，无论是什么女人，都会被那嫁衣迷上。"

李莲花"啊"了一声："世上竟有如此奇物？"

郭大福越发得意，拍了拍手掌："翠儿。"

一位年方十六、个子高挑的丫鬟伶俐地上来："老爷。"

郭大福吩咐："把祸儿房里那套少夫人的嫁衣取来，我和李公子饮酒赏衣，也是一件雅事。"

翠儿应声退下。

郭大福道："这嫁衣虽是家传之宝，不过我那发妻却也是穿着这身衣裳死的，唉……"他突然有些意兴阑珊，喝了一杯酒，"我娘是穿着这嫁衣死的第一人，绝世珍宝往往不祥……"

李莲花叹了口气，突然悄悄地道："难道员外郎没有想过，说不定——"

郭大福被他说得有些毛骨悚然："什么？"

李莲花咳嗽一声，喝了口酒："说不定这莲花池里有鬼！"

郭大福皱眉："自从家母死后，这池里每一寸每一分都被翻过了，池里除了些小鱼小虾，什么都没有，绝没有什么水鬼。"

李莲花松了口气，欣然道："没有就好、没有就好。"

两人转而谈论其他，郭大福对李莲花的"诗才"钦佩有加，嘱咐他次日再写三首。

李莲花满口答应，恍若已是李白重生、杜甫转世、曹植附体，莫说是三首，便是三百首他也是七步就成，万万不会走到第八步。

《 二　半张鬼脸 》

与郭大福饮酒回来，已是三更。

李莲花微醺，心情愉快得很，郭大福此人虽然说是个"雅人"，心眼却不多，而且景色幽雅，菜肴精致，今天那一跤跌得大大值得。尤其见到郭家祖传嫁衣，那套喜服确是精细华丽，人间罕见，比之汉人的凤冠霞帔，另有一种令人难以抗拒的瑰丽之美。

那是一套宝蓝色的嫁衣，通体以织锦法绣有树木花丛、打井者、喝酒欢唱者和围圈跳舞者，地上布满瓜果，天空中日月星辰之间飞舞着两只似凤非凤的大鸟，每一分每一寸都闪耀着锦缎鲜艳的色泽，即使在没有光照的时候仍闪闪发光。收束的颈口悬挂七串银饰，胸口另挂有一片以银珠金珠串就的硕大花朵，花芯以黄金铸就，十分华美灿烂。嫁衣上下宝蓝锦绣之间缀满金丝银线，其上穿有极细的水晶珠子，光彩盎然。腰间以玉珠为带，裙身极窄，如桶状，平整的裙面上一群欢乐的人正在围圈跳舞，正好绕裙一周。裙摆底下又有银链为坠，上有铃铛。从男人的眼光来看，那是成堆的金银珠宝；以女人的眼光来看，即使再丑，只要年轻，只怕穿上这嫁衣之后定能看见自己与平日不同的风采。

但在李莲花眼里，那是一件奇异的裙子，它挂满了金银珠宝，还有，裙摆很窄。一件三个女人都穿过的嫁衣，三个女人都死于非命，难道真的只是一种巧合？他躺在床上，面对着莲池的大窗，打了个哈欠，念头转到他写给郭大福的那首"诗"上，也不知郭大福看出"诗"里的玄机没有？正在他望着窗外星光昏昏欲睡时，窗外突然慢慢移出了半张脸，幽幽地看着他。

他呆呆地看着那张稀奇古怪的脸，有很长一段时间他以为自己在做梦，突然那张脸动了一下，缓缓地往窗边隐去……李莲花突然清醒过来——那是一张不知道是何物的脸，黑黝黝的脸颊和鼻子，毛发乱飞，一只出奇明亮却布满血丝、毫无感情的眼睛。窗下是莲池，只有一片很小的湿地,他窗外那半张脸的主人，是站在哪里呢？他听到了离去的脚步声——那东西不管是什么，至少是两条腿走路的，就像人一样。

鬼？李莲花叹了口气，他虽没见过鬼，但窗外那个东西却是活的，不像鬼。要说是人——他相信人扮成鬼要比鬼扮成人像得多，但是郭家有谁会在半夜三更扮成这副模样，无声无息地在他窗前看他一眼？要是他睡着了没看见，岂不是对不起煞费苦心的"它"？真是怪哉！

他从床上下来，到窗下看了一眼：窗外湿地上的确留有一行脚印。

那究竟是什么东西？三更时分在他窗外看他一眼，究竟是为了什么？郭家五十几年来三起命案，和这深夜出现的黑面怪人，有什么关系？他听着窗外的蛙声，想着想着，蒙蒙眬眬地睡了。

第二天一早，李莲花立刻就知道了深夜那半张脸和命案的关系——翠儿死了。

她又死在李莲花窗下，身上赫然穿着昨日李莲花和郭大福赏过的那件嫁衣，只是胸口价值连城的金珠银珠大花不见了。

郭大福无比震怒，重金邀请军巡铺前来调查，而官府老爷们一来就先把李莲花给铐了起来——此人身份不明，住在凶案现场却自称没有听到任何声音，他刚到采莲庄，采莲庄就发生命案，按照官老爷们多年办案的经验，十有八九就是这个外地人干的。

"大胆刁民！竟敢私自解开枷锁！来人啊！把犯人给我押回衙门大牢！"薛玉镇的知县王黑狗王大人刚刚得知采莲庄出了命案，乘轿赶来便看见那犯人竟然手持木枷锁，正在很认真地往上面绕铁丝。

"启禀大人，"蹲在犯人身边看他绕铁丝的衙役连忙道，"木枷坏了，他正在修补，一旦修好，立刻给他戴上。"

王黑狗大怒，踢了那衙役一脚："笨蛋！你不会自己修吗？"

那衙役在地上一滚："启禀大人，小的修不来。"

王黑狗大步走到那犯人身边，却见木枷朽成了两段，那犯人极认真地用铁丝将断口两端箍在一起，见他过来，歉然道："快要好了。"

王黑狗不耐地道："快点快点！"又回头问衙役："这犯人姓甚名谁，哪里人士？"

衙役道："他姓李，叫莲花，是个穷书生。"

王黑狗又问："他是如何杀死翠儿的？"

衙役道："小的不知。"

王大人正问案之间，李莲花已把木枷修好，自己戴在腕上。他腕骨瘦小，那木枷随时会从他手腕上掉下来，王黑狗看得满脸不耐，挥挥手："算了算了，本大人在此，谅你不敢造次，不必戴了。"

李莲花道："是、是。"

王黑狗往椅上一坐，大大咧咧地问："昨日你究竟是如何杀死翠儿的？从实招来，否则大刑伺候。"

李莲花茫然问："翠儿是谁？"

王黑狗气得从椅子上跳了起来，又重重坐下："翠儿是这里看茶递水的小丫头，你是不是看中她年轻貌美，意欲调戏，她不从你便溺死了她？"

李莲花怔怔地看着王黑狗，满脸迷惑，似乎全然不知他在说些什么。

郭大福在一旁赔着笑脸："虽然这位李公子是生人，但依小民之见，似乎也不是这等穷凶极恶之人。"

王黑狗喝了一声："昨夜情形究竟如何，给我从实招来！"

李莲花愁眉苦脸："昨夜……昨夜……草民都在睡觉……实在是……什么也……"

王黑狗拍案大怒："你什么也不知道？那就是说翠儿怎么死的你也不知道了？大胆刁民！来人啊！给我上夹棍！"

李莲花连忙道："我知道，我知道！"

王黑狗怒火稍熄："你知道什么？统统给我招来！"

李莲花稍稍有些委屈："我要见了翠儿的尸身方才知道。"

王黑狗脑筋一转："也罢，罪证在前，谅你不敢不认。"

他随郭大福领着李莲花到了昨日二人饮酒的那间偏厅，翠儿的尸身正湿淋淋地放在地上，身上的嫁衣尚未解下。

李莲花目不转睛地看了那具尸体一会儿，那小姑娘身上的嫁衣穿得很整齐，胸口的挂花失去了，全身湿淋淋的，表面看来并无什么伤痕，只是脖子稍微有些歪，让他想起一品坟中的那具白骨，此外下巴那里有些轻微的划伤。

"她……她明明是……"他喃喃地道，抬起头来迷茫地看着王黑狗，"她明明是折断颈骨死的……"

王黑狗眉毛一跳："胡说八道！她分明溺死在你窗户底下，你竟敢狡辩？"

李莲花噤若寒蝉，不敢辩驳，倒是那衙役走过去踢了踢翠儿的头颅："大人，这翠儿的头只怕是有点古怪，她只往右边扭。"

王黑狗顿了一顿："骨头当真断了？"

衙役嫌恶地用手扭了一下翠儿的头："没有全断，只怕是错了骨头。"

王黑狗大怒："李莲花！"

李莲花吓了一跳，怔怔地看着王黑狗，只见王黑狗指着他的鼻子破口大骂："对如此一个柔弱女子，你竟扭断她脖子再将她溺死水中！简直是杀人狂魔！"

李莲花愁眉苦脸："我若扭断她的脖子，她已死了，为何还要把一个死人溺死在我窗下的水中？"

王黑狗一怔，满偏厅霎时静悄悄的，李莲花的这个问题倒是不易回答。

李莲花慢吞吞地又补了一句："何况……"

厅中忽然有人大声问："何况什么？！"

这人声音洪亮，中气十足，把李莲花吓了一跳。

只见此人身材高大、面目武勇，却是郭大福的儿子郭祸。

"何况……何况……有件事我一直想不通。"李莲花喃喃地道，"听说五十几年来采莲庄曾发生三起命案，都是夫人坠池而死，可是……可是郭老爷的发妻是渔家女子，"他茫然地看向郭大福，"难道渔家女子也会在莲池中溺水而死吗？"

郭大福大吃一惊，半晌说不出话来，他那发妻确是渔家女子，只是嫁入郭家之后远离渔舟，他竟忘了此事。

李莲花继续道："如果郭老爷的发妻并非溺死……那么……那么……"

郭大福失声道："那么难道郭家三人，都是被人谋害而死？"

王黑狗眉头又是一跳，李莲花思忖，他可没说郭家女子都是被人所杀，是郭大福自己说的。"

王黑狗道："即使本案存有疑点，李莲花你的嫌疑也是最大！休想借口舌之辩推脱杀人之罪。"

李莲花愁眉苦脸。郭祸却大声道："如果真的有凶手，我定会将他擒住！我是'佛彼白石'弟子，捉拿凶手是本门弟子职责所在！"

云彼丘若听见他高徒这般解释"佛彼白石"，只怕那寒证又要重上几分。

这时有个衙役快步走来，报说那块丢失的金银挂花在李莲花住的客房里找到了，就放在他窗前的桌面上。王黑狗斜眼看李莲花，嘿嘿冷笑不已。

李莲花满脸困惑，摇了摇头，那挂花怎么到了他桌上？真是稀奇古怪，他早上起来的时候明明没有看见，念头一转，他问："我放在桌上的'诗'呢？"

"诗？"那衙役奇道，"什么诗？桌上就搁着这个挂花，没有什么诗。"

李莲花苦笑，他早上起来明明写了一首"诗"在桌上，却不见了。

正在疑惑之间，姜婆子却手持扫把赶了进来，以俚语指着那衙役咒骂了一通。李莲花听不懂，王黑狗和郭大福此时才知道，那金银挂花是姜婆子今早清理莲池败叶的时候拾回来的，莲舟划过李莲花窗口，她只当李莲花在房里，顺手掷了进去还喊了声叫他拿去给老爷，却不知李莲花已给王黑狗押了起来。但李莲花桌上那首"诗"，确实不知是谁拿走了。

王黑狗接过那个金银挂花。那挂花本是由苗家胸牌变化而来，乃是一朵大花，其下挂有银质蝴蝶吊饰，相当沉重，他掂了掂，少说也有二十两之重。花朵上仍挂着些水池的污物，似是从水底捞起来的。

"姜婆子，这东西你从哪里捡回来的？"

姜婆子看了眼东面："杂货房后面，大老爷给大夫人的那面铜镜那里。"

郭大福的祖父曾给妻子立了一面与人同高的铜镜，镶嵌在采莲庄内一处杂有劣质玉脉的大石上。那大石就在杂货房不远处，周围却景色清幽，树木和花丛完全把杂货房遮了起来，只能看到两间杂货空房之间的小路。

"杂货房？"郭大福奇道，"那里离客房很远，这挂花怎么会掉在那里？"

郭祸却已大步往外走去，直奔杂货房。众人不约而同地跟着他，一起往采莲庄东边走去。

采莲庄方圆十里，两间杂货房曾用以储藏扫帚、书籍等物，但空置已久，只因搭建之时未曾想到离主房太远。

"这里的房子没有盖好。"郭大福道，"听说是画地的时候画错了，这池边空地没有那么大,房子建好以后中间的小路就只剩这么一点了。"

两间房屋之间只留着极窄的小道,约莫只有一人宽,而且此地地势倾斜,那条小路几乎是个陡坡,一直通到池边。

"我就是在这里捡到的。"姜婆子指着那池边,"就搁在很浅的地方,一伸手就拿上来了。"

李莲花敲了敲那杂货房的门,意外地,房门竟开了,连郭大福都怔了一下。房里布满灰尘蛛网,是很久没有人来过的样子,地上有一些纷乱的脚印,但因为脚印太多太杂,辨认不清。还有几张纸片,其中一张颜色枯黄,似乎年代已很久远,落在角落之中,其余几张尚新,似是新近之物,其中一张最为眼熟,竟是李莲花不见了的那首"诗"。

是谁把他早上胡诌的"诗"小心翼翼地放到这里来了?李莲花比衙役快一步拾起那几张纸片,只见枯黄色那张上面以正楷写着:"晶之时,境石立立方,嫁衣,立身觅不散。"其下却未署名,只画了一轮月亮。另几张一张是李莲花的"诗",另一张却似账簿,上面零碎地写了某某东西几钱银子、某某东西几吊钱,都是这般琐碎的东西,也不见什么奇处。其余几张新的白纸,也是写着"晶之时"那几个怪字。

李莲花瞧了几眼,眼睛对着王黑狗瞟了瞟,小心翼翼地道:"王大人,这个杀人凶手,好像专杀穿了那套嫁衣的女人。"

王黑狗不耐地道:"废话!"

李莲花顿了顿:"那么……如果有人充当诱饵,说不定他还会出现。"

王黑狗皱眉:"这等性命攸关之事,谁敢担此重任?"

李莲花说:"我。"

满厅众人都是一怔,郭大福痴痴地道:"你?"

郭祸大声道:"如此危险之事,本门弟子义不容辞,还是由我……"

王黑狗突地一拍桌子:"也罢,就是你了!本官派遣衙役埋伏采莲庄,嘿嘿,若是没有凶手出现,便是你杀了翠儿,这次你可抵赖不了。"

郭祸仍在坚持他要孤身涉险,郭大福扯了儿子一下,白了他一眼——那嫁衣李莲花穿得上,你穿得上吗?郭祸却半点没有理解老子的心意,仍口口声声称他要降妖除魔。

当下厅中几人细细商讨了捉拿凶手的方法,不外乎一旦李莲花发现凶手便大声喊叫,众衙役一拥而上,将他抓住。王大人对此方案十分满意,英明神武青天再世前呼后拥地先行离去，待晚间再来。

郭大福愁眉不展——虽然李莲花这诱敌之计有那么一点点道理，可是方才几乎整个郭家的人都在偏厅，若是家中真有凶手，耳目如此众多，什么也听到了，怎么可能还如此之笨，仍旧前来杀人？难道此凶手并非庄内之人？那他是如何知道何时庄内有谁穿了那身嫁衣，又怎样及时赶来杀人？

郭祸却想：李莲花乃一介书生，手无缚鸡之力，无论如何他也要潜伏偏厅，将凶手立刻拿下。

【 三 杀人凶手 】

当天夜里，李莲花吃过晚饭以后，面对四个女人穿过的那件嫁衣，委实有些毛骨悚然。

四个女人，都已死了，有些还死了很久。

足足过了一炷香时间，他才慢吞吞地开始穿那身衣服，又足足花费了一顿饭时间，他才把那套花样繁复的衣服穿在身上。而后他沉吟了一下，推开窗户，在房里坐了一会儿，喝了杯茶，然后往杂货屋镜石那边走去。

时间并不太晚，在客房门外埋伏着四个衙役，他听见了衙役们拔莲蓬嚼鲜的声音，以及啃着鸡爪偷偷咒骂的声音，还有拍打蚊子的声音。杂货屋那边也埋伏了几个衙役，等他慢吞吞走到镜石旁边，只听到一阵阵"嗷——嗷——"，他吓了一跳，半晌才领会那是鼾声，不禁叹了口气。

走到镜石之旁，他对着镜面里的人看了一阵，只见宝蓝色嫁衣光彩闪烁，镜中人若是个女子，倒也华丽，但李莲花只觉镜里站的是人妖，远远不及他平日英俊潇洒。他左看右看，不见凶手的影子，打了个哈欠，本想在地上坐坐，却发现裙身太窄根本坐不下去，只得绕着两间房屋转了几圈。那几个衙役躺倒在地上横七竖八地睡着觉，李莲花从他们身上跨过两次，心里很是抱歉。

郭祸躲在镜石之后，睁大眼睛看着李莲花穿着那身嫁衣在两间房屋之间绕来绕去，心里大惑不解。要说他在诱敌，未免太过悠闲；要说他并不是在诱敌，那他又在做什么？正当他迷惑之际，突有所觉，猛然回头，只见身后不远处，树后莲池之上，一张毛发乱飞的黑漆漆的脸正在摇晃，一双空荡荡的眼眶正阴森森地看着他——那眼眶竟是空的，里面什么也没有。郭祸见了突然出现在身后的这一张脸，喉头咯咯作响，全身冰凉，他本想喊出声来，却突地发现自己什么也喊不出来，他本以为世上绝无鬼怪这等东西，眼前却出现了个活鬼！

在他全身僵硬的时候，那张脸慢慢地往远处移开了。郭祸仍然全身僵硬，眼睛直勾勾地瞪着那张鬼脸，直到那张脸移开到了两丈之外，他才蓦然发现——那其实并不是鬼！那是一个人，背着一个袋子，那袋子里不知装着什么东西，露出一蓬毛发和两个类似眼窝的窟窿。那人其实背对着他，背后背的那袋东西则正对着他的脸，把他吓了个半死。而那人之所以能无声无息地靠近又离开，是因为那人坐在木盆里。江南水乡，儿童多乘木盆穿梭于莲池之间，采摘莲子香菱，那人就坐在这么一个木盆里。采莲池本有溪流灌入，潜流之中不生莲藕，木盆被潜流推动，以至于移动时无声无息。

这人是谁？郭祸心神稍定，咽喉仍旧咯咯作响，发不出丝毫声音，他受惊过度，身体也做不出任何动作，眼睁睁看着那木盆缓缓漂远了些，在两间杂货房中间的那条小路尽头停了下来。那个人佝偻着背，背着那袋东西，动作似是十分迟钝地走了过来。郭祸心中大疑，这人的行动很是眼熟，难道是——

只见那人走到了镜石之前，似乎是往镜子上贴了什么东西，然后退到镜石旁边的树丛之中躲了起来。李莲花恰巧这个时候从房子中间绕回来，"咦"了一声，他走到镜子前面看东西："晶之时……"

郭祸恍然大悟，那人又在镜子上贴了那张怪字条，看来这人几十年前就做过这种事。杀害郭家几代女子的凶手，的确是他！可是，又怎么可能？怎么会呢？他怎么可能做出这种事？毫无道理啊……

突然"呵呵"一阵低沉的怪叫声响起，那躲藏在树丛里的怪人突然冲出来，把背后那东西从包裹里拔了出来，带着怪异恐怖的笑声，举着那东西冲向李莲花："呵呵呵……他死了……他死了……你永远不能和他飞！永远不能和他飞！"

郭祸大吃一惊——那人手里举着的东西，赫然是一个骷髅头！那东西竟不是"好似"有一蓬乱发和两个眼窝，它真的就是一个骷髅头！有骷髅就有死人，这个死人是谁？怎么会出现在他手里？

李莲花显然被吓得魂飞魄散，"哎呀"一声掉头就跑。从这里要回主房，有两条道：一条是绕过两间房屋，穿过镜石旁边的树丛小道，再途经花园回到主房；另一条是穿过两间杂货屋，径直从后门奔进厨房，然后穿过小径，回到主房。李莲花想也没想，径直奔向杂货屋，显然奔向厨房要比绕道花园快得多，而且这怪物就是从树丛里跳出来的，谁知道花丛草丛里还有没有它的同伙？

郭祸这时终于缓过劲来，从镜石之后爬了出来，正要喊叫，突然他看到了一件让他全身再度僵硬冰凉的事——

李莲花从第一间杂货屋的正门奔了进去，迈过第一间房屋的后门门槛时被裙摆绊到了，他往前跌倒，双手本能地要去撑地，这两间房屋之间的道路却是往下倾斜的，李莲花左手撑住了地面，右手却没有撑住，失衡之下，"砰"的一声，颈项磕在第二间杂货屋的门槛上，整个人摔倒在地，接着顺着倾斜的小路滚进莲池，随即不动了。

郭祸全身发冷，他好像看见了好几个女子跌倒的身影，包括他的妻子蒲苏苏……她们一个接一个，在这门槛之间摔倒、受伤，然后滚进莲池溺水而死。而凶手，竟是这个拿着骷髅头将她们赶向陷阱的人！

他突然能发出声音了，惊天动地般大喊了一声："来人啊！快救他！快点救他！"

随着一声大叫，他浑身气力似都恢复，纵身而起，一把抓住了仍在挥舞那个骷髅头的人，在他铁臂之下，那人犹如一只小鸡，束手被擒。

郭祸不可置信地看着他，这样的人……怎么可能想得出这种事？怎么做得出这种事？

这个被他一把抓住的人，竟是他痴呆的叔公郭坤！

难道潜藏在他家中五十几年的杀人恶魔，就是这个出生即痴呆的叔公郭坤吗？在树丛后睡觉的衙役被惊醒，一阵惊叫混乱之后将郭坤牢牢缚住。有人到池边想把李莲花捞起来，但那身嫁衣却有三十来斤重，加上李莲花的体重，一两个人捞不起来，即使池水并不深，却极可能将他淹死。

王黑狗和郭大福闻讯匆匆赶到，王黑狗大喜过望，郭大福却是满腹疑惑。郭祸等衙役抓住了郭坤，一把把池中的李莲花捞起，只见他全身无伤，双眼紧闭，却不醒来。

"看来杀死郭家四个女子的凶手，就是郭坤！"王黑狗喜上眉梢，"本官破获五十多年陈案，当真是还民以公正的清官啊！"

郭大福呆呆地看着郭坤，仍然不敢相信这个到了七十岁仍旧神志不清的人会是凶手，但他却被抓了个现行。一群衙役在老迈瘦小的郭坤身上扣了七八条铁链，压得他弯下腰去。

郭坤突然大哭起来，抓着郭大福的裤子，一副受了委屈的模样。

王黑狗大怒，撩起官袍踢了郭坤一脚："杀人不眨眼，竟还敢哭哭啼啼，给本官掌嘴！"

"是！"有个衙役立刻走上前去，"啪"地给了郭坤一个耳光。

"我说……王大人，未经升堂审案，私设刑罚，殴打犯人是犯法的哟……"有人悠悠地道，"何况……其实郭坤并不算元凶。"

王黑狗吓了一跳，左右一瞪："谁？！"

他突然明白是谁在说话，大怒道："李莲花！亏本官为你担忧，你竟敢装死恐吓本官？来人啊——"

李莲花慢吞吞地从地上坐了起来，池水自他衣襟滴落，流了一地，他却笑得很愉快："大人难道不想知道郭坤手里那个骷髅……究竟是谁吗？"

"这个……这个……"王黑狗滞了一滞，瞪起眼睛，"你知道？竟敢戏弄本官！来人啊——"

李莲花缩了缩脖子："岂敢、岂敢。"

这回王黑狗学聪明了，冷笑道："本官还真看不出你不敢。"

李莲花又微笑道："过奖、过奖。"把王黑狗气得七窍生烟，郭大福听得目瞪口呆。

李莲花端正坐好，有些惋惜地看着被池水和泥浆弄脏的衣服，对着目瞪口呆看着他的众人非常温和地微笑，好似他一贯如此品行端正。

"其实从一开始姜婆婆给我说郭家三代夫人坠池而死的故事时，我就知道凶手可能是郭坤。"他指了指郭坤，"采莲池池水有深有浅，但在客房之下浅水之中溺死，未免有些奇怪，何况死者之中有人是渔家姑娘，若不是溺水而死，那便有两种可能：其一，是她意外溺死之前受了伤，以至于无法挣扎；其二，是她是被人所杀，假装溺死在水里。接连几人都是这般死法，我和常人一样都会想到——是不是有人谋害？"

他微笑着继续道："只不过大家或许都会对'连续五十几年'和'命案发生的时间相隔二十几年'感到疑惑，觉得不可能有人埋伏郭家五十几年，只为杀这几个不相干的女人，所以便又想到意外。可是我却以为……我却以为这事如果是有人谋害，凶手是谁再清楚不过——那就是在采莲庄中住了超过五十几年的人。那是谁？姜婆婆？不，五十三年前，她侍候郭大福祖父的时候只有十三岁，还是个小姑娘，之后嫁给姜伯，她要是夜里出门，姜家老小岂能一无所知？那么还有谁呢？除了姜婆婆，在五十几年前便住在采莲庄内的人，能自由走动且不管做什么大家都不会觉得奇怪的人，还有一个，叫作郭坤。"

郭大福失声道："可是坤叔他天生痴呆，怎会做出这种事……"

李莲花微微一笑："他自己不明白自己在做什么，我说他不是元凶，因为这杀人之事一开始不是他做的,他也许是偶然看见了,便模仿着玩罢了。"

王黑狗全身一震:"模仿?"

郭祸和郭大福面面相觑:"模仿?什么意思?"

"意思就是说……"李莲花慢慢地道,"第一个死的女人,并不是郭坤杀死的,他只不过是看见了杀人的过程,以后一旦看见有那样的情形,他就模仿凶手的行为,自己当作游戏。"

他一字一字道:"这诱发他行凶的'情形',只怕便是嫁衣。郭家家传嫁衣价值连城,瑰丽至极,每个女子想必都很喜爱,偶尔夜深穿上嫁衣,偷偷在镜石之前对镜自赏,想必这种事,郭家的几个媳妇,包括侍女都做过。而郭坤却看见了穿着嫁衣的女人被杀,所以一旦有女子穿上嫁衣来到镜石之前,他便模仿元凶的方法,将她们追赶到杂货房里,让她们绊倒在门槛之间,然后摔入莲池溺水而死。"

"门槛?"郭大福骇然地看着那相距一人距离的门槛,"这门槛又怎么了?"

李莲花提了提那件湿淋淋的嫁衣的裙摆:"这裙子很窄。"

郭大福和郭祸都点了点头,李莲花指了指门槛:"这两个门槛本来就比庄里任何一个门槛都高,而后门槛甚至比前门槛还要高一寸。"

王黑狗遣人一查一量,果真如此。

李莲花继续道:"我刚才跑进屋里时,已经估计到门槛很高,却仍旧没有跨得过去。前门的门槛给了我错觉,似乎后门的门槛也刚好能跨得过去,但事实上后门的门槛却比前门高了一寸。若只是门槛高了一寸,或者跟跄一下,步子本就迈得很大的人也可以顺利过去,但是——"他拉直裙角,"这裙子非常窄,裙摆下有铃铛银链,一旦奔跑的脚步抬得太高,即使不绊倒在门槛之上,也会被裙摆和银链绊倒,一样会摔倒在这门槛之间。"

郭大福感到毛骨悚然,如此说来,这两个高门槛和窄裙如同凶器,就是凶手杀人的工具!

"这两个门槛相距只有这么点距离,一个女子在此跌倒,如果她个子矮些,额头就会撞在对门门槛上;如果她像翠儿那样个子高些,脖子就会撞在门槛上。而这件嫁衣织锦厚实又窄得出奇,无论是怎样的跌法,她都不可能蜷缩起来,只能笔直往前倒,加上这些金银之物沉重至极,弱质女子怎可能在跌倒的刹那之间撑起二十六斤重的衣裳?她的体重、二十六斤重的嫁衣,以及摔倒的势头,这些力气一起撞在对门门槛上——"李莲花叹了口气,"就算没有脑袋开花,也会撞得昏死过去,颈骨折断什么的,都很正常。还记得翠儿死时跌落的那个挂花和她下巴上的伤痕吗？她摔倒的时候约莫胸前挂花飞了起来，摔下去时下巴磕在门槛上，竟把挂花银链给磕断了，所以挂花沿小路掉进了水池，被姜婆婆捡到。"

顿了顿，他缓缓地道："至于人……这条路太斜了，摔倒的人会沿着小路滚进莲池里，如果本就受了重伤，身上穿了这二十几斤重的衣服，浸在水里，当然会溺死。"

王黑狗皱眉仔细地听，喃喃地道："不对啊，尸身为何会在客房窗下被发现？它怎会从这里跑到客房去？"

李莲花指指莲池中空出的天然通道："十里采莲池并非死水，这水里有潜流，人摔进水里以后被潜流慢慢推走，最后推到客房窗下，那里水流缓慢，莲花盛开，阻住了尸体，郭坤就是借着潜流来来往往，采莲庄的人想必都很熟悉。"略微停了一下，他看着从郭坤背包里拿出来的那个骷髅头，叹了口气，"当然还有一种可能，她们溺死以后，郭坤模仿元凶抓着尸体，利用潜流带回客房窗户下面。"

"就算郭坤是个痴呆，你又怎么知道他是在模仿凶手杀人，说不定是他偶然吓死了第一个穿着嫁衣的女人，以后就依样画葫芦，凡是穿着这身衣服的女人他都这般吓她。"王黑狗身为知县，虽然昏庸懒惰，却并不是傻子。

李莲花指着镜石上那张字条："晶之时，境石立立方，嫁衣，立身觅不散。"他叹了口气，"这字条……"

郭大福终于忍不住道："写的是什么？"

李莲花突然对他露齿一笑："这是约女人的情书，你不知道吗？"

郭大福被他瞬息万变的表情弄得一愣："什……什么……情书？"

李莲花站起来把镜石上的那张字条扯了下来，悠悠瞧了几眼："这写的什么，你们当真没有看出来？"

郭祸摇了摇头，王黑狗和郭大福满腹狐疑，众衙役从后面挤上来，个个目光炯炯，大家都盯着那张字条。

"这个'晶'字，虽然写得很端正，但若是写得稍微潦草一点，写成这样，"李莲花从地上拾起一块石头，在路边泥地上写上了几个字，"这样，岂不是比'晶之时'有意思得多？"

众人凝目望去，只见李莲花写的是"月明之时"四个字。

王黑狗恍然大悟，又迷惑不解："这……这……"

李莲花道："假设郭坤不过是在模仿谁某天夜里的行动，这张字条自然是他抄的，而他没有看懂原先字条里写的是什么，抄的时候抄错了许多，就成了这一张怪字条。"

郭大福连连点头:"照此说来,这个'境石'定是他抄错了,原来肯定是'镜石'。"

郭祸呆呆地看着那张字条,苦苦思索:"镜石立立方、镜石立立方……"

李莲花咳嗽了一声:"既然开头是'月明之时'四个字,不妨假设后面也是四个字,'立立方'三个字,'立方'二字叠起来相连,很像一个字……"

王黑狗失声道:"旁!"

李莲花点了点头:"如果'立方'二字本是'旁',这句话就是'镜石立旁',就有些意思了。而'立'字若是写得草些,岂不也很像'之'字?若是'镜石之旁',就更有些道理。"

王黑狗一跺脚:"月明之时,镜石之旁,果然是有人约人到此,有理、有理。那'嫁衣'二字更加明显,字条定与女子有关。"

李莲花微微一笑:"既然'立'字很可能是'之'字,那么'嫁衣,立身觅不散',这七个字很可能就是'嫁衣之身,觅不散'。"

郭大福反复念道:"月明之时,镜石之旁,嫁衣之身,觅不散……不对,按道理这最后也应是四个字才是。"

李莲花拿石头在地上写了一个大大的"觅"字,随后缓缓地在"觅"字中间画了一条线:"这很简单……"

郭大福见他一画,全身一震,大叫一声:"不见不散!"

众人目光齐齐聚在那个被一分为二的"觅"字上,那张怪字条已是清清楚楚:月明之时,镜石之旁,嫁衣之身,不见不散。

李莲花慢吞吞地道:"这是一个男人约一个女人夜里出去见面的情书……"

这十六个字自不是郭坤写得出来的,王黑狗看了好一阵子,颓然道:"那杀死第一个女子的凶手是谁?"

李莲花也颓然叹了口气:"我怎么知道?"

王黑狗尚未听他在说什么,自己又喃喃地道:"郭坤拿出来的那个骷髅头又是谁的——不对啊!"他突然失声道,"如果郭坤在模仿凶手杀人,那就是说在五十几年前,那凶手手中已有一个人头?那岂不是另有一起凶杀隐案,至今无人知晓?"

李莲花很抱歉地看着他:"我不知……"

他一个"道"字还没说出来,王黑狗一把抓住他胸前衣裳,咬牙切齿地道:"本官不管你是知道还是不知道,三日之内,你若不知,大刑伺候!"

李莲花心惊胆战,连连摇手:"我不……"

王黑狗大怒:"来人啊——上夹棍!"

衙役一声吆喝："得令！启禀大人，夹棍还在衙门里。"

王黑狗跳了起来："给我掌嘴！"

郭祸大怒，一把将王黑狗抓住："你这狗官！我只听过有人逼婚，还没见过有人逼破案，你再敢对李先生胡来，我废了你！"

郭大福叫苦连天，直呼"大胆"。

郭祸放开王黑狗，重重地哼了一声，道："师父平生最讨厌你这等鱼肉百姓的狗官！"

李莲花奇怪地看了他一眼："王大人……"

王黑狗对郭祸将他擒住之举大为冒火，指着郭大福厉声道："若是三日之内不能找出凶手，本官定要将你们关入大牢，统统大刑伺候！"

郭大福吓得脸色苍白："这……这……"

郭祸大怒，一把提起王黑狗。

郭大福魂飞魄散，"扑通"一声对着王黑狗和儿子跪下，一迭声喝止，场面乱成一团。

采莲庄中人听说要被全部关进大牢，有些女子便号啕大哭，有些人磕头求饶，有道是"鸡飞鸭毛起，人仰狗声吠"，便是这般模样。

李莲花叹了口气："那个……那个……若是郭大公子肯帮我做件事，说不定三天之内可以……"

众人顿时眼睛一亮，郭祸迟疑了一下，放下王黑狗："当然可以！"

李莲花用景仰英雄的目光看着他，慢吞吞地道："既然郭坤所作所为很可能都是模仿而来，他又得到这个骷髅头，想必他知道藏尸的地点。他若知道藏尸的地点，说不定他也曾看见此人被杀的过程，那么如果让他看见当年此人，说不定郭坤便会重演他所看过的事，所以……"他用极其歉然的表情看着郭祸，"委屈郭大公子扮一次郭老夫人，我扮演这个骷髅头……"

郭祸本是连连点头，突然大叫一声："让我扮奶奶？！"

李莲花极其温和文雅地点了点头："郭大公子武功高强，和郭大公子一道，即使遇到危难，想必也能逢凶化吉。"

郭祸却呆呆地看着他，心里只想，只要李先生有求，我自当全力以赴，只是他的法子也忒奇怪了……

在众人疑惑不解的目光中，李莲花很愉快地道："给我三天时间，三日之后，月明之时，镜石之旁，不见不散。"

众人听了他这句话，却都是一阵寒意自背后冒了出来，就似这镜石之旁必定有鬼一般。

四 浮生三日

王黑狗和李莲花经过一番讨价还价，决定将郭坤暂时留下，三日之内郭大福等人绝不过问李莲花的所作所为，一切静候三日之后月明之时。李莲花虽信誓旦旦会有结果，别人却都是满腹疑云。王黑狗打定主意，若是没有结果，他便将郭坤往上头一送，什么五十多年前的隐案，他一概不知。郭大福唉声叹气，愁眉苦脸，一想起老母妻儿之事便烦恼不已。郭祸却是热血沸腾，亦步亦趋地跟在李莲花身后，对他的一言一行都深信不疑。

李莲花回到客房里睡了长长的一觉，一直到三日内的第二天早上方才起床——三日之期已经过了一半。郭祸在他房门口转来转去，急得犹如跳蚤，却又不敢破门而入。好不容易等到李莲花起床，却见他在房里衣箱里翻了半天衣服。李莲花挑了两件白衣比较了许久，实是想不出要穿哪件，闭起眼睛摸了一件，慢吞吞穿在身上。客房窗户没关，郭祸那双牛眼在窗外瞪得都快要掉下来了，李莲花才终于开门出来。

他先去了郭大福的书房，这书房自采莲庄建好以来就有，藏有郭乾和郭大福收集的所有字画古董。郭祸跟在他身后探头探脑，李莲花也不在意。

书房之中数个书柜，最里头一个是郭乾的父亲所有，第二个是郭乾的，第三个才是郭大福的。李莲花把三个书柜一一打开，抽了些字画出来看，有些是账本，有些是行草，偶尔有些是水墨法描绘的采莲庄景致，笔法佳妙，栩栩如生，还有许许多多红莲紫莲、鸳鸯荷下图，以及一些诸如"千树万树莲花开"的绝妙好词。认真地看了一阵，他摇头晃脑地捧着一幅行草，吟道："几行归塞尽，念尔何独之……郭大公子，这下面是什么，我看不懂。"

郭祸皱着眉头看着那首"诗"，勉勉强强地念道："暮箱呼夫……寒……一团一团的……"

他本就不识得几个字，实在看不出那行云流水般的行草写的是什么。

李莲花倒也没有笑他，和他一起并头看了许久，兴致盎然地道："果然是一团一团的，你看这一团像不像鼻子？"

郭祸大笑了几声，突然想起李莲花本该是来查明真相的，不免笑岔了气："哈哈……哎哟……李先生，还是查案……"

李莲花恋恋不舍地把那卷行草收了起来，细细看这书房，打开窗户，窗外也是莲池，只是莲花疏疏落落，没有客房窗外好看。他聚精会神地对着窗外看了半日，郭祸跟着他东张西望，却是什么也没看出来，许久之后，只听李莲花喃喃地道："蚊子太多……"郭祸全然摸不着头脑，李莲花却似已对书房兴致索然。

走出书房，他施施然负手欣赏景致，考虑良久，又往镜石那块地方走去。

青天白日之下，这地方花草寂寂，鸟声隐隐，两间大房掩在树下，倒是阴凉舒适，浑不似夜间那么阴森可怖。绕着两间杂货房，李莲花又慢吞吞地开始踱步，四下无人，唯有郭祸亦步亦趋，李莲花往东他也往东，李莲花往西他也往西。突然李莲花在镜石之前停了下来，皱着眉头打量镜后的那块大石，那块大石黑黢黢的，如铁石一般，看不出所谓"玉脉"在何处，他伸手在石上摸了摸："这块石头原是什么模样？"

郭祸苦苦思索："听姜婆婆说，庄子刚建起来的时候发现这里有玉，但是是不值钱的杂玉，爷爷觉得有趣，所以就装了面镜子在这里，夜里这个地方月光很亮，十五的时候坐在铜镜下面，镜里映的月光可以照人读书。不过玉在哪里，爹也一直没看出来，姜婆婆说是灰色……一圈一圈的，好像被镜子盖住了。"

李莲花点了点头，似是很满意，敲了敲那块镜石，他优哉游哉地走到前夜郭坤跳出来的那片树丛中，低头一看，地上有厚达尺许的枯枝败叶，头顶大树枝叶繁茂，树下杂草不见光亮，生长甚少。这棵树旁却有成片天生的茉莉花丛，如此时节娇白微微，香气袭人，倒是十分幽雅可人。茉莉花丛后稍高一些的地方长着大片开着点点黄白小花的杂草，几棵樟树生长在池边，十分青翠。

"郭老夫人去世是什么时候？"李莲花问。

郭祸答道："约莫七八月，姜婆婆说那时莲花开得正盛。"

李莲花又点点头，满意地从镜石前转开，突地钻进树丛，往林子深处走去。郭祸急忙追上，心里迷惑至极——采莲庄本是建在十里采莲池中的一块水洲之上，从这树丛再往前走，只怕要走到水里去了。李莲花钻过五六十丈的密林，早上挑选的那件白衣俨然变成了"褴褛"，眼前便是莲池，他似是有些失望，皱着眉头看着水面，不知在想些什么。

郭祸打了个哈欠，莲池里的小鱼受惊，"哗啦"一声四散逃开。

李莲花不知想到了什么，突然"扑哧"一声笑了出来，随即对着望不见边际的莲池伸了个大大的懒腰："哈——这其实是个好地方，有莲蓬莲藕，可以钓鱼和捉青蛙。"

郭祸心不在焉地道："还有野鸭子。"

"这块地有点高,"李莲花站上坡顶,再慢步踱下来,"难怪那条路会突然斜下去。把房子建在这里虽然风景甚好,可惜地形不佳。"

郭祸满脸迷惑,随声附和,全然莫名其妙。李莲花却似已经看够,负手悠悠地穿过树林,走回客房。当郭祸以为他有什么惊人之见的时候,他搬了一个木盆,关起门来,只听里面水声阵阵,他洗了个澡,换了身衣服,舒舒服服地爬上床去,手持一本闲书卷着看了起来。

莫非李先生早上就是在散步?郭祸那顽固不化的脑袋终于想到了这种可能,他呆呆地看着李莲花,难道其实对方并不是在查案?那么郭家老少大小二十余口岂非……就悬在了王黑狗的牢门口?这怎么可以?!

三日之期,转瞬即过。

李莲花这日就坐在书房里看书,除了按时出来吃饭,也并没有做其他的事。

郭大福派遣郭祸来试探了几次,李莲花一直都在看一本医书,而且以郭祸那等"练武之人"的眼力,甚至认得出他一直看的都是同一页。

好不容易到了晚间。

月渐西起,日间青翠阴凉的树木,夜里变得阴森可怖。

王黑狗如期而至,带了十几个衙役。郭大福把仆人遣走,在王黑狗身边赔笑脸,众人都躲在一边。郭坤从下午开始就坐在草丛里拔草,一直拔了几个钟头也不厌烦,饭也不吃。

月色渐渐明亮,映照在那铜镜之上,铜镜反射在林前空地上,把月光增强了一些。

李莲花备了一桶清水,在郭祸身前绑上那件嫁衣。郭祸本以为他要用那桶清水来洗手洗脸,结果突然"哗啦"一声,他把那桶水倒在身上,将全身泼湿,扎起袖角裤脚,便施施然走了出去,面对着那镜石开始摇头晃脑地吟诗:"几行归塞尽,念尔何独之?暮雨相呼失,寒塘欲下迟。渚云低暗度,关月冷相随。未必逢矰缴,孤飞自可疑……"他在镜石之旁来回踱了几步,长吁短叹。

众人面面相觑,郭坤却突然喉头发出"嘀嘀"的低沉怪叫,从草丛中拾起一根枯枝对李莲花打去。

王黑狗本要大呼"大胆",转念一想还是忍下,只见李莲花应声倒下,郭坤将他拖进大树之下,怪声怪气地叫:"我让你们飞!飞!你老实告诉我,你和她是不是……哎呀!"他这一声"哎呀"叫得凄厉可怖至极,"妖怪!"

这一声"妖怪"出乎所有人意料,只见郭坤目露凶光,抄起枯枝狠狠往李莲花头上砍去。

"妖怪！妖怪！"

李莲花显然也出乎意料，睁开了眼睛。

郭祸眼见形势不对，大步赶上："你……"

他一句话还没喊出，郭坤突然双手抓着李莲花的头往前一拉，尖叫道："你看，他是个妖怪！他死了，他死了，你永远不能和他飞……"

李莲花被他猛力一拉，脖子疼痛，"哎呀"一声惨叫。

郭坤突然放手，呆呆地看着他，似乎对一个"死人"居然还会说话觉得迷惑不解。

王黑狗对他叫的几声"妖怪"觉得心有余悸，此刻连忙下令众衙役将郭坤抓住："李莲花，你到底搞的什么鬼？"

李莲花爬将起来，似乎对郭坤的反应也觉得大感不解："王大人，员外郎，郭坤的字是跟谁学的？"

郭大福困惑地道："跟我爹学的。"

李莲花点了点头："他和你爹感情如何？"

郭大福皱眉："爹和叔叔的感情一直很好。"

李莲花叹了口气："你爹做过的事，他会模仿吗？"

此言一出，用意呼之欲出。郭大福刹那瞪大了眼睛，王黑狗脱口而出："你是说——"

李莲花似乎很无奈地喃喃道："我是说，我以为，只是我以为……你们可以不这么想，我以为即使是痴呆，他也不是见谁学谁，他能学的，应当是平日和他最亲、最熟悉的人。这个人可能平时就教给他一些事，也对他的模仿表达过赞赏。"

王黑狗皱眉："这……"这可不能认定郭乾就是凶手。

李莲花突然一笑："姑且不说郭坤模仿的是不是郭乾，我们先从死人身上说起，有骷髅头，就一定有死人。但无论是姜婆婆还是员外郎，都没有五十几年前采莲庄收留过客人而客人又失踪的印象。如果当年确有其事，就算郭家有意隐瞒，人失踪在采莲庄也必有一场风波，怎可能毫无印象？那就是说，死的那个人不是采莲庄堂堂正正的客人，至少大部分人不知道他来过采莲庄。"

郭大福点了点头，在五十年前，采莲庄并不盛行留宿贵人雅士，郭乾忙于生意，朋友不多，客人本就很少。

李莲花继续道："那么，没有人知道他来了采莲庄，这个死人是怎么进来的？"

众人面面相觑。

李莲花顿了顿，微微一笑："很奇怪吗？"

众人不约而同地点头，确实很奇怪。

李莲花笑得很愉快："那么，李莲花又是怎么进来的？"

郭大福一愣，恍然大悟："从水道！游进来！"

李莲花点了点头："不管是摔进潜流还是游泳而来，采莲庄虽然有围墙、庄门，有些地方还是临水的，只要不是乘船，要悄悄进入庄里并不困难。"

王黑狗怒道："你说来说去说了半天，还不等于放屁，随便哪个小孩都能游进来。"

李莲花咳嗽了一声："不是小孩。"

王黑狗哼了一声："你又知道？"

李莲花悠悠地道："小孩子不会行草，不会背诗，更不会勾引女人。"

众人"啊"了一声，双眼圆睁，郭大福脱口而出："勾引？"

李莲花回过身来，看了远在树丛庭院之后的书房一眼，微笑道："员外郎……书房里那些文才高雅的书画卷轴想必看得很熟？"

郭大福一怔，张口结舌："那个……那个只有……只有……"只有贵人的字画他才看得很熟。

李莲花心知肚明，对他露齿一笑："那一堆杂放的无名字画可是郭老爷生前所有？"

郭大福皱眉："这个……这个……书房里的字画大都是我娘的。"

李莲花早已想到为儿子起名"大福"的人，必定不是什么斯文之辈，他咳嗽一声，继续道："郭家字画多以莲花为题，无论是青莲白莲红莲紫莲，凡是有莲，大凡不会错。其中有些以采莲庄为题，看得出是女子手笔，大约就是令慈许荷月所作。"

郭大福又点点头，众人听得茫然，或皱眉头，或摇头，或点头，或不动其头，目光呆滞，其意皆是莫名其妙。

李莲花环视一周，微笑道："贵人雅客的留墨想必是员外郎所收，在这些贵人雅客的字画之前的字画，想必是庄内人自己收藏或书写的，但是其中有几幅字画，和其他不同。郭乾是个做药材生意的商人，他写字唯恐不清楚，多写正楷，教给郭坤的也是正楷。他又不好琴棋书画，书房里的字画多是郭夫人所为，郭夫人的字是小楷，秀雅纤丽，那么字画之中这幅东西从何而来？是谁所写？"

他从婢女秀凤手里接过一个卷轴，展开来正是："几行归塞尽，念尔何独之？暮雨相呼失，寒塘欲下迟。渚云低暗度，关月冷相随。未必逢矰缴，孤飞自可疑……"便是那首被郭祸称为"一团一团的"崔涂的《孤雁》诗。

"首先，这是一幅行草；其次，这并非吉祥祝贺之言，也非名人之作，不像郭乾收到的礼物，何况郭乾并非文人，送如此一首冷僻的诗歌，他又有何用？这诗里明明在自怨自艾说流离失所，境遇冷清惨淡，若不是向人求救，便是自抒情怀。而采莲庄中，当年会将此物收藏起来的人，若不是郭乾，便是郭夫人。"李莲花缓缓地道，"奴仆婢女，想必不会把这种东西藏在主人书房之中。"

"这……"郭大福想辩驳两句，却哑口无言，只得沉默。

李莲花叹了口气："那么，这幅行草是从哪里来的？是谁写的？是谁向郭夫人求救，还是谁赠予郭夫人的礼物？采莲庄里，当年显然有一个人，接近了郭夫人，他是郭夫人的朋友，能把心事吐露与她知晓。而这个人究竟是谁，怎么进入采莲庄，显然郭乾和庄里奴婢都不知情……"

郭大福终于忍不住脱口而出："你说我娘和男人通奸？在庄里藏了一个男人？怎么可能？"

李莲花摇头："不是，不是，当年之事，谁也无法断言。我猜测，这个男人是偶然来到采莲庄，被你娘遇见了，不知出于什么原因，你娘没有告诉你爹，而是把他藏了起来。这个人写了这幅行草博取你娘的同情，你娘出身书香门第，可能觉得此人颇有才华，便把行草收了起来。我说他居心不良，勾引你娘，不是因为这幅行草，而是'月明之时，镜石之旁，嫁衣之身，不见不散'那十六个字，那十六个字显然也是此人所写，就如这幅书法一样让人辨认不清，以至于郭坤抄错许多。此人写出那十六个字，邀约你娘月下相见，请她穿上嫁衣，颇有轻薄之嫌，至少对有夫之妇而言，并不合适。这张字条让你爹看见了，他把字条拿走，带到了杂货屋来……"

王黑狗恍然大悟："我明白了，郭坤跟在郭乾后面，他看见郭乾从房里拿起一张东西到这里来，他也就跟来了。所以他常常会模仿那张字条，或者把别人放在桌面上的纸卷带到杂货屋来。"

李莲花点头："郭乾可能从种种蛛丝马迹中发现夫人私下约会男子，又看到字条，心情十分愤怒，于是携带刀具来到此地，将字条贴在镜石之上，躲藏在杂货屋中。那神秘男子如约前来，多半仍是从水里出来，郭乾用木棍将他击倒，在抓住那人的时候不知发现了什么，大呼'妖怪'……"

众人想起方才郭坤狂呼"妖怪"，都忍不住毛骨悚然。

王黑狗喃喃地道："什么'妖怪'？他自己才是妖怪……"

李莲花继续道："而后郭乾将他的人头砍下，正在这时，郭夫人却身穿嫁衣突然而至，郭乾狂怒之下，拿着人头向她追去，大呼'他已死了，永远不让你们比翼双飞'之类的言语。郭夫人受到极大惊吓,转身奔逃的时候绊到门槛,滚入莲池中溺死。"

郭大福听得心惊肉跳,王黑狗失声道:"如此说来,这门槛并非有意所为?"

李莲花微微一笑:"多半是偶然,若要建造杀人机关,只怕磨把快刀、挖个坑什么的比建两间房屋快得多。"

王黑狗不知在喃喃自语些什么,猛地问道:"那神秘男人头被砍了,身体呢?怎么没人发现,莫非被狗吃了?"

李莲花沉吟了一下:"这个……这个……如若我没有猜错的话,这……"他转身走向镜石,悠悠地道:"郭大公子,你在这块石头上用力砍一刀。"

郭祸点了点头,"唰"的一声拔刀横砍,刀光如雪,倒把李莲花吓了一跳。这郭大公子为人呆头呆脑,武功却练得纯正,只听"叮"的一声,郭祸手中的刀应声断为两截,那块黑黝黝的大石只掉了块表皮,近乎无损。

王黑狗和郭大福都"咦"了一声,连忙叫人高举火把来看,那被砍落一小片表皮的镜石上露出了灰色,质地细腻光滑,和表皮全然不同,这难道就是所谓的"玉脉"?

"这是一块……玛瑙。"李莲花歉然道,"玛瑙以红色为上品,这是一块灰色的玛瑙,所以也不是很值钱的东西,不过……不过玛瑙嘛,听说是地下极深处融化了的岩石喷出来,一层层凝结在石头空洞和缝隙里从外向里长出来的,所以像这么大的玛瑙,也许……大概……可能……中间是空的。"

"空的?"众人失声道,"这块石头里面是空的?"

李莲花连忙摆手:"我只是在猜,玛瑙比钢刀还硬,没有打开以前,怎么知道它到底空还是不空?我只是说'也许……大概……可能……'"

他啰啰唆唆地还没说完,郭祸大步走上前,双手抓住镜石上镶嵌的那块镜子,吐气开声,猛烈摇晃两三下,只听铜块扭曲"咔嚓"之声,他硬生生把那块铜镜从镜石上掰了下来!

"啊——"众人的目光齐齐聚集在镜石之上,随着铜镜剥离,那大石上果然露出一个洞来。镜石有八尺来高,六尺长短,七尺来厚,牢牢地扎根土中。谁能料到如此一块黑黝黝的大石,腹中居然是空的,非但是空的,在灯火映照之下,石腹内光彩闪烁,生满水晶,只是在犬牙交错的水晶之间,塞着一截截东西,一眼还看不出是什么。

王黑狗撩起官袍,命衙役举起火把,他往里一探,大叫一声:"人骨!"

郭大福脸色苍白,在夜里瑟瑟发抖。郭祸长吁一口气:"这就是身体。"

王黑狗一迭声命衙役把那些尸骨捡拾出来,与郭坤所拿的那个人头拼在一起,果然是个完整的尸骨。镜石之中除了人骨,还有一柄锈马刀,以及几块腐朽得不成样子的破布。

"咦?"李莲花看着那尸骨,奇道,"这人怎么有六根手指?"

听他一问,众人对着尸骨躲躲闪闪的目光突然又集中在人骨之上,过不多时,突有衙役大叫一声:"他……他有两个耳蜗!"

王黑狗仔细一看,果然发现尸骨头颅两侧各多了一个耳蜗,这人生前岂非有四个耳朵?

郭祸也大叫一声:"这人有……尾巴……"

众人又纷纷凝目去看尸骨的屁股,只见在胯骨下面确实生有一截奇异的骨头,约莫三寸长短,的确像个"尾巴"。

李莲花稀奇地看着这具尸骨:"我本来想不通为什么只是看到有人写情书给他老婆,郭乾就要杀人,他的火气和醋劲未免太大,原来……原来……郭乾在夜里突然看到这人长成这副模样,只怕他没有觉得自己在杀人,只怕他以为……以为自己在自卫,杀死了一个怪物。"

郭大福牙齿打战:"这这这……这是什么……妖妖妖妖怪……"

李莲花很同情地看着地上的那具尸骨:"你看他手指和脚趾都比常人长些,手指间有骨膜,想必擅长水下功夫。他也不过比常人多了耳朵一副、尾巴一条、手指两根而已,但这副样子想必让他吃了很多苦,让他远离人群,潜藏在别人看不到的地方。采莲庄地处采莲池中心,东西各有数条溪流灌入,布满潜流,也不出产什么特种鱼虾,除了贵人雅客,普通百姓很少深入莲池中心,所以这人来到薛玉镇后,悄悄潜入采莲池,躲在这里。"他踩了踩脚下的土地,"这地方临水,有两间人迹罕至的大房子,树木掩映,外面有莲藕香菱,还有鲤鱼青蛙,如果有人躲在这里,不缺食水。但是这地方还有个特点,这人没有想到,以至于他很快被人发现了。"

"什么特点?"郭祸好奇地道。

李莲花指指茉莉花丛背后的大片杂草:"那种黄白小花的杂草,叫作白莲蒿。"

众人面面相觑:"白莲蒿?"

李莲花道:"这种杂草花叶气味浓烈,有很强的驱虫之效。采莲庄地处淡水之上,蚊虫众多,只有这个地方没有蚊子。白莲蒿喜欢阳光,生长在旱地,采莲庄中只有这个地方因为地势高,不被池水渗透,有一片干旱之地,也只有这个地方长着这种蒿草。所以庄里的人如果讨厌蚊子,想找个阴凉没有蚊子的地方,说不定就会走到这里来。"

他微微一笑，笑得似乎很和气："我想那天郭夫人约莫来这里读书吟诗绣花画画什么的，看到了这个人。只是她心地善良，没有把他当成怪物，反而悄悄收留了他，两个人在这里读书写字，她欣赏他的才华，这男人爱上了郭夫人，某日悄悄在她房间留了字条约她相见，结果被郭乾看见……"说着李莲花皱了下眉，"或者那字条根本是郭乾从郭夫人手里抢来的，否则不能解释为什么郭夫人也会依约而到。郭乾来到这里，看到这怪人以后大受刺激，杀了他，却又被老婆看见，郭夫人被他杀人的模样吓倒，摔在门槛上，滚进莲池。郭乾只当她逃走了，匆匆忙忙将死人分尸，藏进这玛瑙之中，但玛瑙中水晶交错，最后一个人头没能塞入，他又藏在了另外的地方。等他处理好尸体，发现老婆已经淹死在莲池里，他当然不能让郭夫人的尸体在这里被发现，否则怪人之死很可能随之暴露。他坐上木盆，把许荷月的尸体带到了自己房间窗外，装作是在那里溺死的——只是他万万没有想到那天夜里他的所作所为，全部被郭坤看见，还牢牢记住。"

李莲花慢吞吞地道："他遣散仆人，哀悼亡妻，只怕有一大半是为了掩饰镜石中的这具尸体，但是二十几年之后，员外郎的妻室竟然又在莲池中溺死，死后又被放在那房间窗外，死法和当年郭夫人许荷月一模一样。郭乾年纪已经老迈，想不到郭坤竟学他杀人，恐惧之下惊悸而死，也在情理之中。"翠儿死去的那天夜里，李莲花看到的半张鬼脸，其实便是郭坤背着那个人头在他窗外经过的情景。

王黑狗和郭大福面面相觑，呆了半晌，长长吐出一口气。李莲花的一番猜测仅仅是"猜测"，但是郭坤模仿杀人毋庸置疑。这镜石之中的尸骨，如果不是郭乾所藏，又有谁能在其中藏匿尸体而五十余年不被人发现？凶手是谁，疑问不大。但当年许荷月何以留下这位怪人，两人之间是否真的情投意合？这怪人究竟是谁，是善是恶？郭乾是因情杀人，还是惊吓杀人？如今已无法得知确凿的真相，但听着李莲花的猜测，众人紧握拳头，都不免再次感觉到了镜石之旁的飕飕凉意。

当年那由偶然、意外、隐瞒、爱恋和恐惧引发的杀人之事，那份被隐藏了的罪恶，竟能通过奇异的方式，数十年间不断地报复着郭家的子孙……

【 五 第四日以后 】

采莲庄的命案破了，王黑狗叫师爷洋洋洒洒写了数万字的折子上报大理寺，俨然是由王大人他带领衙役埋伏采莲庄三天三夜，才从郭坤言行中推断出了六指怪人被杀这一隐案的真相。

郭大福受到惊吓，躺倒在床上发了几天高烧。郭祸孝心大发，拿着郭大福平生最喜爱的各种贵人佳作在他床前认字、诵读。郭大福打起精神教导儿子欣赏佳作，这一日正说藏头诗，郭祸突然念到李莲花所写的那首"诗"——

"咦？"郭祸呆呆地念道，"郭——十——煞——瓜——"

郭大福怔怔地问："你说什么？"

郭祸放下那首"诗"，很认真地对郭大福说："这是一首藏头诗。"

郭大福喃喃地念："郭——十——煞——瓜——果——是——傻——瓜——"他突然倒回床上，又整整发了三日高热，此后郭大福对贵人诗词的兴趣减了大半，药材生意却是越做越有先祖之风了。

以上都是后话，李莲花在采莲庄住了那三日之后，第四日终于回到薛玉镇，去找那栋被他辛辛苦苦用牛车拉到镇上的房子。

他那乌龟壳，多日不见，还真是想念，不知门窗还是否完好。

等李莲花找到吉祥纹莲花楼门前，突然发现他那房子干净整洁得出奇，连掉了的那块木板也被人工工整整地雕刻了花纹，补了上去。他思量了一会儿，整了整衣裳，斯斯文文地走到门前，面带微笑，敲了敲门："主人在家吗？"

门"吱呀"一声开了，一位灰色衣袍的老和尚当门而立，面容慈和，对李莲花合十："阿弥陀佛，老衲普慧，已等候李施主多时了。"

李莲花报以文雅稳重的微笑："普慧大师。"

普慧和尚虽然脸带慈祥微笑，却难掩焦急之色："李施主医术通神，我寺方丈偶得重病，群医束手，情况危急，能否请李施主到我寺中一行，救我方丈一命？"

李莲花看了焕然一新的莲花楼一眼，叹了口气："当然……贵寺是？"

普慧和尚深深合十："普渡寺。"

李莲花脸色微微一变，摸了摸脸颊，苦笑一声，喃喃道："普渡寺啊……"

"李施主？"

李莲花抬起头来，温和地一笑："救人一命胜造七级浮屠，只要普慧大师有两头牛，我们就即刻启程吧。"

普慧和尚愕然："两头牛？"

李莲花一本正经地指了指吉祥纹莲花楼："此地不吉，搬家、搬家。"

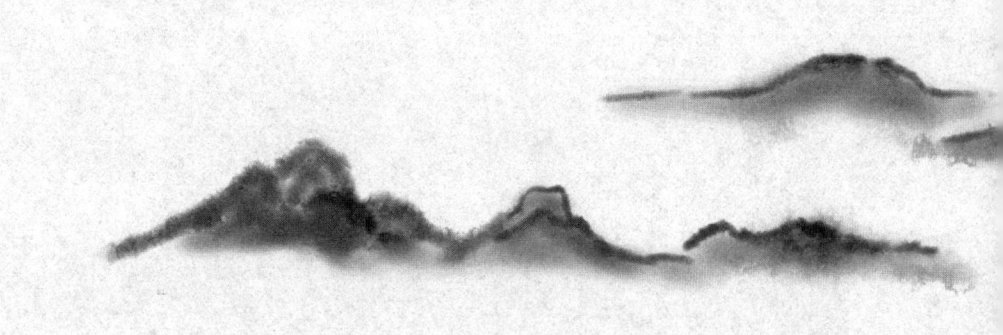

第四章 经声佛火

"阿发，最近没看到阿瑞的影子，那丫头又跑到哪里去了？"一位头发斑白、身材矮胖的中年女子一边挥刀剁着案板上的冬瓜，一边大声嚷嚷，"几天前赊的菜钱，那丫头不想要了吗？二院主刚发了这个月的菜钱，阿瑞呢？"

砍柴的年轻人应道："前几天听说到隔壁庙里送菜去了，可能得了钱先回家了。"

剁冬瓜的中年女子眯了眯眼："阿发，我告诉你件怪事。"

砍柴的年轻人眼睛一亮："我最近也发现了件怪事，你先说你的。"

中年女子道："我在藏书楼外边种的丝瓜，连开了几天的花，比去年整整提前了一个月哩。"

阿发道："这有什么稀奇？我在藏书楼外边瞧见了古怪的东西。"他神神秘秘地，"我看到那个人已经几次了，每次月圆之夜，在藏书楼那边就会有一点红红的光，在里面摇摇晃晃，昨天晚上也是……我大着胆子去偷看，你知道里面是什么吗？"他鬼鬼祟祟地凑近中年女子的耳朵，"里面是——一个只有半截身子的女——鬼！"

中年女子大吃一惊："你胡说什么？这里是百川院，院里多少高人，你竟敢说院里有鬼？"

阿发对天发誓："真的，我早上特地去看了，藏书楼里干干净净，什么都没有，但是昨天晚上真的有一个只有半截身子的女人在里面走来走去，虽然只见一个背影，但如果不是女鬼，那是什么？"

"那是你小子得了失心疯做梦！"中年女子笑骂，菜刀一挥，"快去把阿瑞找来，发菜钱了。"

一　出家人不打诳语

佛州清源山。

清源山是座小山，山上有树，山下有水，山里有两处特别的地方，其中一处叫作"百川院"，是四顾门"佛彼白石"的驻地，是江湖中人敬仰不已、视为圣地的地方。

另外一处叫普渡寺，是座庙。

这座庙和普通的庙没有什么不同，庙里都有个老和尚做方丈，普渡寺的方丈法号"无了"，是个慈眉善目、罗汉风菩萨骨的老和尚。普慧所说的"偶得重病，群医束手"的方丈，就是这位无了方丈。

无了方丈隐居清源山已有十余年，听说曾是叱咤风云的人物，但执掌普渡寺后以清修度日，平时甚少出门，每日只在方丈禅室外三丈处的舍利塔旁散步练武。无了方丈为人慈爱，此次突患重病，寺中上下都很担心。

五丈来高的舍利塔在日光下泛着朴素、庄严、祥和的气氛，舍利塔的影子映衬得房中清幽静谧。寺中经声琅琅，众和尚正在做早课。

李莲花瞪着满面微笑地端坐床上的无了方丈，半晌吐出一口气："你知不知道有句话叫作'出家人不打诳语'？"

无了方丈莞尔一笑："若非如此，李门主怎么肯来？"

李莲花叹了口气，答非所问："你没病？"

无了方丈摇了摇头："康泰如昔。"

李莲花拍拍屁股："既然你没病，我就走了。"

他转身大踏步就走，真的没有半分留下的意思。

"李门主！"无了方丈在后叫道。

李莲花头也不回，一脚踩出了门口。

"李莲花！"无了方丈迫于无奈，出言喝道。

李莲花停了下来，转身对他一笑，很斯文地走了回来，拍拍椅子上的灰尘坐了下来："什么事？"

无了方丈站了起来，微微一笑："李施主，老衲无意打听当年一战结果如何，只是你失踪十年，为李施主担忧悔恨之人不下百十，你当真决意老死不见故人？"

李莲花展颜一笑："见又如何，不见又如何？"

无了方丈温言道："见，则解心结，延寿命；不见……"他顿了一顿，"不见……"

李莲花扑哧一笑："不见，就会短命不成？"

无了方丈诚恳地道："当日在屏山镇偶见李施主一面，老衲略通医术，李施主伤在三经，若不寻访昔时旧友齐心协力，共寻救治之法，只怕是……"

李莲花问："只怕是什么？"

无了方丈沉吟良久，缓缓地道："只怕是难以度过两年之期。"他抬起头来看着李莲花，"老衲不知李施主为何不见故人，但老衲斗胆一猜，可是因为彼丘？其实彼丘十年来自闭百川院，他的痛苦，也非常人所能想象，李施主何不放宽胸怀，宽恕他？"

李莲花笑了笑，缓缓地道："老和尚很爱猜谜，不过……全都猜错……"

正在这时，小沙弥端上了两杯茶。无了方丈微微一笑，转了话题："定缘，请普神师侄到我禅房。"

小沙弥定缘恭敬地道："普神师叔在房内打坐，定缘不敢打搅。"

无了方丈点了点头，小沙弥退了下去。

"普神师侄自幼在普渡寺长大，乃本寺唯一一位精研剑术的佛家弟子，和'相夷太剑'一较高下，乃是他多年心愿。"无了方丈道。

李莲花"啊"了一声："李相夷已经死了十年了。"

无了方丈道："'相夷太剑'也已死了？"

李莲花咳嗽一声："这就是李相夷的不是了，在他活着的时候竟忘了写一本剑谱。"

无了方丈苦笑，摇了摇头。

突然窗外一声震响，有什么东西轰然而倒，李莲花和无了方丈抬眼望去，只见普渡寺后院中一棵五六丈高的大树自树梢处折断，如房屋般的树冠轰然倒地，压垮了两间僧房。两个僧人自房中奔出，仰望大树，满脸惊骇，浑然不解这树怎么倒了。树冠之下很快聚集了大批僧人，无了方丈和李莲花也赶过去，瞧了一瞧，树冠似是被虫所蚀，又被风刮倒。

这虽然是一件古怪事，但也非大事，无了方丈让众僧仍去读经扫地。李莲花陪无了方丈在寺里走了几圈。无了方丈微笑道，普渡寺素斋甚好，厨房古师父一手素松果鱼妙绝天下，不知李莲花是否有兴致一尝。李莲花正要答应，突然有小沙弥报说柴房冒烟，里头少了许多柴火，可能起了闷火，已烧了一段时间。无了方丈不便陪客，李莲花只得告辞出门，心下大叹可惜。众僧见奄奄一息的方丈瞬息之间恢复如常，不免心里暗赞李莲花果是当世神医，医术精妙无比，名不虚传。

李莲花出了普渡寺大门，回头之时，只见普渡寺那舍利塔上飘起了几缕黑烟，他叹了口气，打了个哈欠，往他那莲花楼走去。

普慧大师用四头牛，花了十来天的工夫，把他从薛玉镇请到了清源山，那栋莲花楼就放在普渡寺之旁。他摸了摸新补上去的那块木板，对普慧和尚的细心满意至极，随后舒舒服服地踩进修补一新的家里，在里头东翻西找，不知在找些什么。

正当李莲花一脚踩进莲花楼关上大门之时，一骑奔马从清源山山道上奔过——也即从莲花楼门口奔过，只是马上乘客并不识得那栋房屋是什么东西，径直狂奔入百川院。

显然来人是百川院弟子，如果李莲花看到他或者他看到李莲花，都会大吃一惊——这位策马过李莲花门口而不识的人，正是十几天前在采莲庄所遇到的郭祸郭大公子。

【 二 狭路相逢 】

"云彼丘！云彼丘！师父……"寂静寥落的百川院突然响起了一阵犹如狮吼虎啸的声音。

一个人先冲进纪汉佛的房间，再从他的后门出来，再冲进白江鹬的房间，再从他的后门出来，再从云彼丘的窗户闯了进去，一把抓住正在挥毫写字的云彼丘，大叫道："师父！"

云彼丘皱眉看着这个他遵照李相夷的教诲带大的徒弟，这个徒弟当然是郭祸。郭祸在十一岁那年被人送入四顾门，记名在他的门下，但他自闭房中，既不能教他读书，也无法教他武功，往往是四顾门其他师兄弟看他可怜，时时指点一二。这孩子秉性耿直纯良，悟性虽然不高，记性却很好，十年间这么东学一招，西学一棍，竟也练成一身扎实的武功。也是因为他对这孩子心存愧疚，加之李相夷最讨厌人惺惺作态，所以他对郭祸的种种鲁莽行为从不管束，现在却有些后悔起来了——至少也该教教他，找人要从大门进来。

"你不是回家了吗？"

"云彼丘，我娶了老婆了。"郭祸第一句先说这个。

云彼丘苦笑之余，眼中略微带了一点黯淡之色："那恭喜你了，为师确实没有想到，否则也该给你送礼。"

郭祸泄气："可是老婆死了。"

云彼丘一怔："怎会……"

郭祸抓住他，大声道："我在家里见到了一个奇人！他叫李莲花，我前天突然想起来，好像你和二师伯说过这个人。他是我家恩人，快告诉我他家住哪里，我和爹要带礼物去谢他。"

"李莲花？"云彼丘尚未听懂这位鲁莽徒弟在兴奋些什么，心里却隐隐有一根弦一动——又是李莲花！

正在郭祸连声催促、云彼丘心中盘算的时候，空气中突然掠过一阵焦味，一股淡淡的热气从窗口吹入。两人往外一看，百川院中一栋旧楼突然起火，那火起得甚奇，熊熊火焰自窗内往外翻卷，就似房里的火势已然很大，只在这时才烧到房外来。

"南飞，拿水来。"窗外有声音朗朗响起。

纪汉佛人已经在火场，指挥着门下弟子取水救火。白江鹈如游鸭一般钻进房里去，有一人刚刚来到，面容铁青，鼻上一枚大痣，痣上长着几根黑毛，这位相貌奇丑的男子便是石水。他不愧名"水"，数掌发出，掌风夹带一股冰寒之气，着火的房屋冒起阵阵白气，火势顿时被压下。郭祸大喝一声，自云彼丘窗口跳出，和阜南飞一起手提装着数十斤水的水桶救火。

过了大半个时辰，火势熄灭，黑烟仍直冲上天。

"咔啦"一声，白江鹈自房里出来，纪汉佛见他脸色有些异样，眉心一皱："如何？"

"你自己进去瞧瞧，我都快被烟呛死了。"白江鹈大力对着自己扇风，肥肥胖胖的脸上满是烟灰，"有个人死在里面。"

纪汉佛眉头紧皱："有个人？谁？"

白江鹈的脸色不太好看："就一肉团，怎么看得出是谁？也不知道是谁把死人皮也剥了，血淋淋的嫩肉给火一烤，都成了烧鸡那样，鬼认得出是谁！"

纪汉佛目中怒色一闪，白江鹈一抖——老大生气了，他乖觉地闪到一边。

纪汉佛和石水大步走进被火烧焦的房间。

这是一栋藏书的旧楼，云彼丘少时读书成痴，加之他家境富裕，藏书浩如云海。四顾门解散，在百川院定居之后，他少时藏书已经遗失了很多，却还有一楼一屋。比较珍爱的藏书都在他如今的房间，而其余的书就藏在这栋楼里，也是因为藏书众多，所以火烧得特别快。纪汉佛踏进余火未尽的房间，那火焰是从地板底下烧出来的，地面烧爆了一个缺口，下面是中空的，仍自闪烁着火光。纪汉佛往下一探，只见在原本该是土地的地板底下，似有一条简陋的地道，火焰在地上蜿蜒燃烧，依着鼻中所嗅的气息,那应该是油。而起火的那些油的尽头,隐约躺着一团东西,满身黑红,果是一个被撕去大半皮肤的死人。

石水突然开口:"不是被人剥皮,是滚油浇在身上,起了水疱,脱衣服的时候连皮一起撕去了。"此人相貌丑陋,开口声音犹如老鼠在叫,吱吱有声,以至于即使是门下弟子,也是一见到他就怕。

纪汉佛点了点头,下面火焰未熄,他五指一拂,五道轻风一一掠过地道下起火之处,很快"刺啦"数声,火焰全数熄灭。纪汉佛随一拂之势从那洞口掠下,轻飘飘落在油渍之旁。白江鹑在后面暗赞了一声"老大果然是老大",他身躯肥胖,钻不过这个洞,便在上头把风,看着纪汉佛和石水下了地道,往前探察。

这是一条很简陋的地道,依据天然裂缝开挖。两人对着血肉模糊的尸体凝视了一阵,悚然而惊——这死者不但被剥去了皮,还被砍去了一只手掌,胸口似是还有一道伤口,死状惨烈可怖。她胸前有乳,应是一个女子。

对视一眼,两人颇有默契地往前摸索,并肩前行。往前走了二十来丈,身后的光亮已不可见,两人即使内力精湛,也已不能视物。通道里余烟未散,两人屏住呼吸,凭借耳力缓缓前进。如此前行了半炷香时间,前面不远处突然传来了轻微的脚步声。纪汉佛与石水都是一怔:这地道中居然还有人?两人静立通道两侧,只听从通道另一侧走来的人越走越近,鼻子里哼着歌,似乎在给自己壮胆,走到两人身前五尺处,那人突然问:"谁?"

纪汉佛和石水心头一凛:此地伸手不见五指,来人步履沉重,显然武功不高,他们二人闭气而立,决计不可能泄露丝毫声息,也绝无恶意,来人竟能在五尺之前便自警觉,那是直觉,还是……转念间,两人却听那人继续哼着歌慢慢前进,再走三五丈,突又站定,又喝一声:"谁?"

纪汉佛和石水各自皱眉,这人原来并不是发现他们两个,而是每走一段路就喊一声,不免有些好笑。

纪汉佛轻咳一声:"朋友。"

石水已掠了过去,一手往那人肩头探去,那人突然大叫一声"有鬼",抱头往前就跑。石水那一探竟差了毫厘没有抓住,只得青雀鞭挥出,无声无息地把那人带了回来。

一照面就能让石水挥出兵器的人,江湖中本有十个,这是第十一个,只是此人显然丝毫不觉荣幸,而是惊惶失措,大叫"有鬼"。

"朋友,我们并非歹人,只是向你请教几件事。"纪汉佛对此人挣脱石水一擒并不惊讶，缓缓地道，"第一个问题，你是谁？"

那被石水的青雀鞭牢牢缚住的人答道："我是过路的。"

纪汉佛"嘿"了一声，淡淡地问："第二个问题，你为何会在这地道之中？"

那过路的道："冤枉啊，我在自己家里睡觉，不知道谁骑马路过我家门口，马蹄那个重啊，震得地面摇摇晃晃，突然大厅地板塌了下去，我只是下来看看怎么回事……"

纪汉佛和石水都皱起了眉头，石水突然开口："你住在哪里？"

那声音让来人"哇"的一声叫了起来，半晌才颤声道："我……我我我是新搬来的，就住在路边，普渡寺门口。"

纪汉佛略一沉吟，方才的确有郭祸策马而来，不免勉强信了一分："你叫什么名字？"

那人道："我姓李……"

石水突又插口，阴恻恻地道："你的声音很耳熟。"

那人赔笑："是吗？哈哈哈哈……"

纪汉佛淡淡地道："第三个问题，你若真是如此胆小，为何敢深入地道如此之远？"他虽然不知地道通向何方，但到普渡寺门口显然还有相当距离。

那人干笑了一声："我迷路了。"

纪汉佛不置可否，显然不信。

石水又阴森森地问了一句："你是谁？"

那人道："我姓李，叫……叫……"

石水青雀鞭一紧，他叫苦连天，勉强道："叫……莲花。"

"李莲花？"纪汉佛和石水都是一惊。

石水青雀鞭一收："原来是李神医。"

他虽然说"原来是李神医"，语气中却没有半点"久仰久仰"之意，就如说了一句"原来是这头猪"。

李莲花却因说破了身份，解了误会，松了口气，微笑道："正是正是。"

纪汉佛淡淡地道："在下纪汉佛。"

石水跟着道："在下石水。"

李莲花只得道："久仰久仰……"

纪汉佛道："既然你我并非敌人，李神医可以告诉我等，你是如何下到这地道之中，又是为何事而来？"

李莲花叹了口气，让纪汉佛抓住了把柄，想要摆脱真不容易，索性直说："其实是因为，我今日给无了方丈治病，发生了一件事……"

他把早上那事说了一遍："我想……那树倒得奇怪……"

纪汉佛淡淡地道："声东击西。"

李莲花点了点头，突又想到他看不到自己点头，连忙道："极是极是，纪大侠高明。"

纪汉佛皱起眉头，李莲花的声音有些耳熟，却已回忆不起究竟是像谁的声音，听着他说"纪大侠高明"，只觉别扭至极。

只听李莲花继续道："普渡寺里平日最引人注目的，就是方丈禅室外那座舍利塔。能将五丈来高的树梢一下弄断，一种可能是有一阵大风，另一种可能是打下来的。除了大风之外，只有在同样五丈来高的舍利塔上，才有可能把树梢打断而不是把整棵树打倒。"

顿了顿，他又道："舍利塔内藏高僧舍利子，位于普渡寺中心，平日塔边人来人往，我不知道里面怎么藏着人，但是如果里面有人，他要在光天化日之下从只有五丈来高的舍利塔里出来，不可能不被人发现，所以——"

"你的意思是，有一个人，不知为何在舍利塔中，他想要从里面出来，却又不想被人发现，所以打断大树，引得和尚们围观。他趁着和尚们注意力集中在断树上时从塔里出来，然后逃走了？"石水冷冷地道，"令人难以置信，那人呢？"没有抓住人，无论什么理由都难以让石水信服那舍利塔里曾经有人。

李莲花苦笑："这个……这个……大部分是猜测……"

纪汉佛缓缓地道："这倒不至于难以置信，石水，这里有一条地道。"

石水哼了一声："那又如何？"

纪汉佛低沉地道："你怎知这地道不是通向舍利塔？"

石水一凛，顿时语塞。

纪汉佛继续往隧道深处走去："如果有一个人，他从藏书楼入口下来，沿着这隧道能走到舍利塔，打断大树，从舍利塔中逃出，再从百川院大门回去——你说不可能吗？"

石水阴沉沉地问："你说百川院里有奸细？"

纪汉佛淡淡地道："我不知道。"

他突地问李莲花："李神医单凭猜测，就能找到这条地道，倒也了不起得很。"

李莲花"啊"了一声："其实是因为普渡寺的柴房在冒烟，我出来的时候看到舍利塔也在冒烟,突然觉得这两个地方是不是相通的……后来又看到百川院好像有栋房子也在冒烟,就想到这三个地方是不是都是相通的……"

纪汉佛也不惊讶:"你是从哪里下来的?"

李莲花有些被他逼得难以应付,目瞪口呆了半天:"我……"

纪汉佛淡淡地道:"你想到普渡寺和百川院可能是相通的,所以找了个你觉得可能存在地道的地方,挖了个洞口,下来了,是吗?"

李莲花干笑一声:"啊……哈哈哈哈……"

纪汉佛又淡淡地道:"这条地道的确通向百川院,现在你可以告诉我,另一头是不是通向舍利塔?"

李莲花顿了半天,只得叹了口气:"是。"

纪汉佛缓缓地道:"李神医……若是我门主还在世,他定会将你骂至狗血喷头……"

李莲花继续苦笑:"是……"

石水也冷冰冰地道:"聪明人装糊涂,乃天下第一奇笨。"

李莲花连声称是,满脸无奈。

三人穿过天然缝隙形成的隧道,这隧道共有两个出口,一个是普渡寺柴房,另一个果是舍利塔。舍利塔的出口是因为年代久远,铺底的石板断裂而成,柴房底下的出口似乎才是真正的出口,只是被普渡寺和尚堆了许多木柴在上面,打不开,只有舍利塔的出口能够走通。三人瞧明了地形,由原路返回百川院,李莲花突听纪汉佛道:"李神医,可能有人伤人之后从地道逃离,在我百川院地道入口,留有一具尸体。"

李莲花大吃一惊:"尸体?"

正当他说到尸体的时候,突觉右足踩到了什么东西,大叫一声:"有鬼!"

石水青雀鞭应声而出,"啪"的一声卷住那条东西,微微一顿,淡淡地道:"不过是一块鸡骨。"

李莲花"啊"了一声:"惭愧、惭愧。"

【 三 人事已非 】

纪汉佛、石水和李莲花三人慢慢走向放着尸体的地道口,光线渐渐地充足,以纪汉佛和石水的眼力，只需一点光亮，身周数丈之内便清晰可见，突然看到李莲花的脸，两人都是脸色大变："你……你……"

李莲花眨眨眼："我什么？"

纪汉佛沉着冷静的面容极少见惊骇之色："你是谁？"

李莲花满脸茫然："我是谁？自天地生人、人又生人、子子孙孙、孙孙子子，'我是谁'倒也是千古难题……"

纪汉佛再往他脸上仔细端详半响，长长嘘了口气，喃喃地道："不……"

石水脸色难看至极，突然大步走开，一个人跃出那洞口，径自走了。

李莲花摸了摸脸颊："怎么了？"

纪汉佛轻咳一声："你长得很像一位故人，不过你眉毛很淡，他有长眉入鬓，你肤色黄些，他则莹白如玉。他若活到如今，也已二十八九，你却比他年轻许多。"

李莲花随声附和，显然不知他在说些什么。

纪汉佛默然转头，两人往前再走出十七八丈，那具被火烧得面目全非、断了一只手的尸体就在眼前。

李莲花蹲下身验查尸体，纪汉佛长长吐出一口气，他认定李莲花并非李相夷，除了眉毛、肤色并不相同之外，李莲花鼻子略矮，脸颊上有几点淡淡的麻点，虽然并不难看，但是比起李相夷那绝世风采仍是差之甚远，何况李莲花为人举止与李相夷相差十万八千里，即使门主复活重生，也绝不可能变成李莲花这个样子，那容貌的相似，或者只是一种巧合罢了。

"这个人被油淋、被砍手、被人刺了一剑，还撞破了头。"李莲花对着那死人看了半天，"被人杀了四次。"

纪汉佛点了点头，仍旧目不转睛地盯着他的脸。李莲花任他看着，悠悠叹了口气，在地道里东翻西找，这地道里只有三根粗壮树枝搭起的一个如灶台般的支架，估计是放油锅的，却没有见到油锅，地上有许多树枝，还丢弃着许多鸡骨鸭骨。

白江鹢在外也已经看见李莲花的相貌，他和纪汉佛一般细心至极，一眼看出了许多似是而非的地方，心里疑窦重重，不知到底能不能相认。百川院弟子已经开始着手收拾藏书楼和搬运尸体，李莲花碎碎念了半响，没认出死人的样貌年纪来，愤愤然说要回家苦读医书。

纪汉佛本要相留，却想不出什么理由，让白江鹢送人出门，他却不送，自行回房，对窗似有所思。

"吱呀"一声，纪汉佛的房门突然开了，他蓦然转身，负手看着走进门来的人，眉心微微一蹙："你？"

来人白衣披发，尚未进来，已咳嗽了两声："喀喀……是我。"

纪汉佛见到此人，似乎并不感到愉快，淡淡地道："你竟出门来了？"

来人容颜淡雅，只是形貌憔悴，正是云彼丘，闻言剧烈地咳了一阵："喀喀喀……我……"他咳了好一阵子，才缓了口气，"我看见门主了。"

纪汉佛仍是淡淡地道："那不是门主，只不过长得很像。"

云彼丘摇了摇头，轻声道："化成了灰我也认得。他脸上的麻点……是针眼……喀喀……金针……刺脑……喀喀……刺脑之术。我当年用'碧茶之毒'害他，要解'碧茶之毒'，除了我的独门解药，另一个方法就是金针刺脑。要刺得很深，才能导出脑中剧毒。"

他咳个不停，纪汉佛全身一震："你的意思是——他当真是门主？可是事隔十年，他怎会如此年轻……"李莲花看起来只约莫二十四五，他既然受过重伤，又怎么可能反而年轻了？

云彼丘道："你忘了他练的是'扬州慢'？'扬州慢'的根基连我下'碧茶之毒'都无法毁去，让他驻颜不老，又有什么稀奇？"

纪汉佛淡淡地道："你对当年下毒手之事，倒还记得一清二楚。"

云彼丘颤声道："当年我是一时糊涂……我……我……"

纪汉佛"嘿"了一声："门主若是活着，为何不回百川院？"

云彼丘缓缓地道："因为……也许他以为……为我们全都……背叛……"

纪汉佛一掌拍在桌上，声音低沉，森然道："云彼丘，不必再说，以免我忍耐不住，一掌杀了你！"

云彼丘咳得很厉害："大哥！"

纪汉佛一声怒喝，须发怒张："不要叫我大哥！"

云彼丘深吸了几口气，怆然转身，踉跄出门去了。

纪汉佛余怒未消——当年李相夷和笛飞声决战东海，云彼丘为角丽谯美色所惑，竟然在李相夷茶中下毒，那"碧茶之毒"乃是天下最恶毒的散功药物，不仅散人功力，而且药力伤脑，重则令人癫狂而死。云彼丘当年丧心病狂，不仅在李相夷茶中下毒，还将四顾门一行人引向已成空城的金鸳盟主殿，以至于李相夷孤身作战，失踪于东海之上。但是李相夷失踪之后，白江鹢持剑找他算账，云彼丘后悔至极，让白江鹢一剑穿胸，穿胸未死，他竟又横剑自刎，被石水救下。看在他是真心悔悟、痛苦万分的分上，四顾门离散之时没有将他逐出门外。但即使这十年云彼丘自闭房中，足不出户，纪汉佛也始终难以真正原谅他。

百川院中，纪汉佛心头激动，云彼丘痛苦至极，皆是因为发觉李莲花就是李相夷。而李莲花却优哉游哉地回到了吉祥纹莲花楼，正在扫地，然后他也在后悔——后悔没有留在百川院吃饭，还要多花五个铜板、走二里来路到山下小镇去吃面条。

半个时辰之后。

一声轻响，有人的手掌搭在了吉祥纹莲花楼门上，却既没有敲门，也没有推门而入，只是一个人站在门口，手抚在门上，怔怔地出神。

李莲花扫完了地，仔细地抹拭楼里的灰尘，等了半天还是没等到来人敲门。擦完窗户的时候他"吱呀"一声打开窗户，探出头去："谁？请进……欸？"

那怔怔地站在他门外，不知是进是退的人是云彼丘。他看着李莲花从窗口探出来的满是灰尘的脸，牵动了一下嘴角，不知是哭是笑："门……主……"

李莲花"砰"的一声将窗户关上："你认错人了。"

云彼丘默然，沉静了很久，他缓缓地道："也是……云彼丘苟延残喘，活到如今实在无颜。门主，彼丘当年丧心病狂，对不起门主。"他手腕一翻，一柄匕首在手，就待当胸刺入，了结此生。便在此时，大门"砰"的一声打开，左扇门打在云彼丘左肩，将他撞得一个跟跄，那匕首不及刺入胸口，李莲花"啊"了一声，质问："你是谁？你要干什么？"

云彼丘一呆："我是谁？"

眼前这人明明就是李相夷，虽然以李相夷的为人决计不会如此大呼小叫，但是此人样貌、身高、声音无一不是李相夷，他怎会问"你是谁"？

"你是谁？"李莲花小心翼翼地看着他，有些敬畏地看了眼他手上的匕首，缩了缩脖子，"你……你你……想要干什么？"

云彼丘被他弄糊涂了，茫然问："门主？"

李莲花东张西望："门柱？我这房子小，只有房屋没有院子，所以没有门柱……"

云彼丘怔怔地看着他，困惑地道："门主，我是彼丘，你……你怎会变成……这副模样？"

李莲花奇道："你是皮球？"

云彼丘又是一怔："皮球？"

李莲花诚恳地道："这位大侠，鄙姓李，名莲花，略通岐黄之术，武功既不高，学问也不大，不知这位大侠要找的'门柱'究竟是……谁……"他语言诚恳，没有丝毫玩笑之意。

云彼丘反而糊涂了："你……不是李相夷？"

李莲花摇摇头："不是。"

云彼丘盯着他的脸看了很久："但你长得和他一模一样。"

李莲花松了口气，温和地微笑："啊……是这样的，我出生的时候本是一胎同胞，娘亲生了两个，一个叫李莲蓬，一个叫李莲花，李莲蓬是兄长，我是弟弟。不过家境贫寒，兄长出生不久就给了一位过路的老人当义子，我从小没有见过兄长之面，但世上长得和我一模一样的人也是有的。"

云彼丘将信将疑："李莲蓬？"

如此说来，如果李相夷是李莲花之兄，他的原名岂非叫作"李莲蓬"？

李莲花连连点头："千真万确，千真万确，在下从不骗人。"

云彼丘深吸一口气，此刻他脑中一片混乱："你既然家境贫寒，这栋房屋结构奇巧，雕工精美，价值不菲，却是从何而来？"

李莲花极认真地道："这是普渡寺无了方丈送我的礼物。"

云彼丘大出意料："无了方丈？"

李莲花露出有些尴尬的笑容："无了方丈尚未出家的时候是个绿林英雄，有次他身受重伤，倒在我家门口，我以家传医术将他救活。他那时劫了一辆大车，车里装满了木板，将木板拼装起来，就是这栋房屋，无了方丈嫌这房屋笨重，便送给了我。他正在普渡寺里清修，这屋子万万不是我偷来的，你定要找他问个清楚。"

无了方丈年轻之时确是一位赫赫有名的绿林好汉，云彼丘自是知道，只听李莲花越说越奇，似乎全不可信，他却言之凿凿，又举了无了方丈为证，仿佛也有些可信之处。若是平时，云彼丘思路清晰明辨，绝不容李莲花如此胡说八道，但他此时方寸已乱，心绪烦躁不安，委实分辨不出他何句是真何句是假，呆呆地看着李莲花的脸。

"你……你……若是门主，可会……恨我入骨？"他喃喃地道，"我对不起……四顾门上下……早该……早该死了……"说着转身往外走去，手里的匕首仍是失魂落魄地对着心口，不知何时便会刺入。

"喂，皮大侠，"李莲花在后招呼，"我看你心情不好，既然到了门口，何不进来喝杯茶？"

云彼丘一呆，怔怔地转头看他："喝茶？"

李莲花指指房内，只见厅中一壶清茶袅袅升腾着茶烟。木桌热茶，主人微笑蔼然，突然令他胸口一热，旋即他大步走了进去。

李莲花把扫帚抹布丢到一边，见云彼丘把匕首放在桌上，忍不住将那"凶器"提去放进大厅最远处的抽屉里，而后整整衣服，露出最文雅温和的微笑："请用茶。"

云彼丘见他用两根手指小心翼翼提着匕首的样子，觉得有些好笑，窗明几净之室，木桌热茶之旁，心情出乎意料地变得平静，徐徐喝了一杯茶。

李莲花陪他喝茶，眼角小心翼翼地觑着他，似乎以为他随时都会自尽。

云彼丘突然觉得很好笑："哈哈……我很可笑？"

李莲花摇了摇头，微微一笑："人啊人，有时就是这样，否则活得不痛快。"

云彼丘喃喃地道："好一个活得不痛快！李莲花，你说一个人为了女人，对他最敬重的朋友下毒，害他掉进东海，尸骨无存，该不该死？"

李莲花连眼都不眨一下："该死。"

云彼丘苦笑，喝了一杯茶，就如喝酒："因为……那个女人告诉他，不许李相夷出现在东海之滨，她打算和笛飞声同归于尽。她苦恋了笛飞声十三年，始终是落花有意，流水无情，她说她不能让他死在别人手上。我……我怎知她在骗我……你……不，门主的武功深不可测，我若不下最剧烈的毒，怎么阻止得了他去赴约？我以为只需阻他一时，我有解药在手，并不要紧，可是……原来一切不是那样，一切都因为我蠢得可笑……"

他喃喃地道："你若是门主，可会恨我入骨？"

李莲花轻轻叹了口气，温言道："我若是他，当然是会恨你的。"

云彼丘全身一震，突然剧烈地咳嗽起来。

李莲花连忙倒了杯茶给他，又道："可是事情已经过去十年了，不管是什么样糟糕的事，都该忘记了，不是吗？"

云彼丘颤声道："真的会忘记吗？"

李莲花微笑，十分有耐心且温和地道："真的会忘记的，十年了，他会遇到更倒霉、更糟糕的事，然后发现，当时以为罪大恶极不可原谅的很多事，其实并不是真的很糟糕，然后他就忘记了。"

云彼丘猛地站了起来："他若忘记了，为何不回来？"

李莲花瞪眼道："我怎么知道？"

云彼丘怔怔地看着他，很迷惑，就如见了一团迷雾。

"皮大侠，"李莲花给他倒了一杯新茶，慢吞吞地道，"我觉得有一件事比'当年'重要……"

云彼丘问："什么？"

李莲花松了口气，愉快地笑道："呃——我想我们是不是应该去吃个面条、水饺什么的？"

云彼丘一愕，抬头一看，发觉果是午时了。

而后云彼丘和李莲花去了二里外的小镇面馆吃了两碗阳春面，李莲花买了把新扫帚，云彼丘在吃了一肚子面条之后糊里糊涂地回去了。他本确定李莲花就是李相夷，但在吃完这碗阳春面之后，非但自尽之念忘得一干二净，他已开始相信李莲花真有个兄长叫作李莲蓬，而莲花楼千真万确是无了方丈送的了。

〖 四 油锅 〗

云彼丘和李莲花去吃面的时候，郭祸正对着百川院内那个地道口冥思苦想，有一件事他始终想不通：地道中那人被滚油泼在身上，浇得他满身起疱，皮才会被撕了下来，那些油从哪里来？他在通道口上上下下了数十次，也没有看到油锅在何处，若没有油锅，滚油又从何而来？

阜南飞在上头不耐烦地招呼了他几次，郭祸仍锲而不舍，一直到暮色降临，阜南飞已经离去，他仍举着火把在地道之中摸索。

郭祸虽然并不怎么聪明，却是个绝不气馁的人，在数个时辰的摸索之中，他已找到了一个纪汉佛等人没有找到的东西：那是一块焦黑如拳头大小的东西。郭祸之所以发现它不是石头，是因为他踩了它一脚，发现它是软的。

郭祸正对着那东西发呆，身后有人道："啊……"

郭祸大吃一惊，猛地回身，双掌摆出"恶虎扑羊"之势："是人是鬼？"

身后那人也是大吃一惊，跟着他猛回身，东张西望："在哪里？是人是鬼？"

郭祸看清身后人的模样，长长地吐出一口气，收起了架势："李莲花！"

那不知何时就站在郭祸身后的人正是李莲花，其实是云彼丘前脚走路，他后脚就钻进了这个地道里，重新把他白天想查看而不方便查看的地方细查一遍，却不料看到郭祸对着块焦炭冥思苦想，着实令他佩服。

"喂！李莲花，李先生……"郭祸叫道，"你怎会在这里？"

李莲花微笑："你又怎会在这里？"

郭祸摸了摸头："我下来找油锅。"

李莲花一本正经地道："我也是。"

郭祸迷茫地道："可就是找不到。"

李莲花道："先别说这个，纪汉佛回去以后有没有清点人数，查看百川院弟子是否有人失踪？"

郭祸点头："大院主立刻就查了，院里弟子没有人失踪，只有厨房一个帮厨的丫头不见了几天，可能是回家去了。"

李莲花奇道："这就奇怪了，难道这就是那个帮厨的丫头？"

郭祸茫然摇头："不知道。"

李莲花退至早上看见死人的位置，再退了几步，仔细看地上的痕迹，自言自语："灶台……早晨的时候这里架着一锅滚油，有两个人在这里见面，站在我这个位置的人飞起一脚，"他学着一脚往前踢去，"把油锅踢翻，滚油泼在对面那人身上，那人倒地，油流向洞口引起大火，'我'出路受阻，转身往地道另一端的出口逃走……"

郭祸听得连连点头："我也是这样想。"

李莲花叹了口气："其实我只不过是在胡说而已……"

郭祸一呆，他脑子里本就一片混乱，如今更化为一团糨糊。

李莲花在地道里踱了几圈，郭祸举着火把跟在他身后。

是谁把这个女人杀了四次？她的胸口被很薄而锋利的长剑刺了一剑，额头撞出了一个不小的伤口，右手被齐腕砍去，还被滚油泼了满身、剥了层皮。有谁会如此残忍狠毒地对待一个女人？

郭祸的火把在洞口晃来晃去，几块碎石又掉了下来，差点砸在李莲花头顶，吓得他往旁一跳："阿弥陀佛……"

突然，他看见有块石头在郭祸盯着看的那块"焦炭"上一弹，他不由得奇道："这是什么东西？"

郭祸道："好像是那只手……"

李莲花大吃一惊："什么手？那只被砍掉的手？"

郭祸点了点头："被油炸了。"

李莲花倒抽一口凉气，那只"手"经油锅一炸，攥得紧紧的，像要抓住什么东西，他拾起地上两根折断的干树枝往手里一撬，手里攥着的东西让他毛骨悚然。微一沉吟，他把那只"手"小心翼翼地收在地道边角，接过郭祸手里的火把，四下高照，却见石壁上留有许多划痕，有些划痕已经模糊，许多只是随手乱画，画了一些小鸡小鸟，但有一句话重复写了两次，那字迹大而歪斜，显然并非读书之人所写，写的是"爱喜生忧"四个字。

"郭大公子,你能不能请百川院认得那位失踪姑娘的人来看看到底是不是她?"李莲花凝视着那"爱喜生忧"四个字,"然后问一问百川院厨房的师傅,昨天和今天,百川院三餐都吃了些什么东西?"

郭祸突然想起一事道:"阿发说他昨天晚上在这里看见一个只有半截身子的女鬼,王大嫂和阿发肯定认得阿瑞。"

李莲花点了点头:"今天晚上无了方丈请我吃消夜……"

郭祸毫不怀疑:"我去普渡寺找你。"

李莲花歉然道:"我也许在厨房……"

郭祸坚定不移地道:"我到厨房找你!"而后转身离去。

五 人肉的味道

普渡寺,方丈禅室。

无了方丈端着一碗米饭正在沉吟,窗外有人敲了两下,微笑道:"众小和尚在饭堂狼吞虎咽,老和尚却在看饭,这是为什么?"

无了方丈莞尔一笑:"李施主。"

窗户开了,李莲花站在窗外:"老和尚,我已在饭堂看过,庙里这个月的伙食不好,除去花生青菜油豆腐,只剩白米和盐,亏你白天还吹牛说庙里什么素菜妙绝天下……"

无了方丈正色道:"若是李施主想吃,老衲这就请古师父为李施主特制一盘,古师父油炸花生、面团、面饼、辣椒、粉丝无不妙绝……"

李莲花突然对他一笑:"那他可会油炸死人?"

无了方丈一怔,半晌没说出话来,过了好一会儿才问道:"油炸死人?"

李莲花文雅地抖了抖衣裳,慢吞吞地翻窗爬了进来,坐在他日间坐的那把椅子上:"唉……"

无了方丈对今早在百川院地道发现焦尸一事已有所耳闻,方才正是对贯通普渡寺与百川院的地道之事忧心忡忡。李莲花又把地道之事仔细说了一遍,悠悠地道:"普渡寺的古师父,不知会不会油炸死人这道名菜……"

无了方丈缓缓地道:"何出此言?"

李莲花知道老和尚慎重,微微一笑:"普渡寺和百川院之间有条地道,地道通向舍利塔和柴房，靠近百川院的一段有具焦尸，普渡寺的一棵大树早上突然倒了——首先早上没有风，那棵树断得很蹊跷，老和尚心细如发，想必早已看出那是被人一掌劈断的。能令五丈来高的大树树梢折断而树木不倒，只能从同样五丈来高的舍利塔上发掌，那就是说，早上有个人在舍利塔里。且不说他发掌震断树梢到底是要干什么，至少——他在塔里、在地道一端，那就和焦尸有些关系，此其一。"

无了方丈点了点头："昨日塔中，确有一人。"

李莲花慢吞吞地道："老和尚可知是谁？"

无了方丈缓缓摇头："老衲武功所限，只能听出昨日塔内有人。"

李莲花安静了一阵，慢慢地道："老和尚胡说八道……昨日塔内是谁，你岂能不知……"

无了方丈苦笑："哦？"

李莲花道："昨日我来的时候，普渡寺正在做早课，按道理众和尚都应该去念经，老和尚没有领头是因为你在装病，可是还有一个人没有去做早课。"

无了方丈问："谁？"

李莲花一字一字地道："普神和尚！"他顿了顿，"你说'请普神师侄到我禅房'，小沙弥却说他在房内打坐，因此他没有去做早课。"

无了方丈轻轻一叹，而后微微一笑："李施主心细如发，老衲佩服。"

李莲花露齿一笑："没有去做早课，并不能说明在地道里的人就是普神和尚，只能说明早上树倒的那段时间，没有人看见他在何处而已。我说是普神，还是要从焦尸说起。第一，那尸体上有一道剑伤；第二，刺伤死人的人不是百川院的人；第三，地道只通向百川院和普渡寺；第四，普渡寺中只有普神精通剑术。所以，刺伤死人的人，是普神和尚。此其二。"

无了方丈微笑："你怎知刺伤死者之人并非百川院弟子？"

李莲花也微笑："那尸体中剑的地方在胸口，可见出剑的人是站在死者面前，若非相识，怎会面对面？而且这当胸一剑并非致命伤，老和尚你没发现有一件事很奇怪吗？"

门外突然有人沉声问道："什么？"

李莲花和无了都是一怔，门外人沉稳地道："在下纪汉佛。"

另一个人嘻嘻一笑，接着道："白江鹈。"

还有一人阴恻恻地道："石水。"

最后一人淡淡道："云彼丘，百川院'佛彼白石'四人，进方丈禅室一坐。"

无了方丈打开大门："四位大驾光临，普渡寺蓬荜生辉。"

石水冷笑了一声，还没等无了方丈把客套话说完，他们四人已经坐了下来，就似本来就坐在房中一样。

无了方丈心里苦笑，睨了李莲花一眼，暗道：都是你当年任性狂妄，以至于他们四人至今如此。

李莲花规规矩矩坐着，口中一本正经地继续道："这地道顶上只有一层石板，烈火一烧就崩裂，可见石板很薄。这一剑并非致命之伤，只要她不是哑子，就可以呼救，可是百川院中并没有人听见呼救呻吟之声。"

几人都点了点头，李莲花又道："那具焦尸若真是帮厨的林玉瑞小丫头，她就不是哑子，她为何不叫？刺她一剑之人和她面对面，可见他并不怕她看见他的面目，那入口石壁上画满涂鸦——这说明小姑娘在等人，而这刺她一剑的人说不定就是她在等的人，她和此人认识，所以此人刺她一剑之后，因为某些理由她没有呼救惨叫。"

众人都皱起了眉，细细地想这其中的道理。李莲花又道："如果她约见的人是百川院的弟子，她何必三更半夜跑到地道中相见？可见她见的必是不能见的人。她从地道口攀爬而下，半身在石板之下，被阿发看见背影，当她是'只有半截身子的女鬼'。当然还有可能，她约见的是一个人，而刺她一剑的却是另一个人，但若是如此，她为何没有呼救？若是百川院弟子刺她一剑，却又没有将她刺死，而是奔出洞口关上机关，装作若无其事——这不合情理。因为林玉瑞并没有被刺死，她可以指认凶手，所以'奔出洞口关上机关，装作若无其事'和'没有将她刺死'不能同时存在。因此，我想刺她一剑的人不是百川院弟子，而很可能是她约见的人。"

李莲花微笑道："所以，从剑伤来看，刺伤她的人不是百川院弟子。普渡寺只有普神和尚精通剑术，可以想到她约见的人是普神和尚——和尚不能和女人在一起，所以林玉瑞见的，是不能见的人。"

众人沉吟了一阵，云彼丘先点了点头。

李莲花又笑笑，笑得很和善："何况还有另一个证据说明她等的人是个和尚，你们看到墙上那'爱喜生忧'四个字了吗？"

纪汉佛颔首，李莲花看了无了方丈一眼："老和尚……"

无了方丈接口："那是《法句经》之《好喜品》中的诗偈，为天竺沙门维衹难大师自天竺经典翻译为我中华文字。"

顿了顿，他缓缓念道："爱喜生忧，爱喜生畏，无所爱喜，何忧何畏。"

"这是一首佛家诗偈。"李莲花道，"如果她约会的人不是和尚……"

他尚未说完,白江鹅重重地哼了一声:"老子认识许多和尚,但是也从来没听说过这句。"

李莲花连连点头:"正是、正是,如果她约会的人不是和尚,料想她写不出这四个字来。如果她约见的人是和尚,胸口又有剑伤,那很可能便是普神和尚,何况今天早上普神和尚没有参加早课,总而言之,普神和尚很可疑。"

无了方丈叹了一声:"李施主,老衲向众位坦承,老衲犯了妄言戒,该下阿鼻地狱,那刺女施主一剑之人,正是普神师侄。"

"佛彼白石"四人都是"啊"的一声,十分惊讶,原来无了竟然知道凶手是谁!只听无了缓缓地道:"今日早晨李施主走后,舍利塔中浓烟冲天,他自觉行迹已经难以掩饰,到我禅房中向佛祖悔罪,只是……普神师侄年少冲动,只是刺了那女施主一剑,并未杀人,他并非杀死那女施主的凶手。"

正说到这里,一个人突然从窗口闯了进来,把一大团物事重重往地下一摔,大声道:"我在厨房没有找到你,出来就看见这家伙鬼鬼祟祟地伏在地上偷听,顺手抓来了。你们果然在这里!骗得我到处乱转!"他瞪眼看向李莲花,"王大婶已经认出了阿瑞,还有百川院的菜谱是竹笋炒肉丝……"

李莲花对他一笑:"我只想知道百川院这两天有没有做过油炸豆腐。"

这冲破窗户进来的人正是郭祸,闻言大声道:"没有!"

李莲花眉开眼笑:"这就是了。"

他看着匍匐在地瑟瑟发抖的人,温言道:"古师父,人肉的味道,好吃吗?"

方丈禅室内一刹那鸦雀无声,只听到那光头大汉牙齿打战,突然哆嗦着道:"我也……我也没……没没……没有杀人……"

李莲花叹了口气:"你见到她的时候,她是什么模样?"

古师父道:"我见到她的时候……她她……她已经死了。"

李莲花又问:"除了胸口的剑伤,她身上还有什么伤口?"

古师父道:"她的头在石壁上撞出了一个大口子,血流了满地,胸口也流了好多血,已经死了。"

李莲花道:"然后……继油炸面饼之后,你油炸了死人?"

古师父全身发抖:"我……我……我只是……"

李莲花非常好奇地看着他:"其实我真的很奇怪,你见到死人,怎么会想到把她弄来吃?"

"我我我……我曾经……"古师父满脸冷汗,结结巴巴地看着李莲花,"我曾经看见过一个女人，把和她同床共枕的男人的手砍掉，还……吃吃……吃掉了……"

云彼丘浑身一震，李莲花"啊"了一声："是谁？"

古师父摇摇头："我不……不不不……不知道，一个美得像仙女一样的女人，她咬着那个男人的手指，一截一截吃下去，可是她美得……美得让人……让人……"他喉咙里发出了野兽般的嘶叫声，"让人想杀人……想吃人……"

李莲花缩了缩脖子："你一定看见了女鬼！"

古师父拼命摇头："不，就在清源山下的镇里，八个月前，我半夜起来小解，在隔壁客房之中。"

云彼丘脸色苍白，纪汉佛"嘿"了一声："角丽谯！"

白江鹈悻悻地道："除了这个女妖，有谁有这种能耐？倒是李莲花，你怎知这位被女鬼上身的老兄油炸了阿瑞？"

李莲花"啊"了一声："因为油锅。地道里有灶台、有柴火，甚至有鸡骨鸭骨，有油，却没有油锅。看那地上的骨头，显然有人经常到地道里油炸荤食偷吃，可是没有油锅，那说明搭灶台的人若无用别的东西替代油锅的妙法，就是能带着油锅来来往往，此其一。这地道里显然不会长出树枝来，那些柴火必是从普渡寺柴房里偷来的，而少了这许多木柴，普渡寺居然一直没有动静，看管木柴的人必定有些问题，此其二。那用油放火之人显然不是百川院中人，否则不会不知地道口那石板薄脆，火一烧就裂，并且火烧地道口，放火之人显然是往普渡寺方向离去，此其三。还有——"他顿了顿，"在被这位古仁兄拿去油炸的手里，握着一块油豆腐。我想……可能是断手被放进油里，筋骨收缩，手掌握了起来，正巧你早先刚油炸过豆腐，落了一块在油里，你也没注意，阿瑞的手掌握了起来，抓住了那块油豆腐。而百川院这几天都没有吃过油豆腐，倒是普渡寺这一个月的伙食里天天都有油豆腐，你又管着寺里的柴火油粮，又能随意拿走油锅，地道口还在柴房之中，若不是你油炸死人，莫非是死人爬到你的厨房之中自己油炸了自己？"李莲花瞪眼，"那可恐怖得很，我怕鬼……"

古师父抱着头："我只是一时糊涂，那只手在锅里，我害怕得很……没有吃她，我没有吃她，只是剁了她的手油炸了一下……昨天晚上只是油炸了她的手……"

李莲花问："那今天早上呢？"

古师父颤声道："今天早上我怕偷吃荤和炸死人的事被发现，趁他们早课的时候偷偷进地道，烧了一锅滚油，泼在她身上，打算将她烧掉。她那身衣服都是干血，烧得不旺，我把衣服撕下来，结果把她的皮也不小心撕了下来。我吓破了胆，逃回柴房，用柴火封住地道口，再也不敢下去。"

李莲花追问："你不知道地道另有出口？"

古师父摇头："不知道，我只知道柴房底下有条裂缝很深，以前……我常常躲在里面偷吃自己做的荤菜。"

无了方丈叹了口气："想必今天早晨普神师侄也下了地道，又去看那女施主，却被你封在地道之中，他只得从舍利塔出来，阿弥陀佛……"

他站起身来，心平气和地走出门去。过了片刻，一个身材高挑、相貌清俊的年轻和尚被他带了进来，无了方丈对纪汉佛点了点头："交由施主发落。"

纪汉佛领首，"佛彼白石"将对普神和尚和古师父再进行调查，在七日之内做出决定，或监禁，或废去武功，或入丐帮三年，等等，视各人所犯之事，决定各人应受的惩罚。

云彼丘的脸色越发憔悴，思绪尚在角丽谯吃人一事上。那女子貌若天仙，语言温柔，行事诡异，无论是邪恶可怖至极的事，还是温柔善良至极的事，她都能若无其事地做出来。

李莲花看着普神和尚，这和尚不过二十来岁，眉宇间英气勃勃，就像个心志高远的武林少年："你为何要刺她一剑？"

普神摇了摇头，顿了顿，再摇了摇头，什么都没说，神色甚是凄厉。

李莲花没有再问，悠悠地叹了一口长气，不管是因为什么，不管他有没有心杀她，她终还是为了他而死，只是不知是那一剑让她流血而死，还是她自己撞死了自己，总而言之，便是如此了。人生啊人生，这些事、那些事、曾经以为一定不会发生的事、现在相信绝对不会改变的事……其实都很难说。

他突然发现虽然事情已经清楚，"佛彼白石"那四人还在瞪着他，他连忙往自己身上一看，没有看出什么怪异之处，只得对那四人一笑："人生啊人生，又到吃饭的时间了……"他站起来伸个懒腰，一把抓住无了方丈，"老和尚，你说要请我吃素菜的。"

无了方丈道："这个……这个……古师父似乎已经不宜下厨……"

李莲花正色道："出家人不打诳语……"

看着两人往厨房而去，"佛彼白石"四人面面相觑，白江鸫摸了摸下巴："我宁愿他不是门主。"

石水闭上眼睛，冷冷地道："决计不是。"

纪汉佛皱眉不语，云彼丘摇了摇头，他早就糊涂了。

【 六 昔人已乘黄鹤去 】

第二天一早,云彼丘心中生疑,来到普渡寺门口想找李莲花,却见寺门口青草碧碧,树木萧萧,昨日那一栋有木桌热茶的木楼已然踪影杳然。他凝视着那曾经放过吉祥纹莲花楼的地方良久,长长地吐出口气,转头看山外,天色清明,当真是晴空万里。

他的心情仍很沉重,有一件事——那条贯穿普渡寺与百川院的地道究竟是何人建造,所为何事?角丽谯为何在八个月前来过清源山,又所为何事?他想到数月之前的一品坟夺玺一事,牵涉前朝熙成帝、芳玑帝、笛飞声、角丽谯、金鸳盟、鱼龙牛马帮,这说明必定有一件大事将要发生。

而失踪十年的李相夷,究竟是否活着,又到底身在何处?

五里之外,李莲花满头大汗地驱使着一匹马、两头牛和一头骡,把他的莲花楼运出清源山,晴空万里,只听他不住呼喝:"不要打架!不准打架!前面有青草、前面有萝卜……不要咬来咬去,到前面我就把你们放了!快走啊……"

而拖曳着名震江湖的那座楼的四只畜生,奋力挣扎,彼此怒视,互相推诿,那匹马终于张开大嘴,对着它一直看不顺眼的骡子咬了下去。

第五章

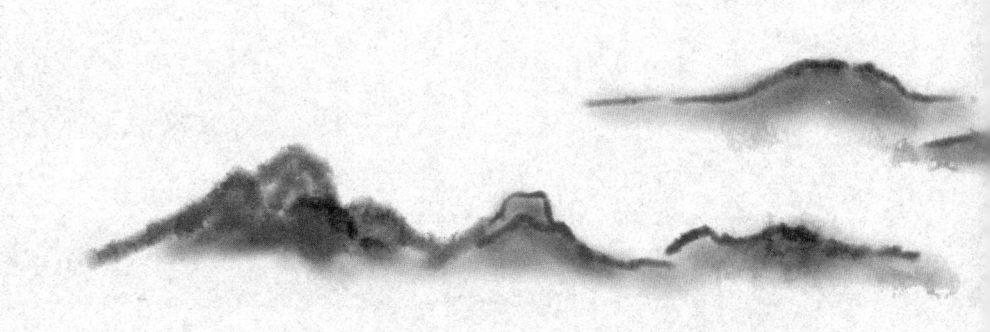

有斷臂鬼

碧瓦红墙，庭院之中花木茂盛，鸟鸣声清脆异常。

"秀秦？"有个年轻女子的声音穿过杨柳，"秀秦你在哪里？秀秦？"幽幽的庭院，年轻女子的声音穿过庭院，显得尤其清而轻，连落叶都不惊。

幽幽的声音穿过幽幽的庭院："娘，我在这里。"

"秀秦？"年轻女子大惊，快步奔过庭院，"你又在他房里，你——啊——"她骤然捂住脸尖叫一声，只见树木森森的圆形拱门后站着一个七八岁的孩童，他身上湿答答的正往下流血，像是刚有大股鲜血喷在了他身上！

"秀秦？秀秦……"她尖叫着奔了过去，抱着自己的孩子，"怎么回事？"

那叫作"秀秦"的孩子用沾满鲜血的小手轻轻抚摸了一下她的发角，轻轻地道："娘，好奇怪啊，刘叔叔只剩下一只手了。"

"什么'只剩下一只手了'？"年轻女子蓦然抬头，惊恐至极，她白皙娇美的额头被秀秦抹上了一块血痕。

那叫作秀秦的孩子幽幽地道："就是除了一只手，刘叔叔的其他地方都不见了。"

年轻女子张大了嘴巴，如惨白僵尸那样坐倒在地，紧紧搂着儿子："其他地方都不见了？"

秀秦慢慢地道："是啊，其他地方都不见了……"

一只雀鸟停在院中古井的边上，歪着头静静看着蜿蜒的鲜血从房内地面缓缓流出，一条橘红色的四脚蛇随着鲜血慢慢爬出来，停在了门槛之下。

【 一 马家堡 】

"砰"的一声，清茶客栈里有人拍案而起，众食客本欲怒目以对，抬头一看，却全都噤若寒蝉。

那拍桌子的人手持一把长剑，他老人家正是用那长剑剑鞘一下子砸在了桌上，直把人家木桌拍了个坑出来。

客栈里一时间落针可闻，只见那人一把抓起客栈里一个小二："刘如京死了？他是怎么死的？"

客栈里众人的目光齐刷刷定在那小二身上，只见他期期艾艾地道："客官不知道吗？马家堡刘如京昨儿死了啊，听说死得蹊跷，竟只留了只手和一撮头发在床上，其他身体部位都不见了，房里满床是血。最古怪的是马家那痴呆的小儿子就在刘如京房里，被喷了一身的血，这事大伙都知道……"

"刘如京一身武功，何况他使的是枪法，枪是长兵器，怎么可能被人砍断手臂？"那人仍旧厉声道，"他是堂堂'四虎银枪'之一，怎能、怎能……"说到此处竟而哽咽，似是悲怒交加，说不下去了。

众食客中有人低声叹息。

一人本来坐在他身旁一桌，此刻突然冷冷地道："人都死了。"

先前那人放开小二的衣襟，重重坐下，那小二如蒙大赦，一溜烟奔进厨房，看来一时半刻万万不会再出来。

这相邻而坐的两人，一人着灰衣，一人着紫衣，着灰衣的人正是方才抓住店小二的那人，却被紫衣人一言打住，坐了下来。

这灰衣人姓王，名忠，紫衣人姓何，名璋，二人和刘如京都是"四虎银枪"之一。十年前，"四虎银枪"在四顾门中号称勇猛第一，由与人动手只知前进不知后退的四员猛将组成，其中一人在四顾门与金鸳盟的决战中战死，余下三人随四顾门的解散而离散。王忠弃枪学剑，开创"震剑"一门；何璋在"捕花二青天"手下当了个不大不小的官儿，算是个捕头；刘如京回师门马家堡隐居，十年来甚少出门。近来王忠和何璋二人听到江湖传言，据说四顾门门主李相夷与金鸳盟盟主笛飞声虽然在决战中失踪，却并没有死，激动之余，三人约定在马家堡重聚，商量寻觅门主一事，不料刘如京竟然来不及等到见兄弟一面，就已为人所害！

"马家堡。"喝完那杯茶，紫衣人何璋丢下一块银子，头也不回往门外去，王忠持剑跟上，掠了一眼那茶壶，仍有大半壶好茶。两人很快骑马而去。

茶馆里众人不约而同喘了口气，面面相觑，突然有人道："马家堡最近真是热闹，前阵子听说花了大力气给秀秦小公子抓了个大夫，人才进去，刘师傅就死了，现在又去了两个凶神恶煞……"

旁人神神秘秘地掩口道:"你不懂,说不定是堡里谁嫉恨刘师傅,抓了个大夫进去,下药弄死了他。这两个瘟神进去,抓住那大夫一问,保管知道是谁指使!"

马家堡。

昨日早晨。

马家堡堡主马黄看着自己闷不作声低头玩手指的儿子皱眉:"李莲花还没来?"

马家堡护卫忙道:"还没到。"

马黄愁眉不展地看着马秀秦:"不知江湖第一神医,能生死人肉白骨的李莲花,能不能治好秀儿的病……"

正说到这里,门外声声传递:"李神医到——李神医到——"

马黄顿时大喜,站起身来振振衣袖,就待道一句"久仰久仰"。

门外有一群人挤了进来,满头大汗地道:"李神医到——"

马黄奇道:"人呢?"

人群中有人吆喝道:"一、二、三——放。"

只见人群中突然跌下一只大麻袋,麻袋里有人"哎哟"一声,四肢挣动,似在麻袋中找不到方向。一人撕开麻袋口子,里面的人才探出头来,苦笑道:"惭愧惭愧……在下李莲花……"

马黄瞠目结舌,怒视他那一群手下:"怎么如此对待李神医?下去各打二十大板!"随即对李莲花连连拱手,"徒孙鲁莽,怠慢了神医,请坐、请坐。"

马黄细看这位赫赫有名的李神医一眼,只见此人年不过二十四五,样貌文雅,颇有神医之相,心里不免有些满意。

"启禀堡主,是李神医抱住柱子硬说自己不会看病,不肯跟随我等前来,万两黄金又被他不小心一脚踢进了河里,"有个大汉道,"属下想钱已经花了,人一定要请回来,所以……所以……"

马黄板着脸道:"所以你就把李神医塞入麻袋?世上哪有这等请客之法?"

李莲花咳嗽了一声,脸色有些尴尬,那大汉一迭声地喊冤:"是李神医自己爬进麻袋里躲藏,属下岂敢把神医塞进麻袋……只不过合力将麻袋扛回府中而已。"

马黄一怔,只得挥挥袖子:"下去下去。"回身对"江湖第一神医"李莲花十分和蔼地笑道,"李神医,这是小犬,劳师动众请神医远道来此,正是为了给小犬治病。"

从麻袋中爬出来的李莲花微笑应对,马黄将爱子的病症从头至尾说了一遍,也不见神医发问，心里不由暗想：果是绝代神医，秀儿症状，他皆了然于胸，看来我这番口舌倒是白费了。

马黄的儿子马秀秦今年七岁，性格十分怪异，自两岁以后便基本不与人说话，时常自己一人在房中折纸，一张白纸他能折叠上千次而不觉厌烦。他很喜欢刘如京，如一日有说一两句话，必是和刘叔叔有关，因而时常在刘如京房里玩耍，却很少和马黄在一起。

马秀秦看了李莲花一眼，轻轻伸手指点了点自己的头顶。李莲花伸手一摸，头顶上挂着一根麻丝，连忙拿下，正要开口说些什么，马秀秦却转过头去，目光幽幽地看着窗外，不知是看见了什么东西。

那是李莲花和马秀秦的初会。当日下午，李莲花和马黄喝茶之际，马秀秦到刘如京房中玩耍，马夫人寻子前去，却发现马秀秦满身是血地站在刘如京门口，而刘如京床上、房里鲜血处处，床沿留着一只右侧断臂，地上一截断发浸在血中，刘如京却已不见了。

隔日下午，刘如京昔年好友王忠、何璋到达马家堡，李莲花称受到惊吓卧病在床，一时间马家堡诸事忙碌，惊恐、疑惑等等情绪笼罩众人头上，这雍容庭院似笼罩着一层诡秘之气，令人十分不安。

就在王忠、何璋抵达马家堡的当夜，马夫人突然病倒，昏迷不醒，李莲花却卧病在床，无法对其救治。马黄连夜请了大夫看病，说马夫人像是中毒，若无解药，情势危矣。

尚未等马家堡喘口气过来，第二日早晨，马家堡婢女发现马黄与马夫人并肩躺在床上，两人都已气绝身亡。房里物品完好无损，房门紧闭，但马黄被人用利刃猛砍右臂，只是砍了数下未砍下来，右臂仍旧连在身上。房里又是遍地鲜血，和刘如京被害的时候一模一样，奇怪的是只有马堡主被利刃砍伤，而马夫人却毫发无损，而且看情形马黄被人乱刀重砍之时早已昏迷，即使右臂被砍到筋骨尽碎，却也没有挣扎抵抗的痕迹。

马家堡自清晨以后一片混乱，若说昨日仍是惶恐，今日则是惊恐，甚至有些仆役逃出堡外，几位马黄的弟子却争权夺势起来，四平八稳数十年的马家堡这一日终是出了惊天大事。

三日之内，堡内护院、堡主、堡主夫人均死于非命，死状十分相似，莫不是刘如京死后化为厉鬼，来向堡主夫妻索命？此事被传为马家堡有断臂鬼案，短短数日之内，江湖中众说纷纭。

【 二　无头苍蝇 】

"三哥。"王忠已在马黄夫妇横死的主房之内站了许久,"你说二哥真的已死？"他看着仍被血迹染红的大床,"没见到尸体,只有一只手,怎知他是死是活？我总不信二哥已经死了。"

紫衣人何璋淡淡地道："你想说老二没死,他杀了马黄夫妇？"

王忠滞了一下："当年他就与马黄不和……"

何璋"嘿"了一声："就算他和他小师弟不和,老二对他师父忠心耿耿,绝不可能做下这种惨事。你不愿承认老二已死,竟想拿马黄被杀证明老二没死,这十年你真是越活越回去了。"

王忠心里惭愧,他也知自己胡思乱想,以刘如京那忠烈脾性,就算有人要杀马家堡堡主他也必拼死相救,绝不可能杀人。

马家堡正混乱得很,也无人来理睬他二人,何况何璋乃是捕头,在凶案发生之处查看,自是无人敢阻拦。两人把房间内各项事物一一细看,房内事物出奇地有条不紊,没有一样有异。

何璋道："这行凶之人看起来没有动过房里任何事物,或许对这房间十分熟悉……"

话说到一半,却有人在门口道："啊……那个抽屉……"

何璋一回头,只见一人站在门口,以好生抱歉的目光温和地看着他："那个抽屉……"一句话还没说完,何璋和王忠同时脱口而出："门主？"

来人更加歉然地摸着自己的脸："啊……在下李莲花,听人说和失踪的四顾门门主李相夷长得十分相似,其实在下年幼之时并非这副模样。"他走进房里,看着满地血痕,有些毛骨悚然,"十二岁那年摔下山崖,被一位无名老人所救,摔下山崖后被山石毁了相貌,那老人施展绝代医术,将我的脸变成了这副模样。"他很好脾气地微笑,"在下的医术也是和那无名老人学的,李莲花平生不打诳语。"

王忠和何璋将信将疑,此人虽然和四顾门主李相夷长得十分相似,却不及李相夷冷酷俊美,言谈举止更是相差甚远,不免也信了几分。他们却不知,数月前李莲花对他和李相夷长得一模一样的解释是：他和李相夷是同胞兄弟,李相夷本名叫作李莲蓬,从小给了无名老人做义子。

何璋对着李莲花的脸看了许久,直至他看出李莲花和李相夷确是有些不同,方才淡淡地道："你刚才说什么？"

李莲花道："那个抽屉上的锁对了六个字。"

何璋顺着李莲花的目光看去，只见房内床边的柜子下有一排抽屉，上面都挂着转子锁，那铜锁是一条圆形的滚筒，上面套了七个环，每个环上都有四个不相干的字，将七个圆环上的字每一行都对成诗句，锁便能打开，这是当下很流行的一种巧锁。那柜子最底下一个抽屉的转子锁七个字对了六个，一眼可以认出，那是一首很流行的诗歌，"云母屏风烛影深，长河渐落晓星沉。嫦娥应悔偷灵药，碧海青天夜夜心"，而锁上第四个圈"风，落，悔，天"没有对上其他六个字，锁没有被打开。

何璋走过去很仔细地看着那锁，王忠却是个粗人，完全看不懂那是什么玩意儿："你说有人想开这个抽屉？"

李莲花忙道："我没说，我只说那七个字对了六个。"

何璋缓缓地道："这很难说是有人想开锁没有开进去，还是开了以后来不及把它弄散……不过七字已对了六字，要说没有开锁，实是不大可能。我想这开锁之人应是已经拿走了抽屉里的东西……"

他轻轻拉开抽屉，抽屉里只有一沓空白信笺，果然并没有留下什么引人觊觎之物。

李莲花瞄了那抽屉一眼，正待说些什么，何璋伸手入内，拿出那沓信笺抖了抖，里头什么也没有，整沓信笺都是新的。王忠在房内游目四顾，这房间在事发时是虚掩着的，可见凶手是由大门出去的，不知为何却无人发现。

"李神医以为……"何璋缓缓地道，"马夫人前日的中毒，与被杀之事有无关联？"

李莲花的目光也在房内缓缓移动，闻言忙道："有关联，马堡主夫妇如此死法，加上马夫人前日中毒昏迷，我想马堡主之所以任人宰割，只怕也是相同的原因。"

王忠动容道："中毒？"

何璋点了点头："和马夫人被同一种方式下毒，中了同一种毒，他昏迷之后，有人再砍了他的手臂，以至于没有挣扎痕迹。"

李莲花在一旁连连点头，问道："不知是中了何毒？"

何璋一怔："你看不出来？"

李莲花为之语塞，顿了顿："啊……"也不知在"啊"些什么。

王忠奇怪地看着他："你是神医，你看不出他们中了什么毒？"

李莲花顿了顿："那是一种绝世奇毒……"

何璋点头："不是绝世奇毒，也毒不倒马黄，只是奇怪，是谁存心毒死堡主夫妇，又是谁有这种手段能连下两次毒药，竟然都能得手！"

李莲花慢慢地道："不是两次，说不定是三次……"

王忠一凛："正是！"

李莲花喃喃地道："这件事……真的奇怪得很……"他望着墙壁上未被洗去的血迹，那一条条挥刀时溅起的血线自右而左横贯床后的白墙。

正发呆之间，突然窗外有童声幽幽地唱歌："……螳螂吃了蜻蜓，蜻蜓吃了乌蝇，乌蝇吃了蜗牛，蜗牛吃了芥菜花……螳螂也不见了，蜻蜓也不见了，乌蝇也不见了，蜗牛也不见了……"不知为何，奶声奶气的童音，让房内三人都听得一阵毛骨悚然，马家这个痴痴呆呆不与人说话的七岁的小孩童，说不定他那双眼睛里，看见的比成人都多，只是他不懂……

"……螳螂吃了蜻蜓，蜻蜓吃了乌蝇，乌蝇吃了蜗牛，蜗牛吃了芥菜花……螳螂也不见了，蜻蜓也不见了，乌蝇也不见了，蜗牛也不见了……"马秀秦在爹娘的门外自己一个人玩耍，还没有人告诉他爹娘已经死去，一个红衣小婢跟在他身后，一路苦劝他吃饭他就是不吃，只埋头在草丛里不知捉什么东西玩。

"这个孩子，其实并非马黄的亲生儿子。"王忠突然道，"听二哥说过，马夫人是二哥师父的关门弟子，年轻时美貌得很，她十八岁时和她师父生了私生子，没过多久，师父去世，她嫁给了继承马家堡堡主之位的师父的儿子马黄。马秀秦说是马黄的儿子，其实是马黄的亲弟弟。"

李莲花大吃一惊："马堡主竟肯把兄弟变成儿子？"

王忠干笑一声："这个……或许和马夫人感情深厚，马堡主不计较世俗眼光……"

李莲花仍是连连摇头："稀奇、稀奇，不通、不通。"

何璋淡淡地道："这事知道的人不少，听说马黄从不讳言此事，而且对马秀秦宠爱得很。"

王忠笑了起来："马黄一死，这孩子就成了堡里少主，看他几个师兄的嘴脸，很难放得过……"

他一个"他"字尚未说出口，陡然听见屋外传来"嗖"的机簧之声，何璋将信笺握成纸团弹出，纸团和自远处射来的一点小小物事相撞跌落。王忠和何璋十年不见，仍是配合无间，在何璋将纸团弹出的瞬间已经穿窗而出，拾起那枚物事，扬声道："飞羽箭。"

何璋在窗口凝视丝毫不觉的马秀秦，慢慢地道："难道是谁和马家堡有仇，居然连这七岁孩童也不放过……"

李莲花眼眺飞羽箭射来的方向，马黄夫妇的居室门外是个池塘，池塘边花木茂密，种了许多柳树，柳树之后几条小径通向马黄几个徒弟的居所，徒弟们的居所之后便是仆人婢女的房屋。这箭自花木之中射来，其后又是数十间房屋，各处出入口又未封闭，搜寻起来困难重重。

这时，王忠已拾着飞羽箭回来，他仔细端详那支箭，眉头紧皱："这……"

何璋伸手接过："这……"

两人的脸色都是相当沉重。

"这是二哥的暗器。"

李莲花奇道："刘如京不是死了吗？"

王忠深吸一口气："这就是二哥惯用的暗器。"

何璋却比他想得深一层："这是老二的暗器，却不是出自老二的手。"

李莲花吓了一跳："为什么？"

何璋道："老二使用飞羽箭已有数十年，他决计不会用机簧激发这种暗器。飞羽箭长两寸三分，重一钱有七，这种暗器就算是孩童也掷得出去，怎会使用机簧？这射箭之人必定不擅暗器。"

李莲花叹了口气："这个……也有些道理……"

王忠却看着马秀秦道："这孩子危险得很。"

何璋点头："不知是谁砍了老二的手臂，杀了马黄夫妇，如今老二失踪，马秀秦危险，不如召集马家堡上下，封锁堡内各处出入口，对每个人一一细查，同时可保马秀秦安全。"

王忠长嘘了口气："如果那凶手坚持要杀马秀秦，咱们也可瓮中捉鳖。"

李莲花连连称是，突然问了一句："如果凶手是刘如京的鬼魂呢？"

王忠和何璋都是一怔，李莲花接着喃喃自语："万万不可能，万万不可能……"

两人面面相觑，这位江湖神医怕鬼之色溢于言表，两人心下皱眉，何璋淡淡地道："听说李神医身体有恙，不如早些回去休息。"

李莲花如蒙大赦，回身一脚踩出门槛，才想起客气道："在下偶感风寒，还是回房休息了。"

李莲花一溜烟跑了，王忠已忍不住道："此人神医之名江湖流传，不料本人如此胆小荒唐……"

何璋哼了一声："据我江湖眼线所报，李莲花号称能起死回生，其实不过欺世盗名，被他从阎罗王那里救回来的施文绝和贺兰铁都是他密友，那两人根本就是诈死而已，世上绝无人真能起死回生。此人欺世盗名，贪生怕死，不学无术，待马家堡事了，我定要亲手把此人交给'佛彼白石'，让其受些惩罚。"

何璋既然是"捕花二青天"心腹，他的话自然极有分量。马家堡很快关闭四处出口，各人在房中待命。何璋带领马黄的几名徒弟自房间一一搜去，除了搜出一些仆人偷窃的财物、婢女偷情的信笺以及懒得换洗压在床板底下的一些臭袜臭裤衩之外，各人神色如常，并没有什么可疑之处。当夜堡内各人不准四处走动，庭院之中寂静异常，何璋亲自巡逻，马家堡内逢有风吹草动，他必赶去一看究竟。

一夜无声无息，似乎平静得很。

李莲花在自己房里睡觉，这一夜天气凉爽，吵架赌博之声又少，他睡得十分舒畅，正梦到老鼠和蜗牛打架未果，约了两年十个月之后再来……突然被人一阵摇晃，他吓得坐起身来："有鬼……"睁开眼却见是王忠，只见他脸色惨白，满头是汗："李莲花！快起来，何璋受人暗算昏迷不醒，你可能救他？"

李莲花大吃一惊——他是真的大吃一惊。何璋的武功在"四虎银枪"之中名列第一，而且他在"捕花二青天"手下多年，决计是办案经验丰富、目光如炬的主，更何况何璋本身性格冷漠沉稳，多疑且不好奇，他居然也会受人暗算？这马家堡中隐藏的杀手，显然比他想象的更为神通广大。

"何璋怎么了？"

王忠一把将他从床上提起，大步奔向客房，不顾马家堡中人纷纷侧目，将李莲花丢进何璋房里："我半夜还和他分头巡查，早上巡到花园，突然看见他倒在地上，全身火烫，两只眼睛还睁着，却说不出话来了。"

李莲花在何璋身上一摸："王忠！出去。"

王忠愕然，只见李莲花抿起了嘴唇："出去！"

他尚未领悟过来，人不知为何已出了房门，只听李莲花"砰"的一声关起门窗，已把自己和何璋锁在里面。

脸色冷漠的李莲花，真的很像门主。王忠呆呆地站在门口，脑子里一片空白，等到他想起不知李莲花把他赶出来在里面做什么，举手想推门的时候，却出乎意料地不敢推了。

李莲花，何璋所说欺世盗名的江湖神医，到底是能救人还是不能救人？他把自己赶出来做什么？难道他的救命之术是不可告人的？又或者是真的有独门秘术，不肯给人看见？

房门紧闭。

里面寂静无声。

【三 牙印】

过了一盏茶时分,房门开了,王忠往里一探,只见何璋的脸色已有些红润,李莲花手忙脚乱地正在收拾一些什么银针、药瓶之类的东西。王忠本是个直性子,这时却从心里冒出一个疑问:房里没有食水,他那许多药瓶里的药,难道都是外敷的不成?何璋身上却没有伤口啊!这疑问一闪而逝,他问:"三哥怎么了?"

李莲花叹了口气:"他中了一种绝世奇毒。"

王忠忍不住问:"究竟是什么毒?"

李莲花却转了话题道:"他的气血已通,只是余毒未清,可能要过几天才会醒来。"

王忠咬牙切齿:"到底是谁!竟然能暗算到三哥头上!我就不信这马家堡里真的有鬼!"

李莲花指了指何璋的手指,慢慢地道:"何大人也不是白白受到暗算,至少我们知道杀人的'东西',不是刘如京的鬼魂。"

王忠仔细一看,何璋的右手尾指上有一排极细极细的牙印,浅得几乎看不出来,就像被线勒了一圈留下的痕迹:"这是什么?"

李莲花的表情和他一样茫然:"我不知道。"

王忠细看许久:"这好像是……什么小虫小兽的牙印。"

李莲花欣然赞美道:"王大侠目光如炬。"

王忠皱起眉头,他向来不善思索,想了许久,才又道:"难道在马家堡里杀人的是一种奇怪的小虫?其实并非有人要杀马家满门,而是偶然被毒虫咬了而已?"

李莲花道:"这个……这个……王大侠此言差矣,昨日你我都看见有人暗箭偷袭马秀秦,如果是小虫毒死马黄夫妇,难道小虫也会发暗器不成?"

王忠苦笑:"我的脑子不成,三哥又倒了,真不知道怎么办才是。马黄那几个徒弟笨得像驴,只怕比我还不成,看来势必要请'佛彼白石'中的彼丘先生到此一行了。"

李莲花却似没有听到他的丧气话:"王大侠,你在马家堡可曾见到很大的会飞的虫子?"

王忠摇头:"最多不过见一二只飞蛾。"

李莲花瞥了何璋的伤口一眼:"这牙印虽然细小,但是既然能咬住尾指一圈,这东西的头至少也比手指大些,所以并不是很细小的虫子。它既然咬到了何大人的手指,如果不是它会飞或者何大人伏在地上爬,那么就是有人……有人让它到何大人手上去的。"

王忠一拍大腿:"有道理。"

李莲花斜眼看他:"你可曾见到这里有巨大的会飞又会咬人的虫子?"

王忠连连摇头:"这点三哥在封闭马家堡的时候已经想过,问过管家,但这里并没有什么奇怪的花草,也没有害人的毒虫。"顿了顿,他很迷惑,"有人役使毒虫杀害马堡主夫妇,有人砍断二哥和马堡主的手臂,有人暗杀马秀秦,这些事实在古怪得很,堡里谁有一剑砍断刘如京手臂的武功?谁又能神不知鬼不觉地饲养毒虫?为何下毒之后定要砍人手臂?又有谁要杀马秀秦?虽然说马黄一死,马秀秦就是堡主,但在这时杀死马秀秦,对凶手并无好处。连杀四人实在过于凶残,马秀秦若死,无论是谁登上堡主之位,都可疑至极,难道凶手想不到吗?马秀秦不过是个痴呆孩童,杀之无用啊。"

李莲花愁眉苦脸:"王大侠聪明绝顶,目光如炬,王大侠想不通的事,在下自然是更想不通了。"

两人看了病况已有好转的何璋一阵,不约而同叹了口气。

王忠突道:"三哥说你是欺世盗名之辈,我看倒是未必。"

李莲花惭愧道:"过奖、过奖。"

这时晨光已渐渐消退,阳光温和如煦,照得窗外一片青青翠绿,倒是一点不似隐藏有杀人凶手的地方。

两人被杀,一人失踪,一人昏迷,马家堡里的神秘凶手依然让人毫无头绪,仿佛只是一只幽灵,飘浮于晨曦薄雾之中。

那日下午。

"一只蝴蝶加另一只蝴蝶等于多少?"李莲花拿着两只用白纸折出来的蝴蝶,微笑着问马秀秦。

马秀秦低头玩自己手里折了千百次的白纸,对李莲花的问题充耳不闻。

李莲花再拿起两只折纸螳螂:"一只虫加另一只虫是多少?"

马秀秦不理不睬。

李莲花仍然带着满脸笑意,把两只蝴蝶和两只螳螂都拿在手里:"两只虫加另两只虫等于多少?"

马秀秦终于抬起头来看了他一眼,这孩子的眼睛很黑,但说不上灵气,脸蛋长得像妈妈,是个十分清秀的孩子,只听他静静地说:"一只。"

李莲花说:"两只虫加另两只虫是四只……你看,一、二、三……"

他指着手里的折纸，马秀秦却不再看他，很安静地玩自己的白纸。

马黄一共有三个徒弟，一个叫张达，一个叫李思，一个叫王武。这三人在马黄门下多年，张达是大师兄，李思排行第二，王武最末，就武功文才而言，三人不相上下，脾气却是一样鲁莽急躁。眼见李神医花了整整一个早上折了两只蝴蝶和两只螳螂，又花了一个下午哄马秀秦说话，三人终于忍无可忍。

张达道："李神医，师父师娘定是被李思谋害，等何大人醒来，你定要在他面前说个清楚……"

李思大声叱喝："胡说八道，我哪里谋害师父了？你哪只眼睛看见我谋害师父？倒是你那天晚上半夜三更路过师父门外，我说明明是你最可疑！"

张达怒道："我只是去茅厕！难道半夜内急不许人上茅厕？上个茅厕就谋害师父了？"

王武却和李思一唱一和："大师兄你说二师兄谋害师父，口说无凭，但是你半夜三更上茅厕路过师父门外，我也是看见的。"

张达大怒："李思你得知了师父和师娘的秘密，怕师父师娘杀你灭口，所以先下手为强，你以为我不知道你肚子里那一点点算盘？你只当师父一死就没人知道你的阴谋诡计？莫忘了世上还有我张达在……"

"什么秘密？"在三人浑然忘我的争吵怒骂之中，有人很好奇地问了一句。

三人一呆，方才发觉身边尚有李莲花在。

李思涨红了脸，张达指着他的鼻子："他知道了师父和师娘的秘密！上次喝醉酒，李思这小子说他无意中听到一个惊天的秘密，只要我出三百两银子，他就卖给我。"

李莲花的目光转到李思脸上，李思脸上红一阵白一阵："那是我喝醉了胡说，我什么……什么也不知道。"

李莲花"咦"了一声："你酒品不好。"

李思"砰"的一掌拍在桌上："怎见得我酒品不好？我武功虽然不行，喝酒却是好手。"

李莲花道："你酒后胡言乱语。"

李思大怒，指着王武的头："你叫这小子告诉你，马家堡里论喝酒，酒量、酒品，老子称第二，没人敢说第一。"

李莲花道："奇怪了，你不是说你喝醉了会胡说……"

李思一呆，张达幸灾乐祸地看着他："说漏嘴了吧？还是老老实实地招供吧，你到底知道了师父师娘什么秘密？"

李思瞪眼看着李莲花，李莲花满面歉然，似乎方才几句全然出于无心。僵了一会儿，李思颓然坐了下来："我不知道是真是假……我曾经和师父喝过一次酒……"说到此处，他停顿了很久，才小心翼翼地往下说："师父说……师父说虽然他很爱师娘，但总有一天他要杀了师娘。"

　　张达和王武大吃一惊："什么？"

　　李莲花也很惊奇："为什么？"

　　李思道："因为师娘知道师父……师父……害死了师祖……"

　　"啊！"张达和王武都是全身一震，双目大睁，"师父害死了师祖？"

　　李思干笑了一声："我不知道是不是师父喝醉了说胡话。师父好像说……虽然他是师祖的儿子，可是师祖却对刘师叔特别看重，对年轻时的师娘更是宠爱有加，他虽然是儿子，却最没地位。师祖打算把马家堡传给刘师叔，师父和师祖吵了起来，失手把师祖从平步崖上推了下去……"

　　李莲花满脸惊骇，似被这故事吓得全身发抖："那那那……马夫人看见了？"

　　李思苦笑："我不知道，师父只说师娘知道。"看着几人的眼神，他又连忙道，"可是我听过就算了，对谁我都没说，师父酒后胡言乱语……师父对师娘痴情，视秀秦如己出，江湖上谁都知道。"

　　"当然……当然……对了张大侠，"李莲花"啊"了一声，突然岔开话题问张达，"出事那天晚上你路过马堡主门外去茅厕，可有看到什么不寻常的东西？"

　　张达摇头："我走过去的时候堡主房间里灯还亮着，堡主抱着秀秦在玩呢，什么事也没有。"

　　李莲花的目光转了过来，看着李思和王武问："那么那天晚上，你们不睡觉，跟在张大侠后面，又是在干什么？"

　　李思和王武大吃一惊，王武连道没有，李思想了半日，才憋出一句："你怎么知道我们跟在大师兄后面？"

　　李莲花极认真地解释："从你们住的房子到马堡主门外，有许多花树柳树，前几日月色不好，要不小心看见张大侠路过马堡主房门口去上茅厕，似乎不大可能，何况是两个人都看见了。如果在房间里不大可能看见，那说不定就是跟在后面。"

　　李思和王武面面相觑，王武吞吞吐吐地道："其实我们……不是去跟踪大师兄，我们是……"

　　李莲花问："什么？"

　　王武鼓足了底气，闷了老半晌，突然晴天霹雳般地说了一句："我们是看见了刘师叔的鬼魂。"

李莲花大吃一惊："看见了刘如京的鬼魂？"

张达张大了嘴巴，李思连连摇手："是王武看见的，我没看见。我只看见大师兄在花园里，是王武非说看见刘师叔了。"

王武又憋了半天，又说了一句："真的。我看见刘师叔的鬼魂在外面飘了一下，不见了，第二天师父师娘就死了。"

李莲花霎时愁眉苦脸："刘如京的鬼魂？我怕鬼……大大地怕鬼……这世上怎会有鬼呢？"

这时，马秀秦转过目光看了他一眼，李莲花连忙对他露出一个笑脸："两只虫加另两只虫是几只？"

马秀秦这次没有避开，迟疑了一会儿，用他细细的孩童声音轻轻地说："四只。"

李莲花赞道："好聪明的孩子。"

【四 捉鬼】

马黄夫妇被害的第四天。

何璋仍旧昏迷不醒，王忠急躁不安，若是面前有个敌人，他早已冲上前去搏命，只是这害人的凶手却不知究竟藏在哪里。两日空坐房中，他双眼布满血丝，无法入眠。李莲花却整日和马秀秦在一起，捉蝴蝶，钓鱼，折纸，倒似马家血案和他全然无关。王忠本来心下甚是不悦，但是李莲花本是马黄请来给马秀秦治病的大夫，他又说不出李莲花陪着马秀秦玩耍到底有何不对，只是心下越发愤懑而已。

这一日，马家堡已闭门三日，家中新鲜瓜果已显不足，如果再查不到凶手，势必得打开大门，如此一来，闭门擒凶的努力便付之东流。而自从何璋被害之后，堡内安静了几日，众人惶惶不安，却未发生新的事件。

第四天过去了大半日，这日天气出奇地好，到傍晚时分，晚霞耀目灿烂，直映得整个马家堡都似金光灿灿，人人脸色都好看了些，仿佛诡异可怖的日子当真已经过去了。

王武正在庭院小池塘边练武，他人比张达和李思笨些，用功却更勤勉，如若不是马黄指点徒弟的本事不怎么高明，说不定他真算半个练武的材料。"哈——黑虎掏心——哈——猴子捞月——"王武练一招便喝一声，倒也虎虎生风，十分可观。

突然草丛中有什么东西微微动了一下，王武一凛，顿时停了手："什么人在那里？！"

草丛中静悄悄的，毫无声息。

王武瞬间想到马黄夫妇的惨状，胆子寒了起来，心里想迈开大步过去喝一声"谁"，却说什么也不敢过去。僵了半日，他从地上拾起一块石头，轻轻地丢过去，"啪"的一声，那石头跌进了草丛中，顿时一群苍蝇自草丛中轰然而散。王武探头一看，顿时吓得魂飞魄散，惨叫一声："哎呀！"掉头就跑，"杀人了杀人了……来人啊……"

等王忠和李思等人赶到的时候，却见李莲花已经对着那沾满苍蝇的东西看了很久。他和马秀秦本在池塘的另一边玩耍，现在马秀秦已被奶娘接走。

王忠大步走来，问道："是谁被杀了？"

李莲花不知正在想些什么，被他吓了一跳："什么……什么人被杀？"

王忠奇道："王武那小子说又有人被杀了，在哪里？"

李莲花指着草丛中的东西："这里只有一截手臂……"

王忠凝目一看，草丛中果是有一截断臂，那断臂上沾满苍蝇，似乎已断了大半天，颜色惨白，而断臂的主人却不知在何处，和刘如京房里的情形赫然相似："人呢？这是谁的手臂？"

李莲花心不在焉地道："这是女人的手臂……"

李思和张达对那手臂看了半日，突然醒悟："这是小红的手臂！"

李莲花奇道："小红是谁？"

张达道："小红是伺候秀秦的婢女，夫人的陪嫁。"

王忠恍然，是那位追着马秀秦喂饭的小姑娘："怎么会有人向她下毒手？"

"去小红房里看看这丫头在不在。"张达吩咐其他仆役去找人，"如果没人，把那丫头的房间给我从头到尾搜一遍。"

李莲花却道："这里还有东西很奇怪。"

几人仔细一看，只见断臂之旁掉着一些形状奇特、颜色古怪的东西，像是内脏，气味甚是腥臭，苍蝇却不大沾在上面，只有一只四脚蛇叼了一块，很快消失在草丛里。

张达沉吟道："这丫头怎么会拿着这种东西到这里来？去叫个厨房师傅过来，我看这像鱼、蛇、鸟一类动物的内脏。"

李莲花"嗯"了一声："可是它不惹苍蝇……"他抬起头东张西望了一阵，练功后院草木青翠，除了池塘之外尚有竹亭古井，他突然"咦"了一声，"池塘边也打水井？"

李思不耐地道:"那口井不知是谁打的,十几年前这池塘比现在大得多,那时井里还有些水,现在水干了一半,井里早已枯了。"

李莲花"啊"了一声:"我明白了。"

众人一怔:"你明白了什么?"

李莲花道:"原来这里过去就是刘如京、张达、李思和王武的住所,那边是马堡主夫妇的住所,这边是马堡主夫妇门前的那片花树林和池塘……"

众人面面相觑,王忠忍住火气咳嗽一声:"你在这里住了几日,还不知道这是哪里?"

李莲花歉然道:"这个……堡里小路转来转去,这里和从马堡主房里看起来不大一样……"

张达从鼻子里哼了一声,低低地道:"简直蠢得像头猪。"

却听李莲花继续道:"那就是说那支飞羽箭也是从这树林里射出来的……"

"正是!"王忠一凛,他望了眼对岸,沉声道,"那支箭射向对岸,很可能就是从这里射出的。"

李思的脑子转得比较快:"那就是说这块地方很可疑?"

李莲花道:"这里有鬼。"

王忠皱眉:"胡说八道,世上若真有鬼,那些大奸大恶之辈岂非早就被鬼收拾了,怎会有冤案存世?你身为当世名医,岂能有此无稽之谈?"

李莲花却很认真,坚持道:"这里有鬼,一定有鬼。"

王忠大声道:"鬼在何处?依我看来,必是马家堡里有人饲养毒物,伺机害人!"

张达凉凉地道:"王大侠,我等也知堡里有人是凶手,但是到底是谁害死师父,你可知道?"

王忠语塞,恼羞成怒:"难道你知道?"

李莲花咳嗽一声,打断双方争执,微微一笑:"我知道。"

"你知道?"众人诧异之余不免带了几分轻蔑之色。

李莲花正色点头:"我确实知道。"

"谁是凶手?"

李莲花却道:"谁是凶手,等我捉到鬼以后就知道。"

王忠好奇地道:"捉鬼?"

李莲花微笑:"这里有鬼,等我捉到喜欢砍人手臂的鬼,大家不妨自己问他到底是被谁所杀,如何?"

众人瞠目结舌，将信将疑，却见这位江湖神医打了个哈欠："捉鬼的事，夜里再说……倒是秀秦少爷大家千万看好了，马堡主生前将他交托于我，我万万不能令他失望。"

那些内脏经厨房师傅辨认之后确认是鱼内脏，之所以苍蝇都不碰，是因为昨夜做了河豚，河豚的内脏有毒，可见这些鱼内脏必是从厨房中来。小红房里并未有什么可疑之处，她自早晨至今不见踪影，自然无法判断她是否少了一截手臂。

晚饭之后，李莲花仍旧和马秀秦在一起玩耍，众人等了又等，要等他"捉鬼"，却只觉月亮越升越高，自己越来越困，那神医仍旧和马秀秦在折纸。终于，三更过后，张达、李思等人在心里痛骂自己是头猪竟会相信李莲花，遂选择回房睡觉，只余下王忠和王武仍等待着李莲花"捉鬼"，王忠是因为他本就睡不着，而王武却是有些相信李莲花真的会捉鬼。

三更过后，四更初起，李莲花终于有了动静。

"秀秦，跟我来。"他这五字说得分外温柔。

马秀秦微微震动了一下，往后躲了躲。

李莲花凝视着他，柔声道："跟我来。"马秀秦默默站了起来，李莲花拉着他的手，往练武场那一大块树林池塘的草地走去。

王忠和王武都觉古怪，距离五丈，遥遥跟在后边，此时天色已不若方才漆黑，前边两个人越走越深，竟是笔直往池塘走去。

王忠正在暗想：莫非池塘里有什么古怪……一念未毕，突听李莲花"哎哟"大叫一声，仰身倒了下去。

王忠、王武骇然，连忙拔步赶上，却见树林中一件物事比他们还快地落在池塘边，夜色中陡然亮起剑光如雪，一剑突来，一颤之后，"嗡"的一声，往李莲花肩上砍下。

王忠及时赶上去，大喝一声："住手！"双指在剑刃上一点，那"东西"长剑脱手，转身就逃，李莲花却从地上爬了起来："刘大侠，且留步，在下并未中毒。"

王忠正是和那"东西"照了一个正面，同时脱口惊呼："二哥！"

王武也惊呼道："刘师叔！"

那挥剑向李莲花砍下而后逃窜的人，正是断了一臂的刘如京！

被几人识破身份，刘如京终是停了下来，看了王忠一眼，神色甚是复杂，十分激动，也很黯然："我……"

王忠大步向前，一时间他已把马家堡血案悉数忘却，一把抓住刘如京的肩："二哥！十年不见，你过得可好？"

李莲花从泥地里爬了起来，带着微笑站在一旁，只听刘如京低沉地道："我……唉……我……"他突地抬起头看了李莲花一眼："李神医酷似门主，方才我差点认错了人。不过，李神医怎知我并非想杀人？"

李莲花拉着马秀秦的手，却道："这里危险得很，可否回大厅坐坐？"

刘如京点了点头，王武却满脸惊骇地看着他："刘师叔，你没死？那就是说，那天晚上我当真看见你了……你……你杀了师父？"

刘如京"嘿"了一声："你师父虽然不成才，刘某还不屑杀他。你问王忠，当年我'四虎银枪'是何等人物？四顾门门下无小人，马师弟行事糊涂，人却并不是太坏，我没有杀他。"

他若没有杀害马黄夫妇，却为何躲躲闪闪，又专门砍人手臂？几人返回厅堂，李莲花仍握着马秀秦的手。

坐下之后，王忠看着刘如京断去半截、包扎之处仍有鲜血的手臂，怆然道："二哥，究竟是谁伤了你？你又为何要砍人手臂？"

刘如京缓缓地道："关于凶手，我也是意外得很……"他抬目看着李莲花，"不过连我自己都不敢相信的事，李神医究竟是如何知晓？你又怎知我砍人手臂是为救人，而非杀人？"

王忠和王武奇道："救人？"

刘如京点了点头："凶手役使的毒物剧毒无比，一旦中毒，如不立刻砍去手臂，只怕没有几人挨得过一两个时辰。"

王武骇然道："是什么毒物如此厉害？凶手到底是谁？"

王忠心里惊骇至极，原来手臂并非凶手所砍，刘如京砍人手臂，竟是为了救人："凶手是谁？"

刘如京凝视着李莲花的脸："凶手是……"

李莲花微微一笑，把马秀秦往前一推："凶手在此。"

王忠和王武这下当真是大吃一惊，齐声道："这个孩子？怎么可能？"

李莲花叹了口气："关于这一点，我也一直不愿相信……不过他已经七岁了，七岁的孩子其实远远比我们想象的懂得多得多，但无论懂得多少，他仍是个孩子。之所以会做出这种事，也正是因为他还有许多事不懂。秀秦，你说是不是？"

马秀秦低头握着白天李莲花给他折的一只小猪，安静的脸上突然流露出些微惊恐之色，咬着嘴唇，没有说话。

刘如京盯着马秀秦："秀儿，我对你如何，你很清楚，我到现在还没有问过你，那天你为什么让那种东西咬我？"

马秀秦微微缩了缩身体，显得有些害怕。

刘如京厉声问道："为什么？"

马秀秦躲到李莲花身后，过了良久，终于细声细气地道："因为……刘叔叔要教我读书练武，我不爱读书。"

刘如京气极反笑："只是因为这种理由？你很好、很好……"

马秀秦牢牢抓着李莲花的衣裳："娘说不管是谁，只要碍了我的事，都可以杀。"

王忠和王武不住摇头。

刘如京问道："你为何连你娘都杀了？"

马秀秦抿嘴："她看见了。"

刘如京冷笑道："看见你养的那种东西了？那你爹呢？你爹虽不是你亲爹，但将你视如己出，你却为何连他一起毒死了？"

马秀秦突然大声说："他才不是我爹，娘说他害死我爹！"

王忠忍不住道："那何璋呢？"

马秀秦目中闪过惊惶之色："他……他要抓我……"

李莲花拍了拍马秀秦的头，温言道："好了，不要再说了，接下来叔叔替你说。"

马秀秦一贯平静冷漠的小脸上更显惊惶之色，突然嘴巴一瘪，抓着李莲花的衣裳，竟眼泪汪汪地哭了起来："我想娘……呜呜呜……我想爹……呜呜呜呜……"

几人面面相觑，极度诧异愤怒之余，也感恻然。

五 四脚蛇

"李神医是如何知道秀儿便是凶手？"刘如京问道，"我在被秀儿的毒物咬伤的时候，仍然不敢相信他要杀我。"

王忠长吁一口气，仍然瞪着马秀秦："就算让我看见这娃儿杀人，只怕也不会相信……"

王武看着那七岁孩童，委实不知该说些什么好，竟是呆在当场，满面的不可置信。

李莲花看了马秀秦一眼，叹了口气："我可不是神仙，一开始我只知道一件事，那就是刘大侠没有尸体，不能说已经'死'了。他的手臂多半是他自己砍的。还有，刘大侠砍断手臂的时候马秀秦一定是看见了的。"

　　王忠问道："何以见得？"

　　李莲花道："因为右臂断了半截，头发也断了，证明那一剑很险。如果马家堡内真有如此高手，能一剑将'四虎银枪'刘如京伤成如此模样，他怎么能让刘大侠逃脱，又怎么可能放过在场的马秀秦？他是如何进来又如何出去？马秀秦身上溅有鲜血，刘大侠断臂时他一定就在身旁，否则血从何而来？他只说刘叔叔只剩下一只手了，可没说看到别人，所以我想那手臂多半是自己砍的。"

　　顿了顿，李莲花慢慢地道："可是我难免要怀疑……为何刘大侠要当着马秀秦的面断臂？一个人要砍断自己手臂有很多理由，但是偏偏在一个孩子面前砍断，似乎有些古怪。而后马堡主夫妇中毒而死，又被人砍了手臂，我便想到，一个人迫于无奈砍断自己的手臂，很可能也是因为中毒。马堡主被利刃砍伤时已经昏迷不醒，若是要杀他，为何不砍断脖子或者直刺心脏，而要砍手臂？说不定砍人手臂之人并不是想杀人，而是在救人。马堡主夫妇房内条条血迹自右而左，马堡主手臂被砍了数剑仍未砍断，那显然是左手所砍，而且持剑的手臂虚乏无力，才会砍而不断。"他看了刘如京一眼，"想到此处，我便猜到砍人手臂的人是身受重伤的刘大侠，却仍然想不出下毒之人是谁。但张达却提醒了我。"

　　王武"啊"了一声："大师兄提醒了什么？"

　　李莲花微笑道："张达去上茅厕的时候，看见了什么？"

　　王武苦苦思索："好像说是看见了师父房里灯没熄。"

　　李莲花点了点头："他说看见了马堡主抱着儿子玩耍，那就是说，在马堡主夫妇出事之前，最后留在马堡主身边的人，又是马秀秦！"

　　王忠心里一寒："但也不能仅凭如此，就说这孩子是凶手。"

　　李莲花微微一笑："那时我可没有怀疑马秀秦会是凶手，但是我做了个试验，折了两只蝴蝶和两只螳螂，你们还记得吗？我问两只虫子加两只虫子等于多少，他说一只。"

　　王武道："两只加两只当然等于四只。"

　　李莲花摇头："螳螂吃蝴蝶，两只螳螂加两只蝴蝶，等于两只螳螂，母螳螂会吃公螳螂，两只螳螂最后只会剩下一只，所以等于一只。"

　　几人"啊"了一声，都颇觉诧异。

　　李莲花继续道："然后我却说等于四只，马秀秦很快改口说是四只。这证明这孩子绝非痴呆，而是聪明至极。他喜欢折纸，王大侠可还记得，马堡主夫妇房里那个不知是否被人打开过的抽屉？"

王忠一怔："记得。"那抽屉上的巧锁七个字对了六个，对此他印象甚深。

李莲花露齿一笑："那抽屉里是什么东西？"

王忠脱口而出："信纸……啊……"

李莲花接口道："不错，空白信纸，是马秀秦常用来玩耍的东西。那个抽屉里没有贵重之物，如果曾经打开过，为何要将它锁上？如果不曾打开过，七个字的诗歌已经对了六个，为何不能打开？我认为如果是常人，最底下的抽屉如果没有贵重之物，多半不会不厌其烦地将它锁上，而如此烦琐的转子锁，已把六字对齐，怎会打不开？难道开锁之人并不知道那首诗？所以不管是曾经打开过又小心翼翼地锁上，还是根本没有打开，我都猜测那是一个孩子所为。"

几人想了想，刘如京道："有些道理。"

李莲花慢慢地道："如果摆弄锁的是个孩子，那么也就是说，最近他曾经独自一个人在那房间里待了很久……"

此言一出，王武顿时毛骨悚然，吃吃地道："你说他……他在毒死师父师娘以后还在那房间里待了很久？"

李莲花连忙道："我是说曾经，也不一定是那天晚上……"

马秀秦在他身后，不知何时已不哭了，突然细细轻轻地道："娘躺在床上，我打不开。"

李莲花闻言又摸了摸他的头，抬眼看着刘如京，微笑道："虽然马秀秦很是可疑，但是假如他是凶手，他必须有杀人毒物，我却一直没有发现如此一个小小孩童，能有什么可怖的毒物。直到今天傍晚，小红的断臂之旁掉了一包鱼内脏，我看到有一只四脚蛇吃了一块。这包鱼内脏可是非同小可，里面有河豚之毒，连苍蝇都不敢碰，是什么东西敢拿它当作食物？我突然想到——难道马家堡杀人的毒物，就是这种形状普通、四处可见的四脚蛇不成？小红把鱼内脏拿到池塘边，莫非正是去喂食，而不小心被咬了？马堡主夫妇死后，有谁能驱使小红做这种事？难道真是马秀秦？这时候我想起一件事，是刘大侠让我确定，马秀秦就是凶手。"

"什么事？"王忠好奇地道。

李莲花小心翼翼地溜了他一眼："这件事王大人再清楚不过，你可还记得，那日在树林里，有人用暗器射了马秀秦一箭？"

王忠点头："那是二哥的暗器。"他转头问刘如京，"对了，是谁利用二哥的暗器暗中伤人？"

刘如京有些尴尬，李莲花微笑道："那本就是刘大侠自己射的，我既然想到刘大侠未死，自然会想到他重伤之后暗器不能及远，所以使用了机簧。刘大侠这一箭，让我将一切都想清楚了——刘大侠被凶手所害，他要杀的人，如果不是凶手，那是何人？那一箭不是要杀马氏满门，而是要救马家堡上下数十口。在刘大侠、马堡主夫妇被害之时，马秀秦都在身边。若不是丝毫不加防备之人，何璋怎会受人暗算？马秀秦曾独自一人在马堡主房内待了很久，却居然无人看管。他的婢女小红以鱼内脏饲养四脚蛇，那四脚蛇不畏剧毒，马秀秦非但不是傻子，还聪明绝顶。第一个被害之人刘大侠要杀马秀秦，所以马秀秦是凶手。"

几人长长嘘了口气，李莲花移目看刘如京："刘大侠也可告诉我们，你中毒断臂之后，为何躲了起来？"

刘如京一声苦笑："我突然被咬，那时只以为马师弟指使秀儿暗算我，这毒剧烈无比，我只能立刻断臂，从窗口逃出，躲进古井。"

李莲花微笑道："让我猜个秘密——马家堡里干枯的古井可是相通的？"

刘如京颔首："不错，井下有干枯的河床相连，恰好形成天然通道，夜间我便到厨房盗些食物，潜回房间休息，白天多半留在井底养伤。结果伤养了两日，那夜出去寻觅食物之时，却看见秀秦一个人从马师弟房间走了出来。我觉得很是奇怪，马师弟怎会半夜让秀秦一个人回房？我便到窗口去探了一眼，房中人却明显气息全无，门也没有关上。我冲进房去想斩下马师弟中毒的右臂，但发现他早已回天乏术，马师妹更是早已死去。我在那时才醒悟，是秀儿自己拿定主意杀人，隔日我便决定杀秀儿给马师弟报仇，这孩子委实太过可怕……只是我重伤未愈，只得借助机簧之力发射暗器，那一箭本该杀了他，却被三弟拦了下来。我下了决心要杀秀儿，不便与故人相见，所以从古井中避走，躲了起来。"

王忠"啊"了一声："那位小红丫头也是被你所救吧？"

刘如京微微一笑："小姑娘被毒物咬伤，我砍了她手臂救了她一命，现在人还在井下，昏迷不醒。"

此时王忠才突然想起："对了，那种咬人的毒物，究竟是什么东西？"

刘如京也皱起眉头，沉吟道："的确就是一种四脚蛇，只是似乎并不能上墙，也不似水里游的，爬起来不是太快，有些地方是红色的……我也没太看清楚……"他停了一下，继续道，"它的皮肤有毒，我不过捉住了它，就已中毒。"

王武骇然："四脚蛇？我在这里住了十几年，常常看见四脚蛇，也捉住过几次，它的确有些毒性，可是不至于毒死人吧？"

刘如京摇了摇头："我倒是未曾留意什么四脚蛇。秀儿，"他凝视着马秀秦，"那种东西你是怎么养出来的？"

马秀秦静静地不说话，脸上还有泪痕。

李莲花道："用小鱼养的？"

马秀秦歪着头看了他一眼，目光甚是奇怪，迟疑了很久，终是点了点头。

李莲花突然"啊"了一声："马堡主夫妇是不是喜欢吃河豚？"

刘如京点了点头："马师弟嗜吃河豚，十天半个月就要做几道河豚菜，厨房师傅也很精于此道。"

李莲花喃喃道："河豚脏腑含有剧毒，这种四脚蛇本身有毒，难道是它吃了河豚之毒，增强了自身的毒性？"

马秀秦似懂非懂地看着他，突然说："娘说养哑哑要用小花鱼。"

刘如京突然一凛："哑哑？你是说这些四脚蛇是你娘养的？"

马秀秦道："娘说如果爹不让我做堡主，就让哑哑咬他，因为他害死了我真的爹爹。"

几个大人面面相觑，李莲花寒毛直立，汗颜道："你娘……教你养'哑哑'？用……用来准备害死……你爹？"

马秀秦低下头："嗯。"

刘如京倒抽一口凉气，苦笑道："区区马家堡堡主之位，竟有如此重要？"

李莲花却问："秀秦，什么叫'堡主'你知道吗？"

马秀秦呆了一呆，满脸疑惑地看着李莲花，想了很久："堡主就是……想杀谁就杀谁……可以把讨厌的人都杀掉的人。"

几人再度面面相觑，王武眉头深皱。

刘如京沉下脸："这些都是你娘教你的？"

马秀秦静而不答。

李莲花轻轻叹了口气："那你为什么毒死了你娘？"

"我讨厌她。"马秀秦这次回答得很快，"她看到刘叔叔房间里有哑哑，打我，我讨厌她。"

当说到"我讨厌她"的时候，这个七岁的孩子满脸恨意，居然狠毒得很，完全不见了方才思念母亲的楚楚可怜。

李莲花又叹了口气："你是不是也很讨厌我？"

马秀秦又往他身后躲了躲，没有回答。

李莲花喃喃道:"我猜你也很讨厌我,从两只虫子加两只虫子等于一只虫子那天起,我天天和你在一起,想必让你耽误了很多事,让'咝咝'们肚子饿了……"

马秀秦半个人躲在了李莲花身后,李莲花继续自言自语:"……难怪它咬了小红……秀秦啊……"

他说到"秀秦啊"的时候,马秀秦突然从他身后猛地退了一大步,满脸的惊慌失措和不可置信,他的手却已被李莲花牢牢抓住,只听李莲花继续道:"……把死掉的咝咝带在身上脏得很,懒可忍,脏不可忍,还是快点扔掉的好。"

王忠等人都清清楚楚地看见马秀秦手中打开的竹筒里,装着一只已经死去的四脚蛇,那四脚蛇身上长满橘红色的瘤子,不知为何已经死去。

李莲花接过马秀秦手里的竹筒,嫌恶地远远提到另一边,轻轻搁在最高处的柜子顶上,愉快地环视众人,满脸歉然地对马秀秦道:"我只当你身上带有毒药,所以这几天都跟着你,只怕你再向别人下毒,没想到害你几天没办法给这条咝咝喂食,它已经饿死了,真是对不起。"

王忠哭笑不得,马秀秦看着李莲花,目中流露出强烈的惊恐和憎恶。

刘如京缓缓地道:"我要杀了这孩子……"

李莲花"啊"了一声:"江湖刑堂'佛彼白石'已经派人往这里赶来,这孩子交给他们就好。那个……"他小心翼翼地看了刘如京一眼,"难道你也想被他们一并抓去?"

刘如京怒道:"这是本门中事,是谁通报了'佛彼白石'?"

李莲花道:"不是我。"

王忠只得苦笑:"是我。"

刘如京一怔,长长嘘了口气:"四弟,自从十年前门主坠海失踪,我便发誓,这一辈子绝不原谅那四个人,本门中事,不必'佛彼白石'来管。"

王忠只得继续苦笑。

四顾门门主李相夷,十年前与金鸳盟盟主笛飞声在东海之上决战,战后二人双双失踪。四顾门在当时已占足上风,但因为李相夷心腹"佛彼白石"四人指挥失误,导致李相夷孤身一人于东海之上与敌决战,终坠海失踪。而四顾门大批人马却攻入了空无一人的金鸳盟总舵。虽然剿灭了金鸳盟,消除了江湖一大祸患,身为四顾门"四虎银枪"之一的刘如京却始终不能原谅"佛彼白石"四人当时的失策,他愤而隐居。虽然事隔十年,"佛彼白石"四人如今已是声望显赫的当代大侠,他却仍恨之切齿。

李莲花溜了两人一眼,忍不住道:"李相夷平生最恨人顽固不化……刘……大侠，你何必对十年前的旧事耿耿于怀……其实……那个……"

刘如京冷冷地道："什么？"

李莲花慢吞吞地道："……其实……那个……跌下海的……人……又不是你……"

他还没说完，已被刘如京厉声打断："门主安危，乃是何等大事，云彼丘妄称聪明，却犯下天下第一等错，我刘如京虽非聪明之辈，但今生今世，绝不能谅解！"

李莲花瞠目结舌："李相夷……在造孽……"

刘如京怒道："你再不敬我门主，我连你一起杀了。"

李莲花吓得噤若寒蝉，连称不敢。

未过两日，"佛彼白石"果然有人到来调查"有断臂鬼"一案。查明确实是马秀秦因为琐事妄图用剧毒四脚蛇毒杀刘如京，刘如京断臂逃脱，马夫人却闯入庭院，发现了马秀秦杀人的蛛丝马迹。马秀秦隔了两日又毒倒爹娘，一则杀人灭口，二则为"父"报仇。那夜，何璋下令封闭马家堡，在堡内搜查凶手，马秀秦夜里招呼何璋为他捕捉四脚蛇，导致何璋也被毒物咬中，中毒昏迷。而那婢女小红也在刘如京藏身的枯井中被找到，她是黎明之时去给饿了多日的四脚蛇投食，不慎被咬中毒。至此，马家堡有断臂鬼案已是明朗，刘如京虽然砍了数人的手臂，却是为了救人，而非杀人。

马秀秦最终被"佛彼白石"带走。刘如京虽然对这孩子满怀震怒憎恨，却终是狠不下心杀他。李莲花对他这妇人之仁大大地赞许了一番，口称如是李相夷复生想必大大地高兴，这是善良仁厚、老成持重、绝不残忍好杀等等等等，却被刘如京客客气气地请出马家堡，返回吉祥纹莲花楼。

一场风波，就似如此结束了。

何璋在李莲花被"请"回家之后醒来。

【 六 扬州慢 】

何璋醒过来的时候，李莲花已经走了两日。

刘如京的伤势也已痊愈了大半，王忠打算在马家堡多住几日，一则帮助刘如京把马秀秦和马夫人饲养的那些红色四脚蛇杀个干净，二则也和十年未见的兄弟多热乎几天。

何璋已醒过来有一会儿了，却始终沉默。王忠和刘如京都有些奇怪。

"三哥？"王忠试探地叫道。

刘如京也深深皱眉："三弟，可是哪里不适？"

何璋摇了摇头，过了好一会儿才缓缓地道："我气血通畅，毫无不适。"

王忠奇道："那你为何不说话？"

何璋又摇了摇头，过了好一会儿，他十分迷茫地道："是谁帮我练化体内剧毒？我此刻气机通畅，功力有所增进……"

王忠和刘如京面面相觑，王忠有些变了脸色："你说你中的毒是被练化了？"

何璋点头，从床上坐了起来："世上有几人有这种功力？"

王忠苦笑，刘如京脸色大变："是谁帮三弟疗伤？"

王忠道："李莲花。"

三人面面相觑，何璋一字一字道："我以练武二十八年为赌，赌为我疗伤的内功心法，叫作'扬州慢'！世上若非'扬州慢'，绝无可能在短短时间内替人练化体内剧毒……"

"扬州慢"正是李相夷成名的内功心法。

王忠也一字一字地道："他长得酷似门主……"

刘如京脸色铁青："难道他真是……"

三人脑中同时掠过李莲花满口称是、双眼茫然、唯唯诺诺的模样，都是一声苦笑："绝无可能。"

"相夷太剑"李相夷当年冷峻高傲，俊美无双，不知倾倒多少江湖少女，怎么可能变成那种模样？

"难道他是门主的晚辈亲戚？"

"或是同门师兄弟？"

"还是亲生兄弟？"

"总而言之，他长得比门主丑，比门主年轻，比门主武功差……对了，他的武功和门主比起来不只是差，是差差差差差……"

"嗯，差不多等于不会武功。"

"和门主相比，李莲花真是无才无德无貌无功无令人信服追随之气。"

"一无是处。"

"嗯嗯，一无是处。"

"绝对一无是处！"

"他肯定不是门主……"

第六章

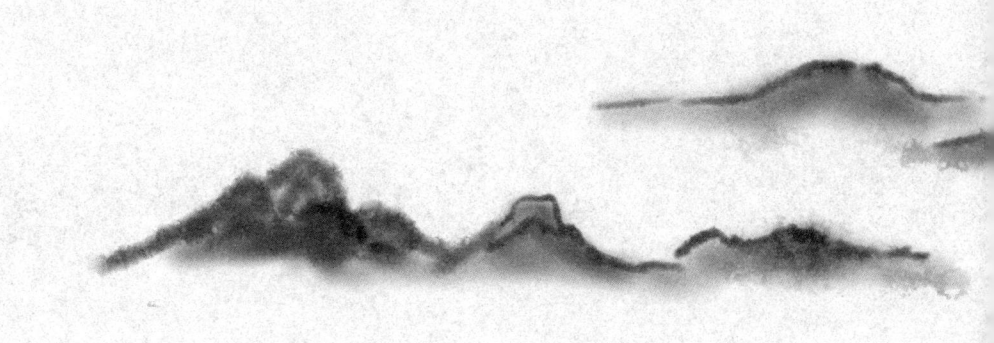

名医会

江湖上提及"神医"，无人不想到"吉祥纹莲花楼"楼主李莲花，他那能"起死回生"的医术，已在市井之间传成了奇迹。化不可能为可能，介乎于神鬼之间，这就是李莲花被称为"神医"的原因。

但江湖上提及"名医"，人人皆知指的是"有药无门"公羊无门公羊先生。这位公羊先生并非只养公羊而不喜关门，专和亡羊补牢背道而驰，他只是复姓"公羊"，大名"无门"。公羊无门现年八十七岁，留着一撮山羊胡子，长着一张山羊脸，个子瘦小，年纪虽已老迈，却仍在江湖游荡。

与"吉祥纹莲花楼"神龙见首不见尾不同，公羊无门背着个书生背篓，每年随大雁北上南下，年年走同一条道。江湖中人若是有求于他，在途中将他截住即可，公羊无门必定慷慨救人，并且医术高超，数十年来，公羊无门医不活的不过十一人而已。

但江湖上若提及"侠医"，近几年闯荡江湖的年轻人必定知道指的是"乳燕神针"关河梦，此人与李莲花那等传说之中的"神医"不同，江湖中甚少有人知晓李莲花的相貌、年龄、武功甚至生辰八字，但无人不知无人不晓这位"乳燕神针"关侠医乃是师出名门正派，年龄二十有六，风华正茂，英俊潇洒，身高八尺一寸，于戊戌年正月初一生，前途一片大好，并且孑然一身，尚无红颜知己相伴。

如今这三位江湖上赫赫有名的"神医""名医""侠医"，甚至"方氏"少主方多病，朝廷"捕花二青天"之花如雪等江湖中声名显赫的人物居然都聚在了一起。各位"神医""名医""侠医"聚在一起，自是为了治病救人，而方多病也在一起，证明有热闹可瞧，花如雪也聚在一起，那证明发生了一些需要捕快衙役插手的大事。

其实这件事很简单，就是江湖上一个叫"金满堂"的人得了一场怪病，而金满堂这人也并没有什么稀奇，他不过是有家财十几万两黄金外加三十几万两白银以及无数难以估算价格的珠宝而已。

一 有钱能使磨推鬼

方多病已经笑了快要一整天，如果不是他还很年轻，只有二十出头的年纪，可能牙齿也被他笑掉了不少——李莲花和公羊无门以及关河梦见面了。他已整整幻想了六年，这位不会半点医术的江湖骗子终于要踢到铁板，遇见真正的"神医"，这回看李莲花如何扯弥天大谎，如何不让人发现他是个伪神医。

方多病，二十二岁，武林大家"方氏"的大公子，名号"多愁公子"，和吉祥纹莲花楼中那位神医李莲花是六年的老友。此刻，他正坐在金满堂府"迎仙殿"正中的太师椅上看着对面的人爽朗地大笑，口称："久仰关侠医大名……"

坐在方多病对面的少年男子长袍缓带，面目俊美，和骨瘦如柴、苍白瘦弱的"方大公子"大大不同，的确是明珠美玉般的少年英雄。关河梦闻言长身而起，对方多病一揖，恭恭敬敬地道："不敢不敢，方大公子文采风流，在下如雷贯耳。"

方多病呛了一口，继续满面春风地笑着，转向身侧的一位貌若山羊的老者拱手："久仰公羊前辈大名……"

坐在他身侧身高五尺，留着一把山羊胡子，如他一般骨瘦如柴的老者便是"有药无门"公羊无门。公羊无门年纪虽大，却是最先到金府的一个，他来了一日后，花如雪才因为温州"金羚剑"董羚猝死金府一事登门调查。花如雪听闻金满堂得病，便又邀请关河梦和李莲花前来为金满堂治病。在关河梦到达两日之后，李莲花才被方多病拖来。几人到达金府的时间不一，前后约莫相距五日。比起关河梦的彬彬有礼，公羊无门只是对他掀了掀眼皮，有气无力地说了一句什么。方多病不知不觉"啊"了一声，公羊无门突然道："如你这般根骨，六十岁后当百病缠身，你要进补。"

这老头貌似衰弱，提起嗓门却声震如雷，把方多病手中的茶杯茶盏震得叮当作响，在座几人都吓了一跳。却听有人咳嗽了一声，方多病沉下脸："你咳什么咳？"

那人歉然道："喀喀……我呛了一口茶……"说话这人脸色白皙，容貌文雅，规规矩矩地端坐在方多病右手边，似是一个有些潦倒的书生，正是李莲花。

方多病闻言正想哼一声，又听李莲花极认真地补了一句："万万不是在笑话你。"

关河梦差点笑了出来，方多病瞪着李莲花，半晌从牙缝里硬生生挤出一句："客气了。"李莲花一本正经地微笑："应该的。"

这几人都是江湖中赫赫有名的角色，武林富豪金满堂身患怪病，三位大夫前来会诊，而方多病代表方氏给金满堂送了截什么千年人参来。又听说金满堂患病之前，温州"金羚剑"董羚在金满堂的元宝山庄突然死去，"捕花二青天"之花如雪正在元宝山庄调查此事。这几日，原本钱多人少的元宝山庄突然就多了许多大人物出来。

"各位神医，老爷有请。"正在李莲花说到"应该的"三字的时候，元宝山庄的管家金元宝捏着嗓子喊了一声，那声调让方多病想到给皇帝传旨的太监，心里暗暗好笑。

三位神医站起身来，方多病跟在李莲花身后，饶有兴致地往金满堂卧室里走去，不知这位家财万贯的武林财主究竟得了什么怪病，需要召集三位"神医"为他治病。

即便方多病在心里猜测了千百次，他看到金满堂的时候还是大吃一惊，李莲花根本是吓了一跳，关河梦"铮"的一声松开了剑柄的机簧，公羊无门"嘿"了一声：那房间的大床上躺着一具爬满蛆虫、身着锦衣的尸体，早已严重腐烂。只听身后元宝山庄的总管金元宝恭恭敬敬地道："这就是老爷的病体。"

"他……他根本……"关河梦眉头紧蹙，"他根本早就死了。"

公羊无门老眼无神，居然打了个哈欠，李莲花"敬畏"地张望着金满堂的尸体，这就是江湖中最有钱的人。

金元宝阴森森地道："胡说八道，谁说老爷死了？老爷只是病了，五天没有起身，我今天还给他换了衣裳，谁说老爷死了？"

几人面面相觑，都是倒抽一口凉气，目瞪口呆。

"金满堂确实死了。"门外突然传入一个更加阴恻恻的声音，有人凉凉地道，"他的死期约莫和'金羚剑'董羚类似，我已请公羊无门看过。金元宝确实疯了，你们不必理他。"

方多病震惊过后好奇地道："金满堂和董羚一起死了？怎么会？我听说董羚和金满堂毫无交情，不过是路过这里住了一晚，突然暴毙，怎会连金满堂也死了？"

突然站在门口的人长着一张老鼠脸，正是身着白衣的"捕花二青天"之花如雪，只听他仍旧阴阴地道："为何会一起死了，我也很想知道。你们三人如能弄清金满堂是如何死的，便能免去一场大祸。"

方多病问道："什么大祸？"

关河梦道："金满堂死后留下偌大财产，他又无妻子子孙……"

方多病顿时醒悟："啊……"

若此时金满堂的死讯传扬出去，只怕觊觎这份无主之财的人不在少数，只有查明真相，妥善处理好金家财产，寻出继承之人，方能令人知晓金满堂已死。

花如雪道:"幸好金元宝也已疯了,金府上下都以为金满堂仍然活着,不过得了一场怪病。"

李莲花看了恭恭敬敬、犹如木头一般站在门口的金元宝一眼,极认真地看着他腰上悬挂的干枯橘皮和一小串粽米,喃喃地道:"这位金总管疯得也很奇怪……"

花如雪仔细看了他一眼,突然道:"李莲花?"

李莲花连忙道:"正是。"

花如雪古怪地看了他一眼,继续方才的话题:"所以,定要查明五日之前元宝山庄到底发生了什么。"

"但金老板的尸体已经坏了,"关河梦已走过去细看那具尸体,"究竟因何而死,只怕有些麻烦。"

花如雪冷冷地道:"董羚的尸体我已看过,脸上表情和金满堂一模一样,随身之物在这里。""啪"的一声,他抛出一个灰色布包。关河梦打开布包,只见里面有董羚的金羚剑,雨伞一把,换洗的衣服几件,钱袋一个,梳子一把,此外别无他物。

几人的目光刹那间都集中在那梳子上,只见那梳子是玉质的,光润晶莹,虽然断了两根梳齿,看起来仍然价值不菲,尤其梳身刻有几道凹槽,更与其他梳子不同,却不像董羚这等江湖行客所有。

李莲花尚在董羚的遗物之中张望,公羊无门却已和关河梦一道走向金满堂的尸体,下手翻动,过了片刻,公羊无门突然道:"李莲花,你以为如何?"

方多病正站在公羊无门身后探头探脑,闻言向李莲花望去,脸上挂着古怪的笑容。只见李莲花呆了一呆,只得慢慢走了过来,瞄了金满堂的尸体一眼:"啊……"

公羊无门老眼半睁半闭:"依你之见?"

李莲花慢吞吞地道:"依我之见……"

方多病在肚里爆笑,却也有些担心,毕竟验看金满堂死因并非儿戏,李莲花若是在此刻被揭穿是个骗子,那可大大地不好玩。

只听李莲花慢吞吞地继续道:"金老板并非为人所杀。"

方多病心下大奇:"什么?"

却见公羊无门老眼一睁:"李莲花不愧是李莲花。"

关河梦也是点头:"依在下看来,金满堂浑身无伤,双目大睁,表情惊恐,面部紫黑,双手紧抓胸口,经银针试探并非中毒,应是惊吓而死。"

方多病斜眼看着李莲花,分明看到他松了口气,却微笑道:"金老板岂是容易被人所害的？只是不知令他惊恐万分、突然暴毙的，究竟是何事何物？"

关河梦摇了摇头："若是真如花捕头所言，董羚的死法和金满堂一模一样，难道董羚也是被惊吓而死？金满堂年过五十武功不高，尚有病痛缠身，被惊吓而死情有可原，要是说'金羚剑'董羚也会被吓死，那着实令人难以置信。"

公羊无门哼了一声，以惊人的嗓子道："若是见了画皮的女鬼，吓死几个年轻人也不奇怪。"

关河梦恭恭敬敬地赔笑脸："画皮之说，终是故事而已……"

公羊无门双眼翻天，却是不愿看他，这位老头脾气古怪，竟是重名气得很，只愿和李莲花说话，却视"乳燕神针"为草芥，不屑与之交谈。

花如雪却阴侧侧地道："我只说董羚临死的表情和金满堂一模一样，公羊大夫验过尸体，说是被吊死的，尸体还在隔壁。"

"金老板就是死在这里？"方多病问，"董羚又是死在哪里？"

花如雪道："金满堂就是死在卧室之中，据说扑倒在窗下，可能是自窗口看到了什么古怪东西。"

李莲花插口问："那董羚呢？"

花如雪道："董羚倒在窗外花园里。"

方多病忍不住道："难道他们同时见了鬼，同时被吓死了？"

花如雪阴侧侧地道："很有可能。"

李莲花瞪了方多病一眼，他一不怕穷二不怕脏，最怕的就是鬼。

方多病却从鼻子里哼了一声："我看这事必定就是元宝山庄里有个什么可怖的怪物，把金满堂吓死，吊死董羚，又把金元宝吓疯，只要我们抓到那个怪物，事情立马清楚。"

关河梦和公羊无门都皱起眉头，花如雪没有半分高兴之色，阴森森地道："如果是画皮的女鬼，你捉得到吗？"

方多病瞪眼回去："你怎知我捉不到？"

花如雪横眉冷笑。

李莲花慢吞吞地道："即使是画皮女鬼、白骨精、狐狸精，方大公子也是一捉便到，绝无二话。"

关河梦脸现微笑。方多病悻悻地道："你又客气了。"

李莲花正色道："不敢、不敢，应该的。"

二 玉梳子

几人把金满堂的尸体分分寸寸都验看了一遍,除了坚定他并非为人所杀的观点之外,并没有什么新的发现,便到隔壁又查看了董羚的尸体。董羚的尸体公羊无门早已看过,他颈上一道麻绳勒痕十分明显,颈骨已断,脸色红润,表情惊骇,身上也无其他伤痕,倒似自己上吊自尽,衣裳一尘不染,看不出挣扎痕迹。

走出房门之后,花如雪把金满堂的卧室锁上,领着几人到了窗外花园之中。

元宝山庄的庭院开满鲜花,树木十分茂密高大,看来就知花费许多心血。方多病刚才进来的时候就已经肚里嘀咕,如今越发嘀咕:金满堂的庭院里种的都是奇花异草,他竟半株也不认识。方氏在江湖中也是一方富豪,和金满堂相比,那奢华程度仍然差距甚远。

庭院中除了种满方多病不认识的花草树木之外,尚有以昆仑子玉铺垫的鹅卵小白玉路一条,两侧生长着如女子发丝般的碧绿青草,柔嫩多汁,有一尺五寸来高,居然十分风雅。

在这青青翠翠风雅馥郁的庭院之中,花如雪却以剑鞘在庭院草皮上画了一个长条形的圈圈。

方多病定睛一看,本要嘲笑花如雪大惊小怪,却是越看越奇:"这是什么东西?"

花如雪双手抱胸站在圈圈之旁,充耳不闻,倒是关河梦惊叹了一声:"这……可是足迹?"

原来碧绿茂盛的草地上留着两道古怪的擦痕,像被什么东西犁过一般,却只是折了草茎,没有掀起泥土,而且有些较为生嫩的草茎是从中折断,并非因为经受践踏或者重压而委顿。这两条擦痕既不像人行走踩的,也不像车轮碾过的痕迹,倒像是什么东西从草上掠过,由浅而深擦过了一片草地。单看这擦痕,却又不像是飞鸟或者蝙蝠所为,必是比飞鸟沉重得多的事物,方能在掠过草丛的瞬间,留下这样的擦痕。

"不是足迹。"公羊无门道,"说不定是'草上飞'?"

几人眼睛一亮,一种在草丛上借力掠过的轻功身法,说不定就能造成这样的擦痕。

关河梦应声拔身而起,施展"草上飞"掠过一片草丛,落在了庭院另外一边,衣裳已擦出了一片污痕:"如何?"

花如雪首先摇头,冷冷地道:"我已试过,你自己看看。"

关河梦回头一看，"草上飞"虽然能令一片草茎折断，留下的却是一道擦痕，并且擦痕比被花如雪画起来的那两道宽得多，那两道古怪的擦痕笔直如用墨尺所量，自己留下的痕迹却是有所偏离，并且深浅不一，果然并不相似。

"看来这擦痕也不是'草上飞'留下的。"方多病道，"果然有点奇怪。"

花如雪哼了一声："废话！"

李莲花对着两种擦痕看了一阵，顺着痕迹往前走，痕迹消失在庭院草地中间。他抬起头来，面前二丈方圆除了鲜花和青草，什么也没有，回过头来，亦只有那栋死人的房间，最多不过门前还有一棵大树，除此之外仍是什么也没有。

几人在庭院中搜索，除了两道古怪擦痕之外，也没有更加古怪之处。几人在元宝山庄内绕了几圈，仍是在大厅坐下，将董羚的遗物摆在桌上，围桌而坐。

"那个……我始终觉得……这个梳子……有点奇怪。"李莲花对着那玉梳子看了很久，"这梳子是玉做的，似乎是质地很好的玉……"

关河梦文质彬彬地提醒他："李神医，这是翡翠玉梳，而且这块翡翠质地透明碧绿，十分罕见。"

李莲花茫然地"啊"了一声："翡翠是很硬的吧……"

方多病耸了耸肩："不错。"他腰上就悬挂着一块翡翠玉佩，人说玉有五德，君子必佩玉，所以方大公子向来玉不离身，翡翠确是硬逾铁石。

李莲花继续道："难道梳头能把翡翠梳子梳断好几根齿梳？"

花如雪冷冷地道："若是摔在地上，倒也难说翡翠梳子会不会断去好几根齿梳。"

李莲花指了指那把玉梳子："那个……不像……"

方多病一把抢起玉梳细看，却见断裂的两根齿梳一根断纹向左，一根断纹向右，并非整齐断去："这倒像扭断的。"

李莲花漫不经心地"嗯"了一声："所以说这把梳子很奇怪……"

关河梦聪明雅达，闻言问道："莫非李神医以为，这翡翠梳子曾经被插入孔隙，而被内家高手贯注内力扭断了齿梳？"

李莲花摇了摇头，慢吞吞地道："不是。"

关河梦一愕，只见李莲花突然露齿一笑道："我是说这梳子说不定不是把梳子，而是把钥匙。"

围坐的几人脸色一变，李莲花从方多病手中接过那把玉梳，轻轻摸了摸梳子上的凹槽，做了个插入的动作，而后扭动，几人顿时领悟：如果这把梳子真是如此断了齿梳，那么是谁将它插入何处？为何扭动？这种用法，确是像把钥匙。

如果这把翡翠梳子不是梳子而是钥匙，那它是哪里的钥匙？董羚为何会将它带在身上，他又为何而死？

方多病诧异地看着那也许是"钥匙"的翡翠梳子，半晌道："钥匙……有钥匙意味着有金银珠宝、武功秘籍、古玩字画，说不定还有美女如云……"

花如雪阴森森地道："有钥匙意味着有密室，有门。"

几人面面相觑，密室？金满堂元宝山庄之中，真的有所谓"密室"吗？

半晌之后，方多病"嘿嘿"笑了两声："如果这梳子真是把钥匙，那当然有密室，换句话说，如果元宝山庄里没有密室，这把梳子多半就不是钥匙，李莲花就是在胡说八道。"

李莲花尚未说话，公羊无门已用霹雳般的嗓门道："找！"

花如雪其实早已把元宝山庄仔细搜了几遍，闻言微现冷笑之色。这元宝山庄之内并无高手，财宝众多，靠的却是十分缜密的房屋设计。间间房屋其实都由钢板所制，地面门窗也是精钢铸成，上有死锁，合拢门窗便即锁死，有些地方令人明知内有珍宝，若无特制钥匙，却是火烧水淹都无法打开。钢板本薄，要在墙中藏有密室而不为人发觉，几乎是不可能的。而花如雪早已手持金家钥匙将各个房间打开来看了一遍，并无所获。

方多病却很是兴奋，一把拉住李莲花："走走走，找密室！"

公羊无门老脸虽然尚无表情，却显然对金满堂家中的"密室"感兴趣得很。

关河梦也是目中大有跃跃欲试之色，抢着出门，他和李莲花在门口一撞，两人都是一怔，退开两步，顿了顿，走向自己感兴趣的方向。

李莲花被方多病拖着直往厨房走去，只听他道："像金满堂这样只爱钱连老婆都不娶的财迷，宝贝一定藏在别人想不到的地方，我想库房、卧室、书房什么的是一定不会有的……"李莲花却只注意地上的台阶、砖块、门槛等等，饶是他打点起十分精神，却还是被方多病拖得跟跟跄跄，一路上差点栽了几个跟头。好不容易走到厨房，李莲花却是脚底一滑，"扑通"一声在厨房大门口扑了一个狗吃屎，抬起头来眼冒金星，看着厨房后面的大树，继而看着方多病那双富丽堂皇价值千金的鞋子，满脸苦笑。

"你干吗趴在地上？"方多病明知他摔跤，等了等却不见他爬起来，"地上有宝？"

李莲花叹了口气，摸了摸摔得疼痛的手肘膝盖，慢吞吞地从地上爬了起来："地上没宝，厨房里也不会有宝……"

方多病听他不信自己的神机妙算，不免愠怒："你怎么知道厨房里一定没有？"

李莲花苦笑地看着元宝山庄的厨房："这厨房四四方方，墙壁不过五寸来厚，四面墙壁两面有窗户，连窗上的锁子都是坏的，既没有哪里多了一块，也没有哪里少了一块，你说里面有密室，那要藏在哪儿……"

他环视着厨房，声音不知为何越说越小。

方多病瞪眼看着眼前灶台碗柜宽敞、油盐齐备的厨房，心里悻悻然，嘴上强辩："谁说密室一定要很大？说不定藏金满堂宝贝的密室，只有手掌大小，反正只要藏得进金满堂想藏的宝贝就可以了。"

李莲花倒是一怔："只要藏得进宝贝就可以……有谁规定密室一定要大得能藏人……多病你果然是聪明得很。"

方多病顿时一乐，眉开眼笑："我说密室在厨房里，你偏偏不信！"

李莲花"啊"了一声："厨房里也是可能的……"

方多病已在厨房里搬起锅碗瓢盆，四处翻找"密室"，全然没听李莲花在说些什么，等他翻了半日什么也没找到，失望地回头的时候，却发现李莲花早就不在他身后，不知何时已经溜了。

关河梦沿着金满堂的卧室往书房走去，一路留心细看墙壁、墙角、砖缝和房屋走向，果然让他很快发现，有些树枝是新近折断的，其上似有被利刃割过的痕迹。关河梦行走江湖已有三年之久，也曾见过不少奇闻怪事。金满堂暴毙，以及董羚身上留下的那把断齿翡翠梳，这些已令他渐渐相信，元宝山庄之内，确实有着特异之处。

金满堂究竟是被什么东西惊吓而死？那把翡翠梳子，是董羚带来的，还是……他不知不觉已走到元宝山庄偏僻之处，四下花树茂盛，蝶蜂飞舞，关河梦无心欣赏，站在树下怔怔地出神。

突然嗅到什么气息，他本能地抬头一看，却是白烟，循烟望去，只见不远之处的树下，一个人正点了旱烟杆子。关河梦抬头看去的时候，那人转过头来，关河梦定睛一看，却是公羊无门，不禁微微一笑："公羊前辈，可是寻到了密室？"

公羊无门下垂的眼睑动了动，有气无力地道："没有寻到，来这里歇歇，小子你呢？"

关河梦摇头："一无所获，或者那玉梳只是玉梳，并非什么钥匙……"

公羊无门嘿嘿一笑。他知道金满堂有件心爱的宝物，叫作"泊蓝人头"，那是个蓝色的头颅骨，只有猫头大小，用黄金堵住双眼和鼻梁，弄成杯子模样，以那人头杯饮酒，能治百病，万毒不侵。二十年来，只有十年前四顾门门主李相夷曾经得金满堂招待，喝过一次人头酒。此物是医家珍宝，只是使用过一次，效力便减少一分，十分珍贵。"乳燕神针"关河梦非正人君子不救，这般远道而来，为金满堂治病，难道真是为了金满堂这位臭名昭著的铁公鸡不成？

正在两人交谈之际，身后房屋内有人惊恐万分地一声惨叫，是元宝山庄仆役的声音。

两人一怔，回身掠入身后厢房之中，只见偏僻的厢房内，幽暗空洞的屋梁下，一个人正在梁下微微摇晃，关河梦脱口惊呼："金元宝！"

那发现金元宝的仆役已坐在地上瑟瑟发抖，骇然至极，指着梁下的金元宝吃吃地道："总……总管……总管……"

关河梦摸了摸金元宝的脚踝："此人悬梁不过片刻工夫，快把他放下来看是否有救？"他纵起将金元宝放下，一试鼻息心跳，侥幸未死，颈上尚缠绕着他自己的腰带，两位大夫一阵急救，保住了金元宝一条老命。

公羊无门在金元宝身上摸索了一阵，"咦"了一声，关河梦脸现诧异之色："公羊前辈，此人似乎不是因为受到惊吓而疯癫，这……这……"他的手指在金元宝脑后触到一个圆形的细小凸起，在金元宝身上也有多处如这豆子般的凸起，"这似是一种病。"

公羊无门"嘿"了一声："寸白虫！"

关河梦点了点头。

所谓"寸白虫"，是一种乡间常见的疾病，多为生食猪肉牛肉而起，得此病者浑身生有虫卵，状如黄豆，在血肉之中蠢蠢而动，十分可怖，治疗却不甚难，只需下驱虫之药便可。只是若虫卵随血而上，入了脑内，便十分麻烦，虫卵梗于脑中，重则丧命，轻则疯癫，至于头痛呕吐，发热畏寒，自也是少不了。

此病多是食用了得病猪牛之肉，金满堂的管家居然得了此病，实在是奇怪得很。关河梦心里暗忖：看来金元宝的疯癫是因为寸白虫而起，和金满堂之死毫无关系，他在此时疯癫不过是种巧合，得此病应该很久了。

公羊无门老眼凉凉地看着瑟瑟发抖的那位仆役："你还不走？"

那仆役顿时惊醒，连滚带爬地冲出房门。

公羊无门语调突又变得气若游丝："看来金元宝上吊，不过是疯癫发作，不是见了什么画皮女鬼。"

关河梦点了点头，疯子的行径，确实不能以常人眼光揣测："不知花捕头他们找到密室没有？"

【三 密室】

花如雪的确已经找到了密室，不过他找到密室是因为有人招呼他"密室在这里"，而那个语调认真面带微笑的人自然就是李莲花。

那个所谓的"密室"就在金满堂卧室之内，其实也并没有什么稀奇。卧室之内有个柜子，柜子上有个抽屉，那抽屉本是用来放镜奁、梳子、发油等等的，把那抽屉拔将出来，柜子靠墙的一块便露了出来。墙壁上有一排细微的小孔，李莲花将翡翠梳子往墙上一插，大小长短正好合适，这便是所谓的"密室"。

花如雪看着李莲花小心翼翼地拔出抽屉，寻到"密室"，那张老鼠脸上并没有什么惊讶的表情。他和李莲花已不是第一次见面，这位"江湖神医"医术如何他不知道，但李莲花在"碧窗有鬼杀人"案中的表现，令他印象深刻。李莲花是个不怎么笨的蠢货，花如雪心里冷冷地判断。

李莲花插入翡翠梳子，证实这就是那个"密室"，他松了口气，微笑道："我猜开锁的东西如果是梳子，密室应该就在梳子该在的地方附近。"

花如雪斜倚在门口："打开来看看。"

李莲花指上用劲，那翡翠梳子质地坚硬至极，插入墙壁孔隙虽是刚好，却无法转动，卡在墙上。

花如雪冷冷地道："既然那梳子断了几根，证明断的时候并不是这般扭法。"

李莲花也很明白，齿梳断了几根，不大可能是这般全部没入墙中的插法，如果一把梳子全都插入孔隙，扭起来要么完好无损，要么全部断裂，甚至可能梳子从中断开，不大可能只断了几根齿梳。要扭断几根齿梳，必定是只有断裂的几根齿梳插入孔隙，用力扭动方有可能。但这墙上并无凸起，孔隙也是一排十七个，恰好和梳子相符，根本无法选择。

这密室究竟要如何开启？李莲花想了想，突然把梳子整个压入墙中，只见那十七个小孔齐齐往下凹陷，墙中发出了轻微的"咯"的一声。

"我实在笨得很，董羚扭断梳子，证明他找错了地方，用错了法子……"李莲花喃喃地自言自语，"不过他找到的是什么地方呢……"

正在他发呆之间，那抽屉之后的墙壁缓缓推出一个小抽屉来。

花如雪皱眉，那抽屉中只有一块油光滑亮的黑色绸缎软垫，垫下似乎衬着棉絮，倒是十分华贵，只是软垫上凹了一块，珍藏其中的事物踪影杳然，早已不翼而飞。

李莲花也很茫然："金满堂在墙壁里藏着块黑布做什么？"

花如雪双眼翻白，阴恻恻地道："这里头的东西不是被偷，就是被藏到了别的地方。"

李莲花漫不经心地应了一声，仍是看着抽屉发呆。

花如雪抬头看着屋梁，半晌道："擦痕、吊死……吓死……密室……失踪的东西……"

李莲花随他抬起头来，微微一笑："啊……唉……"

花如雪缓缓地问："你'唉'些什么？"

李莲花"啊"了一声："没什么……"

花如雪"嘿"了一声："这世上最无聊莫过杀人。"

李莲花的视线自梁上转到花如雪脸上，那一瞬之间，花如雪突然想起这是李莲花第一次正眼看他，眉头一皱，却听这位神医道："这世上最简单的，也莫过于杀人……"

花如雪"嘿"了一声："杀人皆因人有欲。"

李莲花微笑道："没有欲望，怎能算人呢？"

正在说话之际，却听方多病在外大喊大叫："李莲花——李莲花——"

花如雪冷冷地道："这里！"

方多病闻声立刻冲了进来："金元宝脑子坏了差点上吊自杀我发现了厨房里面的秘密灶门里面木炭堆里有……"

李莲花听得莫名其妙，茫然道："金元宝差点要杀你？"

方多病暴跳如雷："不是！是金元宝要自杀我在厨房……"

李莲花越发迷茫："金元宝要在厨房杀你？"

方多病被他气得差点吐血，咬牙切齿一字一字地道："金元宝刚才上吊自杀，被关河梦和公羊老头救回来了！他、没、有、要、杀、我！"

李莲花唯唯诺诺连连称是。方多病又道："我在厨房灶门里找到这个东西。"

说完手掌一摊，花如雪和李莲花仔细一看，却是一张被火焚烧后残余纸片的边角，上边隐约有几个字。

那是一张质地精良的白纸，颜色略微发黄，被火烧去大半，熏得焦黄，边缘却仍然坚固洁白，历经灶火而尚未化为灰烬。边缘仅是焦黄，可见此纸质地奇佳，并非寻常白纸。

方多病道："这是一张温州蠲啊！"

李莲花和花如雪脸色都有些微变，温州蠲纸只产于温州一地，以坚固耐用、质地洁白紧滑出名,十分昂贵并且多为贡品,在元宝山庄附近绝无此纸。金满堂喜爱华丽,他平日使用的是苏州彩笺,和温州蠲全不相同。花如雪在朝中挂职,对温州蠲自是熟悉得很,这确是一张温州蠲,并且保存的时间已经很久了,边缘之处虽然洁白,却已没有新纸那层皎洁之色。残纸上尚留着几个字,却是潦草得让人无法分辨,草书不像草书,却也不似大篆小篆,看得人一头雾水。

见了方多病从灶门里挖出来的这张残片,李莲花和花如雪全然把金元宝自尽未死忘在脑后,两人只看着那张残片苦苦思索。这张残片是完整的一片边缘,从上而下依稀留着四个字,盖着一个印鉴,难得此纸历经灶火而留存,上边的字居然让人认不出来!

方多病手握此纸,他虽然什么也没想出来,却已觉得元宝山庄这一串怪事的关键,或许就在他手掌之中。他也已看了这四个字很久,实在想不出究竟写的什么,斜眼看花如雪一张老鼠脸黑得不能再黑,心里一乐,看来这位捕快大人也看不出来。

正当他高兴之际,李莲花却喃喃地道:"这四个字眼熟得很……定是在哪里见过的。"

花如雪眼睛一亮:"仔细想想!"

李莲花接过那张残纸,突然"啊"了一声:"'此帖为照'!这四个字是'此帖为照'!这是一张……当票。"

当票?方多病瞠目结舌,他家里从不缺钱,自是不知当票为何物;花如雪虽是见过当票,却从来没仔细看过;只有李莲花这等时常典当财物的穷人,才认得出那四字是当铺套话"执帖人某某,今因急用将己物当现银某某两。奉今出入均用现银,每月叁分行某,期限某个月为满,过期任铺变卖,原有鼠咬虫蛀物主自甘,此帖为照"的最后四字——"此帖为照"。当铺书写当票自有行规,字体自成一格,比草书更为潦草,难怪花如雪和方多病认不出。只是这如果只是一张寻常当票,为何会以温州蠲书写?票面之上当的究竟是什么?

一旦认出这是张当票,方多病对着那印鉴看了半天:"这是不是'当铺'两个字?"

篆刻比字好认得多,花如雪阴沉沉地道:"这是'元宝当铺'四个字。"

李莲花叹了口气:"听说金满堂年轻之时做的就是典当生意,开的当铺就叫'元宝当铺'。"

方多病"啊"了一声:"我明白了明白了!"

李莲花又叹了口气:"你明白了什么?"

方多病嘻嘻一笑:"这是张金满堂年轻的时候做生意开出去的当票,现在却在金满堂厨房里烧了，那就是说要么他已经收了银子把东西还给人家了，当票已经无用；要么就是他抢了别人当票，塞在灶台里烧成灰，不肯把当的那东西还给人家。"

李莲花继续叹气："这些我也明白，我还比你多明白一点。"

方多病一腔得意顿时沉入海底，黑着脸问："什么？"

李莲花道："最近来元宝山庄的没有别人，只有董羚，所以或许还可以假设这张当票是董羚带来的，何况董羚来自温州……"

方多病恍然大悟："我知道为什么董羚会死了！如果他带了当票和银子过来找金满堂要回当年当掉的什么宝贝，金满堂要是舍不得还给他，杀了董羚夺回当票，塞在灶台里烧了都在情理之中！"

李莲花叹了第四口气："你果然聪明得很，你明白了，我还是一点都不明白……"

方多病得意扬扬："本公子已经全都明白了，你有什么不明白可以问本公子。"

李莲花顺口问："如果事情真是如此，那么为什么金满堂也死了？"他以很同情的目光看着方多病，"你不要忘记，他也已经死了……"方多病突然噎住，满脸得意顿时化为黑气，如果是金满堂杀了董羚，那么为何金满堂自己也死了呢？他为什么会被吓死？

花如雪淡淡地道："能找到这张当票已是侥幸，方公子的想法纵使不是全对，也是对了一大半，只是其中的细节，你我还不知道而已。"

方多病心里大赞花如雪此人看着虽然面目可憎，却并不真的讨厌："正是正是。"

"事情的关键，就在于金满堂为何死了……还有这张当票上所当的东西，究竟是什么？"李莲花喃喃地道，"金满堂是被吓死的……董羚是被吊死的……尸体又怎会在金满堂窗外？花捕头，金满堂有一件价值连城的宝贝叫作'泊蓝人头'，你可曾听说过？"

花如雪点了点头："那是西域小国进贡前朝皇帝的礼物，而后流落民间，十多年前听说落到金满堂手中，不过我在元宝山庄搜查了几次，并没有发现'泊蓝人头'的下落。"

李莲花越发显得茫然："'泊蓝人头'果然失踪了，但也不能说明这'密室'里藏的东西一定就是'泊蓝人头'……"

花如雪"嗯"了一声："'泊蓝人头'的事暂且不说，董羚之死很可能和这张当票有关，金满堂的死或者真是意外，但是有一件事我始终想不通。"

方多病好奇地道："什么？"

花如雪的目光只盯着李莲花："董羚是被吊死的，他是在哪里被吊死的？吊死他的绳索在何处？"

方多病恍然大悟连连点头，李莲花聚精会神看着那从墙上伸出的暗盒，手指在盒内软垫上摩挲来去，嘴里念念有词也不知自言自语些什么，突然插口道："董羚之死不但可能和当票有关，或者还和密室有关。"

"密室？"方多病指着那暗盒，"这个密室？"

李莲花微微一笑："他身上带着扭断的翡翠梳子，那说明他曾经用过梳子，只不过也许是找错了地方，他找到的是什么地方？为什么他会以为是密室？说不定那个找错的密室，和他的死有关。"

花如雪眉头紧皱，声调终于沉了下来："你说元宝山庄里有第二个密室，董羚就是在那密室中被人吊死的？"

李莲花大吃一惊："我只是说……只是提醒……那个董羚曾经找错过密室，用错过钥匙……"花如雪瞪了他一眼，李莲花满脸歉然，"我没说元宝山庄里一定有第二个密室……"

方多病哼了一声，心里暗骂李莲花是个彻头彻尾的奸猾小人："刚才本公子找你的时候已经把山庄搜了一遍，元宝山庄绝对不可能还有其他密室，何况是杀人密室，绝对不可能！"

花如雪冷冷地道："元宝山庄财宝之名远扬，庄内门窗都是精钢所制，若是锁了起来，间间都是密室。但杀人不一定要密室，金元宝的武功不及董羚，如果金元宝要杀董羚，必定用的阴谋诡计。"

李莲花连连点头。

方多病突然道："董羚上吊，金元宝不也上吊了吗？"

李莲花睁大了眼睛看了方多病一眼，慢吞吞地道："或许元宝山庄里的人自杀都喜欢上吊……"

花如雪"嘿"了一声，不置可否。

几人在金满堂的卧房里商议半日，毫无头绪，转回去看金元宝的状况，却见他本来只是疯疯癫癫，上吊被人救回之后却变得痴呆僵硬如死人，据说咽喉受重创，被公羊无门下了十数支银针，只怕三两个月内休想开口说话、十来天内休想自由行动了，他仍有一条命在，实属侥幸。

折腾了大半天，事情疑点越来越多：草地上奇怪的擦痕，厨房里的当票，金元宝上吊，暗门里的宝物失踪。元宝山庄中的怪事仿佛并没有因为金满堂的死而结束，仍旧在继续。

几人从金元宝房间出来之后，各自回房休息，等候午时用餐。

方多病跟在李莲花身后，也大步进了李莲花的房间，见他回房之后先拿了扫把把房间仔仔细细扫了一遍，而后又拿了块抹布抹桌子。

李莲花沉浸在其中的模样，终于让方多病忍无可忍："死莲花！你到底想出来金满堂是被什么东西吓死的没有？我在这里待得越久脑袋越大……"

李莲花慢吞吞地道："你的脑袋本就比我大。"

方多病一怔大怒，正要发作，却听李莲花喃喃地道："但是这一次我也糊涂得很，我想不明白的事只怕比你还多，还有我……"他顿了顿，抹桌子的手停了下来，轻轻嘘出一口气，坐了下来，伸手支额，看起来有些累。

方多病又是一怔："你不舒服？"

李莲花摇了摇头，突然说："你说'金羚剑'董羚在江湖中名声如何？"

方多病本见他脸色不好，本有些担心，猛地李莲花转了话题，方多病不免怔了第三次，心里悻悻，这死莲花乃是天下第一会整人的浑蛋，于是哼了一声："董羚的名声，虽然没有外面那位'乳燕神针'关侠医好，却也是江湖俊彦之一，不错。"

李莲花慢吞吞地瞟了他一眼："据说他还有个女友……"

方多病点头："'燕子梭'姜芙蓉，两人要好得很。"

李莲花仍是慢吞吞地道："这样的人，会上吊自杀吗？"

方多病立刻摇头："不会。"

李莲花很是满意方多病的附和，微笑道："那董羚上吊，必定是别人把他吊上去的。"

方多病这次却不附和，瞪眼道："废话！谁不知道定是别人把他吊上去的……"

李莲花道："但是他被人吊上去却没有挣扎……"

方多病顺口道："那必定是还没有吊上去之前已经被人制服，点了穴道还是下了毒药什么的。"

李莲花摇头："他没有中毒，如是中毒，关河梦和公羊无门必定看得出来。如果说是被人点穴，元宝山庄上上下下十五个人不管活的死的你都见过了，有谁武功比董羚高？"

方多病道："没有。"

李莲花问："那董羚是如何被制服的？"

方多病道："不知道。"

李莲花叹了口气："这是我不明白的第一件事。"

方多病问：“那第二件呢？”

"第二件是金元宝为什么要上吊？"李莲花苦笑，"他要是上吊死了，说不定我还更明白一些，他上吊了却没死……"

方多病皱眉："这个……自古以来上吊便是有些人死而有些人不死，也并没有什么奇怪的。"

李莲花看了他一眼，目光失望得很，又叹了口气："我不明白的第三件事是……元宝山庄里一共十五人，金满堂死了，金元宝和死了并没有什么两样，剩下十三人都是仆役，董羚也死了，也就是说事发那天元宝山庄里重要的三个人都已经死了。假设那当票上的东西真是'泊蓝人头'，那'泊蓝人头'到哪里去了？"

方多病瞠目结舌："这个……这个……说不定被山庄里的仆役婢女什么的偷走……"

李莲花苦笑："那除非是金满堂暴毙的时候'泊蓝人头'就被他抛在地上，被仆役捡了去，可是你莫忘了，金元宝那时却还没死，什么仆役这么大胆，难道他预知金元宝会发疯？如果要说元宝山庄有个仆役能神不知鬼不觉地将董羚吊死，而后吓死金满堂，盗走'泊蓝人头'，其他人却浑然不觉，他潜伏多日以后又能吊死金元宝，且没有被站在外面的公羊无门和关河梦发现，这种东西叫作'鬼'……"

方多病全然不服气："若是个如李相夷那般的绝顶高手，那怎么不可能？"

李莲花瞪眼："他若是如此这般的绝顶高手，何必在元宝山庄做仆役？何况即使是李相夷也是万万吓不死金满堂的，更何况就算真有这种奇人，他可以蒙面直接抢走'泊蓝人头'，保管没人知道他是谁，何必鬼鬼祟祟？"

方多病被他说得哑口无言，怒道："那你难道知道到底是怎么回事？"

李莲花道："我不知道。"顿了顿，"如果事情越说越不通的话，证明从一开始我们就想错了。"

方多病问："一开始？"

"我们一开始假设董羚和金满堂是被同一种东西吊死和吓死的，而后金元宝又上吊，我们又假设把金元宝吊在梁上的和害死董羚和金满堂的是同一种东西，得出的结论是如果元宝山庄里有人能做到这些，未免太神，完全不可令人信服。那么说不定……"李莲花缓缓地道，"是不是事情需要拆开来看，害死董羚和吓死金满堂的是不同的东西，而金元宝上吊更是全然不相干的事情？说不定他真是疯病发作，突然自杀？"

方多病皱眉："你要说这三个人的死是巧合？那和撞见大头鬼一样离谱。"

李莲花摇了摇头："我只是想说，说不定在这山庄里不止有一个凶手，而是有两个，或者三个。"方多病一震，李莲花继续道："我饿了。"

方多病本等着他说下去，猛听他说"我饿了"，呆了半晌："什么？"

李莲花幽幽地道："我饿了，我要吃饭。"

方多病目瞪口呆，怒道："说不定山庄里有两个或者三个凶手，然后呢？"

李莲花道："然后我饿了。"

方多病在肚里诅咒"李莲花是个无赖"三十六遍之后，被李莲花拖着走向厨房。

厨房正在备菜，李莲花眼见吃饭无望，叹了口气，看着厨房后面某棵花树上结的果子。方多病心里升起不祥之兆，果然见他慢吞吞地爬上大树，在树上东张西望，挑东拣西，最后十分失望地爬了下来，手里折了一段钢丝，上面戳着条青虫，歉然道："树上有虫……"

方多病对天翻了个白眼，恶狠狠地将此人拉入厨房之中。踏进厨房的时候，厨房师傅正在洗菜，只怕要过约莫半个时辰方有饭吃，方多病心中大笑，李莲花满脸失望。厨房洗菜的师傅又道他一个人忙得很，如果客人确实饿了，不妨自己先下碗面条吃。李莲花欣然同意，方多病却并不饿，兴致勃勃地手持菜刀，看下面条是否需要切菜。

李莲花在灶下准备拨大火势，起锅烧水，在灶下一探，里头的火焰却不甚旺，他拨弄了半天，突地把灶里一条烧焦的东西拨了出来。

方多病吓了一跳，这条东西早晨他翻灶台的时候也见过的，只是没太注意，见厨房里点点火烬乱飘："你翻什么鬼东西……"

说完，他接住了半空中乱飞的一块灰烬。

"咦？"李莲花把灶里几条长长的东西拉了出来，抬头问，"你捡到什么了？"

"当票。"方多病手指一翻，那块灰烬尚有半面未曾全部烧毁，上面有一个潦草的"蓝"字的半边。

李莲花从灶里扯出来的东西是几段麻绳，方多病瞪着那条麻绳："你以为这就是吊死董羚的凶器？"

李莲花茫然道："这未免太长了。"

元宝山庄的灶台甚大，上有数个锅炉，这条麻绳缠绕其中，占据了大部分地方，连接起来足有三丈长短，而又不知道有多少被烧去了，若是用来悬梁，未免太长。

李莲花环视了厨房一周，这厨房的两扇窗户，尚有一扇的窗锁已坏，上有一个偌大的烟囱，后有簸箕箩筐，锅炉五个，案板三具，并没有什么稀奇之处。

"如果说这就是吊死董羚的凶器，被塞在灶台里烧也是情理之中……"李莲花扯了扯那条长绳，那条绳已被烧成几段，有一个死结一个活结，要说它是用来吊颈的也可，要说它是用来提水的也未尝不可，那麻绳上尚有些地方看得出曾有青苔。

正当两人蹲在地上围着那条绳索议论不休的时候，厨房肖师傅进来："那是后井断了的绳子，没法用，我塞进灶里闷火的。"

李莲花如梦初醒地"啊"了一声："师傅这是你塞进灶里的？"

肖师傅奇怪地看着他："庄主喜欢节俭，这绳子虽然不能用了，却还能烧，用来闷火再好不过。"

李莲花问道："绳子是什么时候断的？"

肖师傅道："约莫五日之前。"

方多病"啊"了一声，斜着看了李莲花一眼。李莲花却在发呆，呆了半日，"哦"了一声。

而后李莲花心不在焉地烧了一锅开水，下了碗面条，捞起来撒了葱花、盐巴，把那碗香喷喷的面条往桌上一放，微微一笑："你吃吧。"

"啊？"方多病目瞪口呆，"不是你说饿了……喂？不是我饿啊……你快回来……"

只见李莲花把面条往桌上一搁，施施然负手走出厨房，悠悠向着关河梦和公羊无门的房屋走去。

【 四 起死回生 】

关河梦和公羊无门也正在谈论这几日的奇事。公羊无门认为金满堂可能患有惊悸之症，夜里突然发作而死，董羚究竟是如何被吊死，又如何被移尸到花园之中，他也想不明白；而金元宝完全是疯病发作，上吊自尽。关河梦也是十分疑惑，关于董羚之死，杀人也就罢了，移尸之事实在令人费解。

"两位……大侠……"关河梦一怔，只见一人面带微笑从门口走了进来，手里拿着一枝青草，日光和煦温润，映在此人身上，偶然令人错觉他竟十分俊美，待到走入房里，才认出是李莲花。

公羊无门眼角觑着李莲花手里拿着的那枝青草："什么事？"

李莲花道:"两位大侠素知李某能起死回生,这便是起死回生的秘密。"

关河梦和公羊无门都是一震,待得看了看那青草,关河梦皱眉道:"这……这似乎是狗尾草?"

李莲花正色道:"它和寻常狗尾草极易混淆,两位请细看这枝狗……呃……这枝药,它共有一百三十五粒籽,颜色是青中带黄,茎上仅有两片叶,籽上茸毛约有半寸长短,最易区别的是折断之后它流出的是鲜红色汁液,犹如鲜血。"

两人本自听得半信半疑,只见李莲花手上那枝"药草"折断之处果然流出鲜红如血的汁液,不免信了三分,只听李莲花继续道:"将此草与鹤顶红、砒霜、牵机毒、孔雀胆等等剧毒混为一碗,以慢火煎到半碗,趁热灌入喉中……"

他一句话说到一半,公羊无门冷冷地打断:"胡说八道,这几种毒药药性相冲,加炭火一煮,全然失效。"

李莲花面不改色:"加入这起死回生的药草,正是关键。我于四年之前救施文绝时偶然发现如此奇方,熬煮四味毒药本想以毒攻毒,化解当年施文绝身上中的掌毒,对他的伤势我已无法救治,但料是几种毒药经慢火熬过药性大减,只余下所需要的微毒,以刺激经络血气,已死之人肌肉血气受毒药之激,加之奇药除毒护心,不消三日,就能起死回生……我已试过多次,次次灵验。"

公羊无门眉头微微一动。关河梦本要反驳,但听来句句不是药理,要反驳也不知从何说起,只忍不住说了一句:"只听闻毒药见血封喉,微毒能刺激血气倒是从未听说。"

公羊无门有气无力地道:"微毒刺激血气以救人倒也是有的。"

李莲花连连点头:"确是如此,我见金总管伤势沉重,不如把此药让他服下,让他快速痊愈,以查他为何悬梁。"

关河梦大吃一惊:"这药……这药……"不是他存心不信李莲花,而是这药太不可信,一根狗尾草加四味剧毒,怎能起死回生?

公羊无门缓缓地道:"可以一试。"

李莲花微笑道:"真的?"

公羊无门道:"李神医既然说可以,我等岂有不信之理?"

李莲花正色道:"是吗?此药我已在厨房熬制一碗,还请前辈前往金总管房间,为他拔去颈上银针。"

公羊无门闻言转身,"啪"的一声,李莲花一掌砍在公羊无门颈后,老头应手而倒。

关河梦猝不及防,大吃一惊:"你——"

李莲花举起手掌对关河梦歉然一笑，关河梦连退两步："你——你——难道是你——"

李莲花竖起一根手指，"嘘"了一声："你怕我吗？"

关河梦不知该答些什么好，李莲花先是进门说了一大堆起死回生的奇药如何如何，而后突然打晕公羊无门，行事莫名其妙，这人之前糊涂温和的模样难道都是假的？见他手掌微举，满脸含笑的模样，关河梦只觉自己颈后一阵发凉，要说不怕，却是骗人："你要怎样？"

李莲花叹了口气："我也不要怎样，你去那边撞个钟叫大家到厨房吃饭，然后把金元宝颈上你觉得没有用的银针拔些起来，把他也弄到厨房里来，我就请你喝茶。"

关河梦瞠目结舌，呆了好一会儿，李莲花施施然一手抓住公羊无门的左脚踝，犹如拖一袋大米，悠悠然蹭过大片地面，往厨房而去。

方多病本来端着李莲花煮的那碗面，正在考虑方大公子到底吃不吃这种面条，勉为其难喝了一口面汤，突见李莲花拖着公羊无门的左脚慢吞吞往厨房而来，"噗"的一声，一口面汤全喷在地上："李莲花，你杀人了？"

"我杀过的人多过你吃过的面条。"李莲花皱眉看着满地面汤，把公羊无门的左腿丢给方多病。他去灶头寻了块抹布擦地。

方多病抓住公羊无门的左脚，放也不是，不放也不是，哇哇大叫："李莲花你干吗把这老小子弄成这样？"

李莲花擦完地上的面汤，满意地把抹布丢掉，微微一笑，笑得很温和："等一下你就知道……"

未过时时，关河梦已把金元宝带来，却没有拔掉他颈上银针；花如雪还有他的几个衙役，都已赶到厨房，见方多病手持公羊无门之左脚，都大为奇怪。

李莲花慢吞吞地走到厨房左边窗户底下，伸手把镶嵌其中的窗锁拆了下来，回头微笑："花捕头，金满堂之死你可有头绪？"

花如雪冷冷地道："有。"

方多病大奇，关河梦也十分惊讶，李莲花微微一笑："愿闻详情。"

花如雪道："头绪太多，尚无结论。"

方多病"扑哧"一声，笑了。

李莲花恭恭敬敬地道："元宝山庄之中处处都是线索，随便一看就看得出可疑，循线想去却又难以得出结论……"

花如雪道："废话。"

李莲花面不改色，继续微笑道："……这是因为，在元宝山庄之中，发生的不是连环谋害之案，而是三起不同的杀人之事。"

花如雪脸色一变，关河梦震惊异常，几个衙役哗然，只有方多病方才听过，他提了提公羊无门的左脚："真凶之一就是这个老小子？"

李莲花道："他是不是凶手之一，我还真不知道……"

方多病怒道："不知道你打昏他干什么？"

"你听我说，"李莲花微微一笑，他的视线转向花如雪，手指从怀中取出方多病自灶台里找到的两片当票的残片，"这是一张温州蠲纸，其上内容应该是一张当票，所典当之物乃稀世奇珍'泊蓝人头'，也就是金满堂这件珍宝的来路，其上盖有'元宝当铺'的印鉴。"

花如雪点了点头，这张残片他也见过。

"温州蠲纸只有温州一地方有，元宝当铺能以它书写当票，此店当年应在温州。'金羚剑'董羚来自温州，所以他和这张当票之间，必定有些联系。"李莲花道，"假设'泊蓝人头'本是温州董家之物，二十年前典当给了金满堂，二十年之后董家有子成器，要赎回家传之宝，所以携带当票来到金府，如此猜测，当在情理之中。"

花如雪颔首，关河梦也点了点头。

"但'泊蓝人头'乃是金满堂最喜爱的宝物，他当然不肯还给董羚。"李莲花继续道，"论武功他不及董羚，他又没有理由不归还'泊蓝人头'，天下皆知'泊蓝人头'为金满堂收藏，他抵赖也抵赖不了。要保全'泊蓝人头'，只有害死董羚，最好做得无声无息，不动声色。"

关河梦沉吟："这倒有些难。"

李莲花道："不难。"

方多病奇道："难道元宝山庄里真的有杀人密室？"

李莲花微微一笑："要说有也有，要说没有也没有。"

花如雪淡淡地道："我早已说过，元宝山庄门窗都以精钢打造，只要门窗一锁，间间都是密室。"

李莲花"嗯"了一声。

关河梦插口道："但是董羚并非死得无声无息，他倒在窗外，人人都见到了。"

李莲花叹了口气："他当然不是在窗户外面大草地上被凭空吊死的，各位见过董羚的尸体，可有发现一件事很奇怪？"

"什么事？"方多病问。

关河梦和花如雪却都点了点头。关河梦道："我施展'草上飞'之后便觉得奇怪，董羚的衣着一尘不染，干净得出奇，似乎被人换过衣服。"

李莲花微笑道："不错，金满堂窗外的青草柔嫩异常，又多汁液，董羚扑到地上，怎么可能衣衫干干净净连个痕迹都没有？可见他被人换了衣衫。为何要换衣服？这衣服如果不换，他是怎么被运到花园里去的，人人一看便知。"

"他是怎么死的？"方多病瞪眼问。

李莲花快速地道："董羚是在厨房中被吊死的。"

"厨房中吊死的？"方多病张口结舌，居然"扑哧"一声笑了出来，"李莲花你疯了不成，哪有人会在厨房里上吊？"

李莲花摇头："他是在厨房里被人制住，然后吊死。"

花如雪沉吟："厨房？厨房……"

只听方多病继续嗤笑："这厨房窗锁都是坏的，连窗户都关不好，怎么可……"

花如雪突然一震："窗锁？"

李莲花指间窗锁一晃，微笑着以锁头敲了敲桌面，锁眼里掉下来两样东西，跌在地上"叮当"一声脆响。

翡翠齿梳！

断了齿的翡翠齿梳，居然是插在这窗户的锁眼里！

"那……那……"方多病目瞪口呆，"这是怎么回事？"

李莲花弯腰拾起那两个齿梳，轻轻搁在桌上："这证明董羚曾经用翡翠梳子撬过窗锁，为什么呢？"

花如雪冷冷地道："因为他被锁在厨房之中！"

李莲花笑得很愉快："要把董羚骗入厨房容易得很，只需告诉他'泊蓝人头'藏在厨房某处，他就会乖乖待在厨房里。但是为何定要把董羚锁在厨房之中？"他环视了众人一眼，"这厨房不大，只有两扇窗户，却有一个大灶，五个锅炉，只需将门窗关上，厨房便不易透风，上头虽有烟囱，但底下没有透气，上头的烟囱距离太远，并没有太大作用。如果厨房之中门窗紧闭，灶里却点着闷火，关上一两个时辰，大家以为，将会如何呢？"

关河梦一震，脱口而出："窒息……"

李莲花微微一笑。

花如雪脸色难看至极："但董羚如何肯走进门窗紧闭的厨房？他不觉有诈？难道不能从烟囱逃走？"

李莲花缓缓地道:"这其中需要一点伎俩……花捕头,如果你是董羚,我是金满堂,是个有名的铁公鸡,我本该还给你'泊蓝人头',然后从你手中取得三万两银子,银货两清,我却突然告诉你,其实'泊蓝人头'藏在厨房里,你去找,找到了你尽管带走。你信吗?"

花如雪略一迟疑:"当然不信!"

李莲花点了点头:"如果是金满堂要骗董羚,董羚当然不信,若是如此,金满堂那三万两赎金便会落空。所以,指点董羚入厨房和给他翡翠梳子的人,必定不是金满堂。他可以是张三李四,是大丫头小丫头,也可能是金元宝。"

花如雪点了点头。李莲花继续道:"金满堂只需授意一个人暗示董羚:金满堂不愿归还'泊蓝人头',将它藏了起来。但是那本是董家之物,这个仆人由于对董羚的好感或者其他什么理由,告诉他'泊蓝人头'藏在厨房,又给予价值连城的翡翠梳子,董羚若是心思不细,多半就会相信。"

方多病皱眉:"信了又如何?"

李莲花很无奈地看了他一眼:"信了之后,他便会在夜里到厨房寻找机关,多半就像你早晨那样……"

方多病哼哼:"如我早晨那样又如何?"

李莲花十分惋惜地看着他,那目光温柔怜悯得如一个屠夫见到了一头猪:"他要找东西,首先要点灯,为了避免暴露行踪,他就会关窗户,然后点灯。"

关河梦"啊"了一声,方多病有些惭愧:"原来如此……"

李莲花继续道:"然后这个锁……却是个死锁,窗户一关,'咔嗒'一声,它便再也打不开,除非有元宝山庄特制的钥匙——所以并没有人把董羚锁住,"他笑得很灿烂,看着方多病,"门窗都是他自己锁的。"

"而后灶中柴火烧尽空气,待到董羚发觉不对,已经迟了,即使以翡翠梳子撬挖窗锁,也无法逃生。"花如雪抬头看着烟囱位置,冷笑道,"这烟囱可真高得很,没有一等一的轻功,绝上不去。"

李莲花也瞟了烟囱一眼,悠悠地道:"按照金满堂的戏本,这出戏本应当在董羚窒息昏迷,或者窒息而死之后,就可以结束了。不过……"他转过视线,对关河梦一笑,"不过……所谓螳螂捕蝉……'泊蓝人头'号称可治百病,价值连城,董羚和金满堂都不愿放手,自然还有别人觊觎。"

关河梦心头一跳,他之所以愿意远道而来,不过也只是为见"泊蓝人头"一面而已。

"金满堂等待董羚昏迷之后,为求杀人于无形,必是要毁尸灭迹的。"李莲花接着说了下去,"毁尸灭迹这等事自是要交托心腹,所以董羚的尸体,要交由金元宝来处理。"

"金元宝?"几人喃喃地道,均看了金元宝一眼。

李莲花道:"金元宝跟随金满堂几十年,自然是信得过的心腹,但是金满堂却忘记了一件小事。"

"什么事?"方多病诧异。

李莲花望向关河梦:"关大侠想必看得很清楚,金元宝患有'寸白虫'之病,此病虽不是绝症,但'寸白虫'已入脑中,令人十分痛苦。"

关河梦颔首:"确是如此。"

"所以金元宝自己也很需要'泊蓝人头',金满堂对此珍宝却十分看重,二十年之中他只让数人饮过杯中人头酒,自然是不肯轻易给金元宝服用。'泊蓝人头'听说浸过一次酒效力便减少一分,金满堂对它珍惜至极,打算用以延年益寿。金元宝身为奴仆,对'泊蓝人头'只不过能望颈而已,但他却知道'泊蓝人头'藏在哪里。"李莲花缓缓地道,"这是一件很痛苦的事,看得到却得不到,所以金满堂吩咐他处理董羚尸体的时候,他说不定想出了一个主意。"

"什么主意?"花如雪冷冰冰地问。

"一个能把'泊蓝人头'偷走而自己能洗脱嫌疑的主意。"李莲花嘘出一口气,"他如果把董羚的尸体悄悄运走,对金满堂说董羚晕而不死,突然醒来,潜伏山庄,盗走'泊蓝人头',只要他安排妥当,让董羚'消失'的时候,他和金满堂在一起,就能取信于人。"

方多病越听越奇:"他和金满堂在一起,却要令董羚的尸体突然消失?"

李莲花微微一笑:"不错,他要让金满堂误以为董羚未死。"

花如雪抬头看着烟囱,缓缓地道:"我明白了……"

关河梦也望着烟囱:"我明白了,但仍是不明白。"

李莲花很遗憾地看了方多病一眼:"要令厨房里的尸体'突然'消失,只有一个办法,那就是通过烟囱。"

方多病皱着眉毛:"烟囱?"

李莲花叹了口气,对方多病失望得很。"你试想一下,无论你眼神多么差劲,一个大活……嗯……一个死人从身边的窗户被抛出去,不管是什么人都会察觉的。但如果是从上面拉走,那就不同,你莫忘了,董羚是被麻绳吊死的。他窒息昏迷,用菜刀也可杀死,用半缸水也可淹死,为何要用麻绳吊死?"他一字一字地道,"这厨房有五口锅炉，为了排烟，烟囱大得很。元宝山庄里有许多花木，树枝十分柔韧，金元宝若是找到了两棵高度相当的花树，在上头缚一条长长的钢丝，让钢丝紧绷，呈一条直线，然后再在一字钢丝上打个能滑动的死结套上一条长索，用以吊颈，吊颈之索藏在烟囱之中，那便成了。只要金满堂确认董羚已无抵抗之力，或者已死，吩咐金元宝处理，准备离去的时候，金元宝拉下绳索缚在董羚颈上，由于吊颈的绳索太短，一字钢丝便会被拉下，钢丝拉下，两端的花树就会弯曲，这便有了一股力，只要金元宝一松手，被拉弯的花树就会把董羚的尸体通过烟囱猛拉出去，吊在树林之中。黑夜里元宝山庄人少树多，想必不易令人发现。"

花如雪皱眉听着，想了许久："姑且算是有些可能……如此也可解释为何董羚的衣裳被人换过，若是经过烟囱，董羚的衣服必定沾了厨房特有的油污。"

李莲花微微一笑："如此推测，是因为院中花树尚有摩擦痕迹。金元宝只当如是董羚失踪，他一旦偷走'泊蓝人头'便可推在董羚头上，不料金满堂一发觉董羚失踪，却立刻回房，守在'泊蓝人头'之旁。金元宝没有机会下手，就在这时，发生了一件让金元宝意想不到的事情……"

"董羚复活了？"方多病开玩笑，"尸变？"

李莲花露齿一笑："不错。"

方多病吓了一跳："真的尸变？你莫吓我。"

李莲花指了指窗外遥遥对着的金满堂卧室："这个厨房的烟囱很高，高得过厨房烟囱，又能顺利让董羚的尸体出来的高度，在四丈左右。通观整个元宝山庄，如此高度的花树，只有两棵，一棵就在厨房之后，另一棵却在金满堂卧室前面。金元宝拉的钢丝横过一个小院，他无法将钢丝缚在完全相同的高度，缚在金满堂房前的那端明显低了，如此这根钢丝就不是平的，董羚被吊在上面，停留了一段时间之后自然会往比较低的一端滑下……"

话说到这里，听者几人都"啊"的一声叫了出来，想及那时情形，委实恐怖得很。

李莲花却越是心情舒畅："然后金满堂赶回房间守卫'泊蓝人头'，突然从窗口看见了十分可怖的一幕——表情狰狞可怖、吐出舌头的董羚一身斑斑点点，双足离地，缓缓向他这边飘来……"

关河梦心头怦怦直跳："若是他本来气血有病，如此一激，突然中风而死，十分正常。"

李莲花颔首："于是金满堂意外而死，董羚挂在钢丝之上，双足在草地上掠过两道古怪的擦痕。"

方多病长长吐出一口气："所以金满堂也死了……吓死他的东西居然就是董羚……"

李莲花继续道："金元宝却一直在等候盗窃'泊蓝人头'的时机，看到如此情形，他只怕也很惊惶，所以他立刻把董羚的尸体放下，抛弃在草丛之中，剪断钢丝，割断麻绳，然后盗走'泊蓝人头'，装作大受刺激而疯癫，准备对当夜之事一问三不知。金满堂暴毙绝非金元宝本意，如果有人追查起来，说不定就会查到'泊蓝人头'失窃，而且金府财富名扬天下，金满堂一死，元宝山庄树倒猢狲散，他定要有些时间做些逃离的准备，所以对外宣称金满堂未死。但董羚的尸体却已无法瞒过，何况金满堂的尸臭也要由董羚掩盖，所以他把董羚的尸身放在金满堂隔壁。"

"但在金元宝身上，我也并没有搜查到'泊蓝人头'。"花如雪冷冷地道，"这番说辞异想天开，虽然解释得了许多疑点，却未免没有旁证。"

李莲花慢吞吞地道："无论我怎样猜测董羚和金满堂死亡的经过，'泊蓝人头'都没有外流，都在元宝山庄中流转，它'突然不见了'……方多病。"

他突然叫了一声方多病的名字，方多病吓了一跳："啥？"

李莲花问："你如果突然得了长生不老药，你会把它放在你看不到的地方，比如说什么花园的地下、床板底下，还是什么花盆里面吗？"

方多病想也不想："不会，除非我整天坐在上面，或者直接吃掉。"

李莲花嘻嘻一笑："所以，性命攸关的东西，不到不得已，金元宝不会让它离身，但这件东西却不在金元宝身上，不但不在他身上，他还要去上吊，为什么呢？"

花如雪阴沉沉地问："他难道把它吃掉了？"

李莲花吓了一跳，苦笑道："他如果把'泊蓝人头'吃了定是噎死的。我是说，有别人又把它偷走了，或者抢走了。"

"别人？"方多病好奇地道，"还有别人？"

李莲花伸出一根食指，点了点方多病的鼻子，点了点关河梦的鼻子，点了点花如雪的鼻子，点了点公羊无门的鼻子，再点了点自己的鼻子，微笑道："有。"

关河梦大吃一惊，蓦然失声道："你说是我们之中有人……"

李莲花很温和地道："我们之中有人看破了金元宝的把戏，夺走了他的'泊蓝人头'。"

方多病提了提公羊无门的左脚："你是说这个老头？"

李莲花微微一笑："嗯……"

花如雪突然道："我也觉得公羊无门十分可疑。"

李莲花"啊"了一声："哦……"

花如雪冷冷看着关河梦："我也觉得你十分可疑。"

关河梦又大吃一惊："我……我……"

花如雪充耳不闻，森然道："你号称'乳燕神针'，却不通医术……"

方多病"噗"的一声闷笑，差点被口水呛死，难道世上不仅李莲花是个假神医，连关河梦也是个假神医？李莲花却是脸色温和，似乎并不意外。

只听花如雪阴森森地道："董羚死尸脸色红润，和寻常吊死之人全然不同，他分明死于窒息，你却并不觉得有疑问。"

关河梦脸色一阵发白，花如雪看了李莲花一眼，李莲花却脸露微笑，似乎他其实早已认出董羚死于窒息一般，方多病倒是满脸干笑。

只听花如雪继续阴森森地道："我虽然不是精通医道，但凡是精通点穴之术，无人不知，人颈上并无十数处穴道，公羊无门在金元宝颈上插了十几支银针，我是觉得奇怪得很，却不知你为何不觉奇怪？"

关河梦咬了咬嘴唇："我……"

花如雪又道："金元宝上吊之时，你和公羊无门都在门外，我委实不明白，以关河梦的武功，居然会听不出身后房屋之中有人上吊。"

方多病惊奇地看着关河梦，只见他一张俊美的脸蛋上一阵红一阵白。

关河梦突然吐出一口气，跺了跺脚，恼怒地道："好啦……我……人家不是关河梦，人家是……"

李莲花的表情也很惊讶，却见"关河梦"瞪着他："你明明就知道人家……"

李莲花的微笑十分儒雅温柔："我什么也不知道。"

"关河梦"怔了一怔，缓缓低下头来："我姓苏……"

"姓苏？"花如雪极快地在脑中把所有姓苏的武林人氏过了一遍，"你是'乳燕神针'的义妹'双飞'苏小慵？"

那"关河梦"点了点头，她确是关河梦的义妹。关河梦疾恶如仇，不肯为金满堂治病，她却好奇那"泊蓝人头"，所以悄悄改装来看看。

方多病"哧"的一笑，苏小慵轻功不错，内力却甚差，也并不精通点穴之术，无怪她听不到身后几丈之外的动静，也不知金元宝颈上的银针太多。

苏小慵偷眼看着李莲花，这人和她在门口一撞的时候，分明知道她是女子，为什么……为什么真的好像不知道一样？

李莲花却很有趣地看着公羊无门的屁股："关大侠的妹子想必不会是逼人上吊

的恶棍,其实从一开始,我就觉得这位公羊……大侠前辈有点奇怪。"

"怎么奇怪?"方多病这回是故意凑趣。

李莲花也十分满意地继续往下说:"金元宝明明在装疯,他却装作不知;董羚死于窒息,他却说是上吊。最奇怪的是……"

苏小慵这回打断他:"你怎么知道金元宝在装疯?他明明有病。"

李莲花对女子特别有耐心,温和地道:"他腰间挂着橘皮和粽米,那是防治尸毒用的,他又不和董羚的尸体整日在一起,若真的以为金满堂还活着,何必佩带此物?"

苏小慵脸上微微一红,不说话了。

"最奇怪的是,金元宝上吊的时候,他和苏姑娘在外面,苏姑娘是偶然走到那里的,公羊前辈比苏姑娘早到,那他在遇到苏姑娘之前,到底做了什么呢?"李莲花一字一字地道,"我们分头寻找密室,各自都花费了不少时间,公羊无门在这段时间内到底做了什么,无人知道。"

方多病和苏小慵面面相觑,各自哑然。

李莲花又缓缓地说:"何况关于'泊蓝人头'的去向,它原本应该在府里,但花捕头到达元宝山庄之后却找不到它。他搜查了府内各人之身,竟然找不到猫头大小的一件东西……而在花捕头到达之前,还有一个人来到元宝山庄,那就是公羊无门。"他凝视着花如雪,"你有搜过公羊无门的身吗?"

花如雪阴沉半晌:"没有。"

李莲花长长嘘出一口气:"我不知道金元宝究竟是自己上吊,还是被公羊无门吊上去的,但如果公羊无门因为早到一步而发现了更多金元宝盗取'泊蓝人头'的线索,加上他医术高超,看穿金元宝装疯,从而威胁他交出'泊蓝人头',藏于己身,也都毫不出奇。'泊蓝人头'一旦得手,金元宝是不能活的,他活着,公羊无门就不能安稳地拥有'泊蓝人头'。"

苏小慵幽幽叹了口气:"你既然早知道他可疑,为什么不一早告诉花捕头,却要用起死回生之草骗他?"

李莲花突然笑了:"方多病。"

方多病袖子微挥,兴致勃勃地道:"在。"

李莲花手指一翻,那枝青黄干瘪的狗尾草又在手上,只听他含笑道:"这是我起死回生的奇药,和寻常狗尾草极易混淆。两位请细看这枝药,它共有一百三十五粒籽,颜色是青中带黄,茎上仅有两片叶,籽上茸毛约有半寸长短,最易区别的是折断之后它流出的是鲜红色汁液，犹如鲜血……"

苏小慵瞠目结舌地听他居然又把那番话说了一遍，末了只听李莲花问方多病："你信吗？"

方多病破口大骂："我信你个大头鬼！这明明就是一根狗尾草，你要说我方大公子没见过狗尾草吗？"

李莲花极认真地道："它和寻常狗尾草不同，流的是鲜红色……呃……黑红色汁液……"他看见草茎折断处的"汁液"已经变黑，临时改口。

方多病的脸色比那草茎还黑，嘿嘿地道："你以为我不知道那是你折草的时候割到了手？"

李莲花轻轻晃着手中的狗尾草，斜眼看着苏小慵，微笑道："连方多病都不信之事……公羊无门活到八十七岁，是个成了精的老狐狸，怎会相信？他说信了，才是有鬼。谁不知道四种剧毒灌下咽喉必死无疑？何况是趁热灌下，就算不毒死，烫也烫死了他。但是我料他拿不准我是不是在骗他，毕竟我说得天花乱坠，说不定我偶然以毒攻毒治好了一二人，便自以为能起死回生。如果我真要给金元宝灌下这'起死回生药'，他当然乐见其成；要是我不过在诈他，他却要先套出我要诈他什么，还可借口针灸，冒暴露之险扎死金元宝。只不过他没料到，我讲那'奇药'的妙处，只是想要在他背后打上一拳而已。"李莲花看了苏小慵一眼，"倒是苏姑娘心善，连连阻止我使用那'起死回生药'。"

苏小慵脸上又是一红："我怎知你……心思弯弯曲曲……有那么多古怪？"

李莲花温言道："你是小姑娘，不要和我学。"

苏小慵却道："如你这样，也没什么不好，我只恨我不够聪明。"

李莲花微微一笑，不再说话。

方多病心里一乐，这小姑娘只怕心里桃花朵朵开，喜欢上李莲花了。

说话之间，花如雪已把公羊无门全身上下都搜了一遍，果然从这貌若公羊的老头兜里摸出了一个圆球形的东西。

苏小慵眼睛一亮："打开来看看！"

方多病也稀奇得很，"泊蓝人头"好大名气，却不知究竟是什么东西。

花如雪揭开包在上头的锦缎，打开一看，三人都是一怔。

那是一块浅蓝色的透明石头，光彩照人十分美丽，的确也挖着两个眼窝、一个鼻梁什么的，也用黄金堵了起来做成了杯子形状，但三人却失望得很。

方多病忍不住道："这就像个蓝宝石做的假骷髅……不过是件珠宝。"

苏小慵皱起眉头："这……这虽然漂亮，不过……"不过和她心中所想的诡异可怖的"泊蓝人头"差距甚远。

花如雪没甚表情，吩咐衙役贴上字据，列入清单之中。

"所谓'泊蓝人头'，其实便是用'泊蓝之石'所刻的人头。"李莲花站在一边，心情很愉快地道，"'泊蓝之石'是蓝宝石的一种，不过它在光线之下不仅可见蓝光，偶尔还可见浅绿色光芒，犹如湖泊，所以被称为'泊蓝'。喝下人头酒既不会延年，也不会益寿，'能解百毒''能治百病'不过是这块宝石十分巨大，雕刻又很奇特，自古流传下来的传说。李相夷当年喝过人头酒，如果那酒真能解百毒，他又怎会……"他没再说下去，只是微笑。

大家都极是诧异唏嘘，原来明争暗斗，死去几条人命所索要的东西，居然只是虚幻。

方多病却奇道："他又怎会如何？"

李莲花道："他又怎会掉下海淹死？"

方多病诧异："你怎知他是因为中毒掉下海淹死？"

李莲花歉然道："我想他既然那么厉害，如果百毒不侵岂不是更加厉害？这么厉害的人怎么会掉下海淹死？那肯定是有问题的。"

方多病将信将疑，半晌道："死莲花，你很奇怪……"

"李莲花，"苏小慵很快对"泊蓝人头"失去了兴趣，突然对李莲花道，"下个月武林之中有一件盛事，你知道吗？"

李莲花眨了眨眼睛："什么盛事？"

苏小慵露齿一笑，她的牙齿白白的，很是好看："下个月初八，'紫袍宣天'肖紫衿要娶乔婉娩过门啦，我义兄会去祝贺，我也会去，你去吗？"

李莲花突然微微一怔："肖紫衿要娶婉娩过门了？"

苏小慵点头，很是羡慕："肖大侠十年苦恋，终于赢得佳人芳心，结局真是美满得很。听说这位乔大姐当年是'相夷太剑'李相夷的红颜知己，李相夷坠海失踪以后，乔大姐数度跳海都让肖大侠救下，而后两人相伴行走江湖，经过十年漫长岁月，乔大姐终于决定嫁给肖大侠，连我后生晚辈听着都觉得是神仙般的故事。"

李莲花叹了口气："是……是吗？"随即微笑，"果真是神仙般的故事，若没有肖大侠相救陪伴，这位乔姑娘早就死了。"

苏小慵叫道："正是正是，我最看不得别人说她水性杨花一女配二夫。李大哥你也去祝贺吗？"

李莲花想了想:"我……"

"你当然得去了,既然苏姑娘要去,李大哥岂有不去之理?"方多病笑嘻嘻地看着苏小慵,大力拍着她的肩,"放心放心,就算死莲花懒得去,我也会逼他去的。"

苏小慵大喜,抿起了嘴偷偷地笑。

李莲花叹了一口气,又叹了一口气,喃喃地道:"我觉得下个月需要修房子,买新棉被,做冬衣,冬天快到了……"

而花如雪却拍醒了公羊无门,强迫他拔去金元宝颈上多余的银针,把金元宝从鬼门关上救了回来。

过了几日,金元宝颈上伤势好了大半之后,说出了元宝山庄之事的真相——

董羚果然是拿着当票前来索要"泊蓝人头",不过却是为了救中毒的女友芙蓉。事情经过和李莲花所料并无太大出入,只是他却不是上吊,而是公羊无门本打算掐死了他,但是听到苏小慵的脚步声后,公羊无门临时以腰带将他吊起,本以为他必死无疑,却又很快被仆役发现,算是万幸。

金元宝和公羊无门都被关入大牢,花如雪追问公羊无门为何强取"泊蓝人头",公羊无门终于说是想要此物已有多年,他只想独占此物,而后精研"泊蓝人头"能解百毒、治百病的奥秘。

花如雪冷冷地问了他一句:"原来你是要先杀人,然后救人?"

公羊无门哑口无言,突然在大牢之中号啕大哭,悔恨至极,他势必要等到九十高龄,方才能出狱救人。如果他有命活到那时,出狱之后,想必会真是一个好人。

金元宝却因为"寸白虫"之症很快疯癫而死,谁也不知他那奇特的病症是如何感染上的,关押他的狱卒却都私下流传他喜欢吃腐肉。

五 山外青山楼外楼

"紫袍宣天"肖紫衿和乔婉娩的婚事,在武林中掀起轩然大波,数日之内已成了江湖中人最关切的事。肖紫衿乃是当年四顾门三门主,李相夷的结拜兄弟,乔婉娩却是李相夷的红颜知己。当年并辔纵横江湖的女子,如今嫁为兄弟妻,不知李相夷若在世,会作何感慨?

李莲花却在发愁:冬天快要到了,他那吉祥纹莲花楼四处漏风,需要大修了。

第七章 观音垂泪

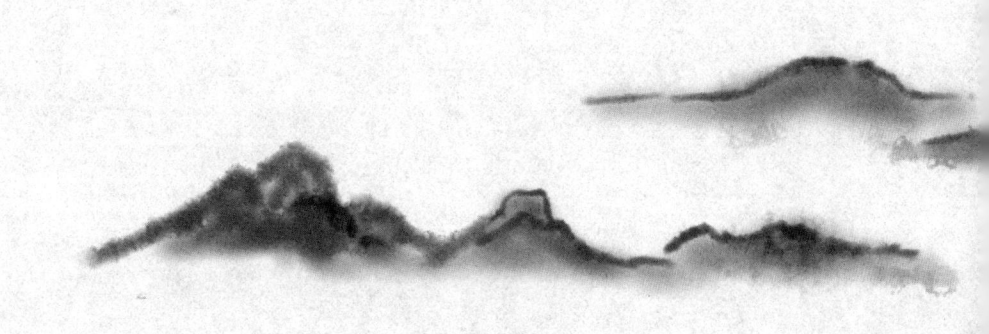

扁州本是个不大起眼的地方，它开始出名是二十年前这里出了个穷得发疯最后杀官上吊了事的窝囊废，开始发迹是六年前"紫袍宣天"肖紫衿带着红颜知己乔婉娩到扁州小青峰隐居。

自从这两位名满天下的大人物隐居扁州后，扁州便突然热闹起来，如"小乔酒楼""紫巾布庄""武林客栈""仙侣茶馆"等店铺如雨后春笋般冒了出来，而且家家生意兴隆。江湖中有不少年轻人喜欢到这里喝喝酒打打拳，游山玩水，以期待"偶然"和那两位大人物途中相遇，亲热一二。但肖紫衿和乔婉娩隐居至今，不知是大侠不仅行侠仗义了得，连捉迷藏的功夫都很了得，还是两个人运气甚好，隐居六年，竟从未有人发现两人究竟隐居小青峰何处。

但本月十五，这个秘密已不是秘密。

苦恋乔婉娩十年之久的肖紫衿肖大侠，终于要在小青峰迎娶乔婉娩，并且发下武林帖，邀请武林同道前往道贺，痛饮喜酒。难怪肖紫衿如此高兴，他本是世家子弟，从小喜欢热闹排场，任性得很，跟随李相夷入四顾门后，以一身武功艺压群雄，身任三门主一职，更是风光绝伦。只是李相夷死后，乔婉娩数度自尽，他也消沉许多，随着年纪渐长，行事也趋于稳重，不复当年任性，如今人到三十有四，方才娶得美娇娘，无怪他心情欢喜，要大大地热闹一场。

八月十五，扁州小青峰百草坡，无论是相识的还是不相识的，想去的还是不想去的，大家统统都要给肖紫衿面子，云集百草坡野霞小筑，参加这对神仙眷侣的婚礼。

【 一 问莲根、有丝多少？莲心知为谁苦？ 】

"叮叮咚咚，叮叮咚咚，叮叮咚咚……"

吉祥纹莲花楼里不停传出敲打之声，李莲花满头木屑，十分专注地把已修补好的木墙表面抛光，然后上一层清漆。这栋原本很宽敞的木楼里，此时满地木屑、铁钉、抹布，十分混乱。

窗外有鸟在叫，声音很是清脆。他看窗外的鸟，那是一只太平鸟，稍微停顿了一下便振翅飞走了。秋深了，再过不久连鸟雀都罕见。

"李小花，快点快点。"有人搬了他的椅子坐在大门外，正在兴致盎然地吃一只烤鸡，金黄香嫩的烤鸡在深秋日光下映得越发令人垂涎欲滴，何况那人还搬了李莲花的桌子出来，桌上放着一瓶十分有名的美酒，叫作"葡萄"。这搬了人家桌椅出来坐，桌上放了美酒却只倒进一个酒杯的恶客，当然就是江湖方氏的大公子方多病。莫小看他带来的这只烤鸡和这瓶"葡萄美酒"，那只烤鸡据说是雪山松鸡与芦花鸡的后代，用桑木慢火加蜜以及十数种神秘调料精心烤就，而那瓶美酒则是朝廷赠予方氏的西域贡品。方多病携带两样美味来看望老友，当然美酒和烤鸡都是进了他自己的肚子，他不过来借李莲花一张桌子和一把椅子而已。

"啊……"李莲花本在看鸟，闻言转过头来，很遗憾地看着那只已七零八碎的烤鸡，"快要好了。我本已饿了，但看着你的鸡，突然又不饿了。"

方多病对着鸡腿大咬一口，十分享受地问："怎么不饿？"

李莲花叹了口气："你若是带来一只整鸡，那也罢了，这只鸡搞得就跟狗啃的一样，让人哪里有心情……"

方多病这次却不生气，笑嘻嘻地吃肉喝酒："是吗？我一早知道，李小花的话是万万不能信的。"

李莲花又叹了口气："你又变聪明了。"

方多病喝酒喝得喷喷有声："五天后肖紫衿和乔婉娩大婚，我家收到了喜帖，这就要让本大公子送红包去了，莲花你去不去？那个媚眼在你脸上飘来飘去的姓苏的小姑娘定在那里。其实我实在想不通，论长相，本公子比你清弱俊美；论气质，本公子比你温文尔雅；论风度，本公子一贯翩翩，而且从不装傻骗人，忠厚老实又诚恳可靠……居然遇见的许多小姑娘都喜欢往你脸上抛媚眼，真是怪哉……"

李莲花斯文地抖了抖衣袖上的木屑灰尘，微微一笑："因为我比你有名。"

方多病被一口鸡肉噎了一下，瞪起眼睛："这倒也是……你比本公子有名的确又是一件怪哉的事……死莲花，李莲花，五天后的大婚你最好跟我一起去，这是我家老爷的意思，你若不去，我就绑了你去。"

李莲花吃惊地看着他："你家老爷的意思？"

方多病斜眼看着他："你不明白？"

李莲花立刻摇头："我当然不明白。"方氏的"老爷"养尊处优，与朝廷达官贵人交往密切，素不过问江湖闲事。

"你忘了？我有个娇滴滴的小姨，也很喜欢往你脸上抛媚眼的……"方多病笑嘻嘻地道，"虽然上次你给她看病，害她上吐下泻了三个月，但是她却没有怪你。"

李莲花大吃一惊："啊……"

方多病悠悠地道："我家老爷也觉得小姨年纪不小了，难得有人让她一见钟情，所以他有意要招你做我小姨丈。这次肖紫衿的婚礼，冲着他的面子我家老爷也会去，要我绑了你去给他仔细瞧瞧……"

李莲花立刻摇头："如此不妥，大大的不妥。"

方多病心情十分愉快地继续喝酒吃肉："其实我那小姨虽然娇滴滴，做作又无聊，但的确美得很……"

李莲花又摇了摇头，突地一笑："其实肖……大侠的婚礼，我本就会去，只是万万不是为了做你姨丈。"

方多病倒是有些意外，停下酒杯："你会去？"

李莲花正色道："不但会去，还要送一份大礼。"

方多病上上下下地打量他："真的？"

李莲花点头："真的。"

方多病道："我信你才有鬼。"

扁州，百草坡，野霞小筑。

时已深秋，小青峰百草坡的草色已近微黄，山风瑟瑟，虽是新婚将近也有几分喜气，却不脱八分萧索。几缕黑烟在山风中消散，点点带着火星的纸烬刹那间随风高飞，蹁跹向天空深处，风中混合着烟火、泥土和草梗的味道，令人一闻便知，有人在上坟。

天色昏黄，百草坡野霞小筑门前不远有一处石林，石林之中有片不小的水潭，潭水深不可测，水潭旁边立着一个简单的石碑，石碑之后是一个土冢。

碑前未曾烧尽的冥纸仍在飘零，坟前烟火未尽，两人并肩跪在坟前，默默无语，似是已经跪了很久。那两人是一男一女，男子身着紫袍，身材挺拔修长，侧望面貌英俊，目光炯炯，颇具慑人威势；女子一袭白衣，身材婀娜，一头乌发绾了个髻子，未戴金银饰物，却在鬓边插了朵白花。

这二人正是五日后将要成亲的主儿——"紫袍宣天"肖紫衿和李相夷的红颜知己乔婉娩。两人所拜的是李相夷的衣冠冢。二人并肩跪在衣冠冢前，已有半个时辰之久，都未说话，只是静静看着那碑上"挚友李相夷之墓"七字，分外出神。

"真快……已经十年了……"跪了许久，乔婉娩终于缓缓地道，"已经十年了。"她的面貌娴雅端庄，并非十分娇艳，却别有一份温婉素净之美，语调听不出是悲是喜，似是十分茫然。

肖紫衿缓缓从坟前站了起来，振了振衣袍："十年之中，你我之间，并未对不起他。"

乔婉娩点了点头，却仍跪在李相夷坟前，垂眉闭目，不知在想些什么。

肖紫衿伸手将她扶起，两人相依相伴，缓步走回野霞小筑，慢慢关了大门。

肖紫衿和李相夷相识在十二年前，那时候李相夷十六岁，他二十二。彼时笛飞声尚未组成金鸳盟，江湖安逸，他和李相夷以及后来成为四顾门二门主的单孤刀三人结拜兄弟，时常游山玩水，饮酒比武，有过一段年少轻狂的岁月。

尔后笛飞声祸害江湖，李相夷非但武功了得，而且才智过人，在江湖中影响日大，他和单孤刀渐渐成了小兄弟的副手。几年后，单孤刀在松林一战中战死，李相夷坠海失踪，风光一度的四顾门风流云散，其中无尽寂寥，个中滋味，除了他之外，又有谁知道……

他扶着乔婉娩回到野霞小筑，屋中早已布置得喜气洋洋，张灯结彩，不若门外萧索。看了一眼乔婉娩黝黑的眼瞳，肖紫衿突然问："你还是忘不了他？"

乔婉娩微微一颤，过了好一会儿，才低声道："我不知道。"

肖紫衿并不意外，背过身去，负手站在窗前，山风飒飒，吹得他衣发飘飞，只听身后乔婉娩静静地道："我只知道对不起你。"

"嫁给我吧。"肖紫衿道，"终有一日，你会忘了他的，你也没有对不起他。"

乔婉娩微微一笑："早已答允嫁给你了。嗯，我们没有对不起他。"

肖紫衿回过身来，伸手搭住她的肩膀："你是豁达女子，不必在意旁人说些什么，五日之后，我要世人都知道，今生今世，你我白头偕老，永不分开。"

乔婉娩点了点头，缓步走到窗前与他并肩，窗外，夕阳西下，树木秋草皆染为金黄，十分温暖和谐。

八月十二日。

距离肖紫衿和乔婉娩的婚礼尚有三天。

扁州小青峰下已热闹非凡，"小乔酒楼""武林客栈""仙侣茶馆"等地方早已人满为患。无处睡觉的武林中人有人挂出条绳子，躺在绳上睡觉，而既然有人横绳而睡，必定有人大为不服，在横绳对面的地上横两根狼牙棒，躺在棒子上睡觉。既然有人睡狼牙棒，不免也有人睡梅花桩，有人倒吊着睡，有人睡在筷子般细的树梢上，有人睡在水面上，有人在大石上睡觉，第二天醒来大石都给他睡成了石渣子……稀奇古怪的睡法随处可见，其中最耸人听闻的，是有人睡在蜘蛛网上，还有人把自己的刀倒插在地上，直接睡在刀尖上，也不知真的假的……

李莲花和方多病是在八月十一日乘方家的马车来的，所以睡在武林客栈"天字一号"房的床上。那房里本来有房客，但他被方多病一手"立纸如刀"——把薄纸插入木桌——的本事吓得魂飞魄散，而后拔起插入木桌的那张五十两银票跑得如兔子般快。方多病后来才知道，其实这人并非来参加肖紫衿的婚礼，他不过是个路过扁州的客商。

武林客栈最好、最舒适的房间共有四间，都号称"天字一号"。李莲花住了左边一间，方多病住了左二，而右边第一间住的就是苏小慵，右边第二间住的正是赫赫有名的"乳燕神针"关河梦关侠医。方多病和李莲花是在吃饭的时候遇见苏小慵，而后结识关河梦的，虽然住在隔壁，方多病却觉得这位疾恶如仇的江湖俊彦对李莲花并无好感，这点让他好奇得很。

李莲花的房间里，四人此时正坐在一起喝酒。苏小慵换回女装之后并不十分娇美，个子高挑，身材干瘪。方多病私心觉得她还是男装俊俏得多，无怪假扮男人像得很。关河梦英挺秀拔，只是不善言笑，为人十分认真严谨，和李莲花大大不同。

"李前辈，我在十五日前收下一个病人。"关河梦与李莲花结识之后一开口便要讨论医术，方多病十分耐心地听着，偷眼只见苏小慵的目光在两个男人之间转来转去，心意不定，不免暗暗好笑。

关河梦道："该病人血虚体弱，自言日见鬼魅，惊悸怔忡，夜不能寐，而后持刀杀人，十分狂躁。我用黄连、蓝汁、麦门冬、茵陈、海金沙、紫参、白头翁、白薇、白鲜皮、龙胆、大黄、芍药十二味药水煎连服数日，未见效果，以银针刺穴可暂压狂躁，却不能治本，不知李前辈有何看法？"

李莲花道："可以尝试加一味虎掌。"

方多病一口冷酒差点喷了出来。虎掌？老虎的脚掌？却听苏小慵"咦"了一声道："虎掌有剧毒，下药须谨慎。"

关河梦摇了摇头："寿星丸之说《本草》有载，只是……"他沉吟了半响，"只是想那天南星本是药草，在土坑中倒入三十斤红热木炭加五升烈酒闷上一日一夜，那……那岂非成了草木灰……"

李莲花想了想："病人若是武林中人，内力不弱的话，不妨将新鲜虎掌直接服下。"

关河梦大吃一惊，和苏小慵一起瞪着李莲花，半响说不出话来。

方多病听得莫名其妙，全然不知所云，他并不知李莲花所说的"虎掌"和关河梦所说的"天南星"乃是同一种剧毒药草，又称"虎掌南星"。虎掌味苦性温，有剧毒，有化痰消瘀、祛风止痉之效，《本草纲目》中有载，医治惊悸、狂惑之症，可用"寿星丸"。用虎掌一斤，掘一土坑，以炭火三十斤烧红，倒入酒五升，渗干后把天南星放入其中，用盆盖住。第二日取出研末，加琥珀一两、朱砂二两，以生姜汁调面做成丸子，煎人参、石菖蒲汤送下，称为"寿星丸"。虎掌大毒，用药须谨慎，未经炮制轻易不可内服，李莲花居然要病患将剧毒直接服下，那无疑是以内力修为与剧毒博一次性命。

酒桌上气氛僵滞了一会儿，关河梦慢慢地道："李……你这是在杀人……"他本想称呼"李前辈"，但心里委实惊怒交集，这"前辈"二字，难以出口。

李莲花道："若他是因为中毒疯癫，将虎掌直接服下，应该能够清醒。若是内力不足抗毒，可以泡水再服，虎掌虽有剧毒，却能延迟或者缩短疯癫发作的时间……"

关河梦和苏小慵不知李莲花不通医术，只是惊疑，方多病却是大吃一惊，李莲花对医术一窍不通，此时却居然敢说虎掌可以医治疯癫，真的是很奇怪……

"你怎知病患是中毒疯癫？"关河梦沉声问。

苏小慵知道关河梦说到的"病人"指的是他的好友"龙心圣手"张长弓，张长弓被人下了迷魂之毒，已疯癫数月之久，关河梦医治半月，始终不见起色。

李莲花一怔，歉然道："啊……我随口说说……"

关河梦脸现愠色："治病救人，若无十分把握岂可轻言？你可曾如此医好病患？"

李莲花张口结舌，关河梦虽不再说话，方多病已看得出他心下不快至极。关河梦一开始对"吉祥纹莲花楼主人"尚有几分敬意，说到此时，他对李莲花已是大有成见。

突见关河梦对苏小慵瞪了一眼，方多病猛然醒悟为何这位关侠医一开始对李莲花就不大亲热，他心下大笑，这位侠医敢情对义妹倾心李莲花大为不满。

见关河梦神色冷淡，李莲花满脸歉然地坐在一旁，方多病对他翻了个白眼。苏小慵却道："关大哥你又怎知李……李大哥他不曾以新鲜虎掌医好病人？李大哥是当世名医，虎掌虽有剧毒，说不定正是因为有剧毒，所以对某几种疯癫才十分有效呢。"

李莲花"啊"了一声，尚未附和，关河梦冷冷地道："你可能确保病人服下天南星一定能够痊愈，绝不会死？"

李莲花苦笑道："不能。"

关河梦"砰"的一声拍案而起，大怒道："那你便是以病患试验药物，草菅人命！"

李莲花和方多病都吓了一跳，苏小慵叫了一声："关大哥！"

关河梦疾恶如仇，性子耿直，脾气虽不甚好，对待病患却极有耐心，她也很少见他如此大怒，但以活人试药乃极其残忍恶毒之事，她也隐约明白。

方多病打圆场赔笑脸："服下剧毒也无妨，只要有人以至纯内力化解，不会有性命之忧，哈哈哈。"

关河梦气极反笑："这等功力世上几人方有？李相夷？笛飞声？少林元化掌门？"

方多病正要辩说他家方而优方老爷子也有这等功力，关河梦竟敢看不起他家祖宗……李莲花已用一杯酒堵住他的嘴，微笑道："我突然困了。"

关河梦甩袖便起，怫然道："告辞！"头也不回，拂袖而去。

苏小慵看了李莲花一眼，顿了顿，欲言又止，终是狠狠瞪了他一眼，追着关河梦出去。

方多病差点被李莲花那杯酒呛死，好不容易喝下，怒道："你干什么？！"

李莲花叹了口气："我怕你再说下去，关少侠要拔剑杀人。"

方多病揉了揉被酒呛得难受的喉咙，嘀咕了一声："还不是你不懂装懂胡说八道，让他暴跳如雷？"

李莲花喃喃地道："下次定要说李莲花对医术半点不懂、一窍不通，无论头疼脑热、伤风咳嗽，都万万不要来问我……"

方多病忍不住好笑："你要是说你一窍不通，他必定也要生气。"

两人面面相觑，突然大笑，又饮了两杯酒，各自沐浴上床。

一夜好眠。第二日起床的时候，关河梦早已起身，不知上何处去了，苏小慵一人独坐客栈楼下一桌，见李莲花和方多病下来，微微一笑。李莲花报以十分抱歉的微笑，整了整衣角，和方多病在她桌边坐了下来。

"李大哥早。"苏小慵今日一身淡紫色长裙，略施脂粉，倒是比昨日美貌许多，不知是为谁梳妆。

方多病白衣皎洁，施施然在她身边一坐："不问方大哥早？"

苏小慵规规矩矩地又道了一声："方大哥早。"

李莲花温言询问关河梦何处去了，苏小慵道关河梦正在小青峰下，等候要一同上山道喜的"风尘箭"梁宋、"紫菊女"康惠荷、"白马鞭"杨垂虹和"吹箫姝"龙赋婕。这四人并不相识，但都曾受过关河梦救命之恩，此次肖紫衿宴请天下武林客参加他的婚礼，这些后生晚辈也都远道而来，关河梦早到几日，为朋友订下房间，此时已去接人。

方多病大赞如关河梦这等侠士古道热肠，李莲花连忙买了八个馒头、倒了八杯茶水，等候关河梦五人归来。

苏小慵见李莲花极认真地摆放馒头的位置，既觉得好笑，心里又甚是温馨。李莲花人极聪明，又是名震江湖的人物，却从未自视甚高，看他买馒头的模样，如何能认得出他是一位医术通神而又才智绝伦的奇人？

"今日已是十三。"方多病道，"再过两日，就是婚期。"

苏小慵呷了一口茶水："乔姐姐真是令人羡慕，能和李相夷这样的奇人相遇，而后又有肖大侠这样的痴情男子守护，十年……"她轻轻叹了口气，"是多么漫长的岁月，肖大侠从未离开过乔姐姐身边。"

方多病奇道："你认识那两个人？"

苏小慵点了点头："我和关大哥八月初八已经来到，上小青峰游玩的时候遇见了他们，他们正在给李相夷的衣冠冢上香。"

李莲花微微一笑："斯人已矣，活着的人只要过得好，死者就能安心，倒也不必如此执着。"

苏小慵却道："那不过是李大哥你自己的想法，江湖上还是有不少人说乔姐姐一女配二夫，说她心志不坚，移情别恋，再难听的我都听过。"她哼了一声，"李相夷已经死了十年了，凭什么女人就要为男人守活寡一辈子？乔姐姐又没有嫁给李相夷做妻子。"

方多病插话道："这骂人的人多半在嫉妒肖紫衿。"

苏小慵愕然："嫉妒？"

方多病一本正经地道："他心想，乔婉娩你变心怎么不变到我这里来，竟变到肖紫衿那里去？你若变心嫁给了我，便是从良；嫁给了肖紫衿，就是荡妇。"

苏小慵"扑哧"一声笑了出来，后又忍住："你这话让肖大侠知道，定要打破你的头，他无比敬重乔姐姐。"

方多病好奇："怎么敬重？"

苏小慵道："肖大侠待乔姐姐很温柔，他虽然不常看她，但是乔姐姐无论要做什么、在想什么，他都知道。乔姐姐要做任何事他都不反对，再小的事他都会帮她做。我真是羡慕得很……"

李莲花听着，忽然微笑起来，眼神也甚是温柔。

方多病却道："肖大侠也忒英雄气短，儿女情长，难道他娶了老婆，还要给老婆擦桌扫地、洗碗做饭不成？"说到擦桌扫地，他看了李莲花一眼，心里一乐：这死莲花若是娶了老婆，倒是必定在家里擦桌扫地、洗碗做饭的。

"这个……乔姐姐想必不至于让肖大侠如此吧？"苏小慵皱眉，被方多病一说，她还真不敢说肖紫衿婚后就不会在家里擦桌扫地。

方多病本在胡说，见她当了真，心里暗暗好笑，十分得意。

几人正在闲谈胡扯之间，突闻门外一阵马蹄声，有几个人在武林客栈前下马，快步走了进来。

苏小慵叫道："关大哥。"

当先进来的是关河梦，一身黑色长袍，十分英挺，见李莲花和方多病与苏小慵同桌而坐，脸色微沉，却不失礼数："两位早。"

李莲花连连点头："早、早。"

方多病却往他身后张望，关河梦身后四人，两男两女。两名男子一人做书生打扮，一人身着紧装。书生打扮的那人腰上悬挂玉佩的腰带乃是一条软鞭，自是"白马鞭"杨垂虹，据说此人一手"白马金络鞭"在天下鞭法中可排第五。灰袍紧装之人是"风尘箭"梁宋，此人的武功并不怎么高明，但是为人诚恳勤毅，侠名甚隆。两名女子，一位娇美明艳，身着绿色衣裙，是"紫菊女"康惠荷；另一位却是一袭布裙，不施脂粉，天然一股书卷之气，正是"吹箫姝"龙赋婕。

几人相互介绍，不住拱手，一阵"久仰久仰"之后，终于坐了下来，对同桌之人竟是大名鼎鼎的"吉祥纹莲花楼楼主"和"方氏"少主也是十分惊讶，尤其李莲花以神秘闻名，却居然是如此文雅寻常的一介书生，大家不免都是心下诧异。略饮了几杯茶水，几人攀谈起来，方多病才知道这几位侠少侠女，不仅被关河梦救过性命，也被肖紫衿救过性命。

"风尘箭"梁宋道："我生也晚，未曾赶上四顾门和金鸳盟的那一场大战，但有幸在两年之前月支窟一战与肖大侠有过一面之缘。肖大侠相貌英俊，为人潇洒，和乔姑娘的确是天生一对。"

康惠荷抿嘴微笑："肖大侠确是英俊潇洒，但也未必天下无双，梁兄武功虽然不及，英雄侠义却犹有过之。"

这位姑娘容貌美丽，嘴巴很甜，与她同来的"吹箫妹"龙赋婕却是嫣然一笑："梁兄英雄侠义犹有过之，也有人英俊潇洒与英雄侠义都不逊于……"

康惠荷满脸生晕，嗔道："龙妹妹！"

龙赋婕似笑非笑地看着关河梦，举杯喝了口茶，拿起面前的馒头，悠悠撕了一片，吃了下去。

方多病饶有兴致地看着关河梦。李莲花规规矩矩地喝茶，目不斜视。

梁宋轻咳一声，他早知康惠荷倾心关河梦，关河梦却似乎对苏小慵较为特别，为避免关河梦尴尬，他向杨垂虹道："杨兄远道而来，不知带了什么贺礼？"

杨垂虹本是翩翩公子，也不小气，当下从袖中取出一个如折扇大小的木盒："这是兄弟的贺礼。"

康惠荷好奇："这是什么？"

这木盒长约一尺，宽约两寸，方多病也好奇得很："这里面是什么？筷子？"

杨垂虹一笑打开木盒，只见木盒中光华闪烁，竟放着一支奇短奇窄的匕首，精钢匕首必是寒光闪烁，这匕首却焕发着一种奇异的粉红光泽，煞是好看。方多病看了一阵，突道："小桃红！"

杨垂虹点头，赞道："方公子果然好眼光，这正是五十六年前'天丝舞蝶'桃夫人的那支'小桃红'！"

龙赋婕颇为惊讶："听说此匕斩金断玉，锋锐非常，更为可贵的是此匕所在之处，神兵之杀气可令蚊虫绝迹、猛兽避走，是防身神物。你从何处得来？"

杨垂虹颇有自得之色："'小桃红'是兄弟偶然从当铺见得，重金买下。肖大侠于我有救命之恩，此匕赠予乔姑娘再合适不过。"

众人纷纷点头，当下相互询问贺礼。龙赋婕带的是一支凤钗，明珠为坠、黄金镂就，十分昂贵，最珍贵之处是短短三寸来长的钗身上细细刻有陆游《钗头凤》，那一首词六十个字，字字清晰，笔法流畅，确是一件名品。几人啧啧称奇，心下却不免觉得新婚之际，这钗上刻这首词未免不吉，但此钗乃是古物，倒也难以苛求。康惠荷的贺礼是一盒胭脂，那胭脂颜色娇艳明媚，却是西域奇花所制，常用能够驻颜，又能当作金疮药使用，涂在创口之上颇有奇效。梁宋带来一幅字画，乃是当代书法名家所写之"郎才女貌"四字。关河梦和苏小慵未带贺礼，方多病的贺礼却庸俗得多，乃是白银万两，以及"葡萄美酒"二十坛、各色绫罗绸缎十四、异种花卉一百品。

这些贺礼由方而优方老爷子率众带来，方多病代表方氏将于八月十五交与肖紫衿。

但若说方多病庸俗，李莲花便是小气了，他的贺礼……是一盒喜糖。

方多病目瞪口呆，半晌道："要不这异种花卉一百品便算你送的如何？"

其他几人看着那盒喜糖，心下或是鄙夷，或是诧异，李莲花却是不肯，硬要送肖紫衿夫妇一盒喜糖。

众人都皱起眉头，暗道这人不识时务，肖紫衿和乔婉娩是何等人物，你送去一盒不值一吊钱的糖果，岂不是当面给人难堪？

李莲花拍了拍他那盒喜糖，小心翼翼地包了起来，当作宝贝一般。

方多病心里悻悻然：原来这就是李莲花的"大礼"？不过这李小花是只铁公鸡，小气得很，花五个铜板买盒糖果，的确也是个"大礼"了。

【 二 双花脉脉娇相向，只是旧家儿女 】

八月十五，天色清明爽朗，已近傍晚，一缕紫霞斜抹天空，瑰丽动人。

扁州小青峰，野霞小筑宾客盈门，人来人往，十分热闹。门口高悬红色灯笼，庭院内张灯结彩，酒席列了数十桌，挤满了整个庭院。桌上各色酒菜，鸡鸭鱼肉，水果鲜蔬，冷盘凉拌，都已上齐。入座的宾客已有五成，大多满带笑容，彼此拱手，"久仰久仰""恭喜恭喜"之声不绝于耳。

乔婉娩对镜梳妆，铜镜颜色昏黄、光华暗淡，她缓缓描眉点唇。镜中人依然如当年那般颜色，即使绘上浓妆亦不见增艳多少，只是容颜依旧，人事已非……嫁给肖紫衿……十年之前，纵然是最荒诞离奇的梦，也从未想过，自己会嫁给肖紫衿。爱紫衿吗？她问过自己很多次，十年前、八年前、六年前、四年前……一直到昨日深夜，爱紫衿吗？昨夜梦见他为她流过的血，做过的事，却未见他为她流的泪，醒来以后静静地回想——真的，她只见过紫衿为自己流过血，从未见他为自己流过泪，这个男人，一直拼命做着她的撑天之柱，至于其他，从来不说，也不让她看见。

他和相夷不一样。爱相夷吗？爱的，一直都爱。相夷很任性，高强的武功、出群的智慧、辉煌的功业，让他目空一切。他喜欢命令人、很会命令人，奇怪的是大家都觉得很服气，从来不讨厌。她也是一直被他命令着、安排着，去哪里、做什么事、在哪里等他……一直一直，听着相夷的指挥，信着他、等着他，一直等到永远等不到。但紫衿不同，紫衿永远不会指挥她必须做些什么。

只要她开口，他可以为她去死。

乔婉娩微微牵动了一下嘴角，那微笑未免有几分凄凉之色，她自不会要紫衿为她去死，她绝不会要任何人去死，她痛恨所有抛弃一切轻易去死的人。

爱紫衿吗？爱的，花费了十年光阴，有今日的婚礼，她真的十分欢喜。

外边宾客进场，入席的时候都送上贺礼，她也是习武之人，听见了外面的声息，礼物大都十分名贵。乔婉娩绘好妆容，微微一笑，紫衿虽然这几年更稳重收敛，但想必心里十分高兴，他本来喜欢排场。

"乔姐姐？"门外有人敲门，"我是小慵。"

乔婉娩道："进来吧。"

苏小慵推门而入，"啊"了一声："乔姐姐今日果然比平时更美。"

乔婉娩"扑哧"一笑："小丫头虚伪得很。"

苏小慵叫了起来："乔姐姐本来就是江湖中有名的美人！我哪里虚伪了？"

乔婉娩微微一笑："有名不假，美人未必。这般'有名'，不知是幸，还是不幸。"

苏小慵拾起桌上的梳子轻轻为她梳紧发髻："也不知有多少人羡慕你呢。"

乔婉娩闭起眼睛，而后睁眼微笑："你没见过'虞美人'角姑娘，那才是真正的美人儿。"

苏小慵嘴巴一扁："我干吗要看妖女？听说这女人手下帮徒乱七八糟，奸淫掳掠做什么事的都有，她肯定不是什么好人。"

乔婉娩觉得有些好笑，正要说话，花轿却已到了门口。苏小慵为她戴上凤冠，理好衣裳，扶她入轿。

大红花轿在众轿夫的吆喝声中缓缓前行，走向中庭，喜筵就设在中庭，喜堂就在中庭之后的大堂。自乔婉娩闺房到大堂，不过穿过一条回廊，数百步路程。喜乐吹奏，客人已纷纷到席，一时间声息稍静，只听那欢快热闹的乐曲似响自四面八方，花轿"吱呀"之声隐约可闻，宾客在稍静之后哄然议论，欢笑声、吆喝声、敲击声和开嗓歌唱声混合在一起，热闹到极。

乔婉娩坐在轿中，觉得害羞起来，双颊晕红，偷眼往花轿帘子缝隙看一眼，遥遥可见肖紫衿伟岸的背影站在喜堂之中。她从未见他着过红衣，猛然看见，竟觉得有些好笑，情不自禁地嘴角含笑，心头竟有些跳，就似仍是个十七八岁的小姑娘，第一次见了可心的人儿一般。

众多宾客也都在宴席边坐了许久，等花轿也等了许久，见花轿自回廊中转出，不少人都目不转睛看着那花轿，只盼在轿上盯出两个洞来瞧瞧新娘子究竟是如何美貌，令两个江湖奇男子为她颠倒。

苏小慵一路跟着花轿，轿边跟随的有丫鬟、媒婆和轿夫，路没走多远，轿边又跟了不少年轻莽撞的江湖少年，她忙着阻拦众人靠近花轿，以免冲撞花轿。正忙碌之间，有人轻轻拍了下她的肩。

"哎？"她回身一笑，"是你，怎么？有事吗？"

那人点头，对她招了招手。

苏小慵略有迟疑，但见花轿也已走到门口，这人的脾气她也知道，不是真有要事，此人对她避之犹恐不及，绝不会上前招呼，便点了点头，跟着那人往客房走去。

花轿边人头攒动，却也没多少人留意到苏小慵离去，人人只盼在乔婉娩出轿之时看她一眼。

喜乐吹奏，前头手持蓑青之人已经扫过了喜堂的门槛，乔婉娩并无兄弟，因而也无舅爷轿在前，更无媒人，所以迎亲队中也没有媒婆轿。前头拖青之人过后，新娘轿子就直接到了门口，吉时一到，新郎就可出迎，牵新娘入内拜堂。乔婉娩的大红花轿在外一停，宾客们开始起哄，大家都笑了起来，纷纷吆喝。肖紫衿回身一望，嘴边也隐约见了笑意。

方多病坐在喜筵正席，他身边便是方氏当家老爷子方而优，在自家老爷面前，方多病规规矩矩，谨言慎行。与他同席的是关河梦以及"佛彼白石"中三人，"四虎银枪"三人，四顾门尚存的友人都前来道贺，"佛彼白石"中云彼丘没有到座，说是百川院不能无人留守，加之他有病在身，因此不能前来。

李莲花坐在第七席中，他本要说明他就是江湖传说中神秘莫测的"吉祥纹莲花楼楼主"，但转念想到方而优正看着何晓凤的准夫婿，不免有些胆寒，还是不说为妙。坐在他左边的是"思皮大侠"房克虎，右边是"雪花仙子"柳寒梅。满桌皆是"久仰久仰"之声，半晌之后，李莲花终于忍不住悄悄问身边的柳寒梅："那位'思皮大侠'究竟是何方神圣？"

柳寒梅嫣然一笑，在他耳边悄声道："'思皮'是南蛮荒芜之地的一个小地方，方圆不过二十来里。"

李莲花"啊"了一声，十分敬仰地看着房克虎："二十来里也大得很了。"

柳寒梅顿时流露出轻蔑之色："那也算大侠？"

李莲花唯唯诺诺，过不多时又低声问房克虎："喀喀……柳仙子又是……何处的高人？"

房克虎哈哈大笑："她是黄河五环刀门下的女弟子，什么'雪花仙子'我根本没听说过，不会是今日前来临时自封的吧？"

柳寒梅"砰"的一声拍桌而起，柳眉倒竖，大怒道："你说什么？！你枉为江湖中人，居然不知我'雪花仙子'乃是近年来江湖有数的人物？"

李莲花大吃一惊，连连拱手："两位声名远扬，在座各位都是久仰了，息怒息怒，请坐请坐。"

柳寒梅余怒未消，重重坐下，突地斜眼看着李莲花："你姓甚名谁，报上名号。"

李莲花一怔："这个……这个……在下姓李……"

他一句话还没说完，柳寒梅斜眼看到他手里抱着一个红色的喜糖盒子，为之愕然："这是……你的贺礼？"

李莲花颔首。

柳寒梅"嘿"了一声，起身坐往别席，竟是觉得和他同席十分屈辱。柳寒梅离席，第七桌有不少人纷纷离开，只余下三两人仍旧坐着，看似也都是来白吃白喝的江湖混混。却有一人姗姗而来，坐在了第七桌上，却是龙赋婕。她对李莲花微微一笑，似是对离开之人十分不屑。

方多病坐在正席，吊眼看着第七席的变故，肚里大笑。却见一位长须老者卓然而起，扬声道："吉时已到——"

喜筵一阵喧哗，人人回头，只见肖紫衿一身红袍，胸挂红花，缓步走向停在门口的红轿。喧哗声渐渐平息，肖紫衿轻轻牵起轿前的红绸。轿帘晃动，一人头戴红盖头自轿中慢慢下来，红衣鲜艳，佳人窈窕，肖紫衿牵动红绸，红衣新娘缓步前行，突然之间，喜筵中的宾客情不自禁地发出一阵欢呼。肖紫衿微微一震，他是何等人物，却在牵起红绸的刹那，微微颤抖。

李莲花手持酒杯，目不转睛地看着肖紫衿。宾客满堂，肖紫衿全心全意只在乔婉娩一人身上，他牵着新娘子走过喜筵，登上喜堂。

那长须老者原来是肖紫衿叔父，只听他运气振声道："一拜天地——"肖紫衿和乔婉娩携手对门口同拜天地。那老者又喊："二拜高堂——"两人回身对老者徐徐拜下，"夫妻对拜——"两人转过身，彼此深深拜下，携手而起。

酒宴的宾客有些喊叫起来："恭喜肖大侠和乔姑娘喜结良缘——""恭喜肖大侠喜得佳人！""多福多寿——""早生贵子——"

宴席中顿时一片哄笑。

肖紫衿终是笑了，牵着新娘步入洞房。

李莲花手中的喜糖尚未送出，微微一笑之后，他将喜糖放置在靠近第七桌旁的收礼盘中。旁人所送的礼物大都名贵，这一盒喜糖倒是十分显眼。送出喜糖之后，他拾起筷子，夹了一筷子蔬菜，吃了下去。同桌之人均觉诧异，这位食客未免毫无礼数。过不多时，正席开始动筷，大家纷纷劝酒，场面热闹异常。李莲花却只吃了那一筷子蔬菜，便自停筷，他左右无人，过了一会儿便笑着举杯低唱："一杯相属，此夕何夕……"

却有一人走到他身侧，悠悠吟道："西江碧，江亭夜燕天涯客。天涯客，一杯相属，此夕何夕？烛残花懒歌声急，秦关汉苑无消息。无消息，戍楼吹角，故人难得。"

李莲花吓了一跳，抬起头来，猛地看见来人红衣乌发，容颜娇艳妩媚，发髻斜插一支芙蓉金钗，十分华丽灿烂，竟比新娘还要明艳，却是何晓凤。

同桌之人都认得这位"武林第三美人"，见她突然来到，不免十分稀奇。靠近第七席的宾客纷纷回头，均在好奇这位"武林第三美人"究竟所为何事？只见她笑吟吟地看着李莲花，在他身边柳寒梅的空位坐下："好久不见，别来无恙？"

李莲花道："别来无恙，何姑娘好。"

何晓凤媚眼在李莲花脸上抛来抛去："李楼主何等身份，怎能坐在次席？这肖大侠也太不讲道理，你到我那里坐，来。"

李莲花温言道："我坐这里就很好。"

何晓凤嫣然一笑："那么我坐在这里陪你。"

同桌几人顿时心里悻悻这位"李楼主"不知是何方神圣，居然能得江湖中身价最高之佳人的青睐，这位佳人年纪虽然大了那么一点，难伺候了那么一点，却也是千娇百媚。

正在这时，正席起了一阵喧哗，肖紫衿换了身衣裳，出来陪酒。正席上纪汉佛、白江鹢和石水一起站起，举杯敬酒。肖紫衿一杯酒一饮而尽，白江鹢笑道："肖兄弟多年夙愿，终是得偿，恭喜恭喜。"

石水却冷冷地道："门主若在，三门主万万娶不到乔姑娘。"

纪汉佛喝了一声，石水阴阴闭嘴，纪汉佛对肖紫衿道："恭喜、恭喜。"

肖紫衿不以为忤，突然长长吐出一口气："我其实……很庆幸他已经死了。"饮下第二杯酒，他眼中隐有泪光，缓缓地道："你们可以恨我。"

纪汉佛用力拍了拍他的肩头，淡淡地道："不会。"王忠、何璋和刘如京三人也站起，连道恭喜，肖紫衿连饮七杯酒，面不改色。方多病和方而优也站起敬酒，方多病从未见过这位"肖大侠"，这时对他上上下下看了个仔细，只见他面貌英俊，气度沉稳，身材高大挺拔，的确是自有威仪，和江湖宵小之辈如李莲花之流大大不同。

肖紫衿敬完首席，又一桌桌轮番敬酒，他内力深厚，又出身名门世家，酒量甚豪，连饮十数桌，脸上毫无酒意。很快他走向何晓凤这一桌，身侧有人替他倒酒，他举杯走向第七席首座，突然一怔，"砰"的一声，那一杯酒水失手跌落，在地上跌得粉碎。

　　喜筵中顿时寂静无声，人人心里惊异，自李相夷和笛飞声死后，肖紫衿的武功纵使称不上江湖第一，也是"第一"之一，他手上劲道何等稳健，就算在手上抓住数百斤重物也不在话下，这小小酒杯竟然会失手跌落，实在是万分古怪。

　　只见肖紫衿盯着第七席中的一人，目不转睛地看着，道："你……你……"

　　那人微微一笑，举杯站了起来："李莲花，恭喜肖大侠和乔姑娘喜结连理，祝两位白头到老，不离不弃。"

　　肖紫衿仍是目不转睛地看着他："你……"

　　李莲花先行举杯一饮而尽，肖紫衿却呆了好一会儿，才从桌上取了另一只新杯，倒酒饮下，只听李莲花温和地道："你要待自己好些。"

　　肖紫衿僵了好一会儿，竟点了点头。

　　李莲花举杯饮下第二杯酒，再次道："恭喜。"

　　肖紫衿又点了点头，仍道："你、你……"

　　李莲花亮了亮杯底："李莲花。"

　　肖紫衿在他面前站了好一会儿，身旁的人窃窃私语，都道肖大侠醉了，又见他自行倒了一杯酒，一口吞下，"砰"的一声掷杯于地，大步转身离去。

　　他居然没再向第七席的其他人敬酒。

　　何晓凤吃惊地看着肖紫衿大步走过，瞠目结舌地看着李莲花："你……真是个怪人。"

　　李莲花愕然："我怎么奇怪了？"

　　何晓凤指着肖紫衿，再指着李莲花："你们……你们……很奇怪。"

　　李莲花奇道："他娶老婆我来道喜，有什么不对？"

　　何晓凤呆了半晌："他没给我敬酒。"

　　李莲花更奇道："他不是见了你失手打碎了酒杯吗？"

　　何晓凤张大嘴巴，指着自己的鼻子："他是见了我打碎酒杯？我怎么觉得他是见了你……"

　　李莲花叹了口气："他自是见了你，一时失神，打碎酒杯。"

　　何晓凤将信将疑，心下却有丝窃喜："真的？"

李莲花正色道："当然是真的，他不是见了你失魂落魄，难道是见了我失魂落魄？"

何晓凤想了想，颜若春花地嫣然一笑："这倒也是……"

喜筵中不少人议论纷纷，好奇地看着李莲花，正席中关河梦却既未站起敬酒，也不看李莲花，甚是心不在焉。

方多病已留意他许久，忍不住问道："关兄可有心事？"

关河梦一怔，眉头紧蹙："我在想义妹不知何处去了？"

方多病东张西望，也有些奇怪，果然苏小慵踪影不见，她和乔婉娩交情匪浅，不该不坐正席，怎会不在？

"自从去给乔姑娘梳妆，她至今未归。"关河梦沉声道。

方多病本想干笑一声，但老爷子坐在身边，只得"温文尔雅"地微微一笑："莫非她一直陪着乔姑娘？"心下却道：莫非她陪新娘陪到洞房里去了？

"绝不可能。"关河梦摇头，他目光在喜筵中搜索良久，缓缓地道，"她失踪了。"

方多病道："这里是野霞小筑，'紫袍宣天'的住所，有谁敢在这里生事？苏姑娘想必是走散了，不会出事的，你放心。"

关河梦脸上微现冷笑，慢慢地说："我只怕就因为这里是肖大侠的居所，所以才有人敢在这里生事，因为今日此处毫不设防……"

方多病见了他的冷笑，头皮有些发炸，勉强笑笑："关兄说得也有道理，不过我想不至于这样……"

此时肖紫衿已敬酒敬了一圈，喜筵也用过了大半，正在此时，门外有人惊叫一声："你是什么人……啊——"

庭院中众人一怔，只见一件物事横空飞来，姿势怪异地平平落地，却是野霞小筑门前的仆役。那仆役爬将起来，东张西望，犹自未搞清楚发生了什么，竟连惊骇都不觉得。

喜筵中高手众多，相顾骇然：要将一人掷入院中不难，难得的是将人低低抛起，平平坠地，既不尘土飞扬，亦不鼻青脸肿，更不必说被抛之人居然还来不及觉得惊骇，人就已经进来了，那是什么样的武功？

肖紫衿此时至少已经饮下数坛美酒，微有醉意，却仍是反应敏捷，刹那间已拦在了庭院拱门之前："来者何人？"

喜筵中有心与来人一较高低的都已纷纷站起，只见站在庭院拱门之前的是一位青衣男子，年貌看来不过三十左右，容颜俊雅，手上托着一个木盒，神情冷淡地站在门口，脸上既无祝贺之色，亦无挑衅之相。

众人目光一齐看着来人，此人容貌陌生，绝非近年来江湖中常见人物。正席上几人却都是浑身一震，脸色大变，同声叫道："笛飞声！"转眼间，几人纷纷拦在肖紫衿身前，心想：不管这魔头因何未死，今日拼得性命不要，也要保肖紫衿和乔婉娩周全。

喜筵中刹那间寂静如死，人人睁大眼睛，看着这位传说已死了十年的金鸳盟盟主。笛飞声"悲风白杨"心法为武林中第一等刚猛内力，若此人真是笛飞声，今日喜筵众人坐得如此密集，他一掌之威，便足以立毙场内数位宾客。这位煞星怎会未死？十年之中他又究竟去了何处？今日来到野霞小筑又所为何事？众人噤若寒蝉，心下一片冰凉，若是他来向肖紫衿寻仇，要大开杀戒，我等今日得冤死在此了。

笛飞声站在门前，眼见众人神情紧张，他却不看在眼内，环顾庭院之内，宾客皆胆寒，不知他想要如何？

肖紫衿张口欲言，纪汉佛挡在他身前，低声道："乔姑娘尚在房内。"

一言提醒，肖紫衿本来心里怒极，不知笛飞声未死，又不知他前来所为何事，乘着酒意便要拔剑。纪汉佛提及乔婉娩，他心头一惊，满腔义愤顿时凉了。

纪汉佛拦在众人之前，沉声问道："笛飞声？"

笛飞声手中木盒一抛，"啪啦"一声，那木盒跌在纪汉佛身前，但闻他淡淡地道："十年不见，别来无恙？"

纪汉佛不知他心里做的什么打算，也淡淡地答："别来无恙，不知笛盟主前来，所为何事？"

笛飞声却不理他，上下打量了肖紫衿一阵："听说这几年来，你武功大进，江湖中白道黑道，无不默认你是如今武林第一高手。"

众人一听便知来者不善，纪汉佛沉声道："武林第一高手云云，乃是江湖朋友过誉，江湖中藏龙卧虎，哪有人真敢自认第一高手？"

笛飞声"嘿"了一声，只盯着肖紫衿。

肖紫衿却不能在众多宾客面前做缩头乌龟，双眉一振，朗声道："肖某绝非武林第一高手，但若笛盟主要仰仗武功，扰我婚宴，莫怪肖某不自量力……"

笛飞声打断他的话，淡淡地道："今日你若能接我一掌，这盒中之物便算我赠予你成婚的贺礼。"

肖紫衿一怔，喜筵中众人大奇，这笛飞声竟不是来报金鸳盟全军覆没之仇，而似乎是来比武的，这地上木盒之中不知放置着什么事物，人人都好奇得很。

肖紫衿振了振衣袖，朗朗一笑："既然笛盟主是为送礼而来，肖某便接你一掌。"

笛飞声脸色淡漠，缓缓往前踏了一步，肖紫衿身后众人情不自禁往后退开。旁人不知笛飞声的武功究竟如何，当年四顾门下却再清楚不过。纪汉佛低声嘱咐肖紫衿千万小心，笛飞声的武功刚强暴戾，虽是一掌，但已是性命交关，若是不敌，万万不要勉强，往后避走就是。他和白江鹢站在肖紫衿身后，肖紫衿一旦不敌，便立刻着手救人。

方多病心头怦怦直跳，他未曾想到今日竟会看到笛飞声，以他的武功地位，这等大事自轮不上他插手，他却情不自禁地瞄了眼李莲花的座席，不知李莲花可有化解局面的妙法？却见李莲花目不转睛地看着笛飞声，就似也被这传说中的魔头震住了，没有半点反应。

这时只听门前地面一声"咯啦"轻响，却是笛飞声踏上了一块稍微翘起的青砖，众人为之一凛：他面对肖紫衿，踏前两步，竟然全身放松，尚未运劲，比之肖紫衿全神戒备，已是胜出一筹，若非对自己极有信心，绝不能如此。

纪汉佛和白江鹢都已将真力运遍全身，一旦发生变故，便当机立断，决计要保肖紫衿全身而退。

笛飞声踏前第三步，简单地扬手挥掌，往前劈出。

坐在方多病身边的方而优一直没有说话，此时突然一拍桌面，喝道："白日销战骨！"

方多病吓了一跳，才知这一掌掌力炽热刚猛，乃是笛飞声极其出名的一记杀手，若是被此掌所伤，必定高烧七日而死，自有此掌以来，未曾有人能自掌下逃生。

宾客中多有惊呼，肖紫衿却双眉耸动，一掌拍出，竟对笛飞声那一记"白日销战骨"迎了上去。

方多病心里佩服，大赞肖紫衿豪勇，只听"砰"的一声巨响，既无想象中土木崩裂、飞沙走石之相，也无血溅三尺、惨烈悲壮之幕，却是笛飞声"噔噔噔"连退三步。

众人大奇，看这两人对了一掌，竟是肖紫衿胜了！

纪汉佛和白江鹢甚是不解，肖紫衿自己也十分茫然。

只见笛飞声"嘿"了一声："这地下木盒，算是你的贺礼。"

言罢转身，大步离开，竟然掉头而去。

众人面面相觑，均是莫名其妙，浑然不解。

"这魔头岂会安好心，木盒之中不知是什么东西？"关河梦道。

纪汉佛摇了摇头："笛飞声一代枭雄，虽是滥杀无辜，却从来光明磊落，他既然说是贺礼，那便是贺礼，决计不会虚言欺诈。"

关河梦便不说话，肖紫衿酒意已醒，对笛飞声的来意全然摸不着头脑。他拾起木盒，打开一看，只见盒中空空，只放着一个小瓶。那瓶子洁白如玉，上有青花小字，写的是"观音垂泪"四字。

纪汉佛突然领悟，心中暗道：看来那熙陵中的"观音垂泪"确是被笛飞声取走，他失踪十年，此时方才出现，必是当年受伤极重，无法复出。如今突然出现，只怕是已经服下灵药，伤势已经痊愈，今日挑战肖紫衿，必是为了试验他的武功恢复了几成！方才看似肖紫衿胜了，却不知这魔头施展了几成功力，何况他灵药服下不久，想必武功尚未完全恢复，时日一久，肖紫衿定不是他的对手。

此时肖紫衿已经把小瓶打开，其中空空如也，并没有什么东西，只是瓶塞拔开，但觉清香扑鼻，嗅之可知其中放置过上佳灵药，却不知笛飞声将此空瓶当作贺礼送与自己，究竟是什么用意？

纪汉佛踏上前一步，与他低声解释"观音垂泪"的来龙去脉。白江鹉等人退回正席，各自坐了下来。方多病心里对笛飞声的气质风度倒是颇为欣赏，只觉这位所谓"魔头"也并不如何穷凶极恶。其他人只知笛飞声杀人不眨眼，现下实是松了口气，但这顿喜筵是说什么也吃不下去了。

前头喜筵风波突起，洞房之中却也另有奇情。乔婉娩头戴红巾静坐洞房之中，突地一阵微风吹过，她在野霞小筑中久居，立刻便知窗户洞开，奇的是这窗户开得无声无息，她的武功虽未称得上一流，却也在一二流之间，窗户近在咫尺，竟未听到丝毫声息。她当下撩起红巾，猛地看见窗外有张脸对她一笑，只见黑夜之中那张脸红红白白，却是一张彩绘的鬼脸。

乔婉娩着实吃了一惊，那张鬼脸很快被人拿下。鬼脸之下的娇颜令她心头一跳，世上女子貌美之人众多，但这窗前女子的容貌竟能让她也为之怦然心动，实在是美得异乎寻常。何况容貌虽美，仅是有形之相，此女天然一代绝世风华，仅是眼眸微微一动，便让人觉如流水桃花，清艳交融，令人心魂俱醉。

这面戴鬼脸的女子，自是角丽谯。乔婉娩与她十年未见，此女已年逾三十，却依稀比十年之前更美了些，只见她在窗口招了招手。乔婉娩将头戴的红盖头握在手中，心下戒备，却见角丽谯那张色泽柔美的红唇在窗口无声地道："李、相、夷、还、活、着……"

乔婉娩心头大震，失声问道："他现在何处？"突觉口中一凉，原来角丽谯鬼脸之中暗藏细微暗器，她一张口，那暗器由口而入，随即融化，再也吐不出来，顿时眼前一黑，往前栽倒。

窗前的女子嫣然一笑，若是有人见她这一笑，非倾倒在她石榴裙下不可，只见她纤指一弹，一封红色的书信自窗口射入，堪堪插在床头枕下，随即转身而去。

偌大的洞房，床椅空空，只有红衣新娘的衣角和飘落一旁的红盖头，在夜风中轻轻颤动。

【 三 天已许，甚不教、白头生死鸳鸯浦 】

庭院中，众人虽已没了喝酒的兴致，却还在谈论笛飞声的来意。关河梦心神不定，方多病也暗暗奇怪：经过笛飞声这么一扰，苏小慵竟然还不回来？难道真的出了事？但在野霞小筑又能出什么事？喜筵很快散去，大多数宾客纷纷离开，肖紫衿在外送客，未过多时，野霞小筑只余下十来位与他相交较深的好友。方多病已忍不住从方而优身边远远逃开，和关河梦一起四处寻觅苏小慵的下落，方而优却将李莲花叫住。

李莲花本坐在第七席发呆，突地被方而优叫住，满脸茫然之色，只听方而优问道："你姓甚名谁，是何年何月何日何时出生？"

李莲花"啊"了一声："我姓李，叫莲花……那个……戊子年，七月初七，子时生。"

方而优"嗯"了一声，在他身边坐下："父母为谁？家里可有余产？"

李莲花歉然道："家中父母双亡，有失散多年的同胞兄弟，名叫李莲蓬。还有发妻一人……"

方而优眉头一皱，只听李莲花继续说下去："小妾一人，但因家乡贫困，瘟疫流行，发妻和小妾都已过世多年。"

方而优道："你既是当世神医，怎会发妻和妾氏都因瘟疫而死？"

李莲花正色道："只因发妻因瘟疫而死，我方才奋发图强，花费十年光阴苦练医术。"

方而优脸上不见喜怒之色，上下看了李莲花一阵："你家住何方？家乡特产何物？"

李莲花对答如流："我家住苗疆思毛山，家乡特产乃是一种剧毒木薯，生食有剧毒，用清水浸泡之后再烤熟食用，味道却十分鲜美。"

方而优微微一怔："你那起死回生的医术，原来出自苗疆？"

李莲花连连点头："思毛山上有一种异草，果实生满茸毛，共有一百三十五粒籽，颜色是青中带黄，茎上仅有两片叶，籽上茸毛约有半寸长短，折断之后它流出鲜红色汁液，犹如鲜血……"

　　方而优沉吟了一阵，他本料定李莲花满口胡言，但却越听越难以断定他是否胡说，如果李莲花真是出身苗疆蛮荒之地，又曾有发妻小妾，无论何晓凤怎样中意，方氏也不能和他结亲。

　　正在此时，方多病突然从厢房中快步奔了出来，大叫道："死莲花快来，苏姑娘受了重伤……"

　　他一句话未说完，肖紫衿横抱一人自洞房中大步走出，脸上的血色褪了个干净，颤声道："婉娩她……她被角丽谯下了剧毒……"

　　方多病一句话哽在咽喉，瞪大眼睛看着昏迷不醒的乔婉娩，心里惊骇异常。

　　众人听闻苏小慵出事的消息本已吃了一惊，猛地又见肖紫衿把乔婉娩横抱了出来，更是大吃一惊！

　　有人咬牙切齿地道："我终于明白笛飞声那恶贼为何突然出现又突然离开，原来是声东击西，让角丽谯这妖女对后房的两位姑娘下手！真是奸诈险恶，可恶至极！"

　　稍有头脑的却不免奇怪：角丽谯给乔婉娩下毒自是大有道理，却为何只是伤了苏小慵？以角丽谯的心性武功，一百个苏小慵也是顺手杀了。

　　李莲花也是大吃一惊，却见肖紫衿抱着乔婉娩大步向他走来，腾出右手一把抓住他，脸色苍白异常，沉声道："跟我来！"

　　李莲花"喂"了一声，肖紫衿的武功何等了得，他伸手来擒，饶是笛飞声也未必能轻易避开。李莲花被他一抓就抓正衣领，肖紫衿比他高大，手臂一抬把他整个人提了起来，大步走向最靠近的一间厢房。

　　众人眼见肖大侠出手抢神医，目瞪口呆，只听那厢房的门"砰"的一声重重关上，将李莲花、肖紫衿和昏迷不醒的乔婉娩关在了里面。

　　方多病忍不住奔到那房门前，鼻子突然撞上一堵肉墙，他倒退三步，才看见不知什么时候白江鹁已挡在房门之前，不禁脸色有些变化。白江鹁身肥如梨，体形硕大，居然轻功了得，这一掠无声无息，方多病竟然没半分警觉，只听他道："等一等。"

　　方多病揉着很痛的鼻子："可是苏姑娘那边也……"

　　纪汉佛冷冷地截断："那里有关河梦。"

　　石水目光奇异地看着紧闭的厢房，嘴边似笑非笑，看不出究竟他是变了脸色，还是幸灾乐祸。

厢房之中，肖紫衿抓着李莲花大步入内，左手轻轻把乔婉娩放在床上，右手却牢牢地抓着李莲花，脸色苍白至极，目中神光暴涨，近乎狠毒地盯着他，一字一字压低声音道："我不管你为什么会在这里，你一定要救她！一定要救活她！算我……求你……"

李莲花目瞪口呆："你——"

肖紫衿另一只手掐住他的咽喉，极低沉地道："相夷……求你……救她……"

李莲花道："我不是……"

肖紫衿手上加劲勒住他的喉头，目中神色痛苦异常："你不用争辩，不管你变成什么样子，我怎能认不出你？你救她！这世上除了'扬州慢'，谁也……救不了她……"

李莲花被他勒得脸色苍白，眼神很是无奈，叹了口气："我不是不救她，紫衿你要先放开我。"

肖紫衿怔了一怔，缓缓松开了掐住李莲花脖子的手，突然颤声道："我绝非怪你不死……"

李莲花微微一笑："我明白。"他拍了拍肖紫衿的肩，"你们今日成婚，我很高兴，真的很高兴。"

肖紫衿目中流露出复杂至极的痛苦神色，低低一声如负伤野兽般嚎叫："你先……救她……"

李莲花在乔婉娩身边坐了下来，轻轻掠了掠她的发丝，肖紫衿从怀里取出一张揉得不成形状的信笺，缓缓放在乔婉娩枕边。那是一张喜帖，也就是肖乔联姻所发的红色喜帖，上面写着几个字："冰中蝉，雪霜寒，解其毒，扬州慢。"

这"冰中蝉"之毒，在天下剧毒之中名列第二十八，因其入口冰寒，容易察觉，所以并不是什么特别厉害的毒物，也很少有人会中其毒。"冰中蝉"毒入口，只要口中没有伤口，及时漱口吐出，并无大碍。但若是口中有伤口，又误食"冰中蝉"，那剧毒顺血而入，直下肠胃，半个时辰之内，内腑会结成冰，将人活活冻死。解救之法多为驱寒取暖，但往往驱寒药物尚未生效，身体尚未被焐热，病人就已冻死，所以难以救治。唯一比较可行的治疗之法，便是寻觅一位内功精纯的好手，以至纯内力护住内腑，借之与剧毒相抗，等候"冰中蝉"药性发作过后，病人不但平安无事，而且自此终生不畏寒冷，可谓因祸得福。而天下内功心法，论至纯至和，首推

"扬州慢"，这抗寒的内力若是有一丝霸气，便会伤及因受冻而极其脆弱的腑脏，令病人速死。

乔婉娩的脸色仍很红润，新娘的丽妆犹在，她显得端庄典雅，犹如陷入浅眠之中，只是触及她的肌肤，便会觉得一丝寒意自肌肤深处渗透出来，接触得越久，那丝寒意越是让人难以忍受。

李莲花看着那红色喜帖上十二个秀丽的小字，那字迹虽然潦草，却不知为何有一股风姿摇曳的极美之态，他叹了一口气："角大帮主可谓煞费苦心……"他未接着说下去，肖紫衿突然醒悟：角丽谯给婉娩下毒，只怕便是为了试验李相夷是否还活着，只要乔婉娩毒伤痊愈，便知李相夷还活着。但就算他还活着，给乔婉娩疗伤也必元气大伤，许久不得复原，便万万不是笛飞声的对手。

李莲花见肖紫衿脸色大变，突然微微一笑："这十年之中我得到了一本医道奇书，上面载明了各种伤病的治疗方法，这'冰中蝉'的解毒之法，以'红心鸡蛋三个、寒冬梅花六十朵、十日之内的落雪三升、蜂蜜一升、五彩公鸡一只、烈酒五升'，大火熬制，一碗水服下就好，倒也不必以内力救治。"

肖紫衿沉声道："这都是易得之物，我去找。"

李莲花看他推开房门，身形刹那消失，那轻功身法比起对敌快得多，不免叹了口气，心里有些后悔，早知他武功进步如此，实该说要红心双黄鸡蛋一斤，寒冬金盏白梅六百六十六朵，天山雪莲蜜一升，有四条腿的公鸡一只，大内上膳美酒一坛才是。念头转完，他扶起乔婉娩，垂眉闭目，"扬州慢"至纯至和的内力自她背心透入，瞬息之间游遍她全身经脉，助她抗寒。

他确是四顾门当年坠海失踪的李相夷，只不过十年光阴，在这个人身上留下的印记比谁都多，当年……他只是个孩子……如今他身负笛飞声"摧神"掌伤，两年之内便会理智全失，变成疯子，一身武功早已毁去十之七八。若是滥用真力，疯狂之期便会提早。事到如今，当年红颜嫁与挚友，悲伤吗？悲哀吗……李莲花微笑，他已不再是个孩子，能看到悲伤，也能看到欢乐，有些事，其实未必如看起来那般不好，比之嫁与李相夷，能嫁与肖紫衿，或许是幸运得多。他的功力已经毁去十之七八，若让肖紫衿在旁边看着，必定会看出端倪。角丽谯不是要让他功力减退，她是要他发疯……那些糟糕的事，实在不该让今日成亲的人知道。李莲花徐徐运气，乔婉娩体内的寒毒一分一分减退，屋里一片寂静。

在另一间厢房之中，关河梦惊怒交加地看着昏迷不醒的苏小慵。苏小慵倒在乔婉婉闺房隔壁的厢房之中，厢房中四壁都是血迹。显然苏小慵和人动手，在房中负伤而战了很久，只是房外喜乐震天，人人都在关注肖乔的婚礼，竟没人留意到这间房内的动静。墙上的血迹横七竖八，苏小慵身上的伤口也很奇特，有些似是尖锐的器物深深刺入，有些似是被刀刃所伤，有数道伤口深达脏腑，若不是方多病借口去找苏小慵，又及时寻到，等到喜筵结束，她早已死了。

关河梦面对苏小慵奄奄一息的躯体，剑眉紧蹙，双手微微颤抖，全神想要如何诊治。在他身后到来的白江鹈几人却是打量着墙上的血迹，脸色甚是诧异。

这间厢房足有两丈见方，墙上的血痕道道笔直，或横或竖，地上有一大摊已经变色的血迹，显是苏小慵所流，此外并无其他血点。每一面墙都有血痕，房内桌椅都已翻倒，连床上的枕头都已跌下地来，被褥委地，显是曾经打斗得非常激烈。

关河梦验看苏小慵的伤势，越看越是心惊，她身上的刀伤刃口虽小，却是刀刀入肉，那些锐器刺入也是极深，若非这两样凶器似乎都有些短，差了毫厘未及心肺，她早已死了。最可怖的伤口在胸口和脸颊，胸口被连刺两下，两下都扎断了肋骨，侥幸断骨未曾刺入心肺；另一下是刺在脸颊上，那锐器刺透腮帮，从左脸插入了咽喉，伤势也十分严重。这下手之人十分残忍狠毒，杀人之心昭然若揭。不知是谁，竟在肖紫衿和乔婉婉举办婚礼之时，残害如此一位年轻女子。苏小慵年纪轻轻，在江湖中尚未闯出名头，又有义兄关河梦为靠山，有谁要杀害这样一名娇稚纯真的小姑娘？

白江鹈人虽肥胖，心却极细，苏小慵重伤的情形给他一种说不出的别扭感觉，似是哪里明明违反了常理而他却尚未发现，只是思来想去，还是不明白。

关河梦见他皱眉不语，只道他对苏小慵之事毫不关心，心下怒极，暗道这等人高高在上，自不把常人死活看在眼里，堪堪止住了苏小慵伤口的血，将她横抱起来，大步走了出去。

白江鹈尚在思索究竟这房中是何处不对，突见关河梦将苏小慵抱出房去，不由得一怔。

石水站在他身边，侧身一让，让关河梦出去，等他出去了，方才阴恻恻地道："嘿嘿，第一次杀人。"

白江鹈嘻嘻一笑："苏姑娘也是第一次被杀。"

石水阴森森地道："这人是第一次杀人，方才不知道要往何处下手才能将人一杀就死，徒自弄了许多血出来。"

白江鹈哈哈一笑："这人不但是第一次杀人，而且武功差劲得很，实在应当让老四教他一教才是。"

关河梦将苏小慵横抱出来，方才知道原来乔婉娩也身中剧毒，昏迷不醒。众多宾客多已散去，其余众人多在关心乔婉娩的毒伤，不禁心里更是愤懑，下手欲杀苏小慵的人必定就在方才宾客之中，却不知究竟是谁，此刻必定早已离去。眼见无人关心苏小慵的死活，他提一口气，展开轻功，将她稳稳地抱在怀中，竟自扬长而去，奔回武林客栈去了。

方多病见他出来，本要上前打招呼，却见他沉着脸突然抱着苏小慵大步出门，奇怪之余，不免嘀咕这位江湖少侠未免跑得太快。

而自肖紫衿出门之后，李莲花和乔婉娩还关在房内，众人的确都在关心李莲花这医术通神的神医到底能否救活乔婉娩，十数双眼睛都牢牢地盯着房门。

过不多时，房门"咯啦"一声开了，李莲花走了出来，回身带上了门。

方多病抢先问了一句："怎么样了？"

李莲花"嗯"了一声："她身中'冰中蝉'之毒……"众人等着他的下文，半响却没有听到什么下文，反而是他奇怪地看着众人，"听说苏姑娘被人伤了？"

众人点头。

李莲花问道："她人呢？"

众人摇头。

方多病叫道："死莲花，她被人伤得满身是血，就在乔大姑娘的闺房旁边。乔大姑娘呢？她怎么样了？"

李莲花道："她身中'冰中蝉'之毒……"

方多病不耐烦地道："我知道她身中'冰中蝉'之毒，然后呢？然后如何？"

李莲花叹了口气："她身中'冰中蝉'之毒，"方多病又听到这句简直要发疯，幸好他终于接了下去，"除却寻觅到如李相夷、笛飞声、少林方丈、武当掌门之类的奇人为她练气抗毒，唯有与她至亲至爱之人与她洞房花烛，方能解毒。"

众人一怔，暗道这倒不难，就算她不中剧毒，今夜也是要洞房花烛，只是新郎官却到何处去了？

李莲花说完那"解毒妙法"，对方多病满脸不信之色只作不见，正色道："苏姑娘在何处受伤？"

方多病往山下一指："我看到关大侠客抱她下山去了。"

李莲花微微一笑："我下山看看。"

言罢施施然对众人拱了拱手，转身径自下山去了。

方多病追之莫及，心里大奇：莫非他把乔婉娩医死了，故作神秘，打算逃跑？李莲花行事一贯慢如蜗牛，今日这么快就走，分明有鬼！

正在议论纷纷之时，肖紫衿却已回来，他身后还跟着几人，一人手里抱着半棵梅花树，一人抓着一只大公鸡，一人提着两个大圆坛子。肖紫衿一贯寡言少语，行事稳重，众人见他突然搬运来如此稀奇古怪的东西，鼻中尚闻到一阵酒香，不由得心中各自忖道：莫非他气急攻心，得了失心疯……却不知肖紫衿年轻时性情浮躁，喜好奢华，刚愎自用，本不是冷静的性子，李莲花满口胡说八道，他心急如焚之时，自然深信不疑。

"咯啦"一声，肖紫衿推开房门，突然一怔：房中已不见了李莲花的影子，乔婉娩呼吸均匀地躺在床上，被褥盖得整齐温暖，不见方才僵冷的模样。他抬手阻止身后人将花树、公鸡扛进房内，轻轻闭起了门，走到她床前，试了试她额上温度——乔婉娩被人点了穴道，一时半刻不会醒来，但触手温暖，"冰中蝉"剧毒已解。

肖紫衿此时心中已然明白，所谓解毒之方的妙用不过是要他暂避一时，只是为什么李莲花给她疗毒的时候，不愿他守在一旁？难道他……难道他其实还是对她……对她……肖紫衿呆呆地站在床头，拳头紧握，过了好半晌，目中流露出一丝恨意。

你要是真死了，那该有多好？

李莲花正走在半山腰上，突然打了个喷嚏："阿嚏……谁在骂我？"他停下脚步，转身回望远在山顶的野霞小筑，悠悠叹了口气。

这时却有人冷冷地道："不做亏心事，怎会时时担心有人骂你？"

李莲花大吃一惊，回过头来，却见身后不远处的草丛之中，有一男一女。那女子躺在草地之上，那男子在草丛中寻觅着什么，正直起腰来，是关河梦。

李莲花歉然道："不知二位在此，有失远迎……"

关河梦脸色铁青："在下义妹失血过多，恐怕撑不到山下，你可有盛水之物，让她喝水？"

李莲花"啊"了一声："让我看看苏姑娘的伤。"

言罢弯腰穿过树丛，钻到草丛之后，一看之下，他也是一怔——苏小慵身上奇异的伤势令人难以理解。他从怀里摸出一只羊皮水袋："里头有水。奇怪，这是什么器物所伤？"

关河梦接过水袋，扶起苏小慵，将水袋口凑近她唇边，让她喝水，一边僵硬地道:"似是刀刃和铁锥。"

李莲花伸指点了苏小慵胸口四处穴道:"亦有可能是蛾眉刺。"

关河梦脸色越发阴沉:"关东鸳鸯铁鞋,鞋头带刃,西北双刃矛头,都有可能。"

李莲花干笑:"若是鸳鸯铁鞋或者双刃矛头,苏姑娘只怕早就……哈哈……"

关河梦一怔,若是鸳鸯铁鞋或是双刃矛头,苏小慵只怕早已一命呜呼,绝不可能活到现在,只听李莲花继续道:"那人把苏姑娘弄成这般模样,一种可能是因为他的武功不如苏姑娘;另一种可能是凶手心性特异,故意要将人弄得痛苦万状,求生不得,求死不能。"

关河梦一凛,李莲花道:"对自己有自信的凶手,不会把人杀得满身是血,且又不死。"

关河梦心里一缓:"今夜婚宴,武功不如义妹的人倒是不多。"

李莲花微微一笑:"今夜究竟来了哪些人,问肖大侠便知。"

此时苏小慵喝下许多清水,脸色稍微好了一点,李莲花和关河梦将她抱下小青峰,到武林客栈中疗伤。苏小慵伤势虽然沉重,所幸凶器刃短,尚未伤及内腑,只是外伤极重,敷上了关河梦上好的金疮药,在他急救之下,她终是捡回了一条命来。只待她醒来,就知道是什么人将她伤成这般模样,关河梦心里虽然焦急,却比方才安定了些。

李莲花大半个晚上都在帮关河梦扇火熬药,收拾废弃的绷带针药,抹桌扫地,关河梦只看着昏迷不醒的苏小慵发怔,眼角眉梢全是憔悴之色,他对这位姑娘的心意,已是十分明显。

这一夜无眠。第二日早晨,康惠荷、梁宋、龙赋婕、杨垂虹等人从野霞小筑下来,不住议论昨日乔婉娩中毒之事,联想到苏小慵同时为人所伤,这事多半是同一伙人所为,要知道究竟是谁想要对乔婉娩和肖紫衿不利,只需苏小慵醒来,说出与她搏斗之人是谁,就能清楚。

苏小慵却一直高热,昏迷不醒。关河梦日日为她煎药,日日皆是酉时煎煮,戌时服下,从不稍差半分,如此过了几日,已是肖乔联姻之后的第四日。

四 夕阳无语

方多病在李莲花走后没过多久就借口溜了出来,李莲花那日尚在半山腰施舍水袋，方多病就已回了武林客栈，还因四处寻找不到关河梦、苏小慵、李莲花几人和掌柜的吵了一架。幸好关河梦三人适时回来，才免去掌柜的被方多病屈打成招，承认自己是一个叫作"脚力乔"的苦力的同党。

这日已是乔婉娩嫁与肖紫衿的第四日。听闻苏小慵重伤，乔婉娩和肖紫衿也来看过，不知为何，这对新婚的神仙伉俪脸色都有些苍白，并没有什么喜气，倒是行色匆匆，留下许多名贵药物，来了便去，好似都怀着十分沉重的心事。

方多病心下纳罕，但左邻关河梦因为义妹之伤而憔悴如死，心情愤懑，右舍李莲花这几日却说人不舒服整日躲在房中睡觉，他无聊得紧，只得在杨垂虹房中玩耍，他本要去找人赌钱，杨垂虹却说要联句，方多病憋了半天，硬生生说了句"好"。这几日他便哈欠连天地和两位文武全才的江湖俊彦联句，什么"一朵梅花开，开完又要开"，什么"暖玉温香抱满怀，销魂暗解轻罗衫"，什么"红颜未老恩先断，从此萧郎是路人"，如此这般的绝妙好词层出不穷，直联得他头昏眼花，心里大叫救命，而那两人却诗兴大发，佳句连篇，仿佛这一辈子没有做过诗一般。联到第三日，好不容易挨到酉时，方多病拱了拱手："兄弟肚子饿了。"言罢溜出门去，不管身后人如何招呼，他是万万不会再回来了。

肖乔联姻之后，如杨垂虹、梁宋这般的江湖少年尚有不少留在扁州，一则因为此地仍有不少武林大豪未走，二则因为笛飞声和角丽谯都现身此地，留此不走，说不定能看到些热闹。方多病却是因为"老爷"方而优先走了，他便在此多留两日，并且昨夜联句之后实在无聊，他竟跑去小乔酒店大大地醉了一场，日上三竿方才回来。回来之后，李莲花却还没有从他那客房里出来。

"死莲花，李小花，吃饭……"他敲了敲李莲花的房门，李莲花睡了一天，再不起来就要发霉了。"吱呀"一声，房门一敲就开，方多病一脚踩进李莲花的房间。

"李小——"他突然怔住了，"李莲花？喂？李莲花？"

李莲花拥被坐在床上，一双眼睛黑而无神，茫然地看着门口。方多病不是没见过李莲花两眼茫然的模样，但……不是这样。

不是这种空洞得像死人眼睛的眼神。

方多病一触及那目光，倒抽一口凉气，竟觉得全身都寒了起来，那分明是一个很熟悉的人，但怎会有这样的眼神——就像李莲花的身体里进去了一只吃人的恶鬼，那只鬼透过李莲花的眼睛恶狠狠地瞪着他。

"喂？李莲花！"他顿了顿，全身冷汗都出来了。

李莲花却毫无反应，仍是眼睛眨也不眨，阴森森地盯着门口。

方多病终是忍耐不住，大步走过去摇晃了他一下："李莲花？"

"啊……"李莲花全身一震，终于转过目光看了他一眼，"你……你……"他眨了好几下眼睛，微微一笑，"是你啊。"

方多病全身鸡皮疙瘩还未消退，他仍觉得李莲花方才根本没有认出他来："你怎么了？"

李莲花道："没什么。"

方多病半信半疑："真的没什么？"

李莲花道："没什么。苏姑娘怎么样了？"

方多病道："也没怎么样，大概今晚就会醒了。"

李莲花问道："关大侠呢？"

方多病道："不知道，你若是关心，不如去看看，在这房间里睡了三天，也不嫌闷？"

李莲花歉然道："这倒也是。"言罢钻进被窝，换好了衣裳，慢吞吞从被里钻了出来，"我们去看看苏姑娘。"

苏小慵的房间在关河梦隔壁，两个人从关河梦房门经过，李莲花足底一滑，抬起脚来，只见那鞋底染上了一块黑红色的污渍，他犹自呆呆地道："这是什么……"

方多病却越看越眼熟："这好像是……猪血……血？"

李莲花大吃一惊，两人相视一眼，齐齐伸出手，猛地推开关河梦的房门。

血迹是从床下蜿蜒出来的，地上丢着一支匕首，血迹顺着匕首刃尖缓缓流向门口，从门槛缝隙中渗了出去。血迹早已干涸，两人目光上移，只见床上一片狼藉，被褥凌乱，被下依稀一个人形，被褥上十数个刃孔，被下之人一只手臂垂于床侧，鲜血便是顺着手臂和手指流了满地。最骇然的是床上尚插有一支长箭，直透被褥床铺，箭尖露出床板底下，箭尖下的地面却并无多少血迹。

跌在地上的匕首，短小精亮，泛着淡淡的粉红色光泽，赫然正是"小桃红"！而穿过被褥的长箭箭身比寻常箭长而尾羽更短，竟是"风尘箭"！

方多病心头怦怦直跳，迟疑良久，他走过去轻轻揭开那盖在床上人脸上的被褥——不出所料，被乱刀戳刺，而后被长箭贯穿胸口的人，是苏小慵，并非关河梦。

李莲花站在门口，文雅温和的眉眼瞬间泛起一层愤怒之色。

方多病狠狠一跺脚，低声道："这……这是怎么回事？有谁要她死？她不过是一个什么也不懂的……"

李莲花按住额头，半倚在门框上，长长吸了口气，而后慢慢吐了出来："是我的错，昨夜我居然没有听到半点声音。"

方多病眉头一皱，方才李莲花那模样猛地兜上心来："你这几天真在生病？"

李莲花静了半晌，点了点头。

方多病也长长呼出一口气："那我明白了，以你那样子，就算隔壁敲锣打鼓你也不会听到……怪不得你。"

李莲花脸色苍白，苦笑一声。

方多病道："重要的是——谁要杀苏小慵？谁和她有深仇大恨，竟忍心把一个十七八岁的小姑娘乱刀刺死？这凶手委实残忍狠毒，泯灭人性！"

李莲花摇头，声音微微有些沙哑："重要的是关河梦。"

方多病一怔："关河梦？"

李莲花慢慢地道："这里是关河梦的房间，苏小慵为何在他床上？苏小慵为人所杀，关河梦在何处？"

方多病悚然一惊，不错，这里是关河梦的房间，关河梦在何处？

苏小慵面容痛苦地闭目躺在床上，衣着整齐，穿着鞋子，她没有睁眼，左颊的伤口让她整个容貌都扭曲了，浑身浴血，看起来十分可怖。

李莲花握住苏小慵身上那支"风尘箭"，用力一拔，那支箭本有倒钩，牢牢钩住床底，却是拔之不起，只得叹了口气。

方多病忍不住道："那是梁宋的……难道他……"

李莲花苦笑："若是他，他把自己成名兵器留下作甚？唯恐天下不知苏小慵是他所杀？何况梁宋侠名昭著，料想不会做这种事，又何况……"

方多病问道："又何况什么？"

李莲花道："又何况梁宋要杀苏小慵，一掌便震死了她，何必杀成这样？"

方多病干笑："那倒也是……这里还有'小桃红'，不对啊！"他蓦地想起，"这只匕首不是送给肖紫衿做新婚贺礼了吗？怎么会在这里？"

李莲花叹了口气："只怕在小青峰上将她刺成重伤的凶器，就是这柄'小桃红'！"

方多病毛骨悚然："那……难道凶手是杨垂虹？"

李莲花叹道："杨垂虹要杀苏小慵，何尝不是一杀便死？他又有什么理由要杀苏小慵呢？那小姑娘明明什么也不懂。"

方多病瞪眼道："你莫忘了她是关河梦的义妹，她虽然什么也不懂，未必有什么仇人，但是关河梦出道三年，行侠仗义，得罪的人不可谓不多，他既然喜欢他这义妹，有人要杀苏小慵有什么稀奇？"

李莲花漫不经心地道："那也有些道理……"他抬起头四下张望，屋里其余事物都摆放得有条有理，并没有看出有人动过的痕迹，"若在小青峰上将苏小慵刺成重伤的人，也是将她杀死的人，那就是说……他从山上跟了下来，就在我们身边。既然他能用'风尘箭'和'小桃红'杀人，说不定就住在这家客栈之中……"

方多病大皱其眉："你要说这凶手武功不高，他却能拿走'风尘箭'和'小桃红'；你要说他武功很高，他杀苏小慵却杀了两次，又杀得满身是血，花费许多手脚，实在是奇怪得很。"

李莲花叹了口气："你真的想不明白？"

方多病摇头，突又瞪眼："难道你就明白？"

李莲花道："要拿走'风尘箭'，武功不一定要很高，只要见过梁宋，是借是偷是抢都能拿到；至于'小桃红'，那日婚宴人来人往，从礼品盘里拿走一样什么，也不困难，难的是他要知道礼品中有这么一件杀人利器。"

方多病打了一个寒噤："你是说……凶手就是梁宋、杨垂虹甚至苏小慵身边的人？"

李莲花又叹气："梁宋和杨垂虹也很可疑……"

方多病忍不住又反驳他："不是你说他们不会把自己兵器丢在杀人现场，何况他们要杀苏小慵也不必如此麻烦吗？"

李莲花瞪眼道："你又怎知他们不会因为猜到我们会这么想，故意把兵器留下、故意将人杀得满身是血？"

方多病目瞪口呆，勃然大怒道："那你说了半天，等于什么都没说……"

李莲花轻咳一声："至少知道了一件事。"

方多病本打算不再理睬这个满口胡言的伪神医，终究还是忍不住问："什么事？"

李莲花微微一笑："如果真的如你所说，杀苏小慵的目的是为了关河梦，那么凶手至少要知道关河梦喜欢他这位义妹才成，那就证明凶手和关河梦很熟。他轻易拿到'风尘箭'和'小桃红'，也证明他和关河梦的朋友很熟，或者就住在这客栈里，不是吗？"

方多病突然醒悟："你是说，凶手是参加了这次婚宴、和关河梦很熟、武功也许不高、知道礼品中会有'小桃红'、很可能也住在这所客栈里的人，并且从肖乔成婚那日到昨日还没有离开扁州！那就是说……"

李莲花道："就是说，凶手是梁宋、杨垂虹、你、我、关河梦、康惠荷、龙赋婢中的一个——也就是那天看见'小桃红'的其中一人。"

正说到此处，门口光线微微一暗，有两个人走来，突然看见门内奇惨的状况，其中一人尖叫一声，全身瑟瑟发抖，另一人居然往前一栽，几乎昏了过去。

李莲花和方多病连忙赶出门去救人，那几乎栽倒的人正是关河梦，只见他双目大睁，呼吸急促，脸色惨白，显是急痛攻心，惊怒交集，方多病连点了他几处穴道，心里甚是同情。

另一个人却是康惠荷，她被房里惨状吓得魂飞魄散，连道："小慵……小慵……天……"

李莲花只得也点了她的穴道，歉然道："对不住了。"

方多病点了关河梦几处穴道，却把他抓住摇了摇："你到哪里去了？昨晚你在什么地方？为什么苏小慵会在你房间里？"

只听"啪"的一声，关河梦怀里跌下一包东西，方多病拾起一看，却是一包金疮药，关河梦极力定了定神，他几欲疯狂，此时勉力镇定下来，沙哑地道："我到药铺买药，本想即刻回来，但一味主药没有了，才赶到邻镇去买，一夜未归……怎会……怎会变得如此？小慵她……她……她怎会在这里？我……我……她……"

他是大夫，只看一眼便知苏小慵确实已死，哀恸之下，突然呆呆地看着李莲花，目中流露出极强烈的企盼之色，李莲花号称能起死回生，若传言是真，世上唯有他能救苏小慵一命啊！

李莲花知他在企盼什么，此时此刻，要说自己实在不会什么起死回生术，着实说不出口，顿了顿，叹了口气。方多病却道："你放心，这位李莲花，乃天下第一神医，医术神奇至极，你远远不及，不到十日，定能让苏姑娘起死回生，还你一个活蹦乱跳的大美人。"

关河梦心知全是无稽之谈，却渴盼自己能够信些，此时浑身乏力，热泪盈眶，只得闭上了眼睛。

康惠荷在一边看着，突然落泪，掩面而泣。

李莲花道："二位请先回去，这里有我和方公子在，关大侠想必累了，还请康姑娘多加照顾。"

康惠荷点了点头，关河梦却不肯离去，只想再将苏小慵之伤验看清楚，只是被方多病点了穴道，康惠荷将他扶走，他却反抗不得。

"如果关河梦真的昨夜不在，究竟是谁把苏小慵搬到了关河梦房间？又是为了什么？"方多病越发奇怪，"苏小慵的客房和关河梦的客房一模一样，也和你我的房间一模一样,有谁要特地把她搬到隔壁?"

李莲花道:"啊?"

方多病又道:"我一说你能把她医活过来,凶手为了自保,定会向你下手,杀人灭口,这时我方大公子一出手,就能将凶手捉住,给苏姑娘报仇。"

李莲花道:"嗯……"

方多病得意扬扬:"你放心,在我方大公子手下,决计不会有事,我定能抓住凶手。"

李莲花道:"那凶手若是武功不及苏小慵,明知你在我身边,又怎么敢来杀我?何况李莲花的武功虽然不怎么高强,至少也比苏小慵高强些……"

方多病的笑脸突然僵住,只听李莲花很失望地看着他,继续喃喃地道:"你果然聪明得很……"

方多病恶狠狠地瞪着他:"少说我也想了条妙计,总比你半点伎俩都想不出来要聪明!"

李莲花在房中环顾,方多病方才在说什么他就当半句没听到。苏小慵静静地躺在床上,凶手杀人的方法疯狂而简单,却几乎没有留下痕迹。他将棉被压在苏小慵身上,"小桃红"透过棉被刺入苏小慵体内,凶手和苏小慵之间并未接触,而且血迹也不会喷溅到身上。"小桃红"被弃之地上,凶手并未带走,杀人手法让人看得清清楚楚,却不知究竟是谁……看似无论是谁,也不会做出如此疯狂之事。

"昨日深夜,大家究竟在做什么,定要好好问问。"他喃喃地道。

小青峰。

野霞小筑。

乔婉娩和肖紫衿默默对坐。他们成婚已经四天,殊无欢乐之态,乔婉娩心神不定,肖紫衿双眉之间隐隐约约带着一层杀气,两人静坐着,却是各想各的心事,貌合神离。

过了许久,乔婉娩突然道:"我还是不信,'冰中蝉'只有'扬州慢'能救,如果不是他……他还活着,我……我怎能活到今日?什么洞房花烛就能解毒,那是江湖上的无稽之谈,我……我怎会相信。你是不是骗了我?"她低声重复,"你是不是骗了我?"

肖紫衿缓缓地道:"我平生不屑骗人,怎会骗你?相夷已经死了十年,他坟上青草年年是你亲手拔去,你怎能不信?"

乔婉娩蓦地站起:"那……那坟里没有他的尸体!他跌进海里,我们什么都找不到……"

　　肖紫衿双眉耸动："不错！他跌进海里我们什么都找不到，他早已死了，尸骨无存，死人——死人是决计不会复活的！"

　　乔婉娩颤声道："可是……可是……"

　　肖紫衿猛地将她抱入怀中，亲了亲她的面颊，哑声道："他真的早已死了，婉娩，你可以不信任何人，但是我……我是不会骗你的。忘了他吧，他当年不曾用心待你，你何必为他如此？我会让你下半辈子快活无忧，决计不会让你伤心难过，你难道就不会为我们往后的日子想一想吗？"

　　乔婉娩呆了一呆，双手抱紧自己的身子，闭上了眼睛，眼角流下眼泪："紫衿，那是我上辈子欠他的……欠他的……"

　　肖紫衿吻去她的眼泪，沙哑地道："我是这一辈子欠你的。"

　　他再吻上乔婉娩的红唇，缠绵了一阵，低声道："婉娩，我从不骗你，他真的死了，他绝对……"

　　乔婉娩闭着眼睛点了点头，肖紫衿余下几个模糊的字眼她没有听清。

　　婉娩，我从不骗你，他真的死了，他绝对……是要死的。

　　武林客栈。

　　方多病和李莲花略微商量了一阵，将尚留在客栈内的几人分开来询问。此时尚留在客栈中的人是：梁宋、杨垂虹、龙赋婕、康惠荷、关河梦，以及李莲花和方多病自己。听闻苏小慵被人所杀，众人都觉惊骇，昨夜客栈中风平浪静，无人声称听到过奇怪的声息。武林中人，本自刀头舐血，为人所杀并不奇怪，奇的是并非死于堂堂正正的搏杀，却无声无息地被乱刀刺死，苏小慵的惨状，未免让人嗅到丝丝疯狂的气息。

　　"昨夜天黑到天亮，梁兄都在做些什么？"方多病坐在梁宋对面，直截了当地问，"为何梁兄的'风尘箭'会插在苏姑娘身上？不知梁兄做何解释？"

　　梁宋本来见到那"风尘箭"插在苏小慵尸身上就满脸惊骇，被方多病这么一问，更是神情紧绷："昨夜我一早就上床睡了。"

　　方多病大是奇怪，半晌道："昨夜你明明和我联句联到三更半夜，哪里上床睡了？你昏了头吗？"

　　梁宋一呆："正是、正是……昨夜我是和杨兄和方公子联句……"他神思不定，自从见了那"风尘箭"后便神情恍惚。

方多病皱眉问道："难道是你杀了苏小慵？"

梁宋大吃一惊："不不，不是我，当然不是我……"

方多病怒道："你一会儿说在睡觉，一会儿说在联句，难道昨日联句之后，你便悄悄杀了苏小慵？"

梁宋连连摇头："不不不，方公子你可为我作证，昨夜我确实和两位联句直至深夜，我和你出门之时都已过了三更，怎有时间去杀人，又怎么能杀人杀得无声无息？再说就算有仇人，我也定要按照武林规矩……"

方多病嘿嘿一笑："不必说了，昨夜你我走的时候是三更过后，距离天亮尚有一个时辰，要杀人绰绰有余。定是你在婚宴上盗取了'小桃红'，潜入苏小慵的房间将她刺死，然后在她身上装模作样插了自己的'风尘箭'，妄图证明是有人栽赃嫁祸给你……"

梁宋脸色尴尬："方公子！"

方多病道："我说得不对？"

梁宋苦笑，沉吟良久："苏姑娘确实不是我所杀，只是……只是……"

方多病问道："只是什么？"

"昨夜三更之后，我的确是看到了些东西。"梁宋道，"我看见了凶手。"

方多病奇道："你看到了什么？"

梁宋沉吟了半日："昨日夜里，我从杨兄房中出来后不久，就听到有夜行人自我房上跃过，身手矫健，武功不弱，手里尚提着一柄长剑，我觉得来者不善，于是开弓射了一箭。"

方多病一怔："你是说那支箭是你射出去的？可是怎会插在苏小慵身上？"

梁宋摇了摇头："对于此事我也十分奇怪，昨夜我射了那一箭之后，那夜行人很快隐去，我心里存疑，在客栈四下走了一圈，没有发现那夜行人的踪迹，倒是看见……看见……"

方多病问道："看见什么？"

梁宋低声道："我看见龙姑娘从关兄的房间开门出来。"

方多病大奇："龙姑娘？龙赋婕？"

梁宋点了点头，脸色甚是尴尬："昨夜我只当其中有男女之事，不便多看，便回房睡下，怎知……怎知苏姑娘却死在里面。"

方多病喃喃自语："龙赋婕昨夜竟从关河梦房里出来？难道苏小慵是她杀的？真是怪哉……岂有此理……"

杨垂虹房中,李莲花勤勤恳恳地倒了两杯热茶,请杨垂虹坐下:"昨夜寅时,杨兄都做了些什么?"

杨垂虹佛然道:"我做了些什么何须对你说?不知李兄昨夜又做了些什么?"

李莲花歉然道:"我近来伤风咳嗽,接连睡了几日,对昨夜发生何事全然不知……"

杨垂虹脸现不屑之色,显然不信。

李莲花继续道:"说不定我在睡梦中起身,稀里糊涂杀了苏姑娘也未可知。"

杨垂虹一怔,李莲花诚恳地道:"苏姑娘昨夜被杀,人人皆有嫌疑,不只是杨兄如此。"

杨垂虹心里暗道李莲花此人倒也诚恳。"昨夜……"他略微沉吟了一下,"我和方公子、梁兄在房中联句饮酒,他们回去之后我便睡了,倒是没做什么特别的事。"

李莲花点了点头:"你并未听到什么奇怪的声音?"

杨垂虹立刻摇头:"没有,昨夜饮得多了,整个人有些糊里糊涂的,就算是真有什么奇怪的声音,我只怕也是听不出来。"

李莲花"嗯嗯"两声:"多谢杨兄。"

方多病问过了梁宋,前脚走出梁宋房门,便要直奔龙赋婕的房门。李莲花也刚从杨垂虹房中出来,见他一副见了鬼火烧屁股的模样,奇道:"怎么了?"

方多病悄悄地道:"乖乖的不得了,梁大侠说他昨晚看见龙赋婕从关河梦房间出来,那时绝对已经寅时,苏小慵十有八九已经死了,她却居然装作不知。"

李莲花吓了一跳:"当真?"

方多病指指龙赋婕的房门:"我这就去问问,康惠荷那里就看你了。"

李莲花点点头,两人交错而过,各自询问下一个目标。

"龙姑娘,"方多病一脚踏进龙赋婕的房间,拉过一把椅子坐在门口,劈头就道,"有人昨夜看见你从关河梦房间出来,半夜三更,龙姑娘一个年轻女子,进入关河梦的房间,究竟所为何事?那时苏小慵应该已经死了吧?你为何不说?"

他本料定这一番话定能让龙赋婕大吃一惊,吓得魂飞魄散,立刻承认自己是杀害苏小慵的凶手,不料房内正自梳头的素衣女子淡淡地道:"昨夜我的确去过关大侠的房间。"

方多病一怔,气焰顿时收敛:"当时房内情况如何?"

龙赋婕不答,安静了一会儿,答非所问:"我看见了杀害苏姑娘的凶手。"

方多病大吃一惊:"什么?"

龙赋婕缓缓地道:"我每天三更过后练气打坐,昨夜也不例外,正当气通百窍、神志清明的时候,听到有人从我房顶掠过的声息,并且有弓弦之声,非同寻常。"

方多病心里一震:这是第二个说见到夜行人的人,看来夜行人之说,并非虚妄。

只听龙赋婕继续道:"我恰好坐息完毕,就悄悄跟了出去,结果看见有人从关大侠房间的窗口跃入,给了床上人一剑。我很吃惊,所以即刻追了上去,也跟着进了关大侠的房间。"

方多病不由得紧张起来:"那杀死苏小慵的人,究竟是谁?"

龙赋婕冷冷地道:"那人给了床上人一下,即刻从对面窗户翻出,我并没有看清面目。"

方多病皱眉:"你刚才说你看见了凶手?"

龙赋婕闭上眼睛:"我虽然没有看清面目,但是那人对床上偷袭的那一剑我却看得清清楚楚,那叫'落叶盘沙',是'白马金络鞭'二十四式中唯一一招可以化为剑招施展的招式。"

方多病张大嘴巴,目瞪口呆:"你说——杀死苏小慵的是杨垂虹?那你为何不早说?"

龙赋婕冷冷地道:"我说了,我只看见剑招,没有看见人脸,世上以'白马金络鞭'出名的人只有杨垂虹,但是能施展'落叶盘沙'一式的人何止千百,我怎知就是杨公子?"

方多病只觉她蛮不讲理,世上能施展"落叶盘沙"之人明明只有杨垂虹一人。他在心里狠狠骂了两声"女人"后悻悻然闭嘴,心里暗想:不知李莲花问杨垂虹问得如何?

李莲花却在康惠荷房中喝茶。康惠荷相貌娇美,衣饰华丽,客房中也装饰得十分精致,一只绿毛鹦鹉在窗前梳理羽毛,神态如她一般妩媚娇慵。李莲花手中端着的那杯清茶茶香扑鼻,茶杯瓷质细腻通透,十分精秀,他尚未开口,康惠荷幽幽叹了口气,先开了口:"我知道很难取信于人,除了方公子和李楼主,我距离关大侠的房间最近,但昨夜……昨夜我的确什么也没有听见,一早就睡了。"

李莲花问道:"一早睡下了,可有旁人为证?"

康惠荷一怔,俏脸上泛起一阵怒色:"我一个年轻女子,一早睡下了怎会有旁证?你……你当我是……当我是什么人?"

李莲花歉然道:"对不住,我没有想到……"

康惠荷满脸愠色:"李楼主若没有其他要问的,可以请回了。"

李莲花连连道歉，很快从康惠荷房中退了出来。

方多病尚在龙赋婕房里，李莲花在走廊里缓缓地踱了一圈，再次踏进了关河梦房中。

此时已近深夜，自门口看入，苏小慵的容貌隐没于窗影黑暗之中，不见可怖的容色。他点起蜡烛，俯下身细细察看苏小慵，想了想，伸手翻开她一角衣襟。衣下丑陋的伤口尽露眼前，一处薄细的刃伤，伤口周围一圈红肿，肌肤颜色苍白，只微微带了一层淡紫色，那是淤血之色。李莲花按了按她的尸身，身体已完全僵硬，冰冷至极。数日之前的割伤和刺创尚未愈合，仍旧狰狞可怖，这位豆蔻少女遍体鳞伤，十分惨烈可怜。她胸口箭伤倒是十分干净，颜色苍白，似乎血液已随着那贯胸一箭流光。

李莲花皱了皱眉头，转而细看床底箭头。那箭头上设有倒钩，牢牢钩在床底杉木之上，无怪拔之不出，箭上并无多少血迹。

他的目光移到地上，突然看到地上有一点淡淡的白色痕迹，那是被什么东西撞击形成的，在灯光下闪着光泽，煞是漂亮，那是什么东西？李莲花抬起头来，窗台上的一个痕迹方才就已看见，那是半只血鞋印，鞋印清晰至极，连鞋底棉布的纹路都印了出来，能看出来是一只男鞋，只有后足跟短短的一截——那又是谁的鞋印？

李莲花想了很久，突然打开大门，走进隔壁苏小慵的房间，她房里药味浓郁，床上被褥打开，桌上一个空碗，门并未锁起，地上碎了一个铜镜。他看了一阵，叹了口气，关起了门。

"死莲花！"方多病从龙赋婕房中十分迷惑地走了出来，"事情真是越来越古怪，龙赋婕昨日半夜竟然真的去过关河梦房里。"

李莲花奇道："她真的去过？"

方多病苦笑："她非但去过，还看见了凶手，凶手居然还施展了一招'落叶盘沙'，只是她没看清楚究竟是谁。你说古怪不古怪？这小妞的话可信吗？"

李莲花道："可能……可能可信吧？"他喃喃自语，"无头命案多半都是连凶手的影子都摸不着，昨夜居然有两个人看到了'凶手'……总而言之，昨夜寅时过后，梁宋、龙赋婕和杨垂虹都到过关河梦房中，至少也到过房外……"

方多病不耐烦地道："这些我都知道，死莲花，你到底想出来谁杀了苏小慵没有？说不定杀苏小慵的人就是角丽谯……"

李莲花瞟了他几眼，突然叹了口气，十分认真地道："如你这般聪明……实不该处处问我。"他整了整衣裳，居然做出一副教书先生嘴脸，一本正经地踱了两步方步，指了指关河梦窗口的血鞋印，"看见了吗？"

方多病被他弄得丈二和尚摸不着头脑，皱眉道："你当本公子是瞎子？当然看见了，早就看见……这当然是凶手的鞋印。"

李莲花摇了摇头，眼神很是遗憾，打开房门，两人走了进去，他指着地上那一点淡淡的白色痕迹："看见了吗？"

方多病道："没看见……现在看见了……李莲花你疯了吗？"

"一旦我日后真的疯了，如你这般愚笨，实在是放心不下。"李莲花叹气道，"我定要将你教得聪明一些……"

方多病被他气得七窍生烟，怒道："李莲花！你竟敢戏弄本公子！"

李莲花又摇了摇头，低声叹道："孺子不可教也……方大公子。"他站在房门口，反指轻轻敲了敲房门，"昨夜究竟发生了些什么事，龙、杨、梁、康四人都已说了些，若大家说的都是实话，那么昨日寅时在这房门口发生的事便是：关河梦出去买药之后，有夜行人掠过梁、龙二人房顶，到了关河梦房中杀死了躺在床上的苏姑娘。梁大侠和龙姑娘都听到声息，追了出来，龙姑娘先到一步，她看到了杀人凶手施展'落叶盘沙'刺死苏姑娘，而后她从窗口追入，那夜行人从对窗逃出，龙姑娘从大门出来，却被梁大侠看见……对不对？"

方多病点头："杨垂虹和康惠荷你问得如何？"

李莲花道："他们都在睡觉。"

方多病哼了一声："不尽不实。"

李莲花微微一笑："那么单凭这些，你想得出谁比较可疑？"

"龙赋婕！"方多病斩钉截铁地道，"她既然看到人行凶，怎会从窗口追入，却从大门出来？她干吗不追到底？为何不出声叫人？何况半夜三更这小妞不睡觉，本就可疑得很。"

李莲花连连点头："还有呢？"

"还有？还有……还有……"方多病一呆，他冥思苦想半晌，恶狠狠地道，"还有那夜行人不知是真是假，梁宋说不定和龙赋婕串通一气，满口胡言。"

李莲花这下连连摇头："不是如此、不是如此。"

方多病怒道："不是如此，那要怎样？"

李莲花咳嗽一声，摇头晃脑道："君子坦荡荡，小人长戚戚，岂可轻易疑人……"

方多病勃然大怒："你就是君子，我就是小人？"

李莲花仍是摇头，正色道："凶手在当日看到'小桃红'的几人之中，那么关、杨、龙、梁、康五人之中，必定有一个是凶手，也就是说他们五人所说的昨夜行踪，必定有一个有假。"

方多病道："不错……"

李莲花又道："关河梦对苏小慵情真意切，想必不是凶手，他若要杀苏小慵，大可在半路上悄悄杀了，何必在小青峰下弄得满城风雨？所以关侠医所说前去买药，大是可信，何况他究竟是不是去买药一问药铺便知，倒也假不了。"

方多病道："有道理。"

李莲花继续道："如此说来，凶手就在龙、杨、梁、康四人之中。而他们所说的昨夜行踪，简单来说便是：龙姑娘说施展'落叶盘沙'的人是凶手，其实也就是指认杨垂虹是凶手；梁宋指认龙姑娘是凶手；杨垂虹和康惠荷都说在睡觉，也就是他们都说自己不是凶手，是不是？"

方多病脑筋乍停，想了半日，勉强想通："哦……"

李莲花微微一笑："这是一个很简单的问题，只有一个人说谎，龙姑娘说杨垂虹是凶手，杨垂虹却说自己不是；梁宋说龙姑娘是凶手，而龙姑娘显然也不承认；那么龙姑娘和杨垂虹之间必定有一个人在说谎，梁宋和龙姑娘之间也必定有一个人在说谎。当杨垂虹说谎的时候，他就是凶手，但若是如此，梁宋却说凶手是龙姑娘，岂非梁宋也在说谎？这和假设'只有一个人说谎'不合，所以杨垂虹没有说谎，那么说谎的便是龙姑娘。假设龙姑娘在说谎，那么杨垂虹和康惠荷自然真在睡觉，梁宋指认龙姑娘是凶手也没有错，所以……"

方多病恍然大悟："我明白了，所以只有龙赋婕一个人在胡说八道，所以她就是凶手！"他心里大乐，不管李莲花说得多么有道理，他方大公子却是一早认定了凶手就是龙赋婕，他果然比李莲花聪明多了。

"但是——"李莲花满脸都是最温和、最有耐心的微笑，"你莫忘了，得出龙姑娘是凶手的结论，前提是'四个人之中只有一个人所说有假'，若是四人之中，并不止有一个人说谎，以上所说的就都不成立。"

方多病正想大笑，猛地被他呛了一口："喀喀……喀喀喀……不会吧，难道凶手不止一个人？"

李莲花道："若凶手有两个人、三个人甚至更多，十个苏小慵也一早被杀了，更不会等到关河梦离开之际再下手杀人。"

方多病勉强同意："但你方才所说，十分有道理。"

李莲花慢吞吞地道："如果龙姑娘是凶手，那支'风尘箭'就是她拿走了，在苏小慵身上刺上一箭的人自然是她,奇怪的是她既然用了梁宋的箭,为何要嫁祸杨垂虹呢?这岂不是很奇怪吗?她若说她瞧见了梁宋在房里,岂不是比较符合常理?"

方多病又是一呆,李莲花继续道:"何况苏小慵第一次被害是在小青峰上,肖乔联姻之时她明明一直坐在第七席上……"

方多病"啊"了一声,突然想起,那时龙赋婕的确一直坐在李莲花那桌,没有离开过:"难道凶手不是龙赋婕?"

李莲花笑了笑:"要问凶手是不是龙姑娘,就要问'四个人之中是不是只有一个人所说是假'。如果不止一个人说谎,凶手就可能不是龙姑娘。"

方多病这回大大地皱眉:"那我又怎知其中究竟有几个人在说谎?若不是凶手,何必虚言骗人?"

李莲花慢吞吞地说:"不是凶手当然不必骗人,但有时候说不定不是想骗人,而是自己已经被骗了。"

"哈?"方多病目瞪口呆,脑子里已成了一团糨糊,跟不上李莲花的思路,"什么?"

李莲花非常友好且善良、充满同情地看着方多病:"有时候人不一定想说假话,只不过是眼睛里看到的事,未必是真的而已。"

方多病呆呆地问:"什么意思?"

李莲花温和优雅地道:"也就是说,他们四个人中的其他人未必想说谎骗人,但是所说的事,未必就是事实。"

"怎么说?"方多病诚心诚意地请教。

李莲花走进房中,揭开苏小慵衣裳一角,方多病跟了过去,李莲花在他耳边轻轻说了一番话,方多病猛地"啊"了一声:"怎会——"

李莲花从袖中丢了件物事在他口中,堵住他一声大叫,差点将他呛死:"喀喀……死莲花……"

他尚未骂完,李莲花挥了挥衣袖,一溜烟钻出门外:"你慢慢想,我吃饭去了。"

方多病急急忙忙地把堵在口中的物事拿出来,舌头一卷,却尝到一股甜味,仔细一看,是一颗喜纸包裹的糖。他奔出门去,李莲花已不见踪影,不知上哪里吃饭去了。他跺了跺脚,转身大步走向身后房门,一脚踢开其中一间的大门,将房中一人一把抓住:"跟我来。"

房中尚有另外一人挣扎起身,满面疑惑地看着他:"放下人来!你要干什么?"

方多病冷笑着看着他:"我给你义妹擒凶破案,你有意见?"

那人瞠目结舌，满面惊疑："凶手……凶手……"

方多病提起手中被他封了穴道的人："凶手当然就是她。"

床上脸色苍白的人是关河梦，而被方多病提在手中的人正是康惠荷。

半炷香时间之后。

武林客栈庭院之中。

梁宋、杨垂虹、龙赋婕等人已纷纷出来，各人脸上都有惊异之色，面面相觑，似是谁也未曾想过，凶手竟是康惠荷。

方多病点了她全身上下十数处穴道，丢在地上。

关河梦因为照顾苏小慵数日不眠不休，本已十分憔悴，遭逢苏小慵被人所杀，大受打击发起高热来，却也摇摇晃晃站在一边，惊疑不定地看着方多病。

方才康惠荷仍在房中照顾他，这女子美貌温柔，怎会……怎会杀死小慵？

方多病清了两声嗓子，露出李莲花般慢吞吞的微笑，只是李莲花笑得谦逊温和，方多病如此笑来未免让人毛骨悚然，只听他得意扬扬地道："我已查明，凶手就是康惠荷。"

庭院中的众人皆露出不信之色，龙赋婕冷冷地看着杨垂虹，杨垂虹满脸尴尬，梁宋的目光在龙赋婕和康惠荷之间转来转去，诧异至极。

方多病一脚踩在庭院中石椅之上："康惠荷，你还有什么话说……你这杀人凶手……"

被他点中穴道坐倒在地的康惠荷泫然欲泣："我何曾加害苏姑娘？昨夜究竟发生何事，我根本不知。方公子纵使家大业大，名满江湖，也不能血口喷人！何况我……我弱质女子，清白何等重要……"

方多病喝道："放屁！你明明在野霞小筑婚礼之时盗走'小桃红'，刺杀苏小慵不成，又留在客栈之中等候时机。你趁着关河梦离开苏小慵去买药的时候，就趁机将她刺死，是不是？"

康惠荷哭道："你……你……血口喷人……我为何要杀死苏姑娘？我和她无冤无仇，何必费尽心思杀她？"

方多病为之语塞，顿了顿，连忙掉转话题："苏小慵身上许多新伤，是被'小桃红'所伤，'小桃红'虽然锋利，但是刃身极短，隔着棉被刺下，虽然刺中多处要害，却入肉不深。你对她连刺十数下后丢下凶器逃离，但苏小慵却没有立刻就死，而是流血流了半日之后，方才气绝身亡。她身上的刺伤都已红肿，证明受伤之后她并未立刻就死，也证明那些刺伤伤得很早。而龙姑娘看到有人在苏小慵胸口刺入长箭，那已是寅时之事，那箭伤十分整齐，伤口非但没有红肿，连震动的痕迹都没有，证明长箭刺入之时，苏小慵早已死了。所以，以'小桃红'刺伤苏小慵致她死亡的人和在她胸口刺入长箭的人不是同一个人。龙姑娘虽然看到有人行凶，那人却不是凶手，因为他所杀的本是一个死人。"

龙赋婕一怔，下意识对着杨垂虹看了一眼，目光甚是疑惑。

杨垂虹听方多病说到此处，表情也颇为惊讶，突然道："不错，昨夜在已经死去的苏姑娘胸口刺下一箭的人是我，但杀她的人并不是我。"他看着方多病，"方公子明辨是非，让杨某十分意外，其实昨夜……"他的目光突然转到关河梦脸上，"昨夜我本要杀的人并非苏姑娘，而是关大侠。"

众人都是大吃一惊，关河梦也是惊愕异常，却听杨垂虹冷冷地道："杨某蒙关大侠救命之恩，本不该对关大侠不敬，但那日杨某和师弟一同前往求医，关大侠明明有灵药在手，却对师弟见死不救。杨某虽然得救，但委实想不明白……"他突然提高声音，音调凄厉至极，"关大侠明明有解毒奇药'秋波'在手，为何坚称缺药，不肯医治杨某师弟？难道你空有赫赫侠名，却舍不得施舍少许'秋波'救人？"

关河梦脸色苍白："贵师弟所中之毒，关某从未见过，医书所载可以'空眼草'医治，关某并非不救，而是并无此草。"

杨垂虹气得脸色铁青："你有能解百毒的奇药'秋波'！你……你难道就因为医书上没写'秋波'能解师弟之毒，所以就任他死去……你可知他不过体质特异，被蜜蜂所伤，因而全身红疹，就算你不愿施舍'秋波'，只要对他稍加简单救治，说不定他就不会死！庸医杀人、庸医杀人啊！"

方多病先是惊讶，而后听到这"庸医杀人"几字，差点笑了出来，世上庸医何其多……

关河梦猛地一拳拍在石桌之上，那石桌"咯啦"一声崩出裂纹："医书上没载明之事，我岂敢擅作主张？胡乱用药，岂不是以病人试药，草菅人命？"

杨垂虹厉声道："你不是不愿草菅人命，你是墨守成规，冥顽不灵！你妄称侠医，医书上未写之事你便不做，我等要你'乳燕神针'又有何用？庸医、庸医，我不杀你，愧对枉死你手的英魂、忠魂！"言下腰际"白马金络鞭"唰的一声抽出，杨垂虹额暴青筋，"我明知技不如人，却也请关侠医划下道儿来，报不了师弟之仇，我死在你手，也不算枉生为人！"

关河梦怒道："胡说八道！……"顿了顿，转念一想，医书上未写之事自己确是从未做过，倒是对杨垂虹的话难以回答，心头愤懑异常，当下衣襟一振就待出手。

便在这时，方多病一手搭在杨垂虹左肩，一手搭在关河梦右肩，双双往下一按："要打架等本公子说完再打，本公子绝不阻拦。"

接着他右足一钩，将地上匍匐爬行到一边的康惠荷钩了回来，对她露齿一笑："本公子还没说完，你怎么就要走了？"

庭院中众人微微一震，惊讶未绝，又把目光转到了康惠荷身上，只听方多病咳嗽一声，得意之色溢于言表："昨夜寅时，杨垂虹和本公子联句之后，换上夜行衣行刺关河梦。杨垂虹武功不及关河梦，因而在客栈中守候数日，等到关河梦照看苏小慊已是体力耗尽、元气大伤的时候方才前去偷袭，路过梁宋房顶的时候被梁宋发觉，接了他一支'风尘箭'。但他却没有想到关河梦那日出去买药，直到寅时还没有回来。关河梦房中光线幽暗，他只见床上躺有一人，灵机一动便想嫁祸梁宋，以'风尘箭'刺入床上人的胸口。他刺下之后，发觉不对，床上人非但不是关河梦，并且早已死去。这时龙姑娘追到门口，他只得匆匆由窗逃出，心里觉得古怪至极，还一时不察，在窗口留下了一个血鞋印。"杨垂虹被他一拍，半身麻痹，心里惊骇这位少爷公子的武功，点了点头。

方多病见他点头，脸上得意之色再也掩盖不住："哈哈……然后龙姑娘看到有人行刺，跟着追入房中，却在地上看见了一样物事，令她没有声张杀人之事。"

方多病向龙赋婕看去，龙赋婕脸现惊讶之色，微一犹豫，点了点头。

"什么物事？"梁宋更是惊奇。

方多病口沫横飞："关河梦房中地上有一点淡淡白痕，灯光之下光泽隐隐有七彩，那是珍珠之光。而痕迹如此之大，必是珍珠被踩碎所致。我料龙姑娘定是在房中地上看到了那个东西……"

龙赋婕又点了点头。众人同声问："什么东西？"

方多病本就是在卖关子："凤头钗！龙姑娘拾起凤头钗出门，却被梁宋看见，只当她是杀人凶手。"

众人恍然大悟，龙赋婕在杀人现场看见了自己赠予肖紫衿成婚的礼物，未免觉得十分惊疑，因此她拾起凤钗，匆匆离去，对昨夜之事只字不提。

方多病继续道："看到凤头钗和'小桃红'，自然就会明白苏小慊是被何物所伤，她在野霞小筑，也正是被这两样东西刺得遍体鳞伤，几乎死去。"

梁宋奇道："可是为何有人要拿这两样东西作为杀人之物？"

方多病哼了一声，对他的问题只作不闻："知道肖乔联姻的贺礼之中有'小桃红'和凤头钗的人,自然是各位,因而凶手定在各位之中。"

"但我始终不明,为何苏姑娘会在关河梦房中?"杨垂虹眉头深皱,"毫无道理。"

方多病得意扬扬:"这一点至关重要,因为正是它说明了凶手是谁。"

众人"啊"了一声,面面相觑,茫然不解。

"在苏小慵房里,有一碗喝完的药汤。"方多病道,"关河梦每日的药汤都是酉时熬制,戌时让苏小慵服下,既然汤药喝完,那么昨夜戌时,苏小慵还是活着的。房中尚有一面碎去的铜镜,并且她死去的时候鞋袜穿得十分整齐。可以推测,昨日关河梦给她灌下药汤之后不久,她醒了过来,关河梦却已不在。苏小慵起身穿好鞋袜,却从铜镜中看到自己被毁的容貌,害怕得很,因此走到关河梦房中求助。关河梦既然出门,房间必有上锁,而除了他和掌柜的以外,能打开他门锁的人,自然只有和他一道投宿的苏小慵了,她是自己走进房里去的。"

众人点头,方多病索性坐上石桌,居高临下,继续侃侃而谈:"她既然戌时还活着,寅时却早已死了,那她必是死在亥时或是子时,而恰恰这个时候,杨垂虹、梁宋和我正在联句,证明人不是杨垂虹和梁宋所杀。而如果龙姑娘亥时或者子时杀了苏小慵,昨夜寅时她就万万不会出现在房里,更何况苏小慵第一次被杀的时候,龙姑娘从头到尾都和李莲花坐在一起,并没有分身杀人,所以凶手不是她。既然凶手不是她,"方多病耸了耸肩,"那自然只能是她了。"他瞄了眼地上被他一钩脚封了哑穴的康惠荷,"我等客房的排列是李莲花、本公子、关河梦、苏小慵、康惠荷、龙赋婕、梁宋、杨垂虹,昨天夜里本公子……喀喀……出去喝了点小酒,不在房中,因而寅时不在,李莲花病倒在床上人事不知,都不知道隔壁房间的变故。但有一个人,昨天晚上有一个大活人从她房顶经过,另一个人对着她房顶射了支箭,还有三个大活人在她门口走来走去,又是开门又是翻窗,还在床板上狠狠戳了一箭。她也是学武之人,居然说她在睡觉,半点不知,岂不是很奇怪?"

梁宋一呆,杨垂虹鞭法了得,但内力轻功都不见长,他掠过房顶,又被自己射了一箭,的确是把众人都惊动了。康惠荷虽然武功也不甚高,但她就住在苏小慵房间旁边,距离关河梦的房间只有丈许之遥,要说睡得全然不知,的确令人难以置信。

方多病又道:"何况苏小慵离开自己房间,走进关河梦的房间,也只有临近之人方能发觉,诸位就都不知情。我猜苏小慵侥幸未死,这日就要醒来,她一旦醒来,就会说出是谁下手加害。关河梦一直守在她身边照料,令康惠荷没有杀人灭口的机会,昨夜关河梦没有回来,苏小慵却走进他的房间,正是她下手的大好时机,因此她带上从婚宴上偷回来的两样凶器,猛地把棉被盖在苏小慵身上,将她扑倒在床,连刺十数下，然后抛弃凶器，回到房中装作若无其事。"

龙赋婕唇齿一动："虽然很有道理，但我始终不明，她要杀人，盗取'小桃红'自然很是合理，但为何连我的凤头钗也要一并盗取？凤头钗虽能杀人，却不如'小桃红'那般锋锐无比，要来何用？"

这点李莲花却没说，方多病瞠目结舌，心里大叫乖乖的不得了了，本公子要穿帮！突然急中生智，一脚踢开康惠荷的穴道，学着李莲花那种愉快而狡猾的笑："这点，龙姑娘不如自己问她。"

众人的目光顿时射向康惠荷，康惠荷哑穴初解，随即一声尖叫："不是我！"

方多病冷笑道："不是你，那是谁？"

康惠荷呆了一呆，目光从众人眼中一一掠去，只见众人目中皆有鄙夷之色，心里突然委屈异常，放声大哭："昨夜……昨夜刺死苏小慵的人是我，但……但在小青峰上，野霞小筑，将她刺得满身是伤的人不是我！"

众人大奇，方多病大吃一惊："什么？"

康惠荷伏地大哭，方多病只得将她搀了起来，只听她哭道："那日肖大侠结婚之时，我的确……的确偷了'小桃红'，把苏小慵叫了出来，她也确实没有防备，我点了她的穴道。可是……可是……有个红衣女子跟在我身后，把我也点倒了。不知什么时候她便跟在我身后，我从贺礼中拿走了'小桃红'，她便拿了凤头钗，然后在我面前将苏小慵刺得……刺得可怕……可怕得很……"

方多病皱眉道："谁信你胡说八道？世上哪有这么奇怪的女人？"

康惠荷尖叫一声："她还……还伏在伤口上吸血……妖怪！妖怪！"

众人面面相觑，都是不信，康惠荷急急喘了口气："她戴了面纱，面纱下是一张鬼脸，个子不高，无论身形举止，都非常美，美得……像个仙子，像个妖怪！"

方多病心中一动，莫非她遇上了角丽谯？世上除了那个女妖，岂有人会做出这等事？

康惠荷又道："她问我这个女人是不是抢走了我的意中人，她说她平生最同情得不到心爱之人的女人，所以……她……她便把苏小慵弄成……那样……"

众人恍然大悟，原来康惠荷痴恋关河梦，关河梦却深爱苏小慵，她便起意杀人。

方多病问道："那戴鬼脸的女人长什么模样，你可有看见？"

康惠荷摇头："她这里……"她指了指颈侧，"有一颗颜色很娇艳、很小的红痣，就像一滴鲜血。"

梁宋忍不住"啊"了一声："这个女子，我在婚宴之时的确见过。"

康惠荷脸色凄厉:"我以为她那时已经死了,但是她却没有把她刺死,她……她被我点了穴道以后就人事不知,醒来之后必定认为是我将她伤成那般模样,所以我……才……才在昨夜……昨夜将她杀死。"

方多病皱眉:"那野霞小筑那满墙的血迹从何而来?"

康惠荷脸现轻蔑之色:"那不过是我用胭脂画上去的,你妄称聪明,却没有瞧出来?"

方多病摸了摸脸,心里暗道:那死莲花根本没去杀人的第一个房间看上一眼,否则定能看破,不过他似乎不大喜欢野霞小筑,转身就逃了,现在也不知道跑到哪里吃饭去了……嘴上却说:"按照江湖规矩,比武打斗难免死伤,毒害刺杀却是为人不齿,此时'佛彼白石'那几位当家大约还在小青峰上,我这就去请下来和你亲近亲近。"

五 算谢客烟中,湘妃江上,未是断肠处

方多病在客栈后院中眉飞色舞、小人得志的时候,李莲花就坐在武林客栈外边大堂之中吃饭,优哉游哉地点了一壶小酒、两碟豆干和一碗面条。这顿饭总计八个铜钱,他满意极了。

酒喝了一半,豆干吃了一碟,他本来正看别桌客人究竟在吃些什么,突然看到了一件紫袍,然后他就看到了穿紫袍的人,然后他就呛了一口酒,急急忙忙喝完了面碗里的面汤,从怀里摸出块方帕来仔仔细细擦干净嘴巴,放下八个铜钱,站了起来。

那紫袍客人也站了起来,他头戴斗笠,黑纱蒙面,手中有剑。

李莲花指了指上面,两人一起走了出去。

小青峰上。

颠客崖。

两条人影静静站在颠客崖边。一人身材高大挺拔,威仪自来;另一人身材略矮,有些瘦削。身材高大的人一身紫袍,面纱斗笠已放在一边,正是肖紫衿;身材略矮的人灰色布衣,正是李莲花。

两人之间已默然很久,久得李莲花终于忍耐不住,叹了口气:"你吃饭没有?"

肖紫衿显然是一怔:"吃了。"

李莲花歉然道："我本也没钱请你吃饭。"

　　肖紫衿又是一怔，僵硬半晌，缓缓地道："十年不见，你变了很多。"

　　李莲花道："是吗？毕竟十年了……你也变了很多，当年脾气，收敛了不少。"

　　肖紫衿道："我为了婉娩，她喜欢什么样的人，我就变成什么样的人。"

　　李莲花微微一笑："只要你们觉得都好，那就是好了。"

　　肖紫衿不答，目不转睛地看着他。李莲花在自己身上东张西望，"啊"了一声，惭愧道："我不知道袖口破了……"

　　肖紫衿背脊微微一挺："你……既然已死，为什么还要回来……"

　　李莲花正手忙脚乱地拢住开裂的袖口，闻言一怔，迷惑地道："回来？"

　　肖紫衿低声道："你难道还不肯放过她吗？她已被你害了十年，我们十年青春，抵给李相夷之死，难道还不够吗？你……你为何要回来？"

　　李莲花满脸茫然："啊……是方多病硬拉我来的，其实……"他的语气微微一顿，悠悠叹了口气，"不过想来看看故人，送份礼，回来什么的，从来没有想过……"

　　肖紫衿脸上微现冷笑之色："李相夷好大名气，至今阴魂不散，角丽谯和笛飞声重现江湖，你不回来怎对得起你那偌大名声？还有那些死心塌地跟随你的人……"

　　李莲花道："江山代有才人出，我信这十年的英雄少年，比之我们当年更加出色。"

　　肖紫衿冷冷地道："你信，我却不信。你若回来，婉娩定会变心。"

　　李莲花目光奇异地看着他，半晌道："紫衿，你不信她……"

　　肖紫衿眉头骤扬："我是不信她，你不死，我永远不信她。"

　　李莲花"啊"了一声，肖紫衿骤然喝道："跳下去吧！我不想亲手杀你。"

　　颠客崖上山风凛冽，两人的衣襟猎猎飞舞，李莲花伸出脖子对着颠客崖下看了一眼，连忙缩了回来。

　　肖紫衿冷冷地看着他："你还会怕死？"

　　李莲花叹了口气："这崖底既无大树，又无河流，也没有洞穴里的绝代高人，跳下去非死不可，我怕得很。"

　　肖紫衿手中剑微微一抬："那么，出手吧。"

　　李莲花低声问道："你真要杀我？"

　　肖紫衿拔剑出鞘，"当啷"一声剑鞘跌在地上，他手中破城剑寒光直映到李莲花脸上："当然！你知我平生行事，说得出，做得到！"

　　李莲花松开那开裂的袖口，负袖转身，衣袍在山风里飘浮。

　　李莲花默不作声，肖紫衿心头微微一寒，李相夷武功如何，他自是清楚不过，虽然十年不见,当年重伤之后势必功力减退,但见李莲花在眼前,他居然还是起了三分惧意,随即剑刃一抖,"嗡"的一声剑鸣,破城剑直刺李莲花胸口。

野霞小筑。

正房客厅。

乔婉娩临窗而立,肖紫衿陪她吃过了晚餐,说有点事,一个人下了山。窗外明月如钩,星光璀璨,草木山峦都如此熟悉,是何年何月何日开始,她已习惯了这样的日子,不复感觉到无可依靠……

"乔姑娘。"

有人在门口敲了敲门,她回过头来,是纪汉佛:"纪大哥。"

纪汉佛很少和她说话,此时前来,似是有事的模样。

"乔姑娘身体可已大好?"纪汉佛不论何时,语气总是淡淡的,即使是从前和相夷说话,他也并不热络。

"多谢纪大哥关心,"她温颜微笑,"已经大好了。"

纪汉佛点了点头,淡淡地道:"前些日子紫衿在,有些话不好说。乔姑娘当日见到了角丽谯,那妖女的武功,是不是更高了些?"

乔婉娩颔首:"她将'冰中蝉'射入我口中,我几乎全无抵抗余地,那面具上暗藏暗器机关的技法、手劲、准头,很像是……"

纪汉佛缓缓地道:"很像是彼丘的武功?"

乔婉娩低声叹了口气:"不错。"

纪汉佛脸色肃穆,沉声道:"不瞒姑娘,'佛彼白石'之中,必有角丽谯的内奸,百川院座下一百八十八牢,近日已被鱼龙牛马帮开启三牢,带走囚犯三十。一百八十八牢的地址,只有我等四人知晓,若非四人之中有人开口,绝无可能被人连破三牢。"

乔婉娩微微一震:"你怀疑——"

纪汉佛淡淡地道:"没有证据,我不敢怀疑是谁,只是请教姑娘是否能从角丽谯身上得到些许线索。"

"彼丘他……当年痴恋角丽谯……角丽谯学会他的武功技法,那也并不稀奇。纪大哥,四顾门早已风流云散,能守住当年魂魄不变的,唯有你们四人,婉娩实在不愿听见你们四人之中有谁叛离初衷。"乔婉娩微微闭上眼睛,幽幽地道,"自相夷死后,这份家业,我们谁也没有守住……只有'佛彼白石'仍是四顾门的骄傲所在。"

纪汉佛负手而立，冷冷地看着窗外星月，并不看乔婉娩，突道："你可知百川院地下有一条通道？"

乔婉娩一怔，摇了摇头。

纪汉佛冷冷地道："如无人相助，谁能，又有谁敢在我院下挖出一条大道？"

乔婉娩无语，目中渐渐泫然有泪。

纪汉佛沉默半晌，淡淡地道："如若我等四人真的无人有变，乔姑娘，我势必比你更为欢喜。"言罢转身，大步离开，不再回头。

乔婉娩眼中泪顺腮而下，夜风吹来，满颊冰凉。回首望窗外星月寂寥，她闭上双眼，相夷、相夷，如你仍在，世事绝不可能变为今日这样……如你仍在，定能将四顾门一脉热血延续至今……如你仍在，我……我们……定能像从前一样，心有所向，无惧无畏。

纪汉佛大步走出乔婉娩房间，客厅却正起了一阵喧哗，一个骨瘦如柴的白衣少年和石水拉扯在一起，大呼小叫地争辩着。

"什么事？"他沉声问道。

白江鹓嘻嘻一笑："这小子是方氏的少爷，有个名号叫什么'多愁公子'，说'紫菊女'康惠荷杀了关河梦的义妹苏小憾，叫老四去拿人。我们老四平生不抓女人，这小子非要他抓人不可，就这么咋呼起来了。"

纪汉佛浓眉微皱："杀人之事，可是证据确凿？"

白江鹓点了点头："倒是说得头头是道，大概不会错的。"

纪汉佛淡淡地道："交给平川。"

白江鹓大笑："早已交了，只是这小子吵得发了性，不肯放过我们老四。"

只听方多病还在旁边大谈"女人猛于虎也，女人会杀人、会放火、会色诱、会骗人、会生孩子……"纪汉佛不去理他，目光从白江鹓和石水两人面上掠过，石水脸色冷冷，白江鹓嘻嘻一笑。

"各位前辈，如今江湖大乱未起，却已处处隐忧，如果四顾门能够重整旗鼓，东山再起，往北遏制角丽谯鱼龙牛马帮的势力，在南和赤子观抗衡，居中压制笛飞声重现江湖，是苍生之福。"房外突然有人朗声道，"肖大侠婚后，我等一直未走，除了做做食客，用几日白食之外，还是想向各位前辈进言——自李相夷李前辈去后，四顾门分崩离析，难得各位到齐，我傅衡阳人微言轻，但如各位愿意听我一言，或者江湖大势自今日之后大大不同。"

房内众人都是一怔，来人声音十分年轻，语言虽然客气，却不脱年轻气盛，抱负满满,却是何人?方多病中气十足,在房中大呼小叫,房中几人都未听到来人的脚步声,可见来人轻功甚佳,并非泛泛之辈。

纪汉佛眉头微蹙:"进来。"

门外笑声朗朗,一个身材颀长、秀逸潇洒的白衣少年施施然站在门外,面目陌生,众人面面相觑,都甚感诧异。

方多病对来人上上下下看了几次:"你是谁?"

来人抱拳还礼:"在下傅衡阳,师出无名,乃是无聊之徒,平生别无所长,唯好'狂妄'二字。"

方多病心下一乐,"哈哈"笑了出来:"好一个狂妄小子,你可知道你在和谁说话吗?"

傅衡阳正色道:"'佛彼白石'大名鼎鼎,我岂会不识?不过是各位不识得我而已。"

方多病大笑,白江鹢也是哈哈一笑,石水阴恻恻地站在一旁,脸上毫无笑意,只有纪汉佛淡淡地道:"四顾门东山再起,谈何容易?当年盟友,多已……"

傅衡阳打断他的话:"我已替各位前辈想好,四顾门东山再起,只要各位前辈一句话。"

方多病对这位傅衡阳大有好感,心中暗笑:普天之下,甚少有人敢打断纪汉佛说话,这年轻人果然是狂妄得很啊。

纪汉佛也不生气:"哦?什么话?"

傅衡阳颈项微抬,微笑道:"不过一个'好'字。"

纪汉佛淡淡地道:"愿闻其详。"

傅衡阳道:"四顾门要东山再起,一则缺乏门主一人,二则缺乏门徒若干。这'门主'一职在下推荐肖紫衿大侠想必无人反对,而'门徒'……十年前的四顾门有前辈,十年后的四顾门难道前辈们就不能招募新血,收纳十年之后的江湖少年?"他潇洒地一挥衣袖,大门"吱呀"一声应袖而开,野霞小筑大门之外,李相夷衣冠冢旁,有灯火点点,"我等一行,都愿为四顾门之重兴出谋献策,流血流汗。"

方多病往外瞄了一眼,突然"哎呀"一声:"我知道你是谁了,敢情你就是和'乳燕神针'关河梦齐名的那个'少年狂'!"

傅衡阳也是哈哈一笑:"不敢、不敢,傅衡阳从不屑和关河梦同流合污。"

纪汉佛冷眼看这位短短数月之内便在江湖中声名鹊起的"少年狂",重振四顾门之计,确是称得上"狂妄"二字,只是如今'佛彼白石'貌合神离,笛飞声和角丽谯有备而来，江湖中事处处艰难，又岂是如此容易……

他尚未想定，突然房内竹帘一撩，一个人影一晃，颤声道："好！"

白江鹩和石水吃了一惊，纪汉佛更是一怔，方多病"啊"了一声："肖夫人……"

那从房中冲出来的人是乔婉娩。

傅衡阳朗声大笑："好！各位言出如山，自今日此时开始，我等一行七人，任凭四顾门驱使，为江湖大业而死，绝不言悔。"

方多病跟着他拍了下桌子，赞道："好豪气！四顾门复兴，我也算上一份。"

纪汉佛皱起眉头，乔婉娩胸口起伏，一双明眸在房内众人脸上缓缓而视，目中不知何故，竟有凄然之色。

顿了顿，白江鹩先叹了口气："重振四顾门，这事我胖子也算一份。"

石水阴森森地道："你几时退出了？"

白江鹩干笑两声："掌嘴、掌嘴，我等本就生是门中人，死是门中鬼。"

纪汉佛眉头皱得更深，沉默良久。

乔婉娩目中突然有泪滑了下来，跌在她绣花鞋前的尘土地上："紫衿他……想必很乐意，担任门主一职……"她低声道，语言之中，已有恳求之意。

你一意求重振本门，不过追求李相夷的影子。纪汉佛心中清楚得很，而肖紫衿本来好大喜功，刚愎自用，虽然这几年来收敛许多，但本性难移，要他担任门主一职，他自是不会不肯。看乔婉娩满面凄凉之色，纪汉佛沉默良久，淡淡地道："重振之事，必当从长计议。"

此言一出，众人都有兴奋之色，跃跃欲试——那便是说，"佛彼白石"首先赞同了此事。

傅衡阳大喜，仰首一声长啸，李相夷衣冠冢后亮起千百盏灯火，竟有数十位少年列队其后，领头的六位少年齐声道："秉承前辈遗志，我等赴汤蹈火，在所不惜！"六人武功都不弱，提气长吟，震得满山回响，纷至沓来。

乔婉娩看着眼前众人，却似看到四顾门初起的当年，只是当年……相夷比眼前这位少年，更加年轻俊美，更狂妄自负……她嘴角露出微笑，更现凄凉之意，他们口口声声称"前辈"，相夷如果未死，也不过比他们大了几岁，并不是他们想象中的前辈啊……

小青峰上。

颠客崖前。

肖紫衿一剑往李莲花胸口刺去，李莲花转身就逃，突然对面山崖，野霞小筑那边轰然一声，有众人运气长吟："秉承前辈遗志，我等赴汤蹈火，在所不惜！"声音洪亮，震得山谷纷纷回鸣。

两人都是一愣，肖紫衿那一剑从李莲花颈侧刺了个空。李莲花"扑通"一声在地上跌了个四脚朝天。

只见对面山坡上灯火点点，竟排出"重振四顾门"五个大字。

肖紫衿和李莲花面面相觑。李莲花满脸茫然，见肖紫衿露出怀疑之色，李莲花连连摇手："不是我说的。"

肖紫衿收剑回鞘，只见对面灯火闪耀，人影攒动，似乎是出了大事。他担心起乔婉娩的安危，突然纵身而起，倒入树丛小径："你若再见婉娩，我必杀你。"

李莲花方才是真的吓了一跳，在地上摔了个结实，腰酸背痛一时也爬不起来，看了对面山坡半晌，喃喃地道："岂有此理……"

然而对面山坡灯火闪闪，不是他眼花或者幻觉，山坡上的人们壮志凌云，确确实实，怀着少年英雄般的热血豪情，要做一番轰轰烈烈的事业。

未过几日，四顾门重现江湖之事已传遍武林，继笛飞声、角丽谯现身之后，江湖余波未息，再度哗然。只听说这一次四顾门门主乃是"紫袍宣天"肖紫衿，"佛彼白石"四人仍旧执掌刑堂，门中军师由"少年狂"傅衡阳担当，其下"百机堂"与"百川院"并列，成员乃是各门各派以智计见长的少年俊彦。"四虎银枪"只余三虎，也有二虎回归。此外少林掌门、武当道长、丐帮帮主纷纷前往道贺，方氏大公子方多病在四顾门中担任客座一职，至此，四顾门重振一事尘埃落定，确凿无疑。

四顾门重兴一事，江湖上下，人人拍手叫好，唯一有不大欢喜的人约莫就是李莲花了。身为"吉祥纹莲花楼楼主"，号称江湖第一神医，责无旁贷，他被傅衡阳列入四顾门医师一职，专管救死扶伤。

一时小青峰上，人人见面皆是点头，拱手都道久仰久仰，谈笑有同道，往来俱大侠，热闹一时无双。

【 六 香奁梦，好在灵芝瑞露 】

四顾门宣称重兴之后，"佛彼白石"三人并未在小青峰久留，而是赶回百川院，处理一百八十八牢被破三牢一事。傅衡阳着手处理千头万绪的事务，一如当年四顾门的规矩，调整人手，训练新手，所招纳的新人分属何院何人手下也要理清，忙得他焦头烂额。方多病一则不会分配人手，二则胸无大志，虽然对重兴之事满怀热情，却不过提供银两以供所需，这几日无所事事，只在小青峰闷得无聊。

但小青峰上还有人比他更无聊、更闲得发慌，那就是神医李莲花。小青峰上一无病人，二无死人，三来就算有病人或者死人他也不会医，所以李莲花这几日都躺在傅衡阳给他安排的房间里，手抱一卷《本草纲目》在睡觉。

"……听说新四顾门里谁都能得罪，就是方、多、病千万不可去招惹……"李莲花这日正巧没有睡着，拿着拂尘掸房间里的灰尘，突然听到门外有人悄悄说话，他本无意偷听，但那声音却不断钻进他耳里。

"那个女人杀另一个女人，就是被方多病看破，给抓了起来，以后我等千万不要做坏事……"李莲花把拂尘仔细收了起来，换了块抹布擦橱柜，门口"吱呀"一声，说话的几人却走了进来，"李楼主在哪里？"

"啊……"李莲花转过身，只见进来的是三个"百机院"里的弟子，一个高鼻小眼，一个长嘴龅牙，一个眼大如蛙，他识得这几个都是白云派司马玉的高徒，前天投入四顾门的新人。

"李莲花不在？喂，扫地的，大爷给蚊子咬得满身是包，你给点药，看李莲花有什么好药好水，快给擦擦。"开口的是长嘴龅牙的那位，一伸腿，果然那腿上都是给山上的蚊子叮咬的红斑。

李莲花又"啊"了一声，那高鼻小眼的怒道："啊什么啊？快给大爷拿药来！"

李莲花尚未说话，眼大如蛙的人笑道："大家……何何何何必那么大大大声，人人人家又又又没说不不不不给……"

李莲花歉然道："治蚊子咬的药我没有……"

长嘴龅牙的那位挠着红斑怒道："怎会没有？傅衡阳说李莲花擅治天下顽疾，死人都能治活，何况只是几只蚊子？"

李莲花惭愧地道："没有……"

那人勃然大怒："我不信在这山上住的这几百人，人人不用蚊虫叮咬的药膏。你走开，让大爷自己找！"

李莲花道："我桌子还没抹完，请各位稍等我扫干净，再找不迟……"

他一句话没说完，长嘴龅牙之人已经一手抓住他的衣领，将他提了起来，其余二人打开抽屉一阵乱翻，除却一些什么《金石缘》《绣鞋记》《天豹图》之类的传奇小说，便是些抹布、拂尘，此外衣裳两件，鞋子一双，虽有药瓶不少，其中却没有药物。

长嘴龅牙之人不免觉得被那蚊子咬过之处越发痒了："药在何处？"

李莲花道："本门中人武功高强，气行百窍，发于肌肤，衣裳如铁，那小小蚊虫如何咬得进去……"

三人变色，正要动手痛打，蓦地长嘴龅牙之人"哎呀"一声，脸色一变，双眼翻白，跌倒在地口吐白沫。其余二人大吃一惊，齐声叫道："那女鬼说的竟然是真的！"

李莲花也是吃了一惊，急忙将那人扶起，只见片刻之间，那人身上的红色斑块已遍布全身，触手灼热："他撞见了什么女鬼？"

剩余两人你一言我一语地道："咱哥仨在小青峰下逛街吃饭，有个戴着奇奇怪怪面具的女人上来问咱们是不是白云派的弟子，我等自然说是了。那女人又说白云派没有什么本事，只有一群脓包。我等自然十分生气，大哥龅牙便说我白云派虽然武功很差，人长得也丑，但是有一样本事天下无双——我白云派的内功心法虽然没什么用处，却可令人十日十夜不睡，也不至于发困。听说我派前辈当年是干那梁上勾当的，所以练了这门内功，后来传给我师父，又传到我兄弟三人，这世上只有白云派弟子是最不容易睡觉的人。那女人听了嘲笑大哥，说不睡觉也算本事？龅牙大哥又告诉她我等三人是江湖中炙手可热的看门高手，无论何门何派都以请到我等兄弟看门或者看牢为荣。那女人又说那你们三人不去看门，到小青峰来做什么？我等自然说是听闻四顾门大名，特地前来替它看门的。那女人又问我等到底看了什么？龅牙大哥自然又告诉她我们看的就是前几天在肖紫衿婚礼上行凶的那个女人，叫作康惠荷。那女人又问说那个女人现在哪里？我等自然说因为肚子饿了，要出来吃饭，那个女人捆了起来，就放在师父床底，暂时放一会儿不要紧的，我等兄弟很快便回去了。那女人听完之后便走了，从她衣袖里飞出几只黑蚊子，我兄弟一人拍死了一只，结果就起了一身红斑。那女人又回头说，看我们兄弟忠厚老实，毒死我们也就算了。咱们只当她胡说八道，被蚊子叮一口会死，那被蚂蚁咬一口也会死，被小鸡啄一口也会死，被跳蚤咬一口也会死……哈哈哈，她当我们没被蚊子叮过吗？"

李莲花连连点头："像几位英雄这样的惊世奇才，自是知道被蚊子咬是万万不会死的。龅牙大哥，你还听得到我说话吗？"

那口吐白沫的龅牙微微点头，表情痛苦异常。那高鼻小眼的叫作高壁，眼大如蛙的叫作严塔。三人一起看着李莲花，只见他脸露微笑，手指点到龅牙胸口"期门"、颈后"曲池"、足趾"足窍阴"和手指"中渚"四穴。

"是不是不怎么痛了？"

龅牙点了点头。李莲花的手指带着一股古怪的温热，点上四穴，他身上的剧烈痛楚就减轻了许多，只听李莲花微笑道："只要三位英雄每日像这样在自己身上按几下，最好每日内息都在这四穴走一走，那便成了。"

高壁大喜，凑上来："扫地的，你也帮我按几下。"

李莲花在他身上也点了四下，他这四指点下，高壁虽然尚不觉得什么，但若脱了衣服便可见一个颜色鲜明的红印——李莲花指上带有"扬州慢"之力，又岂是寻常手指能够比拟的？替三人逐一点过四穴，那三人一听不必涂抹药膏服用药物，自己身上的痒痛又已大好，便自欢天喜地地走了。

"李楼主号称神医，果然名不虚传。"窗外有人笑道，"这'黑珍珠'之毒，杀人无数，能不需药物，举手就已治好，实是神乎其术。"

李莲花"啊"了一声："不敢、不敢，不知傅军师前来，有失远迎……"

那从门口轻弹白衣、带着潇洒笑意走入的少年自是傅衡阳，只听他朗朗地道："这三个活宝将康惠荷塞入司马玉床底，若不是我去换了地方，想必康惠荷真给角丽谯劫了去。本来还担心他们身上中毒难治，李楼主却不但医好剧毒，还教授了一手疗毒心法给这三个活宝，只是如此苦心，他们是否能领会，可难说得很。"

李莲花对他凝视半晌，微笑道："傅军师英雄少年，足智多谋，李莲花佩服得很。"

傅衡阳既然号称"狂妄"，对这等赞美之词自是从不客气："李楼主，小青峰上如今两百二十八人，有两百二十五人我自信了如指掌，只有三人，我尚无信心。"

李莲花诚心诚意地请教："不知是哪三人？"

傅衡阳牢牢地盯着他，答非所问："我不是看不透，是'没有信心'说我已看透……李楼主，这三个人，一个是李莲花，一个是李相夷，一个是我自己。"

李莲花吓了一跳："李相夷？他也在小青峰上？"

傅衡阳仰首一声长笑："他既然把尸身葬在山上，自也算上一份。李相夷少年行事任性至极，平生最不喜假话，却又喜欢别人对他吹牛拍马，待人苛刻冷漠，自视极高，这分明是年少轻狂，心性未定所致。我曾费一年时间精研李相夷平生所为，此人当得上一个'傲'字，若是活到如今，成就决计远超当年。只是他所行事，众多矛盾，心性既然未定，我自也不敢说看透。"

李莲花苦笑："你很了解他。"

傅衡阳又道："而李楼主你——我平生不信起死回生之事，世上却有一人能倚仗这四字名扬江湖，并且近年以来，江湖数件隐秘杀人之事，凶手被擒都和你有关。

如此人物,上山数日都在睡觉,不得不让人想到诸葛蛰伏,只盼有人三人茅庐。"

只盼有人三人茅庐?李莲花干笑一声:"其实是最近天气很好,那张椅子躺上去又舒服得很,所以……"

傅衡阳打断他的话:"李楼主深藏不露,我不敢说看透。"

李莲花听他口气,虽是"不敢说看透",语气却是肯定无比,估计也难以反驳,只得勉勉强强认了自己是"深藏不露,诸葛蛰伏,只盼有人三人茅庐",叹了口气:"那为何连自己也看不透?"

傅衡阳毫不讳言:"我本狂妄之辈,如今为四顾门百机院之首,四顾门若日益发展壮大,难说数年之后,我为江湖谋福之心,仍如如今般纯粹。"

李莲花微微一笑:"那你可会学笛飞声,想要称霸天下?"

傅衡阳摇了摇头,突然一声大笑:"我不知道,所以说,连我自己都看不透自己……哈哈哈哈……"

李莲花也跟着胡乱笑了几声:"哈哈哈哈……"

傅衡阳的笑声倏然而止,目光犀利地盯着李莲花:"你绝非泛泛之辈,瞒不过我的眼睛。在这小青峰上,既是四顾门重兴之地,便绝不容有人放肆,无论你怀有何等心计,所作所为如有违反四顾门门规之处,都请李楼主想及——还有我傅衡阳在。"

李莲花听得连连点头,认真道:"极是、极是……"

傅衡阳袖子一振:"还有——李楼主若是觉得自己是千里良驹未遇明主,因此不愿大展才华,傅衡阳愿做君之伯乐。四顾门百废待兴,正是用人之际,李楼主身怀绝技,正能够大展拳脚,为江湖立百世不忘之丰碑。"

李莲花连声应道:"多谢、多谢。岂敢、岂敢……"

傅衡阳一笑而去:"言尽于此。"

李莲花连忙道:"慢走,不送。"

待看到傅衡阳远去,他才长长吐出一口气,这位傅军师确是聪明得很,才华横溢,只是料事不大准……

窗外阳光仍旧和煦温暖,他躺回那张大椅,不知不觉又犯上一阵困意,不免将《本草纲目》再次压在脸上,打了一个大大的哈欠。

七 人间俯仰今古，海枯石烂情缘在，幽恨不埋黄土

康惠荷被傅衡阳另藏他处，交托给霍平川带回百川院，并未被角丽谯带走。但司马玉房间周围却有十数人被角丽谯毒死，司马玉被擒，角丽谯撂下话来，说一命换一命，如果十日之内肖紫衿、傅衡阳不把康惠荷交出来，她就把司马玉砍成十块送回来。

江湖上不免又是一阵轩然大波，纷纷猜测为何角丽谯要对康惠荷如此之好。傅衡阳却知角丽谯不过是借机挑衅，她索要的是张三或是李四对她毫无分别，只不过四顾门刚刚重兴，她必要打压而已。何况康惠荷是四顾门阶下囚，一旦被劫，更显四顾门颜面无光。她要劫走康惠荷而不成，已算是傅衡阳小胜一场，但角丽谯以一己之身在小青峰上肆意纵横，要来就来，要走就走，竟无人奈何得了她，也是显得四顾门无能。如此算来，双方半斤八两，都未占上风。

司马玉被劫，傅衡阳好一阵忙碌，肖紫衿全心全意只在乔婉娩身上，万般事务皆不理，未过几日，竟让傅衡阳把司马玉救了回来，大家都有些意外，江湖上对重兴之四顾门另眼相看，也令肖紫衿吃了一惊。

方多病越发热衷于新四顾门，而李莲花却在傅衡阳指派给他的"药房"里种了两盆杜鹃花，日日浇花散步，读书睡觉，日子过得甚是惬意。

此时距离野霞小筑那日新婚，也已一月有余。

夫婿名扬天下，待己尽心尽力、温柔体贴，乔婉娩渐渐忘却了有关李相夷的种种往事，日益温柔，过起了平淡从容的日子。

这日午后，蝶飞燕舞。小青峰上虽然云集数百武林同道，却无一人打搅她的平静生活，乔婉娩红衣披发，一身新浴，缓缓走到了李相夷坟前。那坟上月余未经整理，居然开满了小花，色泽淡紫，开作五瓣，淡雅清秀。

我终是负了你。

她站在坟前，从前站在坟前心情就不平静，如今更甚。曾经以为自己可以守住一份感情，一生一世甚至几生几世都不变，结果不过是几年……她微微垂下头，几年呢？五年？十年……不，未到十年，她就已经变了。嫁给紫衿，决定的时候以为自己一定会后悔，结果竟是很幸福。

相夷啊相夷，我终是负了你，你若未死，必定是要恨我的吧？她长长吸了口气，缓缓地呵了出来，以他的性子，必定是要恨的，而且会恨得天翻地覆，至死方休吧？或者……会杀了她或者杀了紫衿……

但他早已死在东海之中,他谁也杀不了,因此,即使背叛了他,也不怕他,即使负罪,也不会很不安。她目不转睛地看着写着"挚友李相夷之墓"的墓碑,虽然很幸福,在心底深处,她却始终感觉到苍凉、不满足。嫁给紫衿,究竟应该赞扬自己,还是应该惩罚自己?究竟是该笑还是该哭呢?

李相夷衣冠冢后有人。她在坟前站了一会儿,渐渐注意到坟后不远处,有人弯腰在草丛中拾掇着什么东西。她怔怔地看了好一会儿,才醒悟他在整理那日傅衡阳手下那群少年人插在地上的蜡烛,心里一阵恍惚,世上竟有如此心情平和、脾性温柔的人啊……

李莲花这日午睡过后,浇过那两盆被方多病嘲笑过无数次的庸俗至极的杜鹃花,便决定出外走走。绕着小青峰逛了一圈,他喜欢打扫的脾气发作,便见一个蜡烛拔去一个,以免引起山火,又碍了花树生长。"花有重开日,人无再少年。不须长富贵,安乐是神仙……"那人哼着最近颇流行的曲子,将拔出来的蜡烛堆在一处,看似准备过会儿找个箩筐背走。

乔婉婉不知不觉凝视那个拔蜡烛的人许久,她自己心境烦乱,听了许久,方才听出他唱的是一出《窦娥冤》,不免哑然,轻轻叹了口气,她拍了拍李相夷的墓碑,打算转身离去,突然坟后那人回过身来,似是听到声息,站直了身子。

刹那之间,她手指僵硬,紧紧地抓住墓碑,脸色苍白,呼吸急促,双目直直地盯着那人——她从不信有鬼——从不信……

那人也是一怔,随后拍了拍衣裳,对她微微一笑,笑容温和真挚,别无半分勉强。

她在那里站了很久,她想她本是想狂呼大叫、本是想昏去、本是见了鬼——但她牢牢盯了他半晌之后,嘴角抽动,叫出了一声:"相夷……"

相夷……

二字之后,她再也说不出任何话来,心头一片空白,就似自万丈云巅,一下子摔了下来,一种错觉在眼前浮动,让她刹那间以为,其实他一直都没有死,其实这十年以来,死的是她。

那站在李相夷坟后的人听到了那一声"相夷",嘴角微勾,微笑得更加平和,点了点头。

她再也说不出任何话来,突然全身颤抖,跌坐在了地上,牙齿在咯咯打战。她不是害怕,她只是不知所措,是太不知所措了,以至于无法控制自己。

他并没有过来扶她,也没有走近,仍远远地站在坟后,带着平静且心情愉快的微笑,突然道:"那日跌下海以后……"

乔婉娩终于能够动弹，骤地用僵硬的双手抱住头："不必说了！"

他微微一顿，仍旧说了下去："……我挂在笛飞声的船楼上，没有沉下海去。漂上岸以后，病了四年……"四年中事，他没有再说，停了一阵，"四年之后，江湖早已大变，你随紫衿到苗疆大战蛊王，四顾门风流云散，我……"他再度停住，过了很久，他露出微笑，"突然想通了很多事。"

她摇了摇头，眼泪突然流了出来，她没有哭，是眼泪猝不及防地流了出来，她的牙齿仍在打战。"你骗了我。"她低声道，"你骗了我……"

李莲花摇了摇头："李相夷真的已经死了，我不骗你，那个颐指气使不可一世的……"

她突然尖叫一声，抢了他的话："那个颐指气使不可一世的孩子！是的，我知道那时他只不过是个孩子！我知道相夷不懂事不成熟，我知道他会伤人的心，可是……可是我……"她的音调变了，变得荒唐可笑，"可是我已经喜欢了……你怎能骗我说他已经死了……你怎能骗我说他已经死了……"

"你以为，经过十年之久，李相夷还能从这坟墓里复生吗？"李莲花悠悠叹了口气。

"是孩子终究都会长大，相夷他——"她再度打断他的话，背靠着李相夷的坟墓，古怪地看着他，低声道，"你如果不骗我说他已经死了，我不会嫁给紫衿。"

他轻轻叹了口气："你伤心的不是你嫁给了紫衿，是你没有后悔嫁给紫衿。"

乔婉娩木然看着他，眼泪滑落了满脸，足足过了一炷香时间，她突然笑了起来，犹如伤兽般痛楚："相夷你……你还是……还是那样……能用一句话杀死一个人……"

李莲花眼神温柔地看着她："婉娩，我们都会长大，能喜欢紫衿，会依靠紫衿，并不是错。你爱他，所以你嫁给了他，不是吗？"

乔婉娩不答，过了好一会儿才轻声问："你恨我吗？"

"恨过。"他微笑道，"有几年什么人都恨。"

她缓缓点了点头，她明白……只听他又道："但现在我只怕肖紫衿和乔婉娩不能'不离不弃，白头偕老'。"

她听了半晌，又点了点头，突然又摇了摇头："你不是相夷。"

李莲花微微一笑："嗯……"

她抬起头来怔怔地凝视着他，轻声道："相夷从不宽恕任何人。"

李莲花点头："他也从不栽花种草。"

乔婉娩唇边终于微微露出了一点笑意："他从不穿破衣服。"

李莲花微笑："他几乎从来不睡觉。"

她面上泪痕未干，轻轻叹了口气："他总有忙不完的事，几乎从来不睡觉、总是有仇家、很会花钱、老是命令人，把人指使来指使去的……却总能办成轰轰烈烈的事。"

李莲花叹了口气，喃喃地道："我却穷得很，只想找个安静点的地方睡觉，也并没有什么仇家，对了，我房里那两盆杜鹃开得黄黄红红，煞是热闹，你可要瞧瞧？"

乔婉娩终是微微一笑，这一刻她的心似是突然豁然开朗，牵挂了十年的旧事，那些放不下的东西，在这一刻全都消散，眼前的男人是一个故人、一个朋友，更是一个达者。

"我想看看。"

李莲花拍了拍衣袖，歉然道："等等我。"

乔婉娩举袖拭泪，拂去身上的尘土，突然觉得方才自己甚是可笑，眼见李莲花背着箩筐忙忙地奔进野霞小筑后院簸箕处，忍不住好笑，心下不禁想：若是傅衡阳知晓李相夷花了整整一个下午的时间，把他辛苦安排的重兴四顾门的蜡烛清扫干净，不知做何感想？一念未毕，眼见李莲花在前边招手，她便跟了上去。

走进李莲花房中，她对着那两盆杜鹃花看了好一阵子。那两盆花颜色鲜黄，开得十分灿烂富贵，确是受到了精心照料，生长得旺盛至极。只是乔婉娩看了半日，忍不住问道："这是杜鹃花？"

李莲花呆了一呆："方多病说是杜鹃花……我从山下挖来的，山下开了一大片。"

乔婉娩轻咳了一声，贤惠且耐心地道："这是黄花菜，是山农种来……种来……总之你快点还给人家。"

李莲花"啊"了一声，看着自己种了大半个月的"杜鹃花"，歉然道："我说杜鹃花怎会开得这么大……"

乔婉娩委实忍耐不住，"扑哧"一声笑了出来。

两个人望着那两盆"杜鹃花"相视而笑，房外不远处有人站在树梢之上，遥遥看着两人。那人紫袍金边，身材修伟，本来俊朗挺拔，只是脸色苍白至极，呆呆地看着房内二人，不知在想些什么。

房内李莲花看着自己勤劳种出的黄花菜，突然极认真地问道："黄花菜都开了，天快要凉了，这山上的冬天冷不冷？"

乔婉娩一怔："冷不冷？"

李莲花连连点头："下不下雪？"

她点了点头："下雪。"

他缩了缩脖子："我怕冷。"

她微笑道："相夷从来不怕冷。"

李莲花叹了口气："我不但怕冷，我还怕死。"

【八 相思树，流年度，无端又被西风误】

又过数日。

方多病最近这几日都在和傅衡阳下棋，那位"少年狂"傅军师虽然将四顾门种种事务处理得井井有条，却下得一手臭棋，方多病特别喜欢和他下棋。傅衡阳又自负得很，越输越下，这几日已不知输给方多病几百回了，犹自不服。

这一日赢了傅衡阳三回之后，方多病忽然想起，最近觉得有些事很奇怪——这些日子大白天似乎看不到李莲花的影子，傍晚闲逛的时候也没看到，竟然连吃饭的时候也没看见！那家伙不会溜了吧？

"李莲花？"方多病一脚踢开李莲花的药房大门，只见房内桌椅书卷摆放得整整齐齐，窗棂擦得干干净净，有一个窗户贴了新的窗纸，两个空的陶盆叠放在药房一角。

"李莲花？"方多病走入房中东张西望，从桌上拾起一张压在镇纸下的白纸，"这家伙不会写了三个字'我去也'吧……"

方多病看这房里的架势，心里已料中十之七八——李莲花果然不知道在什么时候溜了，举起白纸一看，眼睛顿时直了——那纸上果然不是"我去也"三个大字，而是密密麻麻的蝇头小字。李莲花竟留了张万言书下来，大出方多病意料。

"画皮、画皮、画皮、画皮……"一张白纸，上万蝇头小字，写的全是"画皮"二字。方多病青天白日下看见，提在手中，眼睛一时发绿，竟觉得一阵鸡皮疙瘩泛上背来，倒抽一口凉气，那死莲花疯了不成？要溜就溜，花工夫写的这是什么东西……

总而言之，即使四顾门重兴这样的大事也没能留住死莲花的影子，他还是溜了，方多病手里拎着那张"画皮"，不知何故，心里却掠过一阵发毛的感觉。他无端端想起那日李莲花拥被坐在床上那双茫然的眼睛，像身体之中什么也没有，只有一只对人间毫不熟悉的恶鬼，透过他的眼睛好奇地看着一切。

死莲花必定有些秘密，方多病将万言"画皮"收入怀里，第一个念头却不是去找傅衡阳，而是去找肖紫衿。

肖紫衿听闻李莲花已走，并不怎么惊讶，倒是展开那万字"画皮"时，显是一怔，而后淡淡地道："角丽谯所练的内功心法，叫作'画皮'，她能生得颠倒众生，也多是因为她修炼这等恶毒媚功，定力稍差之人往往难以抵挡她的诱惑。'画皮妖功'练得功力越深，人长得越美，也越残忍好杀，会做出许多常人难以想象的事来。"

方多病奇道："李莲花怎么知道角丽谯练的是'画皮'？"

肖紫衿看了他一眼，不答，只深深吐了口气：那人是不受角丽谯媚功所惑的第一人，他不知道角丽谯练的'画皮'，有谁知道？李相夷绝世武功……但他终是没有说出口来，这细细碎碎的万字"画皮"也带给他一种异样的感受，工整异常的万字之中，透着一股诡异的不祥之兆……

"吉祥纹莲花楼楼主"李莲花从小青峰上不辞而别，对四顾门的震动并不算大，傅衡阳虽然吃了一惊，但想到此人对四顾门多半有不利之举，经他点破之后自觉图谋不成便悄悄离去，自己毕竟是眼光犀利，当机立断啊。

千里之外。

离州小远镇。

一栋雕花精致的二层木楼不知何时矗立在小远镇乱葬岗中，两个月前这坟堆里明明除了被野狗刨出来的白骨和饿死的野狗之外，什么也没有。但最近去乱葬岗修祖坟的张三蛋回来说，这乱葬岗上不知谁修了栋房子，那屋主莫不是疯了，那屋就正盖在"窟窿"上。谣言一传，小远镇百姓纷纷去修祖坟，都在那甚是堂皇华丽的木楼边转了几圈、摸了几下，确认不假之后，回来议论纷纷——这盖房子的定是个外地人，不知咱乱葬岗"窟窿"的厉害……

原来，离州小远镇乱葬岗上，有个地方叫"窟窿"。那的确是个窟窿，约莫也就人头大小，圆溜溜的，深不见底。平日看起来毫不稀奇，和乱葬岗上野狗打的洞并没有什么分别，但一到夜间，这"窟窿"就发出鬼哭狼嚎般的声音，而且还往外吐烟尘白气，有时候走夜路的人经过，偶尔还能看见"窟窿"底下似乎有亮光，不知是什么东西在底下转悠。白天还有人会在"窟窿"周围瞧见一些古怪的物事，有人拾到过铜钱、古币什么的，有人见过破衣服，还有人捡到奇怪的小玉器。最为可怕的是有一年夏天，这"窟窿"周围二十丈内突然荒草死绝，虫鸟绝迹，十几只野狗和两个走夜路的行客倒毙在"窟窿"之旁，犹如刹那间从"窟窿"里出来了什么怪物，顷刻间就能杀人夺命。

而这栋木楼就盖在"窟窿"上，每日夜间，"窟窿"照旧发出鬼哭狼嚎般的声息，那栋木楼也古怪得很，竟丝毫不为所动，主人似乎胆子很大，半点不怕鬼怪之说，偏生要在"窟窿"上吃饭拉屎。

百姓对木楼好奇至极，经过满镇一百二十八人的偷窥打探，住在木楼之中的是一个穷书生，每日只在楼中读书打坐，一日三餐倒是有到镇上对付，却并不与人闲话，仍是喃喃地读他的《诗经》《论语》。这位穷书生每日天尚未全黑就已睡着，鼾声与"窟窿"发出的声音不相上下，无怪他对自家地板底下的异状无甚感觉，每日睡到日上三竿方起，日子倒也潇洒舒适，不过景色不够优美，风雅略减一二。

这一日，镇上又来了一个外地人，灰色儒衫，袖口打了补丁，身材不高不矮，略微有些瘦削，容貌文雅温和，说话十分和气。他来到小远镇做的第一件事是到杂货铺买了两把扫帚和一吊丝瓜瓢干，半斤皂豆，两个馒头，而后悠悠地往乱葬岗走去。镇上百姓不免心中暗想：莫非这年轻人的祖宗也葬在了咱乱葬岗上？他也要去修坟扫墓？但清明早已过了……

这将"吉祥纹莲花楼"搬到乱葬岗又住在里面吃饭拉屎的人当然是施文绝，他把李莲花的"吉祥纹莲花楼"从热热闹闹的扬州搬来，丢在小远镇乱葬岗上，然后写了封信给李莲花，说是今年上京赶考的时间将近，李莲花若不回来，他就要把这栋大名鼎鼎价值千金的木楼丢在乱葬岗，径自去京考了。

"学而时习之，不亦说乎……"施文绝卷了本破破烂烂的《论语》正自摇头晃脑地吟诵，门口有人敲门，"笃、笃、笃"三声。他心里一乐，长吟道："有朋自远方来，不亦乐乎——"他站起身来，打开房门，眼前突然一暗，肩头一沉，一个人往前栽倒，摔在他身上，只听"啪啦"一阵响，他带来的东西滚了满地。施文绝骇然看着地上的扫帚、抹布、馒头什么的，呆了一呆，将身上那人推了起来，脱口惊呼："骗子？"

李莲花双目紧闭，随着他一推之势，倒向木门，随即顺着木门软倒于地，一动不动。施文绝大骇，把那本破破烂烂的《论语》往地上一丢，双手推拿李莲花胸口大穴："骗子？骗子？"

待他双手推拿了五六下之后，那"昏厥于地"的李莲花突然叹了口气："我要吃饭。"

施文绝一怔，人尚未反应过来，双手尚在推拿。

李莲花睁开眼睛爬了起来，歉然道："有剩饭吗？"

施文绝目瞪口呆，指着他的鼻子："你你你……"

李莲花越发歉然："我太饿了……"

施文绝哭笑不得，李莲花叹气道："我饿到腿软。"

施文绝嘿嘿一笑："你这屋里一无米饭二无炉灶，无米无火，哪里有饭可吃？你若饿死了倒也省事，我将你和这栋破房子一起丢在乱葬岗便是。"

李莲花慢吞吞地爬起身来："交友不慎……"东张西望了一阵，"你干巴巴地把我的房子搬到这种地方，有些奇怪。"

施文绝道："我本要拉去放在贡院门口，日日读书倒也方便，谁知道那几头青牛将你的房子拉到这等地方，突然死了，我也就只得委屈委屈，落脚在这里。"

李莲花目视周围横七竖八的墓碑、牌坊、坟墓、杂草、白骨和风吹阵起的尘土，喃喃地道："这里看来的确风水差得很……"

那日午后，施文绝便"上京赶考"去了，三年前他也这么"上京赶考"过一次，究竟考得如何倒是谁也不知，只知他在京城为一位号称"度春风"的青楼女子大闹了一场，差点沦为"捕花二青天"监下之囚，不知今年又去，能高中状元否？

李莲花花了整整一个下午将被施文绝糟蹋得一塌糊涂，遍布废纸、指印、灰尘、头发、茶叶、秃笔等等等等的吉祥纹莲花楼清洗擦拭了一遍，直到戌时方才坐下休息。

明月西起，今夜空中星星寥落，只有那一轮明月分外清亮耀眼。李莲花一人独坐，给自己沏了一壶清茶，一壶一杯一人，静静地坐于吉祥纹莲花楼二楼窗下。有道是"举杯邀明月，对影成三人"，今夜月下，终是一壶、一杯、一人。

几年前他也感到过凄凉寂寞，甚至有时候会刻意回避忆起一些往事。

只是，如今不了。

在他击剑写诗的年代，曾经吟过什么"人生花败百年，即兴诗中，无限错落成青眼"。如果人生真如一朵花开，他的花是开过、败了，或是正在开，倒是谁也说不清楚，只是识得李相夷的人多半都会很惋惜吧？

清风徐来，曾有的诗兴随风散去，茶烟飘散在夜里，窗外虽是乱坟白骨，却俱是不会非议生人是是非非的善客。李莲花悠悠地举杯，悠悠地喝茶，没有果品，木桌上空空如也，偶尔他以指甲轻弹桌缘，哼着："行医有揭酌，下药依本草；死的医不活，活的医死了……自家姓卢，人道我一手好医，都叫作赛卢医。在这山阳县南门开着生药局……"过会儿又哼两句："妾身姓窦，小字端云，祖居楚州人氏。我三岁上亡了母亲，七岁上离了父亲，俺父亲将我嫁与蔡婆婆为儿媳妇，改名窦娥。

至十七岁与夫成亲,不幸丈夫亡化,可早三年光景,我今二十岁也。这南门外有个赛卢医,他少俺婆婆银子,本利该二十两,数次索取不还,今日俺婆婆亲自索取去了。窦娥也,你这命好苦也呵!……"这出最近流行的《窦娥冤》,他在路上见过几次,那台上戏子倒是作唱俱佳,有意思得很。

正在这明月清茶,独自哼曲享乐之际,李莲花突觉背后一阵凉风吹来,他回头一看,尚未看清背后的房门是如何开的,猛听地下一阵怪声大作,狂风骤起,一阵阵如鬼哭、如狼嚎、如惨叫、如哀鸣哭泣的怪声似是从莲花楼楼底涌起,顺着楼梯逐级而上,响在每一个房门之后。

他目不转睛看着那打开的门口,那门口有一团黑影……饶是他使尽目力也看不清那是什么东西……楼下的怪声越来越凄厉响亮,似是响在房中每一个可以藏匿的地方。

他平生历过无数劫难,受过无穷无尽的苦痛,见识过常人难以想象的种种怪事,怨毒过愤恨过,却很少害怕过什么……突然之间,在这乱葬岗之上,月明之时,他心头一阵狂跳,竟然出了一身冷汗,身子微微在颤抖——怪声——是狂风吹过缝隙的声音,他心里很清楚,却无法控制极度恐惧——还有门口的黑影,那是什么?

他对着门口那团朦胧的影子盯了很久,待到怪声渐渐停息,他突然发觉那团东西没有影子……那是什么?鬼怪?这世上真的有鬼吗?李莲花终于缓缓眨了一下眼睛,那团东西突然消失了,等他将目光转向窗外,它又突然出现在窗外,和方才一模一样,只是无法辨认那是什么。

它悬浮在空中……

李莲花眨了眨眼睛,再眨了眨眼睛,无论他看向何处,那团东西一直都在,怪声已经停了,他心头那股极度恐惧近乎崩溃的感觉却越来越强烈。四周原本静谧,此刻却静得十分可怖——这里是乱葬岗——他心里觉得可笑,他何尝怕过坟墓,他见过比坟墓可怖百倍的东西。但一念及乱葬岗,他全身绷得更紧,身子颤抖之余,竟无法移动一下手指,或转身逃走。

不正常。

不该是这样的。

在夜风中被吹得彻骨冰凉之后,李莲花突然醒悟到——那团黑影并不是真的存在,它不在门口或者窗外,更不在其他什么地方,它只在他眼里——换句话说,那是他的一种幻觉。

恐惧的反应在一个时辰之后渐渐退去,他展颜一笑,其实并不是什么怪声吓得他魂不守舍,而是……而是笛飞声那一掌的后患,终于开始发作。

仰起头来,他喝了一口早已冷去的清茶,余悸未消,豪情突生,他一拍桌子,以杯底一句一和敲击木桌,长吟道:"大江东去,浪淘尽,千古风流人物。故垒西边,人道是,三国周郎赤壁。乱石穿空,惊涛拍岸,卷起千堆雪。江山如画,一时多少豪杰。遥想公瑾当年,小乔初嫁了,雄姿英发。羽扇纶巾,谈笑间,樯橹灰飞烟灭……"

突地一怔,李莲花叹了口气,停了下来,喃喃自语:"哎呀呀,想当年……雄姿英发……谈笑间,樯橹灰飞烟灭……啊……"他脸有歉然之色,似是对着茶杯甚是抱歉,"我把你给敲坏了,惭愧、惭愧。"

长夜漫漫,明月皎洁得妖异至极,映得吉祥纹莲花楼四壁灼灼生辉,条条雕纹流过脉脉月色,在鬼火荧荧的乱葬岗之上,遥遥可见朵朵莲华盛开楼身,似祥瑞云起,又似鬼气森森,似仙居鬼府,倒也难以辨认得很。